世界英雄
史诗译丛

卡莱瓦拉

[芬兰] 伦洛特 著　张华文 译

译林出版社

目　　录

译　　序

张华文

芬兰民族史诗《卡莱瓦拉》已被各国研究家公认为世界伟大的史诗之一，联合国教科文组织也确认它是世界性的民族史诗。这部民族史诗在世界文学史上足可与希腊史诗《伊利亚特》、印度史诗《摩诃婆罗多》、波斯史诗《列王纪》和日耳曼史诗《尼伯龙人之歌》相提并论。

一

民族史诗《卡莱瓦拉》渊源于芬兰古代民间诗歌，只不过在古代民间诗歌中，《卡莱瓦拉》中的几个男主角如万奈摩宁、伊尔玛利宁和勒明盖宁均被赋予迥然不同的特征，他们的英雄业绩在芬兰东部地区的卡累利亚和西部地区的民歌中往往被张冠李戴，相互混淆。万奈摩宁时而以天上的造物主的面目出现，时而以巫师的姿态表演。他是功绩卓著、战无不胜的豪杰，但他不是情场失意、垂头丧气，就是老态龙钟，成为某个水精或少女揶揄的对象。而不论各个时期的歌手如何任意塑造万奈摩宁这个形象，他们在描绘万奈摩宁的特征时都强调了一个“老”字，是一个“无所不知，长生不死”的“神”。古代民间诗歌中描绘万奈摩宁漂洋过海，险象环生；演奏琴弦，感动鸟兽；盗取宝磨，惊心动魄。在卡累利亚的民歌手佩尔图宁吟唱的《三宝磨》一歌中，叙述拉帕莱宁是万奈摩宁的冤家对头，他用弓箭把万奈摩宁射下马，使之坠入海中。万奈摩宁在海上漂泊了六年,终于登上了北国波赫约拉的海岸,卷入了一场与北国女霸主的严酷斗争。古代民歌《万奈摩宁泛舟抚琴记》绘声绘色地叙述了万奈摩宁的经历。万奈摩宁看到其他船友与北国女霸主打完仗后满载而归,而他乘的小船却搁浅在海岸上开始腐烂,"蚯蚓在船底做了窝,鸟雀在船舱筑了巢",于是便愤愤不平地把小船推下水,与伙伴们一起上船划桨。小船后来触到一条大狗鱼的脊背。万奈摩宁捕获了狗鱼,用其颚骨制成五弦琴,琴上的钉子是用鱼牙做的,琴弦是用女霸主女儿的头发做的。"手短指细"的万奈摩宁试弹这把琴,顿时弹出了美妙动听的音乐,招来了鸟兽鱼虫和水妖林精,他自己也感动得潸然泪下。在古代民歌《万奈摩宁下冥府》中,叙述万奈摩宁蹚过冥河,下到冥府,又化为蛇身钻过网眼,返回人间的故事。古代民歌把伊尔玛利宁描绘成与沃特人的天神因玛利一样的人物,是天国的木匠,是宝磨和五弦琴的制造者。首先取火的是他,第一个盖起打铁作坊的也是他。伊尔玛利宁俨然成了文化英雄和锻冶之神,是希腊神话中的火与锻冶之神赫淮斯托斯的化身。在民歌《八宝磨》中,描述伊尔玛利宁来到北国波赫约拉,用天鹅羽毛、大麦粒、细羊毛、不孕母牛的奶和纺锤残片造成宝磨。宝磨曾为波赫约拉磨出大宗财宝,他想借此讨好北国女霸主,以娶其女儿为妻。勒明盖宁在古诗《勒明盖宁之歌》中,被叙述为法力无边,所向披靡。他一念咒,羔羊和松鸡就会乖乖地钻进野兽嘴里。他到火热的瀑布旁一念咒,水上就会出现一只桤木舟,上面还载着一个桤木精。如有必要,他一念咒就可把冰湖移到陆地上来,自己则变成野鸭钻到冰层底下去。在民歌《勒明盖宁之死》中,叙述勒明盖宁在赴宴途中遇到鬼怪,后来在宴会上被杀害。其母闻讯后匆忙而至,用耙子在冥河中打捞起尸首,但因浸泡太久,终不能起死回生。

早在两三千年之前,芬兰民间诗歌就产生了。无名歌手和诗人在各个时期创作的民歌沿袭口授,世代相传,有不少民歌流传至今。它如同一座沟通古今的大桥,贯穿了芬兰民族文化的各个发展阶段。它或反映初民的原始观念,或体现农业文化之前的渔猎文化,或描绘中世纪的社会风貌,包罗万象,丰富多彩。芬兰古代民歌不仅记叙了古代人民的生活斗争,表现了他们的喜怒哀乐,而且寄托了他们的永恒希望和理想,还包含着他们的道德规范和行为准则。千百年来,民歌起到给人民以教益、娱乐、慰藉和鼓舞的重要作用,对芬兰文学的形成和发展具有极其深远的影响。芬兰古代民歌习惯上称为卡莱瓦拉体,采用八音节扬抑格,四音步诗行。诗节长短不论,诗节之间没有间隔,不讲究脚韵而注重头韵,文体上多采用以平行的两行诗表达同一个意思,后一诗行的用词与前一诗行的用词保持同义或接近,从而使民歌便于传诵及当众即席演唱。

芬兰古代民歌吟唱起来曲调极为简单,但正式的演唱方式却比较独特。男歌手在演唱民歌时由领唱者和伴唱者两者配合,相对坐在同一条板凳上,手拉着手,膝挨着膝,在五弦琴的伴奏下进行,边唱边合着曲调的节拍像拉锯似的前俯后仰。每行诗唱两遍,即领唱者先唱第一遍,唱至诗行末尾时,伴唱者就加入演唱并单独重唱一遍,这时领唱者已想好下一行诗,于是又先唱第一遍,依此类推。女歌手的演唱则由合唱队伴唱。一组女歌手先领唱一行诗,然后合唱队再重唱一遍。人们在民歌中歌颂劳动,又在劳动中哼唱民歌。他们一边用小石板研磨谷物,一边吟唱,放牛、挤奶、捕鱼或出门旅行的时候也有唱民歌的习惯。在举行庆典、婚礼或熊肉宴的场合,更要请超群出众的歌手来唱歌助兴。在芬兰南部因克里等地区,年轻的姑娘们经常三三两两聚集在村中的秋千场上唱歌,到了星期天或节假日晚上则成群结队哼着民歌在村中的大街上悠然漫步。

与欧洲其他国家的文学相比,芬兰文学受民间诗歌的影响远为深刻持久,这主要表现在至二十世纪初还有不少充满智慧、想象力和幽默感的古代民歌完好地在民间口头流传。此外,芬兰在历史上是个弱小国家,但芬兰人民不乏民族自豪感和爱国热情。他们为了维护民族的尊严和争取国家的独立进行过不屈不挠的艰苦斗争,而发扬光大古代民歌传统正是他们当时的主要斗争手段之一。正因为如此,芬兰古代民歌才成为芬兰人民取之不尽、用之不竭的精神财富,同时也为根深叶茂的芬兰文学提供了肥沃的土壤。

二

一百多年前,一位身穿农民服装的芬兰学者,身挎陈旧的背包,肩挂猎枪,手中拄着拐杖,纽扣上别着一支笛子,嘴里叼着烟管,旅行在芬俄交界的卡累利亚地区。他就是芬兰著名民族史诗《卡莱瓦拉》的收集及编纂者——埃利亚斯·伦洛特(Elias Lönnrot 1802—1884)。他深入到劳动人民中间,采集古代民间诗歌,并决心把这些民歌经过加工整理后再介绍给广大人民群众:

我的渴望逼着我,

我的智力催着我，
我得开始我的歌唱，
我得开始我的吟哦，
我要唱民族的歌曲，
我要唱人民的传说。

经过十多年的努力，伦洛特终于把搜集来的民歌编成一部具有统一情节的史诗《卡莱瓦拉》。这部史诗最初发表于一八三五年，包含三十二篇诗，一万二千零七十八诗行。一八四九年在大量新材料的基础上又发行了第二版，扩充到五十篇，共有二万二千七百九十五诗行。民族史诗《卡莱瓦拉》的诞生，使芬兰文学跻入世界文学之林，伦洛特因而也成为对芬兰文学贡献最大的学者之一。

伦洛特出生于芬兰乌西玛省西部萨玛地区一个贫穷的乡村裁缝家庭，其父母都是普通劳动者。他家的庭院坐落在绿阴环抱的小湖岸边，诗人自幼受着这美丽自然风光的陶冶，这赋予他一种特殊的灵感。他聪敏过人，喜欢读书，但因家境贫寒曾几度辍学。后来他到海麦林纳市内一家药店当学徒工，并利用业余时间如饥似渴地攫取知识，终于在一八二二年秋考入土尔库学院学习。他在该院读书期间深得药物学教授托格伦的赏识，任其家庭教师多年。一八三二年他大学药物专业毕业后被派往卡亚瓦地区当药物总管。但是伦洛特从小对文学颇感兴趣，特别在大学期间，对民间诗歌爱不释手，再加上当时风行的浪漫主义潮流，促使他很快转移了视线，卷入到对民间诗歌的搜集和研究方面来。他认为应该把前人遗留下来的这一宝贵精神财富继承下来并留传后代，因此他从一八二八年就开始采集民间诗歌，一八三三年他就整理出包括十六篇诗歌的《万奈摩宁歌集》,这应该说是史诗《卡莱瓦拉》的雏形。此外,他于一八四〇年还编选了抒情歌集《康泰莱女歌手》,内含六百五十首诗歌,内容主要反映古代劳动人民痛苦的生活及抒发对时世艰难的感叹之情。诗歌语言朴实,感情真挚,生活气息浓厚。他一八四二年出版了《芬兰民间谚语》,一八四四年发表了《芬兰民间谜语》,一八八〇年还编写出《芬兰民间咒语》。他还有语言科研成果《芬兰—瑞典语词典》问世。早在一八五三年,他就晋升为大学芬兰语言学教授。

史诗《卡莱瓦拉》由五十篇诗组成,叙述了三个主要人物的故事。这三个主要人物既非帝王将相,亦非妖魔或神仙,而是普通劳动者,只不过他们的所作所为被民间诗人染上了一些非凡色彩而已。其中第一至第十篇诗叙述大气的女儿降落在海上,风和浪使她怀孕,成为大水的母亲,生下英雄万奈摩宁。万奈摩宁在荒凉的农村登岸,种植树木和大麦。同时他善于编写和演唱歌曲,引起尤卡海宁的嫉妒。在决斗中尤卡海宁失败,答应将其妹妹爱诺许配给万奈摩宁。但爱诺嫌万奈摩宁年老,逃走死于湖中。万奈摩宁回到家中,死去的母亲显灵,劝他向波赫约拉的姑娘求婚。尤卡海宁趁他去求婚的途中用箭射死了他的马。他落于海中,被大鹰救起,背起他飞向波赫约拉。波赫约拉女霸主答应一旦为她制造出能磨出麦子、盐和金钱的三宝磨,便将其女儿嫁给他。然而等铁匠伊尔玛利宁帮他制成三宝磨后,女霸主女儿不愿嫁给伊尔玛利宁,他只得悻悻返回家园。第十一至第十五篇诗讲述勒明盖宁的故事。勒明盖宁去萨利向库利基求婚,后库利基违婚约又把他抛弃。于是勒明盖宁又去波赫约拉向女霸主的女儿求婚。女霸主趁机想让他先完成三件事,当第三件事行将完成时,勒明盖宁被一牧人杀害,其尸体被抛于急流中。勒明盖宁的母亲根据征兆知道儿子被害,于是便到水边用长耙捞出他的尸体,用咒语和膏药使其复活,母子双双回到家中。从第十六篇诗起,讲述万奈摩宁如何造船,为寻找咒语而历险。船造好后,他又去波赫约拉,伊尔玛利宁听说后也赶去那里。波赫约拉的姑娘在两个求婚者之间选择了伊尔玛利宁,万奈摩宁失望而归。从第二十篇诗起,描述伊尔玛利宁和北国姑娘举行婚礼的盛况。但在女霸主为其女儿举行的婚宴上,没有邀请勒明盖宁参加,引起他极大不满。第二十五至第三十篇诗中,叙述勒明盖宁决意去波赫约拉进行报复,杀死女霸主,但结果以失败告终。第三十一篇至第三十五篇诗开始了古勒沃的故事。古勒沃一家几乎全被其叔温达摩杀害,他在艰险环境中长大后,又被其叔卖给伊尔玛利宁当仆人。一次,伊尔玛利宁的妻子在给古勒沃做的面包中故意掺进沙石,古勒沃气愤之下让野兽全部吃掉放牧的家畜,后又将野兽引进主人家中将其女主人咬死。古勒沃在逃出主人家的路上得知其父母还活着,在寻找父母的途中把一个姑娘奸污,后得知原来被奸污的姑娘正是他失踪多年的妹妹。妹妹了解真相后投河自尽,而古勒沃在悔恨之下,也举刀自杀。第三十六篇至第五十篇诗叙述万奈摩宁、伊尔玛利宁和勒明盖宁一同前往北国波赫约拉征战,取回三宝磨,胜利而归,使卡莱瓦拉建立起幸福的乐园。

在这五十篇长短不一的诗篇中,不仅描述了主要人物的种种遭遇和心情变化,而且还描绘了芬兰瑰丽的自然景色,记录了古代芬兰人的冶炼、耕种、造船、狩猎和医疗等劳动技能。因此,《卡莱瓦拉》堪称是一部气势非凡、包罗万象的史诗，有巨大的文化历史价值。

三

有的学者称：史诗是民族性精华所聚，是人类想象力最高的产物，是人类文明最壮观的纪念，是时间试石下的精美金玉，是民族性永生的标志，是伟大的民间文学。芬兰民族史诗《卡莱瓦拉》正是如此。从它第一次出版至今，历经了一百多年，但它依然是一颗金光闪烁的明星。史诗《卡莱瓦拉》把芬兰人民从氏族公社以来所经历的各个时代的历史进程，通过艺术形象集中地反映了出来，描绘了芬兰的美丽自然景色：苍茫的森林，布满乱石的山岗，波涛汹涌的大海和星罗棋布的湖泊，同时还把大自然的底蕴和芬兰人民对这大自然的深挚感情体现得淋漓尽致。在这一块蕴含着雄浑的美的土地上发生的社会历史事件，都形象地涌进了这部宏伟的史诗中。一般世界文学史，习惯把欧洲中世纪的史诗分成三大类：即欧洲大陆系（包括移民到英国的日尔曼人），其代表作是德国的《尼伯龙人之歌》和英国的《贝奥武甫》；法国北方的史诗，其代表作为《武功歌》和《罗兰之歌》；斯堪的那维亚史诗，其代表作是冰岛的《埃达》和《萨迦》。而《卡莱瓦拉》虽然也属于中世纪的优秀民族史诗，却有别于上述三大类，这是因为芬兰民族文化发展缓慢，到十九世纪其书面文学才问世，史诗从口头文学到书面文学的形成过程推迟了好几个世纪。与世界文学史中任何别的民族史诗相比，《卡莱瓦拉》所反映的社会制度更为古老，是氏族制度尚待瓦解的时代。这是因为居住在芬兰北卡累利亚荒原上的古代人与世全然隔绝，长期生活在原始公社的社会形态中——虽然当时在芬兰的一些地区已经过渡到封建社会。《卡莱瓦拉》中的社会乃是真正的原始共产社会。在这个社会中既无剥削者,也无被剥削者,没有贵族,也没有军队,奴婢也十分罕见。恩格斯认为,处于蒙昧与文明之间的社会是以铁制刀枪与铁犁、铁斧并用为其特征的。而这种情况恰与《卡莱瓦拉》中所描绘的社会相符合。从这部史诗中可以感觉出当时人们对铁器和技术的向往,制造三宝磨也无非说明当时人们梦想发明可以减轻繁重体力劳动的种种机器而已。

《卡莱瓦拉》是芬兰文学中的里程碑,对芬兰文学艺术和语言有着深刻的影响,成为芬兰文学艺术的源泉。同时,它是世界文坛上的一朵奇葩,有别于欧洲其他的英雄史诗。就其思想内容而言,欧洲英雄史诗多是颂扬统治阶级的头面人物帝王将相,而《卡莱瓦拉》中的主要人物形象则是出身低微的普通劳动者。就其艺术技巧而论,欧洲英雄史诗展现的多是宏伟巨大的场景和刀光剑影的沙场,而《卡莱瓦拉》多是普通人的劳动场面。这既反映了当时的社会现实,又赋予人物事件以幻想或神话的成分,从而表现出民间故事和民间诗歌的特有境界。

这部史诗的中心内容反映了卡莱瓦拉部族和波赫约拉部族之间的斗争,斗争的焦点是争夺三宝磨。诗中卡莱瓦拉象征着光明、劳动、美丽和欢乐,而波赫约拉则意味着黑暗、邪恶、阴险和贪婪。最后是真、善、美战胜了假、丑、恶。如同世界其他进步文学作品一样,在芬兰民族史诗中也反映了这一颠扑不破的真理。

《卡莱瓦拉》中的人物都刻画得有血有肉、栩栩如生,这与童话般的情节形成鲜明的对照。这些人物都具有异乎寻常的能力,干的也都是轰轰烈烈的大事。然而与普通人一样,他们也受到七情六欲的驱使。人们或者毖希望寄托在他们身上,或者把他们的某些作为当作前车之鉴。在人物性格塑造方面,这部史诗已经显示出一定程度的现实主义倾向。民间诗人们运用史诗中惯用的手法突出了主要人物最显著的外表特征和内心特征。例如把万奈摩宁尊为"持重的长者",把伊尔玛利宁誉溪"能工巧匠",把勒明盖宁说成是"好高骛远的鲁莽汉"。其实他们都是普通劳动者,分别是农民、工人和猎手。

万奈摩宁始终是这部史诗中的核涯人物,人们根据自己的想象并怀着特殊的感情塑造了他的形象。他的诞生和最初的作为被民间诗人镀上了一层神话世界的奇光异彩,但随着史诗故事的展开,他被赋予了越来越重的凡人特征,并且逐渐上升到部族首领的理想高度。"老成持重"的万奈摩宁具有多重个性,他蒋男子汉大丈夫的诸多特征于一身。他勤劳,样样活儿都会干:植树,伐木,耕耘,播种,狩猎,捕鱼,造船,航海,治病,用桦木制琴等,无不娴熟,得心应手。他干事审慎而执着,他远见卓识,循循善诱。他告诫青年人不可当金银财宝的俘虏。他是勇猛的斗士,且足谋多智,在逆境中从不惊慌失措。此外,他还有一颗多愁善感和善良的心,即使在他砍伐森林时也不会忘记留下一株桦树,让歌唱的鸟雀有一个栖身之所。万奈摩宁还有爱美的特性。他是一位真正的艺术家,能弹拨一手好琴,唱起歌来也令人心醉神迷。最感人的乃是他的爱国热情,他置身于北国波赫约拉,常因思念故土而潸然泪下。当女霸主以财富和盛宴为诱饵,竭力想挽留住他时,他却推辞说:

木屐下踩着的清水,

只要在自己的家乡，
也比在陌生的国家
金杯里的美酒更佳。

万奈摩宁的一举一动都是为了造福故乡的人民，都体现了人民对文明，对美，对艺术的追求以及对富足，对仁爱和对自由生活的向往。因此，整部史诗的寓意正是通过他的形象而表达出来的。

伊尔玛利宁是技术高超的铁匠和木匠。他不仅创造了上苍的穹隆，还得心应手地打制出犁铧、镰刀以及女人戴的戒指和女人金像。他毕生的得意之作是能为人民创造财富的三宝磨。他为人拘谨，不苟言笑，缺乏万奈摩宁那样的足谋多智和创业精神，然而在工作中却能吃苦耐劳，在斗争中也很勇猛剽悍。通过伊尔玛利宁这一人物形象，人民对精湛技术的赞叹之情得到充分的体现。

勒明盖宁是一个鲁莽、英俊、好高骛远的"调皮鬼"，芬兰人民生活情趣和勇于进取的精神在他身上得到了表现。他由于自幼受到母亲的溺爱，没有养成严以律己、稳重行事的习惯，然而却不乏青春活力、冒险欲和好胜心。他行动快捷、头脑敏锐。他能说会道，挖苦起人来舌剑唇枪，像舞刀弄剑那样厉害。他热血沸腾，在恋爱问题上难免有些轻浮。他有一点成绩就自吹自擂、沾沾自喜，缺乏谦逊的气质。

史诗中对男性人物形象都描绘得细致入微，面面俱到。相形之下，对女性人物形象的刻画就显得有些单薄，稍有逊色。"牙齿不全的北国丑老妖怪"娄黑在史诗中扮演了重要角色。她是黑暗王国波赫约拉中黑心肠的女霸主，贪婪，险恶，利欲和权欲熏心。她当面一套，背后一套,翻手为云,覆手为雨,好话说尽,坏事做绝,实乃不折不扣的伪君子。勒明盖宁的母亲象征着母爱的无穷力量。她对轻浮的儿子关怀备至,总是忧心忡忡地告诫儿子,出门在外会遇到各种危险。然而当儿子勒明盖宁由于冒险蛮干而送了命的时候,她又不遗余力地使其复活。史诗通过这位女性的鲜明形象表达了人们对母亲的深挚敬意。

这部史诗在写作技巧上采用了特殊的表现手法,其中尤以对偶法和渐进法是最为惯用的两种。所谓对偶法,正如前面在谈到芬兰古代民歌中所介绍的,即在相邻的两行诗中用不同的词语来表达同一个意思;所谓渐进法,就是通过对偶法来加强语气并进一步发展原来的意思,例如在训诲新郎时就写道:

你得领你的小鸽子,
到五谷丰登的山坡,
或者领她到谷仓里,
帮她去拿稞麦和大麦。
给她烘大块的面包,
给她酿最好的美酒,
小麦的面包为她烘,
做饼的面团替她揉……

作者借这两种表现手法,就可以从各个方面来塑造人物形象,大大增强了史诗的艺术效果。此外,对照法也是一种较受欢迎的表现手法。例如史诗中在描绘古勒沃的孤寂生活时,就运用了这种手法:

别人可以去自己的家，
可以去自己的屋子，
我的家却在森林，
我的火炉却在风中，
我的浴室就在雨中。

总之，民族史诗《卡莱瓦拉》是古代芬兰劳动人民集体创作的结晶。它以其夸张的手法，交织着现实和想象，唱出了和平的人民的声音。诗人伦洛特经过长时期搜集和整理，从古代留传下来的众多的口头文学中选择出最优秀的代表作品汇编成册。这部史诗的艺术和精神力量永远成为鼓舞芬兰人民前进的动力。

四

十二世纪中叶到十九世纪初，瑞典王国统治芬兰长达六百多年。在这漫长的岁月里，芬兰上层受教育的人几乎全用瑞典文写作，他们对芬兰劳动人民及祖国的语言和文化传统都非常陌生。只是在史诗《卡莱瓦拉》出版之后芬兰文才正式成为文学创作的工具。因此，这部史诗对芬兰作家和艺术家们是一个有力的鞭策和鼓舞，同时使芬兰语言提高了在国内外的威望，也唤起了人们对芬兰文学价值的注目。这部史诗形成芬兰文学和艺术的创作源泉。芬兰杰出的文学家、画家和音乐家都从这部史诗中找到创作题材。例如芬兰著名画家加伦-卡莱拉和音乐家西贝利乌斯都从这部史诗中得到强有力的创作灵感。芬兰文学史上的著名作家也都或多或少地受到这部史诗的影响。例如芬兰现实主义文学奠基人基维所创作的获奖剧目《古勒沃》就是从史诗中选用的创作题材。剧作家埃尔科、小说家林南科斯基都写过以这部史诗中人物为主人公的文学作品。小说家阿霍创作的长、短篇小说之所以充满新的美和力,也是受这部史诗中民间艺术风格的陶冶所致。芬兰大诗人雷诺创作的大量诗歌是仿效卡莱瓦拉体的古诗格式,从史诗中学到高超的诗歌艺术。目前,这部史诗的艺术和精神力量也不断在当代一些作家、艺术家身上得到充分的体现。

史诗《卡莱瓦拉》的诞生,不仅对芬兰文学艺术的发展产生了重大影响,而且很快引起全世界的注目。如今,这部史诗已被翻译成几十种文字在世界广为流传。马克思早在青年时代就对这部史诗深感兴趣,当时他曾抄了三首芬兰民歌献给他的未婚妻燕妮,其中一首就是关于万奈摩宁制作五弦琴的诗歌。马克思的女婿和学生,著名社会活动家拉法格称这部史诗是“伟大的英雄史诗”和“人类精神的骄傲和花朵”,他还以这部史诗的有关情节为例,论证了人类早期关于“处女母亲”的概念。俄国革命民主主义者别林斯基、德国著名神话学家格林都曾指出这部史诗的珍贵价值。美国诗人朗费罗在此史诗的影响下,以印第安民间传说为依据,创作出《海华沙之歌》。苏联社会主义文学奠基人高尔基也曾著文高度评价芬兰的这部民族史诗,称之为一部足以与《伊利亚特》相媲美的史诗。

在我国,早在二十世纪二十年代初,著名作家茅盾和郑振铎主编的《小说月报》上就曾向中国读者介绍了这部史诗。新中国成立后出版过从英文本转译的《卡莱瓦拉》全译本,这对中国读者了解这部伟大作品起了很大作用。现在,译林出版社又出版直接从芬兰文译出的新的全译本,以满足中国读者的阅读和研究的更多要求,这既是一项远见卓识之举和我国文坛上的一件盛事,也是为促进中芬两国人民的文化交流做了一件有益的工作,其意义是巨大而深远的。

五

对这部民族史诗《卡莱瓦拉》,芬兰学术界曾有过争论。一派认为,这部史诗是神话传说,作品中的主要人物万奈摩宁是智慧之神、法术之神、歌曲之神和爱神,伊尔玛利宁是空气之神、火神和神圣的铁匠,因此,史诗中叙述的人物和事件纯属虚构和想象,缺乏事实根据。另一派则认为,这部史诗起源于北海盗时期,主人公万奈摩宁是当时出色的歌手和部落中出类拔萃的首领。当时社会富足、文明,金银首饰颇为盛行,在北海盗时期,卡莱瓦拉是人口稠密的地区,英雄史诗就产于此地。以后随着历史的变迁及人口的逐渐东移,它流传到东部卡累利亚地区才扎下了根基,因为史诗中好多地名与芬兰西部地区的地名极为相似,而史诗中所描述的战争则是北海盗时期的战争和更为古老的部落战争。当前,芬兰学者普遍认为,民族史诗《卡莱瓦拉》是芬兰文学艺术宝库中的一件珍品,它既然是文学艺术品,就可以忠于现实,也可以虚构和想象。当现实的成分不足以形成史诗题材的时候,就可以加上虚构的成分,而神话题材正是虚构的一种反映。无疑,民族史诗《卡莱瓦拉》是代表了芬兰古代全体劳动人民的集体智慧。至于编者伦洛特之所以把史诗的名称定为《卡莱瓦拉》,可能与他第五次到卡累利亚去采风受到的启发有关。当时,他搜集到一首民歌《被出卖的姑娘之歌》，在歌的开头姑娘向小伙子问道：

你到卡莱瓦拉来过，
从卡莱瓦的窗子里，
看到卡莱瓦拉的姑娘没有？
在卡莱瓦水边的路上，
听到卡莱瓦拉的狗叫声没有？

民歌中"卡莱瓦拉"一词可能对他有所触动，使他决定以此为史诗的命名，使史诗的题目具有民族观念、家乡观念和爱国观念，更具有英雄国的象征。

第　一　篇

开场白(1—102)。空气的女儿坠入海中,风和浪使她受孕并成为水的母亲(103—176)。斑背潜鸭在她膝上筑巢下蛋(177—212)。鸭蛋从巢中落下,摔成碎片,而碎片形成了陆地、天空、太阳、月亮和云彩(213—244)。水的母亲创造了海角、海湾、海岸和深海浅滩(245—280)。万奈摩宁[①] 从水母身上诞生出来,他在海里漂流了很久,最终登上陆地(281—344)。

我的思绪拥着我,
我的智慧挤着我,
我要放开喉咙歌唱,
我要开始我的吟哦。
我要歌唱民族歌曲,
我要吟哦人民传说。
歌词在我口中融化,
随即就轻轻地滑落,
我的舌头迅速转动,
语言从牙缝间逃脱。
亲爱的兄弟和朋友,
我童年时代的伙伴!
让我们现在共同歌唱,
让我们现在一起吟哦。

① 万奈摩宁(Väinämölnen),不朽的歌手,大气女儿之子。

从两个不同的地区，
我们终于相互会合！
我们很难得到会面，
我们很难得到聚合，
在这贫瘠的波赫亚，[①]
在这寂寥的北方国。
让我们手牵着手，
让我们交叉手指，
让我们尽最大力气，
唱着优美动听的歌。
我们的亲人倾听着，
请记住歌中的教诲，
成长中的青年一代，
要学习歌词的意义，
要牢记歌曲和传说：
年老万奈摩宁腰带，
伊尔玛利宁的熔炉，
高科蔑里的刀和剑，
尤卡海宁背的弓箭，[②]
在波赫亚的大平原，
在卡莱瓦拉大荒原。
当年父亲雕着斧柄，
曾教我唱过这种歌；
当年母亲手摇纺车，

---

① 波赫亚(Pohja)意为“北国”。

② 伊尔玛利宁(Llmarinen)，铁匠。高科蔑里(Kaukomieli)即勒明盖宁(Lemminkainen)，轻率青年。尤卡海宁(Joukahainen)，一拉普少年，见第三篇。

曾教我吟哦这传说。
那时我还乳臭未干，
经常在地板上滚爬，
那时我还黄毛未褪，
是个顽皮的小家伙。
最爱听三宝的故事，
最爱听娄黑的魔法。
一旦三宝变得陈旧，
娄黑的魔法也消泯，
维布宁唱着歌死去，
勒明盖宁轻佻葬身。
还有一些其他传说，
还有一些别的教训：
有的从路边记取，
有的从木丛获得，
有的从花间采摘，
有的从树枝攀折，
从绿草地上掇拾，
从大路两旁搜索，
当时我是一个牧童，
赶着牛群走向牧场，
登上美妙的小山丘，
登上金光闪烁的山岗，
跟在黑牛慕利克后面，
靠在花牛吉摩的身旁。
寒冷向我唱着颂歌，
大雨又把传说教我，
大风又送来别的歌，

大浪也漂来新的歌，
小鸟也加入大合唱，
树枝摇动窃窃诉说。
我把这些歌曲和传说，
搜集一起打成包裹，
我把包裹装在雪橇，
我把包裹装进雪车；
我把包裹运到家中，
把它放在仓库藏躲；
把它放在阁楼顶层，
装进一个美丽铜箱，
让歌曲和传说冷冻，
大约需要一周时光。
再把它们加以融化，
从严寒中加以释放，
把这铜箱带回屋来，
放在美丽屋顶下方，
放在雕花栋梁下面，
放在屋里的木凳上。
盛满歌曲传说铜箱，
我是否要把它打开，
存满歌曲传说包裹，
我是否要把它解开？
我要把伟大歌曲唱，
让美妙回声响四方，
我一边吃着黑面包，
我一边喝着大麦酒，
即使我喝不到麦酒，

甚至连啤酒喝不上，
喝点清水引吭高歌，
干着喉咙我也歌唱，
为了这欢乐的夜晚，
为了这愉快的白天，
为了第二天的黎明，
为了那美好的明天。

我听到这样的传说，
我听到这样的歌唱：
漫长的黑夜多寂寞，
漫长的白天多凄凉；
不朽诗人来到人间，
他的名字万奈摩宁，
他母亲是大气女儿，
是神圣的创造女神。
虽然大气女儿是处女，
是大自然漂亮的女郎，
却过着贞洁的生活，
度过这漫长的时光，
在那大气的高洁圣堂，
在那辽阔邈远的地方。
漫长的时光令她厌烦，
寂寞的生活令她心伤，
她讨厌过孤寂的生活，
她讨厌过苦闷的时光，
在那大气的高洁圣堂，
在那辽阔邈远的地方。

大气女儿往下面降，
落在汹涌的海浪上，
漂泊在茫茫的海面，
漂流在无际的海洋。
肆虐风暴从天而降，
狂风怒吼来自远方，
大海掀起汹涌巨浪，
波浪滔天发出巨响。
狂风席卷着这女郎，
浪涛涌动着这姑娘，
在这起伏的波浪里，
在这蓝蓝的大海上，
这狂风不停地怒吼，
使大海掀起滔天巨浪，
唤醒女郎的内在生命，
使她肚子里怀上儿郎。
她怀孕长达七个世纪，
度过了九倍人生时光；
这婴儿一直没有诞生，
这后生一直没来世上。
怀孕女郎在海上漂泊，
从西北漂到东南，
从东方漂到西方，
她漂流遍了各个地方，
经受着沉重的负担，
经受着苦痛和感伤，
婴儿始终没有诞生，
后生始终未来世上。

胎儿在她腹中哭泣，
令她感到异常悲伤，
她痛苦地自言自语：
“天呵！我的小宝贝，
你是一个不幸的儿郎！
我被置于渺茫的地方：
永远漂流在天空之下，
狂风席卷着我的身躯，
浪涛涌动着我的衣裳，
在这滚滚的浪涛里，
在这蓝色的海面上。
“我宁愿当大气的女郎，
留在圣洁的高堂安身，
也比目前的处境要好，
成为一个大水的母亲。
这里的生活如此冰冷，
这里的处境如此困难，
我住在汹涌的浪涛中，
我永远漂流在大海面。
呵，乌戈[①]，最高的天神，
你是天堂的主宰，
来这里，我需要您，
我恳求您赶快来！
来解脱大气女郎的负担，
来解救大气女郎的困难！
越快越好，赶快前来，

① 乌戈(Ukko)，芬兰俗称为天堂的主宰，亦即最高的天神。

我痛苦万分,无法忍耐!”

度过了不长的时间,
充其量是一刻时光,
飞来一只美丽潜鸭;
潜鸭在海上不停飞翔,
想寻找一个栖身住所,
想寻找一个做窝地方。
潜鸭飞到东,飞到西,
飞向西北,又飞向南方。
但潜鸭未找到一块地方,
不论这地方是如何荒凉,
可供它做窝栖身,
可供它夜间躲藏。
潜鸭继续盘旋飞翔,
潜鸭开始沉思默想:
“我如何在风中搭建巢穴,
我如何在浪里修造住所?
狂风会摧毁我的巢穴,
大浪会卷走我的住所。”
这时大水的母亲,
大气漂亮的女郎,
从大海中伸出膝盖,
从波涛中露出肩膀,
让潜鸭在她膝盖上造窝,
让潜鸭栖身在她的肩膀。
这漂亮的鸟儿,小潜鸭,
在海面上低飞,盘旋,

终于发现水母的膝盖，
露出了蔚蓝色的海面；
潜鸭把膝盖误认为小山，
那里草木丰盛翠绿新鲜。
潜鸭缓缓低飞，盘旋，
轻轻落在水母的膝盖上面，
它在膝盖上面造好了窝，
便开始生下金黄色的蛋：
一共产了六个金蛋，
第七个是一只铁蛋。

潜鸭开始孵着它的蛋，
下面的膝盖逐渐变暖。
它孵蛋孵了一天又一天，
一直孵到了第三天，
这时，大水的母亲，
水母，大气的女郎，
她觉得浑身越来越热，
她觉得皮肤热不可忍，
她觉得膝盖已在燃烧，
她觉得血管正在熔消。
她徒然把膝盖扭动，
她的四肢也在抖动。
于是鸭蛋都滚入大海里，
于是鸭蛋都落入大水中；
鸭蛋被摔成了碎片，
鸭蛋被摔成了碎粉，
但是没有在水中腐朽，

它们也没有成为废品，
碎片却发生神奇变化，
碎片却成了可爱的珍品：
碎蛋的下面部分，
变成了坚实的地面；
碎蛋的上面部分，
变成了美丽的蓝天；
碎蛋上面一层蛋黄，
变成了灿烂的太阳；
碎蛋上面一层蛋白，
变成了皎洁的月亮；
碎蛋中点点花斑，
变成了繁星闪闪；
碎蛋中点点黑斑，
变成了浮云一片。

时间在飞速地前进，
岁月如闪电般流过，
新太阳辉煌地照耀，
新月亮柔和地闪烁。
大水的母亲依然漂流，
水母,大气的女郎，
依然在浪花飞溅的水中，
依然在波涛汹涌的海上，
她的前面是奔腾的海浪，
清澈的苍穹在她的后方。
第九个年头匆匆过去，
迎来了第十个夏天，

她从大海抬起了头，
她从大海仰起了脸。
她要开始她的创造，
她要把世界重整一番，
在无边无际的海上，
在空旷辽远的水面。
她的手指向哪里，
那里就形成海角；
她的脚停在哪里，
那里便成了鱼潭；
当她潜入海水中，
那里便是海的深渊。
当她回身转向大地，
那里便是平坦的海岸；
当她的脚伸向大地，
那里便是鲑鱼出没地点；
当她的头一碰到大地，
那里便形成蜿蜒的海湾。
她离开大地向远方漂流，
漂流在波涛滚滚的海面，
她创造了海中的岩石，
水中的暗礁也由她创建，
船只就在那里沉沦，
海员就在那里葬身。

一些岛屿已经形成，
岩石竖立在大海中，
天空的柱子高高树立，

创立了大陆和土地，
岩石上像雕刻着图案，
花纹在岩石上显现。
但是万奈摩宁仍未出世，
不朽的诗人仍未诞生。
年老刚直的万奈摩宁，
依然留在他母亲的腹中，
度过了三十个盛夏，
度过了三十个严冬，
在那湍急的水面上，
在那汹涌的海浪中。
他反复考虑，沉思默想，
他怎能继续度过时光，
在这幽暗的住所，
在这狭窄的地方，
他在这里看不到月亮，
他在这里看不到太阳。
他以如下的语言，
表达了自己的愿望：
“月亮，太阳，救救我吧，
北斗星，指给我方向，
我应该从哪道门走出，
我应该从哪条路通过，
我要离开这幽暗地方，
我要离开这狭小住所！
引导流浪者到大地，
引导我呼吸凉爽空气，
我要看到皎洁的月亮，

我要看到灿烂的太阳，
我要在明亮的北斗星下，
看到那高空闪烁的星光！”
但月亮没有给他自由，
太阳也没有给他援助，
他厌烦在这里度过时光，
生活只形成了他的重负——
于是他伸出他的无名指，
拨动着宫内的门槛；
于是他用左脚的脚趾，
打开骨胳的锁链；
他的指甲穿过了门庭，
他的膝盖跨越了门槛。
他踉跄地跌入大海中，
用双手拨开浪花飞溅，
从此他居住在深水里，
英雄就生存在浪涛间。
他在海上生活了五年，
度过了五年又六年，
度过了七年又八年，
最终他停留在海岸上，
就在这无名的海角旁，
就在这草木不生的荒滩边。
他用双膝贴着大地，
他用双手撑住身体，
他抬头遥望着月亮，
也可看到光辉的太阳，
头顶着天上的北斗星，

照耀着他继续前行。
万奈摩宁诞生了，
不朽的伟大诗人，
诞生于神圣的创造女神，
大气的女儿，他的母亲。

第 二 篇

万奈摩宁在草木不长的地方登陆并指导柏勒沃宁[1]植树(1—42)。最初种橡树没有成功,但经过反复试种终于生根发芽,遍地成荫,以致遮住了月亮和太阳(43—110)。一个矮人从大海登陆并砍倒橡树,让月亮和太阳重新照耀大地(111—224)。小鸟在树上歌唱;花草和果木在地上生长,只有大麦仍未种上(225—236)。万奈摩宁在沙滩上找到一些大麦种子,伐倒树木,只留下一棵白桦树供鸟儿栖息,其余地方打算种上大麦(237—264)。老鹰为了答谢万奈摩宁,放火烧光伐倒的树木(265—286)。万奈摩宁播下大麦种子,祷告上苍让大麦种子发芽生长并希望来年喜获丰收(287—378)。

万奈摩宁登上陆地,
他的双脚落在海角,
这里四周都是大海,
这里是光秃的海岛。
他在这里住了多年,
把自己的住所修建,
在这悄无声息之地,
在这荒芜不毛沙滩。
他默默地左思右想,
他内心里细细琢磨:
靠谁开垦这荒地,

① 萨姆萨·柏勒沃宁(Sampsa Pellervoinen),万奈摩宁的助手。

靠谁把树种来播?
要依靠柏勒沃宁,
萨姆萨年轻小伙,
只靠他耕种土地,
只有他把种子播!
他弯腰到处播种,
在陆地和沼泽地,
在坚硬的岩石地,
在平坦地和沙地。
他在山丘种松树,
他在土墩种枞树,
在沙地里种石南,
在山谷里种灌木。
白桦树种在溪谷,
赤杨树种在松土,
湿地里种樱桃树,
沼泽地种水杨木。
花楸种在神圣处,
潮地种上杨柳树,
岩石地种杜松树,
小河两边种橡木。
树木都繁荣生长,
幼苗发芽遍地绿。
枞树上开满花朵,
松树上伸展枝杈。
白桦树在溪谷长,
赤杨长在松土上。
杜松在岩石崛起,

杜松树上结果实。
湿地里的樱桃树，
也结满累累果实。

年老的万奈摩宁，
来视察播种情景：
萨姆萨·柏勒沃宁，
怎样播种和劳动。
看到树木已成林，
树苗长得很旺盛；
只是上帝的橡树，
仍未生根和抽茎。
让橡树自生自长，
允许它把自由享。
他察看三个夜晚，
又等待三个白天，
到本周最后一天，
他又去那里视察，
那棵上帝的橡树，
仍没有生根发芽。
他看见四个姑娘，
第五个是个新娘。
她们出现在海角，
割着带露珠青草，
在这海角的尽头，
在雾气沉沉海岛。
她们把草堆一起，
堆成高高的草垛。

英雄从大海走来，
英雄叫杜尔萨斯，
他把干草垛点燃，
升起了熊熊火焰；
干草垛化为灰烬，
火苗也化为飞烟。
干草堆一烧而尽，
此地变成了田园。
然后在田园上面，
栽下橡树的嫩芽，
嫩芽茁壮地成长，
小苗长得很兴旺；
如同大地长草莓，
橡树枝两边伸张。
树枝向四方延伸，
树叶向四面扩张。
树梢触到了天顶，
枝叶遮住了天空，
它挡住了浮云路程，
它阻碍了浮云飞行，
它掩盖了太阳光辉，
它遮住了月亮光明。
这时年老的万奈摩宁，
沉思默想，费尽思量：
是否有这样的大力士，
能把这大橡树全砍光？
看不到太阳的光辉，
看不到皎洁的月亮，

人间的生活多么凄凉，
水中的鱼儿也感忧伤。
也许找不到这样的勇士，
没有谁敢把这事来担当，
砍倒这棵参天橡树，
连同它的枝桠一起砍光。
于是年老的万奈摩宁，
自言自语地把话讲：
“你生了我，尊敬的母亲，
你养了我，大自然的女郎！
让大海中的神灵帮忙，
——大海中的神灵很多，
让他砍倒这棵大橡树，
把这讨厌的大树砍光，
让太阳照满人间，
让人间看到月亮！”

突然一个人从海上升起，
英雄来自翻滚的波浪，
他的身材不算太大，
他的身材不算太小：
像男人的拇指一样长，
像女人的玉手一拃高。
他头上戴的是铜盔，
他脚上穿的是铜靴，
铜手饰戴在手臂上，
铜铠甲披在肩膀上，
铜腰带围在腰中间，

铜斧头系在腰带上：
斧片像指甲一样宽，
斧柄像手指一样长。
年老刚直的万奈摩宁，
沉思默想，费尽思量：
看样子倒像个男子汉，
外表也像个英雄模样，
但他身材只有拇指大，
身高也不过有牛蹄长！
老人这样自言自语，
用以下的话对小人讲：
“你是谁，微不足道的小人，
你就是那位英雄好汉？
你比死人强不了多少，
你的风采并不漂亮！”
于是来自大海中的小人，
来自大浪中的英雄开腔：
“我正是你需要的男子汉，
身材虽小，但英勇矫健，
我来这里砍倒大橡树，
要把大橡树碎尸万段。”
年老刚直的万奈摩宁，
讲了以下的语言：
“这真使我不能相信，
也不会同意你去砍，
你砍不倒这棵大树，
这棵大树你也无法砍。”
老人刚刚讲完话，

又看了这小人一眼：
只见这小人开始变，
变成顶天立地的好汉！
他的双脚踩着大地，
他的大头顶着蓝天；
他的胡须飘在膝盖间，
他的鬈发垂在靴后边；
他两眼间距一哻[①]阔，
他的裤脚也同样宽，
围膝的束带更宽大，
内裤的边沿两倍宽。
他开始磨他的斧头，
斧头的利刃无比锐利，
他磨坏了六块石头，
第七块石头也已磨细。
他健步如飞匆匆前行，
赶紧去完成他的使命，
他那宽大的裤腿，
轻飘飘地抖着风。
他迈出的第一步，
就来到松软的沙滩；
他跨出的第二步，
就踏上褐色的地面；
他跃出的第三步，
就出现在大橡树前面。
他抡起斧头砍伐橡树，

① 哻，芬兰语 Syli，长度单位，约 1.829 米。

锋利的斧刃插入树间。
他砍了一下又一下，
第三下就要把树身砍断，
火光从锋利的斧刃间闪现，
大橡树也喷出熊熊的火焰，
他立志把大橡树砍倒，
实现他平生的夙愿。
他一连砍了三下，
橡树终于倒在他面前。
大树被摔得四分五裂，
遍地都是碎枝烂杈。
树干歪向东边，
树梢倒向西北，
树叶飘向南边，
树枝朝北扩散。
谁要拿到一根树枝，
谁就享受幸福无边；
谁要折到一根树杈，
谁会得到法术无限；
谁能拾到树叶一片，
谁就永远有了爱恋。
另一些琐碎的木屑，
另一些残留的碎片，
都扔在蓝色的海面，
都扔在起伏的浪尖，
在海风里微微动荡，
在波浪中漂流回转，
像大水中的一扁舟，

像大海中的一只船。
风把木屑吹到北国，
波赫亚侍女正在岸边，
她在那里洗头巾，
她在那里洗衣衫，
就在海岸的岩石旁，
就在长长的海角边。
她看见木屑漂在浪里，
就把木屑装在背包里，
她把背包背回到家里，
她把木屑藏在院子里，
准备用它造成神箭，
打猎时用它当武器。
这棵橡树终于被砍下，
可恶的橡树终被铲平，
灿烂的阳光重照大地，
皎洁的月亮重放光明，
彩云在天上任意飞翔，
彩虹横架在高高天空，
在这海角的尽头，
在这海岛的顶峰。

荒原披上了绿装，
森林茂盛地生长，
树长嫩叶地长草，
鸟儿在枝头歌唱，
画眉快乐地啁啾，
杜鹃鸣啭在树梢上。

草莓在大地上生长，
金黄花朵在草原开放，
各种花草在茁壮成长，
各色植物遍布大地上。
只有大麦不见兴旺，
贵重的种子不生长。

这时年老的万奈摩宁，
信步走动，沉思默想，
在这蓝色的海岸边，
在这茫茫的海滩旁。
老人寻找到六粒种子，
又寻找到第七粒种子，
在这平静的海岸旁，
在这美丽的海滩上。
他用夏季松鼠的皮，
把种子小心翼翼包藏。
老人到田野里去播种，
想把种子撒在土地上，
在奥斯摩① 的田野里，
在卡莱瓦的泉水旁，
一只山雀在树上鸣唱：
“如果土地没人耕耘，
如果树木没砍伐干净，
也没有把它们全烧光，
奥斯摩的大麦不发芽，

① 奥斯摩(Osmo)即卡莱瓦。

卡莱瓦的燕麦不生长。”
年老刚直的万奈摩宁，
把斧头磨得异常明亮。
他用斧头把树木砍掉，
他辛勤劳作努力开荒。
可爱的树木被他砍光，
只留下一株白桦树，
为了让鸟儿在树上栖身，
为了让杜鹃在枝头歌唱。

一只老鹰在天空飞翔，
它飞得最高，看得最远，
它飞到高空四周观望：
“为什么工作没有做完，
留下这美丽的白桦树，
没有把它也一起砍光？”
老人万奈摩宁回答道：
“留下那株白桦树，
为了让鸟儿有栖身之地，
为了让大鹰在树上休息。”
空中的大鸟，老鹰说道：
“你的想法真漂亮：
留下白桦树继续生长，
没有连它一起铲光，
让鸟儿在树上栖息，
也让我有休息的地方。”
老鹰说罢点起大火，
火焰劈啪发出巨响。

北风扫过冒烟的树枝，
东北风吹过燃烧的树桩，
所有残留树木都被烧光，
那里变成可耕种的地方。

年老的万奈摩宁，
从皮包里取出六粒种子，
又取出第七粒种子，
取自用貂鼠皮做的包里，
取自用松鼠皮做的包里，
取自用银鼠皮做的包里。
老人来到地里播种，
把种子撒在田野里。
他边播种边自言自语：
"我弯腰在这里播种，
挥动着创造主的手，
通过全能者的双手，
让大地变成良田，
让谷物丰收增产。
低地的女护神，
平原的老媪，大地女主人！
让嫩苗茁壮成长，
让大地肥沃健壮！
只要土地永存，
就会谷物满仓，
赐予者一定开恩，
大自然女儿一定帮忙。
大地，从睡眠中醒来，

创造者田野,起来!
让梗秆节节成长,
让叶子肥大油光!
生长出成千的穗子,
生长出成百的枝杈。
我又耕田又播种,
这是对我劳动的报答!
噢,乌戈,上帝主宰,
至高无尚的天神,
天空的统治者,
各种云朵的统帅!
我求你召集各路云朵,
给它们以明确的劝说!
让云朵从东方飘来,
让云朵从西北飞来,
让云朵从西方吹来,
让云朵从南方赶来!
让天空降下甘霖,
让云朵化成蜜水,
使大麦长势旺盛,
使麦苗欣欣向荣!”
这时乌戈,上帝主宰,
至高无尚的天神,
他立即召集了云朵,
把意见逐一细说。
于是云彩从东方飘来,
云彩从西北飞来,
云彩从西方吹来,

云彩从南方赶来；
云彩紧紧凝结在一起，
在其间不留一点缝隙。
从天上降下了细雨，
从云里蒸馏出蜜水，
大麦苗壮地生长，
麦秆节节地升级。
由于万奈摩宁的劳作，
在这松软的麦田里，
麦苗不停地滋长，
麦秆不断地向上。
这样经过了两个白天，
又过了两三个夜晚，
经过了整整一周时间，
年老刚直的万奈摩宁，
走到麦田里去察看。
他在那里播种又耕田，
对他的辛苦是何答案——
每株大麦长着六个穗，
大麦秆长度是三段，
穗粒颗颗都很饱满。
年老的万奈摩宁，
继续走着四处察看，
春天之鸟杜鹃飞来，
看到白桦树仍然存在：
“为什么留下白桦树，
为什么没有把它砍伐?”
年老的万奈摩宁回答：

“我没有把白桦树砍伐，
我决定把白桦树留下，
完全为了给你安个家。
杜鹃，让你在树上欢呼，
让你淡黄的喉头歌唱，
你的歌声像银铃般清脆，
你的歌声像金属般响亮！
你在夜晚唱，在清晨唱，
你有时还在中午唱，
歌唱我那美好的家园，
歌唱我那喧闹的森林，
歌唱我那黄金的海岸，
歌唱那麦田喜获丰产！”

第　三　篇

万奈摩宁智慧大增，并成为知名人士（1—20）。尤卡海宁与万奈摩宁斗智，他没有取胜，于是决定与万奈摩宁决斗。万奈摩宁因此发怒，并唱起神歌，使尤卡海宁陷入沼泽（21—330）。尤卡海宁陷入绝境，最终他答应把妹妹嫁给万奈摩宁，万奈摩宁欣然答应并把尤卡海宁从沼泽中救起（331—476）。尤卡海宁懊丧地回到家中并把路上的遭遇告诉了母亲（477—524）。母亲为这门亲事感到高兴，而女儿却为此而伤心落泪（525—580）。

年老刚直的万奈摩宁，
度着他生命的时光，
在这万诺莱的原野上，
在这卡莱瓦拉的地方。
他唱着动听的歌曲，
他把智慧的歌词讲。
他日以继夜地唱，
他夜以继日地讲，
他唱的是过去的歌曲，
他讲的是古老的篇章。
这些歌曲儿童不会唱，
这些篇章成人不会讲，
在那艰苦的岁月，
在那流失的时光，
许久流传着一则新闻，

到处散布着一条消息，
万奈摩宁的歌声动人，
老英雄的歌声嘹亮。
消息传播到温暖的南国，
新闻流传到波赫亚地方。

有一个瘦弱的拉普① 少年，
他的名字叫尤卡海宁。
一次他来到村庄游玩，
听到一种奇怪的传言：
在这万诺莱的原野上，
在这卡莱瓦拉的地方，
居住着一位游唱诗人，
他唱着动人的歌曲，
他的歌声胜过这少年，
比其父亲教的还要强。
少年听后感到很生气，
内心充满了嫉妒心理：
想不到万奈摩宁的歌喉，
竟如此优美胜过了自己。
于是少年来到母亲住处，
在双亲面前把话讲，
说他有一个迫切愿望，
打算离开这个地方，
要到遥远的万诺莱，
与万奈摩宁进行较量。

① 拉普人(Lappalainen)，居住在芬兰北部的少数民族，多以游牧捕猎为生。

父亲对此举不同意，
母亲对此举有怀疑，
阻止他到万诺莱去，
与万奈摩宁争高低：
“在那里他要与你赛歌，
在赛歌中灭你的威风，
你的双手会被寒风吹裂，
你的嘴和头会埋在雪中，
你的手和脚会被冻僵，
再没有力量与他抗争。”
年轻的尤卡海宁回答说：
“父亲的劝导不错，
母亲的劝导更好，
但我的见解却最高。
我坚决要和他挑战，
我一定要与他较量，
我要给他唱我的歌，
我把歌词唱了又唱，
使这最优秀的歌手，
变成最拙劣的歌王。
我让他穿上石头鞋，
我让他穿上木头裤，
石锚压在他的胸上，
石担压在他的肩上，
石手套戴在他手上，
石盔戴在他的头上。”
这个少年不听奉劝，
牵来他的那匹骗马，

马的鼻孔喷着火焰，
马的蹄子闪着火花。
他把骟马装备完善，
再把金车套在马身上，
然后他登上这辆马车，
稳稳地坐在马车上面，
朝着骟马挥动着花鞭，
鞭子抽打在骟马臀间，
于是骟马纵身跃进，
轻如疾风一往直前。
马啸啸，车辚辚，
走了一天又一天，
马车走了整三天。
就是在这第三天，
马车来到万诺莱，
来到卡莱瓦拉地盘。
年老刚直的万奈摩宁，
这位老年的魔术师，
正巧也在赶着路程，
他边赶马车边思量，
在这万诺莱牧场，
在这卡莱瓦拉地方。
这时年轻的尤卡海宁，
在路上和他相迎：
车辕撞上了车辕，
缰绳绞住了缰绳，
马轭与马轭相缠，
车头与车头相碰。

于是他俩的马车停下，
停下来都在思量；
车辕上冒着热气，
汗水从马身上淌。
年老的万奈摩宁问道：
“你要老实告诉我，
你是谁，来自哪个家族，
为什么如此猖狂？
马轭被你的车撞坏，
车头被你的车撞伤，
马的缰绳也被绞断，
整个马车已被撞烂！”
这时年轻的尤卡海宁，
做了这样的回答：
“我是年轻的尤卡海宁，
可你也要告诉我：
你属于什么家族，
出身什么卑微门庭？”
年老刚直的万奈摩宁，
说出了自己的姓名。
接着他又这样说道：
“你是年轻的尤卡海宁，
要知道，你比我年轻，
你应该让我先行！”
此时年轻的尤卡海宁，
这样做了回答：
“这事与年龄没有关系，
管他年老和年轻！

看谁的知识最渊博，
看谁的智慧最高明，
差的应给强者让路，
让强者驱马车先行。
你是年老的万奈摩宁，
号称不朽的歌手，
让我们开始赛歌，
让我们把歌词背诵，
看到底谁比谁行，
最终谁把谁战胜！”
年老刚直的万奈摩宁，
却说出了这样的话：
“是歌手还是艺术家，
这对我算不了什么，
我只是在荒凉的牧场上，
过着宁静的生活，
在我家乡的平原上，
聆听着杜鹃的歌唱。
我们先不谈这个，
我现在请你告诉我：
你最渊博的知识是什么，
你最聪明的智慧是什么？”
年轻的尤卡海宁答道：
“我的知识真渊博！
各种事物都懂得，
我的智慧告诉我：
烟囱安在房顶上，
炉旁才会有火光。

海豹过着欢乐的生活，
海狗嬉戏在波涛上：
鲑鱼是它们的佳肴，
鲱鱼是它们的食粮。
鲱鱼喜欢清澈的海面，
鲑鱼喜欢平静的海湾，
梭子鱼在深秋时产卵，
鳗鱼产卵却是在冬天。
行动懒散的大鲈鱼，
它在秋天游在深渊，
在夏天它游到海岸，
在岸边它才把卵产。
如果这些不令你满意，
我还有其他知识要谈，
保证使你意足心满：
北方用驯鹿耕地，
南方用母马耕田，
边缘地区把麋鹿使唤。
我知道比萨山的树木，
我知道霍尔纳岩上的枞杉：
比萨山的树长得真高大，
霍尔纳岩的枞树粗又圆。
我知道三个大瀑布，
我知道三座大山，
我知道三个大湖，
在这高高的天空下边，
海莱彪拉瀑布在海麦，
卡特拉瀑布在卡尔亚拉；

但它们比不上沃克思，
那里飞溅着伊玛特拉。”
年老的万奈摩宁说道：
“这些都是妇孺皆知的见识，
对长胡子的人不相称，
对结了婚的人不相适！
再说些深奥的学问，
再说些永恒的事情！”
年轻的尤卡海宁，
又讲了下面的话：
“我知道山雀来去影踪，
山雀是只玲珑的小鸟，
毒蛇会发出嘘嘘声，
飞鱼常常生活在水中。
我知道铁是很坚硬，
黑泥的酸臭味很浓，
沸水烫人很痛苦，
烈火烧身更严重。
水是古老的饮品，
瀑布泡沫是茶剂，
创造主是位巫师，
上帝是伟大法师。
水从山涧中流出，
火从天上来到人间，
铁从铁矿中采出，
铜是采自铜矿间。
最古老的地是沼泽地，
松树根是古老的房屋，

种的第一棵树是柳树，
用的第一把壶是石壶。”
年老刚直的万奈摩宁，
气急败坏地开始说话：
“你的废话说完了没有，
是否还有什么话要说？”
年轻的尤卡海宁说道：
“我还要说一些别的事！
这些事我记得很清晰，
当年我把海洋耕种，
把海洋耕得深又密，
还给鱼类挖了巢穴，
让海底深深往下沉，
形成一个大深渊，
又在海中造了许多山，
山与山连成一大片。
我与六位勇士在一起，
我是其中的第七位，
我们共同创造了大地，
这大地由大气层包围，
我们竖起了擎天柱，
我们在天边架起了彩虹，
给月亮规定了航线，
帮太阳走上了路程，
给北斗星安排了位置，
让天空布满了繁星。”
年老的万奈摩宁说道：
“这完全是无耻的谎言！

当年大家开发海洋，
把海洋挖得深又深，
给鱼类挖了巢穴，
让海底深深往下沉，
形成一个大深渊，
又在海中造了许多山，
山与山连成一大片，
那时你没有参加干。
当初大家创造了大地，
这大地由大气层包围，
大家竖起了擎天柱，
还在天边架起彩虹，
给月亮规定了航线，
帮太阳走上了路程，
给北斗星安排了位置，
让天空布满了繁星。
那时既没有看到你，
也没有听到有你的名。”
年轻的尤卡海宁，
说出了以下的话：
“如果我的智力不如你，
让我们在剑锋上比高低，
你这年老的万奈摩宁，
善于吹嘘的游唱歌手！
让我们一起斗一斗剑，
让我们用剑分个雌雄。”
年老的万奈摩宁说道：
“你的任何伎俩我不怕，

无论斗智力或比武力，
无论比知识或比剑法。
但是请你收回这些伎俩，
我对斗剑并不感兴趣，
特别与你这无耻小人，
与你这可怜的懦夫。”
这时年轻的尤卡海宁，
咧着嘴又晃着脑，
摇动着满头鬈发，
道出了以下的话：
“谁要不与我斗剑，
谁要不与我比武，
我要把他唱成猪，
唱成拱鼻子的猪。
我这样把英雄们制服，
让他们无方向地乱跑，
让他们跑进粪堆里，
让他们在猪圈里乱叫。”
万奈摩宁闻后大怒，
内心充满了愤恨之情。
于是他自己唱起歌曲，
唱出自己的智慧言语：
这歌曲既不是儿歌，
也不是妇女开的玩笑，
这是老英雄之歌，
这种歌儿童们不会唱，
二分之一的少年不会唱，
三分之一的恋人不会唱，

在这暗无天日的岁月，
在这生活无路的地方。
年老的万奈摩宁唱着歌，
只唱得湖波汹涌、大地摇动，
高峻的铜山在颤抖不停，
巨大的岩石发出轰鸣，
陡峭的群山开始断裂，
岸边的石子四处飞腾。
他唱给年轻的尤卡海宁，
将他的马轭唱成树苗，
将他的车辕唱成柳树，
将马的缰绳唱成红木，
让金色的雪车被唱服，
陷进湖里被芦苇缠住；
将他带珠饰的马鞭子，
唱成一根草在水上浮，
将他那匹白玉顶的马，
唱成流水旁的岩石永驻。
歌声震动了他的金柄剑，
使它变成了空中的闪电，
歌声使他那张华丽的弓，
变成水上的一道彩虹；
歌声使那支羽毛箭，
变成美丽的灌木松；
歌声使那戴有嘴套的狗，
变成地上的一块石头；
歌声使他头上戴的帽子，
变成天空中的云朵；

歌声使他那双手套，
变成水中的两朵百合；
歌声使他穿的蓝外衣，
变成碎云在空中飘动；
歌声使他腰间系的带子，
变成天空中的流星。
歌声震动着尤卡海宁，
使他在沼泽里越陷越深，
他的臀部陷在泥泞里，
他的腋下也浮起沙泥。

年轻的尤卡海宁，
现在才开始懂得：
他已陷入了绝境，
将结束他的行程——
年老的万奈摩宁，
在唱歌中已经取胜。
他试图拔出他的脚，
但是他怎样也拔不动，
又想试试拔另一只脚，
像穿上石头鞋那样重。
这时年轻的尤卡海宁，
感到非常痛苦，
感到非常悲伤，
他开始把话讲：
“噢，聪明的万奈摩宁，
你这不朽的魔法师，
请收回你那神奇的咒语，

请放弃你那魔法的歌曲！
使我摆脱开这鬼地方，
使我从恐惧中得到解放！
如果你答应我的要求，
我要给你最高的奖赏。”
年老的万奈摩宁问道：
“如果我收回神奇的咒语，
如果我放弃魔法的歌曲，
使你摆脱开这鬼地方，
使你从恐惧中得到解放，
你究竟能给我什么？”
年轻的尤卡海宁答道：
“我有两张弯弓，
这弯弓美丽无穷，
一张能射中目标，
一张是百发百中，
请你任选一种！”
年老的万奈摩宁说道：
“我不要你的弓，
也不要你的箭！
我自己就有许多，
在墙上已经挂满，
弓箭也已上满弦：
随时准备出击，
到森林把猎物射死。”
歌声震动着尤卡海宁，
使他在沼泽里继续下沉。
年轻的尤卡海宁又说道：

“我还有两只船，
船都非常美观，
轻的可用做赛船，
重的可用做载船，
请你任意挑选！”
年老的万奈摩宁答道：
“我不喜欢你的船，
我也不进行挑选！
我自己就有很多，
船台上已经堆满，
船也挤满了海湾，
船可乘风破浪而去，
也可逆风破浪而转。”
歌声震动着尤卡海宁，
使他在沼泽里继续下沉。
年轻的尤卡海宁又开言：
“我有两匹骏马，
两匹漂亮的雄马，
一匹跑步如飞，
一匹活泼俊美，
请你选择其一！”
年老的万奈摩宁答道：
“我不喜欢你的骏马，
不要你那白蹄战马，
我自己就有好多匹。
马厩里已经爆满，
马也挤满了马圈，
马背油光发亮，

个个腰肥肚圆。”
歌声震动着尤卡海宁，
使他在沼泽里继续下沉。
年轻的尤卡海宁说道：
“噢，年老的万奈摩宁！
收回你那神奇的咒语，
放弃你那魔法的歌曲！
我给你一顶金头盔，
头盔中还装满白银，
这头盔是父亲从战争中获取，
这正是父亲的战利品。”
年老的万奈摩宁回答说：
“我不喜欢你那白银，
也不询问你那纯金，
我自己就有许多金银，
箱子里堆满白银，
盒子里盛满纯金：
月亮光一样的白银，
太阳光一样的纯金。”
歌声震动着尤卡海宁，
使他在沼泽里继续下沉。
年轻的尤卡海宁说道：
“噢，年老的万奈摩宁！
我要摆脱开这鬼地方，
我要从恐惧中得到解放！
我要把谷仓送给你，
我还送给你我的田庄，
只要你肯搭救我，

我把一切当报偿。”
年老的万奈摩宁回答道：
“我不要你的谷仓，
更不要你的田庄！
我自己就有很多，
到处有我的田庄，
到处有我的谷仓。
我有自己最好的田庄，
我有自己最好的谷仓。”
歌声震动着尤卡海宁，
使他在沼泽里陷得更深。
这时年轻的尤卡海宁，
确实感到十分痛苦，
他已陷到了下巴颏，
胡须上已沾满泥污，
他的嘴已触到苔藓，
牙齿与残枝烂叶相连。
于是年轻的尤卡海宁开口道：
“噢，聪明的万奈摩宁，
不朽的魔法师！
收回你那神秘的歌，
饶恕我这个可怜人，
让我在这里恢复自由吧！
我的双脚被溪水沉没，
泥沙也刺痛了我的双目。
你一旦收回神秘咒语，
你一旦放弃你的魔法，
我要献给你我母亲的女儿，

献给你我的妹妹爱诺。
让她给你整理房间，
让她给你洗刷地板，
让她给你煮牛奶，
让她给你洗衣服，
让她给你烘甜面包，
让她给你织锦物。”
年老的万奈摩宁，
听后展开笑颜，
尤卡海宁的妹妹，
将侍奉他到晚年。
于是他坐在快乐石头上，
开始把神秘的歌曲唱。
他唱了一遍，再唱一遍，
他接着唱了第三遍：
咒语完全被赶走，
魔法完全被驱散。

这时年轻的尤卡海宁，
从沼泽中抬起下巴颏，
梳理了一下他的胡子，
从岩石里牵来骏马，
从芦苇中拖来雪车，
马鞭从岸边草丛中获得。
他登上了雪车，
在车厢里落座；
怀着忧郁悲伤的心情，
启动了回家的路程，

回到善良的母亲的家，
回到年老的父亲的家。
马车摇摇晃晃向前赶，
最终缓慢地来到家园：
马车本来被撞得破烂，
回到家时又把车轴断。
母亲看见感到很奇怪，
父亲走来向他开言：
“你是故意把车撞烂，
又把车轴故意弄断！
你为何驾车这么鲁莽，
回到家来又这么紧张？”
年轻的尤卡海宁站在那里，
禁不住泪流满面，
他伤心地把头低，
他的帽子歪倒一边，
他的嘴唇既硬又干，
他的鼻涕流在嘴上面。
母亲见到这么悲伤，
走上前来询问端详：
“我的孩子，你为什么哭泣，
我亲爱的，你为什么悲伤？
看你的嘴唇又干又裂，
你的鼻涕流到嘴上方。”
年轻的尤卡海宁说道：
“呵，母亲，我的恩人！
我有理由感到伤心，
那个魔法师已把我战胜，

我有理由大哭一场，
那个魔法师使我心伤！
这要让我痛哭一生，
我一辈子不得安宁：
我把我的妹妹爱诺，
母亲可爱的女儿，
许配给万奈摩宁，
做那个歌手的老婆，
要永远地将他侍奉，
要永远地扶他前行。”

他的母亲拍手大笑，
他的母亲感到快乐，
母亲这样对他说：
“不要哭，我的孩子！
这件事不值得悲伤，
更不值得大哭一场：
我早就希望这样，
这是我一生的愿望，
但愿这位名门勇士，
能与我们家结成亲，
但愿歌手万奈摩宁，
能与我的女儿结婚。”
然而尤卡海宁的妹妹，
听到后开始号啕大哭，
她哭了一天又一天，
站在门槛上哭个不停；
她感到非常痛苦，

情绪低落、心神不定。
母亲前来劝说道：
“我的爱诺，你哭什么？
你要有一个如意郎君，
这如意郎君出身名门，
你可倚窗而坐，向外眺望，
也可坐在椅子上拉拉家常。”
女儿这样回答母亲：
“呵，母亲，我的恩人！
我有理由哭泣：
我为我的美丽辫子哭泣，
这辫子正点缀我的头，
我哭泣那柔软光泽的秀发，
以后要整个藏起它，
掩盖了我的青春年华。
今后我要悲伤一生，
要失去太阳的光辉，
要失去月亮的光明，
要失去天空的晶莹，
如果我这么年轻，
像一个被遗弃的孩童，
离开哥哥的伐木厂，
离开父亲的门窗。”
母亲对女儿说，
老人对孩子讲：
“傻姑娘，不要哭泣，
也不值得悲伤！
没有理由流泪，

没有理由忧伤。
上帝的太阳永远照耀，
无论在世界任何地方，
不仅照着你父亲的门窗，
不仅照着你哥哥的伐木厂。
每一座山上都长果木，
每一个平原都把草莓长，
无论你走到哪里，
都可以采摘果实，忘掉忧伤，
不仅在父亲的田野里，
不仅在哥哥的土地上。”

第 四 篇

万奈摩宁在树林里遇见姑娘爱诺并向她求婚(1—30)。姑娘哭着跑回家并把此事告诉了母亲(31—116)。母亲劝她不要哭,应该高兴,要打扮得更漂亮些才是(117—188)。姑娘仍然哭个不停,她说自己不愿意嫁给老头子做妻子(189—254)。姑娘心情沉重地走向荒林,来到一个陌生的海岸边。她在海水里沐浴,最后沉入海底(255—370)。母亲为女儿的死夜以继日地哭泣(371—518)。

尤卡海宁的妹妹,
年轻的姑娘爱诺,
她来到绿色丛林,
去拾绿枝当浴条[①]。
一把浴条送给父亲,
一把浴条送给母亲,
她又扎了第三把,
送给身强力壮的哥哥。
她正要穿过赤杨林,
急急忙忙往家奔。
这时来了年老的万奈摩宁,
看见林中奔走的姑娘,
在绿丛中显得真漂亮。

① 浴条亦称浴梗(vastakset),芬兰人在洗蒸气浴时习惯用绿枝条打身以促进血液循环。通常把绿枝条扎成一把一把的使用。

他对姑娘开言道：
“姑娘不要为别人打扮，
要只为我自己欣赏。
你的脖颈上挂着项链，
你的胸前挂着十字架，
你的头上梳着发辫，
你的发辫上扎着丝带。”
年轻的姑娘回答道：
“我胸前挂着十字架，
我用丝带扎着头发，
不为你来也不为他。
我不喜欢奇装异服，
也不稀罕小麦面包，
我爱穿本地的衣服，
我爱吃家乡的菜肴，
我要同慈祥的父亲住，
我要同善良的母亲处。”

她从胸前摘下十字架，
她从手指上脱掉指环，
她从脖子上取下项链，
她从头上解下红飘带，
她将这些装饰品扔在地上，
她将这些装饰品丢在林间。
她哭哭啼啼地往家奔，
她急急忙忙地来家园。
父亲正在窗前坐着，
细心雕刻着他的斧柄：

“你哭什么，我的女儿，
难道年纪轻轻就有伤心事？”
“我有理由哭泣，
我更有理由悲伤！
让我哭吧，我的父亲，
我觉得自己十分伤心：
我的胸前失去了十字架，
我的腰间失去了腰带，
我失去的是银十字架，
我失去的是铜腰带。”
哥哥蹲在大门口，
正在修他的车轴：
“你为什么哭，我的妹妹，
年纪轻轻有什么伤心事？”
“我有理由哭泣，
我更有理由悲伤！
让我哭吧，我的哥哥，
我觉得自己十分伤心：
我的脖子上失去项链，
我的手指上失去指环，
我失去的是银项链，
我失去的是金指环。”
嫂嫂坐在床头边，
正把金色的腰带织：
“你为什么哭，我的妹妹，
年轻人有什么伤心事？”
“我有理由哭泣，
我更有理由悲伤！

嫂嫂,我为此而哭泣,
我为此而悲伤:
我额上失去了黄金,
我发上失去了白银,
我鬓角下失去蓝丝带,
我头上失去了红头绳。”
母亲正在厨房门口,
她亲手制作干奶酪:
“亲爱的女儿,哭什么,
你有什么伤心事?”
“噢,妈咪,我的亲人,
母亲,我的哺育者!
我有理由哭泣,
有理由受痛苦折磨!
让我哭吧,亲爱的母亲,
让我伤心吧,妈咪:
我去绿色丛林,
拾绿枝当浴条,
一把送给父亲,
一把送给母亲,
又扎了第三把,
送给健壮的哥哥。
我正在穿过树林,
急急忙忙往家奔,
忽听奥斯摩宁[①] 叫喊,
它来自卡莱瓦拉草原:

① 奥斯摩宁即万奈摩宁。

‘姑娘,不许为别人,
只许为我自己打扮,
你那脖颈上戴着项链,
你的胸前挂着十字架,
你的头上梳着发辫,
你的发辫上扎着丝带!’
于是我从胸前摘下十字架,
我从脖颈上取下项链,
我从鬓角下扯下蓝丝带,
我从头上解下红头绳,
我把这些装饰品扔在地上,
把这些装饰品丢在林间。
然后我对他说:
‘我胸前挂着十字架,
头发上扎着丝带,
不为别人也不为你打扮。
我不喜欢奇装异服,
也不稀罕小麦面包,
我爱穿本地衣服,
我爱吃家乡菜肴,
我同慈祥的父亲住,
我同善良的母亲处。’”

善良的母亲把话讲,
老人对孩子把话劝:
“别哭泣,我的姑娘,
年纪轻轻不要悲观!
先喝一年新鲜牛奶:

你会长得更丰满，
再吃一年的猪肉，
你会变得更鲜艳。
第三年再吃蛋糕，
你会变得越来越好看。
然后你去小山储藏间，
去打开储藏间的门，
那里面柜子摞着柜子，
箱子与箱子连成一片。
你再打开美丽的箱子，
揭开刻着花纹的箱盖：
里面有六条金腰带，
七件蓝色的裙衣，
那是月亮的女儿织成的，
那是太阳的女儿缝制的。
从前我年轻的时候，
那时我还是个姑娘，
我去树林里采草莓，
去山底下采摘山莓。
听到月亮的女儿织布声，
太阳的女儿纺织声，
就在绿林的近旁，
就在草木丛生的山上。
于是我悄悄地走到那里，
站在她们的身旁，
我开始轻声慢语，
细声地把话讲：
‘给我黄金，月亮的女儿，

给我白银,太阳的女儿,
救济我这穷姑娘,
救济我这穷女郎!'
月亮的女儿给了我黄金,
太阳的女儿给了我白银。
我用白银装饰头发,
我用黄金装饰双鬓!
我高兴得脸上开了花,
急急忙忙跑回了家。
我戴了一天又一天,
一直戴到第三天,
我从双鬓上取下黄金,
我从头发上取下白银,
把它们放在储藏间,
把它们藏在箱子里面,
一直存放到今天,
从来没有去看看。
在你额头上扎上丝带,
在你双鬓间戴上金饰,
在你脖子上挂上金项链,
在你胸前挂上十字架。
穿上精美的衣衫,
这衣衫是用细麻纱制成的;
披一件羊毛长衣,
用丝腰带把长衣束起;
再穿一双最好的丝袜,
蹬一双最好的绣鞋;
把头发梳成辫子,

再扎上漂亮的丝带，
手指上戴上金戒指，
手腕上戴上金镯子。
你这样从储藏间往回走，
进到大院里面来，
大院的亲人为你高兴，
整个家族也为你喝彩！
你像小路旁的一朵鲜花，
你像树林中鲜艳的草莓，
你比从前更显得可爱，
你比过去更显得娇美。”

母亲对女儿这样劝告，
老人对孩子这样说教。
女儿却不听母亲的劝告，
也不爱听这样的说教；
女儿哭着离开屋子，
她抽泣地向院子里跑。
她说出了以下的话，
来把自己的心情表：
“什么是快乐的感觉，
什么是幸福的思想？
快乐的感觉是这样，
这样才是幸福的思想：
如在海水中轻轻地漂荡，
似在波浪中缓缓地升降。
什么是不幸的感觉，
和长尾鸭的思想？

不幸的感觉是这样的，
这才是长尾鸭的思想：
如山丘被冰雪覆盖，
似在深井的水中不欢畅。
目前我生活得好艰难，
我的童年也颇不平坦，
我的思绪像一片枯叶，
飘荡在灌木丛的上空，
穿越过绿色的草地，
落到荆棘丛生的树林中，
我的思想一片漆黑，
我的心境暗如沥青。
如果我没有来到世上，
如果我没有长大成人，
那该是多么幸福，
那该是多么幸运，
我经历不到这痛苦的日子，
我经历不到这烦恼的时辰。
如果我只活了六夜，
如果我在第八天死亡，
那时我不需要更多什么，
只需要一件小寿衣，
只需要一小角土地，
母亲不会太悲伤，
父亲也不会流泪，
哥哥更不会哭泣。”
她哭了一天又一天，
母亲前来把她劝：

"可怜的女儿,你哭什么,
什么事使你这么伤心?"
"你可怜的女儿有伤心事,
一生一世也说不尽,
是你答应把我许配,
把你这亲生的女儿,
嫁给老头子做人妻,
陪伴老头子把觉睡,
终生把老头子伺候,
扶持他衰老的步履。
如果你把我许配,
还不如送我到海底,
与鱼儿做伙伴,
与鲱鱼做姊妹!
如果我去当人妻,
当别人的拐杖,
替别人补袜子,
终生扶持这老人,
最好我先沉入海底,
永远居住在海里,
去与鱼儿做伙伴,
去与鲱鱼做姊妹。"

她终于走向小山,
来到储藏间里面,
打开漂亮的箱子,
察看箱内的物件。
她找到六条金腰带,

七件蓝色的裙衣衫。
她穿上蓝色的裙子，
把自己精心打扮。
她在双鬓上贴上金，
头发上戴上闪光银，
额上系着天蓝丝带，
头上扎着红色飘带。
她于是走出储藏间，
在广阔田野里漫步，
越过沼地和荒原，
穿过茂密树林间。
她唱着歌儿往前走，
自言自语信步漫游：
“像乱箭刺我的心，
像大石击我的头。
只要我这不幸的姑娘，
结束我这青春年华，
箭刺再也不可惧，
石击再也不可怕，
从此我永不感到忧愁，
从此我永不感到痛苦。
我或许已到期限，
要永远离开人间，
我要去玛纳① 的住处，
将永远生活在冥府。
我的父亲不会哀悼，

① 玛纳(Mana)，宗教用语，表示地府之神。

我的母亲不会哭号，
我的嫂嫂不会流泪，
我的哥哥不会抽泣。
虽然我掉进水里，
虽然我沉入海底，
波涛将我吞没，
头部扎入污泥。”
她走了一天又一天，
她终于走到第三天，
来到汹涌大海的前面，
来到青草萋萋的岸边。
到达这里已是夜晚，
她在黑夜里裹足不前。
姑娘在晚上不停哭泣，
姑娘在夜间不住悲叹，
就在这海岸岩石旁，
就在这辽阔海湾边。
清晨出现一缕曙光，
她向着海角眺望：
她看见了三个姑娘，
在海角那边洗澡。
爱诺成为第四个姑娘，
嫩树成为第五个姑娘。
她把上衣挂在柳树上，
她把长衣挂在白杨，
她把袜子扔在地上，
她把鞋子丢在岩石旁，
她把项链抛在泥沙里，

她把金环甩在砂砾上。
大海中有一块美丽的岩石，
闪耀着灿烂的金光，
姑娘急忙向那里游去，
打算找个避难的地方。
她终于游到岩石旁，
要在岩石上面休息，
她坐在美丽的岩石上，
沐浴着金色的太阳光。
岩石开始往下沉，
沉到大海的海底，
爱诺姑娘也沉下，
伴随着岩石一起。
从此小白鸽消失在世上，
从此可怜的姑娘永死亡。
当姑娘下沉海底时，
她还把这样的话儿讲：
“我去海里洗澡，
我去海里沐浴，
像小鸡一样消失，
像小鸟一样死亡；
我亲爱的父亲，
当你仍活在世上，
在这大海的海面上，
决不能撒网把鱼伤！
我去海里洗澡，
我去海里沐浴，
像小鸡一样消失，

像小鸟一样死亡；
我亲爱的母亲，
当你仍活在世上，
请不要去海湾，
取回水来做饭！
我去海里洗澡，
我去海里沐浴，
像小鸡一样消失，
像小鸟一样死亡；
亲爱的哥哥，
当你仍活在世上，
不要去饮那匹骏马，
在那海岸的近旁！
我去海里洗澡，
我去海里沐浴，
像小鸡一样消失，
像小鸟一样死亡；
亲爱的嫂嫂，
当你仍活在世上，
不要去洗你的眼睛，
在家乡附近的船台上！
因为这海中的水，
就是我的血液；
因为这海中的鱼，
就是我的血肉；
因为这海岸上的枯树，
就是我胸上的肋骨；
因为这岸边的野草，

就是我的头发乱糟糟。”

年轻的姑娘从此死去，
美丽的白鸽从此消失……
现在谁去通风报信，
报告姑娘死亡消息，
到姑娘居住的家里，
到美丽的宅院里？
大熊要去通风报信，
报告姑娘死亡消息！
可是大熊不能去：
它会消失在牛群里。
有谁还想去把信报，
通知姑娘死亡消息，
去姑娘居住的家里，
到美丽的宅院里？
狼要去通风报信，
通知姑娘死亡消息！
可是狼也不能去：
它会消失在羊群里。
还有谁想去把信报，
告诉姑娘死亡消息，
去姑娘居住的家里，
去美丽的宅院里？
狐狸要去通风报信，
传达姑娘死亡消息！
可是狐狸也不能去：
它会消失在鹅群里。

还有谁要去通风报信，
通知姑娘死亡消息，
去姑娘居住的家里，
去美丽的宅院里？
小兔想去通风报信，
告知姑娘死亡消息！
兔子坚定地回答：
“我一定通知到这消息！”
于是兔子竖起长耳朵，
挥动着蜷曲的双腿，
张开十字形的小嘴，
迅速地向前奔跑着，
奔向姑娘居住的地方，
奔向生她养她的家乡。
兔子跑到桑那浴① 门旁，
站在门槛上朝里观望：
只见浴室里挤满了姑娘。
她们手里拿着浴条把话讲：
“喂，小兔，我们把你煮了，
大眼睛，我们把你烧了，
给男主人当晚餐，
给女主人当早点，
给女儿当点心，
给儿子当午饭，行吗？”
兔子瞪着一双大眼睛，
做了这样的回答：

---

① 桑那浴（Sauna），表示蒸汽浴的意思。

“只有傻瓜才到这里来，
让你们放在锅里烧烤！
我是来这里通风报信，
报告一个不幸的消息：
美丽的姑娘已经死亡，
胸前的锡饰不复存在，
银色的纽扣已经丢光，
铜腰带也不在她身上。
她赤身裸体跳入海里，
现在已经沉入深海底，
她在海底与鱼儿做伙伴，
她在海底与鲱鱼做姊妹。”
她母亲听后嚎啕大哭，
泪珠儿不断地往外流，
她哀声叹气，悔恨自己，
痛苦地说出这样的话：
“可怜的母亲们，
在你们的一生里，
不要催促你们的女儿，
不要威逼你们的孩子，
去嫁给她不喜欢的人，
像我这样枉费心机，
我强迫过我的女儿，
我把自己抚养的小鸡威逼！”
母亲悲痛地哭啼，
泪水像泉水般地流下，
从她那蓝色的眼睛里，
流到苍白的面颊。

一串接着一串，
眼泪像珠子般不断，
从她那苍白的面颊，
流到起伏的胸间。
一串接着一串，
眼泪像珠子般不断，
从她那起伏的胸间，
流到漂亮的裙衣边缘。
一串接着一串，
眼泪像珠子般往下淌，
从她那裙衣的边缘，
流到红色的袜子上。
一串接着一串，
眼泪像珠子般往下淌，
从她那红色袜子上，
流到金线绣的鞋子上。
一串接着一串，
眼泪像珠子般往下淌，
从她那红色绣花鞋上，
流到她站立的地面上，
眼泪淌湿了地面，
眼泪汇成了汪洋。
泪水奔流在地面，
汇成大河的源泉：
母亲悲哀的眼泪，
形成了三条大河，
眼泪不断地流着，
河流永远滔滔不绝。

从每条大河里，
冲击成三座咆哮的瀑布，
从每座咆哮的瀑布里，
有三块大岩石涌出，
在每块大岩石的顶端，
升成一座金色的小山；
在每座小山的顶部，
生长着三株白桦树，
在每株白桦树枝叶间，
栖息着三只金色杜鹃。
突然杜鹃齐声鸣叫。
第一只鸣叫："爱情，爱情！"
第二只鸣叫："爱人，爱人！"
第三只鸣叫："快乐，快乐！"
叫着"爱情，爱情！"的杜鹃，
一直叫了三个月时间，
为那没有获得爱情的姑娘，
她已经在海底长眠。
叫着"爱人，爱人！"的杜鹃，
一直叫了六个月时间，
为那不幸运的求婚者，
他孤寂无望地在哀叹。
叫着"快乐、快乐！"的杜鹃，
它的叫声永远不断，
为那悲痛欲绝的母亲，
她的哭啼声日夜没完。
当母亲听到杜鹃的叫声，
她这样开了言：

“别让我这可怜的母亲，
永远再听到杜鹃叫！
我一听到杜鹃叫，
我的心就突突跳，
泪水从我眼里掉，
掉到我的面颊上，
泪珠像豆粒涌着，
比大豆还大一遭：
从此我的寿命要缩短，
一命呜呼就在一瞬间。
当我再听到杜鹃叫，
浑身感到无比疲劳。”

第　五　篇

万奈摩宁企图从海里把尤卡海宁的妹妹爱诺钓上来，并把已变成怪鱼的爱诺拉到船上(1—58)。他刚要解剖这条大鱼，不料大鱼从他手里滑到海里，并从海里告诉万奈摩宁，这鱼究竟是谁(59—133)。万奈摩宁劝她回来并用钓竿钓她，但最终没有成功(134—163)。他怀着沉重的心情返回家中，他死去的母亲劝告他向波赫亚的姑娘求婚(164—241)。

这消息不胫而走，
这新闻传到远方：
年轻的姑娘已经去世，
美丽的少女已经身亡。
年老刚直的万奈摩宁，
听到这消息十分悲伤：
他早上哭，晚上泣，
到夜深哭得更心伤，
美丽的少女已长眠，
年轻的姑娘已死亡，
在那深深的海底，
在那波涛的下方。
他于是叹息着离开家门，
怀着异常悲痛的心情，
来到蓝蓝的大海岸上。
他站在岸边对着大海说：

“睡神温达摩[1]，你要告诉我，
请你把梦境全部说一说：
哪里住着韦拉摩[2] 的姑娘，
哪里是阿赫多[3] 的海国？”
睡神温达摩开始回答，
将他的梦境这样诉说：
“那里住着韦拉摩的姑娘，
那里是阿赫多的海国。
在那雾沉沉海角尽头，
在那灰蒙蒙海岛近旁，
在那深黑色的污泥里，
在那波涛滚滚的下方。
这里是阿赫多的海国，
这里住着韦拉摩的姑娘，
居住在小小的院落，
生活在狭窄的危房，
周围砌着碎石墙，
在靠近海角的地方。”
这时年老的万奈摩宁，
迅速跑到他的船坞旁。
检查了一下钓鱼钩，
查看了一下捕鱼网；
然后把鱼钩放进口袋，
把捕鱼网放进船舱。

① 温达摩(Uutamo)，睡眠与梦之神。
② 韦拉摩(Vellamo)，海与水的女神，阿赫多之妻。
③ 阿赫多(Ahto)，海神和水神。

他开始启动渔船，
乘风破浪航行在大海上，
驶向雾沉沉的海角尽头，
驶向灰蒙蒙的海岛近旁。
他来到后开始钓鱼，
把渔具抛在水中央，
细心注视着他的钓竿，
紧握着他的竿柄不放，
试试运气到底怎么样：
铜色钓竿在颤动，
银色钓线在摇晃，
金色钓丝有声响。
终于有这么一天，
是在清清的早上，
有一条大鱼，
咬在他的铁钩上。
他把大鱼钓上来，
轻轻放进了船舱。

他对着这条鱼反复看，
最后终于把心里话讲：
“这是一条什么鱼，
我向来没有见过！
它比鳟鱼还要黄，
它比鲱鱼更发光，
它比梭子鱼要黑亮，
说它是雌鱼少了鳍，
说它是雄鱼鳞又稀；

它没有发辫,不是少女,
它没有腰带,不是姑娘,
它没有耳朵,不是家禽;
它倒像一条鲑鱼,
深海里一条鲈鱼。"
在万奈摩宁的腰带上,
挂着一把刀闪着银光。
于是他抽出闪光的刀,
刀锋锐利,熠熠发亮,
他要剖开这条鱼,
把鲑鱼切成薄片,
将它当作早饭,
将它当成便餐,
把它充当午宴,
把它充当晚餐。
他正要把鱼剖开,
把鲑鱼切成薄片,
鲑鱼却纵身向下跳,
跳上了汹涌的海面,
跃出了红色的船舱,
离开了万奈摩宁的渔船。
这时她在海里扬起头,
露出了她的右肩膀,
浮现在五级浪尖上,
浮现在六级浪头上;
她向空中举起右手,
她在水中露出左脚,
在七级浪的上面,

在九级浪的顶端。
鱼儿在那里将他呼唤,
对他表示了不满:
“哎,你这年老的万奈摩宁!
我来到你这里,
并不是让你解剖,
把我切成薄片,
当作你的早餐,
当成你的便饭,
我不想做你的午宴,
更不想做你的晚餐。”
年老的万奈摩宁问道:
“那你为什么来这里?”
“我来到你这里,
像可爱的母鸡,
永远把你陪伴,
做你身边的妻子,
永远与你促膝长谈,
我为你铺上床铺,
我为你把枕头垫,
我为你擦洗地板,
我给你房间生火,
让房间保持温暖,
我给你烤大面包,
我给你做蜜饼干,
我给你酿制啤酒,
把你的膳食准备全。
我不是海中鲑鱼,

也不是海中鲈鱼，
我是尤卡海宁的妹妹，
我是年轻的少女，
是你一生追逐的对象，
是你恋恋不舍的姑娘。
噢，你这可怜的老头
缺少智慧的万奈摩宁，
你真不懂得疼爱我，
我是阿赫多的宠女，
我是韦拉摩的姑娘。”

年老的万奈摩宁低下头，
怀着沉重的心情把话讲：
“呵，尤卡海宁的妹妹！
我恳求你再回来吧！”
但是她不会再回来，
从此一去不复还：
她回身跳入大海中，
消失在大海的水里面，
进入石墙围成的宅院，
进入狭窄的小小房间。
年老刚直的万奈摩宁，
仔细考虑，沉思默想，
该怎么办，该怎么样。
他于是编织了一大网，
把网伸得又宽又长，
他把网向四面撒去，
他在平静的水面拉网，

经过鲑鱼生存的海底，
经过万诺莱的深水旁，
在卡莱瓦拉的海角边，
靠近黑幽幽的深渊，
越过一望无际的水面，
穿过尤科拉的内海，
跨过拉普人居住的海湾。①
他确实捕获了很多鱼，
包括海里各色各样鱼，
然而却没有这样的鱼，
就是他最喜欢的鱼：
那个阿赫多的姑娘，
韦拉摩美丽的少女。

年老的万奈摩宁，
心情沉重地把头低，
头上的帽子歪一旁，
自言自语地把话讲：
“噢，我真是愚蠢透顶，
缺少男子汉的聪明！
从前我不是这样，
我还是有些智慧，
我还是有些思想，
我的心里亮堂堂。
但是我如今变了样，

① 万诺莱(Väinölä)，万奈摩宁的领地。卡莱瓦拉(Kalevala)，卡莱瓦的领地。尤科拉(Joakola)，尤卡海宁的领地。

随着我的年龄增长，
我的精力日渐衰弱，
我的智力日渐衰退，
我已失去洞察能力，
我已不能判断是非。
我想她想了好多年，
我盼她盼了半世纪，
韦拉摩水中的姑娘，
大海中美丽的少女，
我要做她终生的朋友，
我与她要结成终身伴侣，
她自愿吞了我的钓饵，
顺从地跳入我的船里。
我不知道怎样留住她，
把她迅速地带回家，
她一跳又跳到海里，
沉入到深深的海底！”
他迈着小步徐徐向前，
边走边发出长吁短叹，
他走向他的家，
又说出这种话：
“从前无论早上或是夜晚，
甚至在中午休息时间，
我的美丽的鸟儿杜鹃，
把快乐的歌儿唱不完；
可如今乐曲为何停止，
快乐的歌声为何沉默？
是忧伤使乐曲终止，

是悲哀使歌声沉默；
从此我再听不到歌声，
无论在夕阳西下的时光，
无论在静静的晚上，
还是在晨光熹微的早上。
现在我不知道该怎么办，
我的行动又该怎样，
我如何生活在世上，
我如何旅行在四方。
如果我母亲还活着，
如果我母亲还清醒，
她一定会告诉我，
怎样顶住这不幸，
忧伤再不会压倒我，
悲哀再不会击垮我，
在这倒霉的日子，
在这沉重的岁月！”
母亲从墓穴中醒来，
从波浪下面回答道：
“母亲还在活着，
母亲仍然清醒，
她现在告诉你，
如何正确行动，
忧伤再不会压倒你，
悲哀再不会压垮你，
在这倒霉的日子，
在这沉重的岁月：
你去找波赫亚的姑娘，

她们长得更美丽更漂亮，
她们比爱诺双倍的美丽，
她们比爱诺五六倍的漂亮，
她们不像拉普的笨女孩，
她们不是一群灰姑娘。
儿呀，到波赫亚选一位女郎，
陪伴你将欢度美好时光，
她有一双智慧的大眼睛，
她言谈举止文雅端庄，
她的双脚是那么灵巧，
走起路来总是轻飘飘。”

第　六　篇

尤卡海宁仇恨万奈摩宁,在万奈摩宁去波赫约拉的途中他伺机等待报复(1—78)。趁万奈摩宁骑马过河时尤卡海宁向他瞄准并举箭射击,但是他没有射中万奈摩宁,只射伤了他的马(79—182)。万奈摩宁落入水中,巨风把他卷入海里,尤卡海宁因最终能战胜万奈摩宁而感到高兴(183—234)。

年老刚直的万奈摩宁,
准备登上北去的路程,
去那阴暗的波赫约拉,
去那严寒覆盖的边境。
他牵一匹淡青色骏马,
马的毛色如同豌豆茎,
嘴上戴着金黄色嚼子,
银白色笼头戴在脖颈;
他跨在了马背上,
开始了他的行程。
他悠然地策马前行,
并不匆忙地赶路程,
他骑在淡青色马上,
马的毛色像豌豆茎。
他跨过了万诺莱草原,
经过卡莱瓦拉的国境,
骏马奔驰,一直向前,
离开家乡越来越远。

他又经过了大海，
跨过起伏的波涛，
马蹄没有被打湿，
海水也没有浸脚。
年轻的尤卡海宁，
瘦弱的拉普青年，
怀着长久的忌恨，
抱着长久的仇怨，
怨恨年老的万奈摩宁，
成为不朽的游唱诗人。
他制作了一把弓箭，
一把漂亮的弓箭：
这是一把铁弓箭，
弓背上还包着铜，
弓上既装饰着金，
弓上还装饰着银。
他从哪里得到弓弦，
他从哪里搞到弓线？
是希息[①] 的麋鹿的筋，
是莱姆波纺的麻线！
这样制成弓箭的弦，
整个弓箭配备齐全。
这把弓箭样式美观，
它的价值非同一般：
弓背上雕刻着战马，
弓臂上奔驰着马驹，

① 希息(Hiisi)，凶神，又称莱姆波。

弓把上蹲着小白兔，
弓弯处睡着美丽少女。
他用木料做成箭杆，
上面插着三根羽毛：
箭杆是用橡木做的，
箭头是用松木做成。
制箭工程业已竣工，
最后也装上了箭翎，
用的是麻雀的尾巴，
用的是燕子的羽毛。
然后他磨尖了箭头，
箭头浸上了剧毒汁，
毒汁取自毒蛇血液，
毒汁取自蝮蛇毒液。
他把这一切准备完，
又把弓箭上满了弦，
万事俱备只欠东风，
他焦急等待万奈摩宁。
他早上等，晚上等，
中午时间仍然等。
他坚持等待万奈摩宁，
他不辞劳苦地等，
他或坐在窗前守候，
或蹲在屋门口观望，
或站在小路边等候，
或钻进草丛里躲藏，
他的背上挂满了箭，
有的还挂在肩膀上。

后来他在远处等，
在大楼的另一旁：
在海角的尽头，
在崎岖的山丘上，
在喷涌的瀑布前，
在神圣的河岸边。

这一天终于来到，
是在这天的早上，
他先向西方望去，
又扭头转向东方：
看见海上有个黑点，
漂浮在蓝色的波涛上：
“这是从东方升起的云彩，
还是从东北来的光线？”
这不是东方的云彩，
也不是东北的光线，
这是年老的万奈摩宁，
不朽的游唱歌手，
他向波赫约拉驰来。
他到比门托拉① 旅行，
骑一匹淡青色骏马，
毛色就如同豌豆茎。
这时年轻的尤卡海宁，
瘦弱的拉普青年，
举起他的弓箭，

① 比门托拉(Bimentola)即波赫约拉。

这把漂亮的武器，
瞄准万奈摩宁的头，
要射死这游唱歌手。
他的母亲前来问他，
老人走来把他盘问：
“你为什么举起弓箭，
你为什么拉紧弓弦？”
年轻的尤卡海宁，
这样回答他的母亲：
“我为此举起弓箭，
我为此拉紧弓弦：
我要瞄准万奈摩宁的头，
我要射死这游唱歌手。
射中年老的万奈摩宁，
这位不朽的游唱诗人，
要射中他的心和肝，
要穿透他的胸和肩。”
可是母亲却把他阻拦，
劝他不要向老人射箭：
“别向万奈摩宁射箭，
不要杀死卡莱瓦拉人！
万奈属于大家族：
他是我姐姐所生。
倘若你杀死万奈摩宁，
把卡莱瓦拉人射中，
从此世上没有了欢乐，
大地上也失去了歌声。
世上有欢乐总是好，

大地有歌声更活跃，
不像在黑暗的玛纳，
不像在阴府多乃拉[①]。”
这时年轻的尤卡海宁，
站在那里犹疑片刻，
他稍微思索了一番，
一只手要想发射，
一只手又拒绝射，
有力的手指逼着他。
他终于说出这样话，
来把他的决心表达：
“让大地失去一切快乐，
让世上失去一切歌声！
我不管怎样，决心已定，
我要射向万奈摩宁。”
他拉开了这张大弓，
他拉紧了这张铜弓，
他把弓抵着左膝，
右脚稳稳蹬着地。
他从箭筒里抽出箭，
一支有三根羽毛箭，
这是一支漂亮的箭，
也是一支坚实的箭；
他把箭放在弓槽上，
顶在用麻绳做的弦上。
他举起这支弓箭，

① 多乃拉(Tuonela)，指阴曹地府、地狱。

紧紧靠着他的右肩，
他随时准备发出箭，
射向老人万奈摩宁。
然后他这样说道：
“现在射吧，桦木箭，
松木箭，从他背后射，
弓弦发出嗖嗖声吧！
如果我的手射得偏低，
就让箭飞得高一点；
如果我的箭出手偏高，
你就飞得偏低一点！”
这时他拉动了弓箭，
第一支箭飞速向前：
箭杆飞得太高了，
飞向蓝蓝的天空，
嗖嗖地穿过浮云，
在浮云之上飞行。
第一支箭没射成功。
他开始射第二支箭：
箭杆飞得又太低，
飞向地母的心间；
钻向大地的玛纳，
穿过砂石的山崖。
他又发出第三支箭：
它不高不低直向前，
射中了蓝色的麋鹿，
就在年老的万奈摩宁下边；
射中了淡青色的骏马，

像豌豆茎一样的毛色，
穿过肩胛下的肌肉，
深深刺进马的左胁。

这时年老的万奈摩宁，
他的手指伸入大海，
他用双手扑向波浪，
他想抓住起伏的浪花，
他从蓝色麋鹿背上滚下，
从那豌豆茎色的骏马。
突然海上刮起了狂风，
在海上掀起了巨浪，
它席卷着万奈摩宁，
离开陆地向远处漂荡，
在这一望无际的水上，
在这波涛汹涌的海洋。
这时年轻的尤卡海宁，
幸灾乐祸地把话儿讲：
“万奈摩宁，你这老头子，
在你有生之年，
休想在这里逞强，
在金黄的月亮照耀下，
漫步在万诺莱的草原，
漫步在卡莱瓦拉牧场！
愿你在海上漂泊六年，
连续漂泊七个夏天，
甚至一直漂泊八年，
在这一望无际的水里，

在这波涛翻滚的海上：
松树似的漂泊六年，
枞树似的漂泊七年，
树桩似的漂泊八年！”
他这样说着进屋来。
母亲见状开始问道：
“莫非你射中万奈摩宁，
把卡莱瓦的后生杀死了？”
年轻的尤卡海宁，
做了这样的回答：
“我射中了万奈摩宁，
杀死了卡莱瓦的后生，
我把他扔到海里，
我把他抛进浪涛中。
在那不平静的海洋里，
狂风刮起了滚滚巨浪，
老人的手指进入水里，
海水吞没了他的手掌；
他侧身滚入海中，
仰面朝天随风漂荡，
他漂泊在波涛之上，
他漂泊在巨浪尖上。”
母亲听后说道：
“你射中万奈摩宁，
杀死卡莱瓦后生，
你的行为太狠毒，
他是英雄的后代，
在卡莱瓦拉闻名！”

第 七 篇

万奈摩宁在广阔的海面上漂泊了好多天;老鹰遇见了他,为了报答万奈摩宁留下白桦供它栖息之情,它背起万奈摩宁飞向波赫约拉边境,那里的女主人把万奈摩宁留在家中并热情款待(1—274)。万奈摩宁颇思念家乡,女主人不仅答应送他回家,并答应把其女儿嫁给他,其条件是给波赫约拉锻造宝磨(275—322)。万奈摩宁答应回家后派铁匠伊尔玛利宁前来锻造宝磨。他从女主人那里弄来马车并启程返家(323—368)。

年老刚直的万奈摩宁,
漂流在广阔的深海中,
像倒下的一棵松树,
像枞树的断枝残梗,
度过了夏季的六天,
又度过了六个夜晚,
前面是无际的大海,
后面是清澈的蓝天。
他又漂流了两个夜晚,
漂流了漫长的两个白天,
就在第九个深夜之间,
刚刚度过了八个白天,
他突然感到痛苦来临,
剧烈的疼痛实在难忍。
他的脚趾甲全部脱落,

他的手指全部脱了节。
年老的万奈摩宁，
这时他把话儿讲：
“呵，我这不幸的人，
呵，我这可怜的人，
我远离了我的故土，
我远离了我的家乡，
永远漂流在晴空下，
与月亮和太阳度时光，
随着海风左右摇摆，
随着波浪上下漂荡，
在这茫茫的水里，
在这无际的海上！
寒冷在这里袭击着我，
痛苦在这里折磨着我，
永远受波涛的颠簸，
永远在大海里漂泊。
在这艰难的岁月，
我不知道该怎么办，
才能度过自己的余生，
才能对付巨大的不幸。
莫非我能在风中造屋，
莫非我能在水中落户？
一旦我在风中造屋，
大风一定会把屋吹倒；
一旦我在水中盖房，
大水一定会把房冲掉。”
一只鸟从拉普地区飞来，

一只鹰从东北方向飞来，
这只鸟不算很大，
这只鹰也不算小：
一扇翅膀掠着水，
一扇翅膀把天扫，
它的尾巴沾着海水，
它的嘴把山石叼。
这只鹰在天空飞翔，
它边飞边四周观望，
它看到了万奈摩宁，
漂泊在蓝色的海上：
“喂，老英雄万奈摩宁，
你为何漂泊在海上？”
年老刚直的万奈摩宁，
他这样开了腔：
“我所以漂泊在海上，
英雄所以迎着浪涛上，
为寻波赫约拉的姑娘，
为娶比门托拉的女郎。
我顺着无际的大海，
日夜兼程飞速前进，
度过了无数个早晨，
就在某一天的时辰，
我来到卢奥托拉旁边，
尤科拉河水附近，
突然一支箭飞来，
把我的骏马射中。
于是我翻身掉入海里，

十指朝下滚进波涛中，
海风将我向前推进，
波涛助我向前漂行。
狂风从西北方吹起，
暴雨从东方骤降；
暴风雨将我吹得很远，
使我远离开我的故乡。
我漂泊了许多白天，
我漂泊了许多夜晚，
在这一望无际的水面，
在这波涛汹涌的海上。
我现在真无法想象，
我也不敢妄加猜想，
我的后果究竟怎样，
我将遭到怎样的死亡：
我是要活活地饿死，
还是要葬身海中央。”
空中飞翔的大鹰说道：
“千万不能这么悲伤！
你顺着我的翅膀尖，
慢慢爬到我的背上！
我要载你离开大海，
飞往你愿去的地方。
我还记得有一天，
记起那美好的时光，
那时你去卡莱瓦伐木，
你去奥斯摩拉开荒，
你保留了那棵白桦树，

让它存在继续成长，
是为了让鸟儿安家，
也成为我栖息地方。”
这时年老的万奈摩宁，
从海里抬起头来，
这男子汉离开海面，
这英雄跃出浪尖，
他顺着大鹰的翅膀，
一直爬到它的背上。
于是空中的鸟儿大鹰，
载着年老的万奈摩宁，
借着海上风的助力，
沿着东风的路程飞行，
一直飞到波赫亚地区，
飞到了萨里奥拉[①] 边境。
它把万奈摩宁放在那里，
便与他告别飞向天空。
万奈摩宁站在那里，
又是哭泣又是叹息，
在这大海的岸边，
去这陌生的陆地，
受到成百的创伤，
遭到成千的打击，
他的胡须连成一片，
他的头发缠在一起。
他啼哭了两三夜，

① 萨里奥拉(Sariola)即波赫约拉。

又啼哭了两三天；
他看不到一条路，
又不知道如何走，
他想回到自己的家乡，
他愿返回自己的故土，
回到他出生的地方，
回到他成长的地方。
一个波赫亚的姑娘，
是白色夫人的侍女，
她和太阳已经订约，
又同月亮结成同盟，
他们同一时间起身，
他们同一时间苏醒；
但是她却提前起来，
太阳和月亮仍未醒，
公鸡仍未喔喔地叫，
小鸡也未吱吱地鸣。
她剪了五只绵羊的毛，
又剪了六只小羊羔，
她梳理羊毛织成布，
她再用布做成衣服，
这时还没有到黎明，
这时太阳仍未上升。
她后来擦洗长桌面，
又洒扫宽大的地板，
先用无叶的笤帚扫，
再用有叶的扫一遍。
她把垃圾扫在一起，

把它们扫进铜畚箕；
她端起畚箕走到门外，
走到庄院外的田间里，
她向田间的尽头走，
在矮的篱笆间有出口。
她站在出口外的土堆上，
向四周眺望并听个仔细：
她听到哭声来自海边，
断续的哀鸣越过河岸。
她于是急忙回家转，
很快就回到了庄园；
她刚进门立刻传消息，
是这样对女主人说的：
"我听到从海边传来哭声，
我听到从河岸传来哀鸣。"
波赫约拉的女主人娄黑，
波赫亚缺掉牙的老妇人，
她匆匆忙忙向外面走，
一直走到矮篱笆出口，
她侧起耳朵仔细听，
然后这样地说道：
"它不像孩子的啼哭，
也不像妻子的哀叹；
是一位老英雄在哭，
长胡须的才这样叫怨。"
于是她把船推到水中，
这船是由三块板制成；
她拿起了摇桨板，

亲自划着船前行。
她来到万奈摩宁那里，
老英雄还在那里哭泣。
万奈摩宁老人在哭泣，
求婚的乌万多[①] 在叹息，
靠近阴暗的柳树旁，
依着稠密的李树篱，
嘴在抖动，胡子在颤动，
而他的双唇却没开启。
波赫约拉的女主人，
就这样对他把话讲：
“噢，你这不幸的老人！
你现在身处异国他乡。”
年老刚直的万奈摩宁，
慢慢地抬起了头，
他说出了以下的话：
“是的，这我非常清楚：
我是来到异国他乡，
来到一个陌生地方。
我在自己国土更美好，
我在自己家乡更高尚。”
波赫约拉女主人娄黑，
又开口把话儿讲：
“首先请你谅解，
允许我问问你，
你究竟是什么人，

① 乌万多(Uvanto)即万奈摩宁。

是哪个英雄的后裔?”
年老刚直的万奈摩宁,
这样回答她的问题:
“从前大家都知道我,
我在故乡有些名望,
夜晚在一起举行狂欢,
山谷四周歌声在回响,
在这万诺莱的大草原,
在这卡莱瓦拉的牧场。
可如今我未必认识自己,
我时刻都感到很悲伤。”
波赫约拉女主人娄黑,
听后又把话儿讲:
“男子汉,要重振精神,
老英雄,要开辟新路。
把你的悲伤讲一讲,
把你的痛苦诉一诉!”
娄黑使他停止了哭泣,
娄黑使他停止了叹息;
她把他带进船里,
她让他坐在船尾,
她拿起了划船桨,
开始把船开启,
把船开到波赫约拉,
把客人带进屋子里。
让饥饿的客人饱餐,
把潮湿的衣服烤干;
她给他按摩了一周时间,

让他血液流通浑身发暖，
这位男子汉恢复健康，
英雄的身体得到改善。
后来她再问这男子汉，
她说出了如下的话：
“你为什么哭，万奈摩宁，
为什么叹息，乌万多拉宁[①]，
在那阴暗的地方，
在对面海的岸上？”
年老刚直的万奈摩宁，
这样地回答道：
“我有理由哭泣，
我有理由叹息！
我在海里漂泊了许久，
我经常受到浪涛冲击，
在那无际的水中，
在那汹涌的海里。
我一生只能哭泣，
我一世只会叹息，
我远离了自己家园，
远离了熟悉的土地，
来到这陌生的门庭，
来到这陌生的樊篱。
这里的树木令我讨厌，
这里的树枝令我难忍，
白桦似乎要将我打击，

① 乌万多拉宁(Uvantolainen)即万奈摩宁。

赤杨似乎要刺我的心，
只有风还对我友好，
只有太阳照我的身，
在这陌生的国土，
在这陌生的家门。”
波赫约拉的女主人，
对他说了以下的话：
“别哭泣，万奈摩宁，
别叹息，万奈摩宁，
这里会使你感到满意，
这里会使你感到高兴，
你可吃上美味鲑鱼，
新鲜猪肉随要随送。”

这时年老的万奈摩宁，
说出了下面这样的话：
“在异国友好的家庭里，
再好的食物也觉乏味；
一个人在故土更觉美好，
一个人在家里更觉珍贵。
仁慈的上帝允许我，
善良的创世主答应我：
让我回到自己的国土，
让我回到自己的家乡！
只要在自己的家乡，
木屐下踩着的清水，
也比在异国他乡，
金杯里的酒更美。”

波赫约拉女主人娄黑，
向万奈摩宁问道：
“如果我送你回国，
回到你自己的田地里，
回到你家的桑那浴旁，
那你打算给我什么？”
年老的万奈摩宁说道：
“如果你送我回国，
回到我自己的田野，
去听自己的杜鹃叫，
去听自己的鸟儿唱，
你打算让我送什么？
你是要一头盔黄金，
还是要一帽子白银？”
波赫约拉女主人娄黑，
却这样地说道：
“噢，聪明的万奈摩宁，
你这不朽的万事通！
我不要你的黄金，
也不要你的白银；
黄金是儿童的玩具，
白银是马上的饰品，
我只要你铸造三宝磨[①]，
再配上非常华丽的盖子，
用天鹅的白翅尖，
用小母牛的乳汁，

① 三宝磨(Sampo)是指能磨出谷物、钱币和盐的磨子。

用一根新鲜羊毛，
用一粒大麦种子，
这样我把女儿嫁给你，
作为对你的报答，
我还把你送回家，
送你回到自己的田野上
你可听到自己杜鹃鸣，
也可听到自己鸟儿唱。”

年老刚直的万奈摩宁，
说出了以下的话：
“我不会铸造三宝磨，
也不会制造彩色盖。
我要是能回到家，
派铁匠伊尔玛利宁来，
他能铸造三宝磨，
也能制造彩色盖，
他会使你女儿高兴，
博得你姑娘的爱情。
他是出类拔萃的铁匠，
他的技艺盖世无双，
是他建造了宇宙根基，
是他创造了辉煌天堂，
一点不留大锤的痕迹，
也看不出铁钳的印记。”
波赫约拉女主人娄黑，
接着又把话儿讲：
“谁要能锻造三宝磨，

再配上彩色的盖子，
用天鹅的白翅尖，
用小母牛的乳汁，
用一根新鲜羊毛，
用一粒大麦种子，
我就把我的女儿，
许配给他做妻子。”
她给栗色马带上轭，
再把它套进雪车，
让年老的万奈摩宁，
登上雪车往后坐。
然后她嘱咐万奈摩宁，
把以下的话儿说：
“你千万别抬高头，
也不要抬起身，
这样骏马不感疲劳，
一直坚持到黄昏；
如果你要抬高头，
如果你要抬起身，
你就会遭到不幸，
灾难就会降临。”
年老的万奈摩宁，
挥鞭驱使马前进，
栗色骏马飞腾急，
拉着雪车往前奔，
离开了阴暗的波赫约拉，
离开了雾蒙蒙萨里奥拉。

第 八 篇

万奈摩宁在返家的途中看到打扮入时的波赫亚姑娘并向她求婚(1—50)。姑娘最后答应万奈摩宁的要求,其条件是万奈摩宁用纺锤的碎片给她造一艘船并能让船自动下水(51—132)。于是万奈摩宁开始造船。他不小心用斧头把自己的膝盖砍了个大口子并血流如注(133—204)。他去找神医给他治疗,终于找到一位老者并得到回应,给他止血(205—282)。

有位波赫亚漂亮姑娘,
在陆地和海上美名扬。
她坐在天上的彩虹上,
在彩虹上闪着光芒,
她穿着干净的长外衣,
她的服装洁白发亮。
她用金线织着锦缎,
她交替使用银线织,
她使用的是金梭子,
她使用的是银梳子。
金梭子在她手中传,
银梳子在她手中递,
铜机杼发出叮当响,
响声也来自织布机,
姑娘正坐在机器旁,
用金线银线织布匹。
年老刚直的万奈摩宁,

驾驶着马车正赶回家，
离开了阴暗的波赫约拉，
离开了多雾的萨里奥拉。
他刚刚走了不长时间，
走了一段不长的路程，
突然听到梭子的声音，
这声音来自他的头顶。
这时他抬起头往上看，
头上面是高高的蓝天，
蓝天上有美丽的彩虹，
姑娘就坐在彩虹中间，
她正用金线织着布匹，
她交替用银线织锦缎。
年老刚直的万奈摩宁，
于是立刻把马车停下，
他提高嗓音大声喊，
说出了如下的话：
“下来，姑娘，到这里来，
请你坐在我的马车上！”
姑娘听到了他的喊声，
就这样询问他：
“为什么我要到你那里去，
坐在你的马车上？”
年老刚直的万奈摩宁，
对姑娘的提问这样答道：
“我叫姑娘到这里来，
坐在我的马车上，
是让你给我烘蜜面包，

是让你给我把啤酒酿，
是让你给我把歌儿唱，
是让你给我把笑话讲，
在那卡莱瓦拉的庄院里，
在那万诺莱的原野上。”

姑娘听了他的回答，
又把以下的话儿讲：
“在昨天的傍晚，
太阳渐渐下山，
我漫步在草丛中，
我徜徉在牧场间，
听到鸟儿在枝头唱，
听到画眉发出鸣啭：
它唱出了姑娘的心声，
它唱出了新娘的心愿。
鸟儿希望和我谈心，
我就这样对鸟儿发问：
‘喂，小小的画眉！
唱吧，我要听端详：
怎样行动才最好，
怎样做才最得当，
是女儿住在父亲家里，
还是当新娘住在男人家里？’
鸟儿这样回答我，
画眉这样把歌儿唱：
‘夏天是明亮的，
姑娘的命运更明亮；

霜冻中的铁是冰冷的，
新娘的命运更冰冷。
姑娘在父亲家里，
像草莓生长在花园里，
新娘在男人家里，
像狗套在枷锁里。
奴隶很少得到快乐，
新娘一点也不能得。’”
年老刚直的万奈摩宁，
把以下的话儿讲：
“鸟儿唱的歌是胡言，
画眉雀儿也瞎鸣啭！
女儿在家中是孩子，
长成姑娘定要出嫁。
来吧，姑娘，到这里来，
在我的马车里坐下！
我不是平庸的男子汉，
比别的英雄更能干。”
姑娘狡猾地回答他，
说出了这样的话：
“如果你能用钝刀片，
切开一根细的马鬃，
如果你能用一根线，
捆住鸡蛋而没有结，
我就承认你是男子汉，
承认你是一位英雄。”
年老刚直的万奈摩宁，
于是拿起一把钝刀片，

这刀片没有锋芒和尖，
把一根马鬃剖成两半；
然后他用一根细线，
把鸡蛋拴住没有结。
他要姑娘从天边下来，
坐在马车上与他做伴。
姑娘狡猾地回答道：
“如果你能剥石头皮，
又能把这冰块剁碎，
不能让一点碎碴落地，
不能让一点粉末洒飞，
我也许会把身许了你。”
年老刚直的万奈摩宁，
觉得做此事比较容易，
他首先剥下石头的皮，
再把那冰块剁得粉碎，
没有一点碎碴落地，
没有一点碎沫洒飞。
他又请姑娘到这里来，
坐在马车上与他伴陪。
那位狡猾的姑娘，
做了以下的回答：
“谁能给我造艘船，
要用我的纺锤的碎屑，
要用我的梭子的断片，
再能把船推到水里，
把新船推入波浪间，
不能用膝盖去顶，

不能用拳头去推，
双手不能触到船，
双肩不能碰到船，
我要嫁给这样的汉。”

年老的万奈摩宁，
这样自言自语：
“地球之上，
普天之下，
没有哪个造船人，
能比得上我。”
他捡起纺锤的碎屑，
他拾起梭子的碎片；
他开始动手造船，
用了一百块木板，
他在钢山上造船，
他在铁岩上造船。
他专心致志地造，
他不怕劳累地干，
他造了一天又一天，
可是干到第三天，
他的斧刃进不到铁岩，
他的斧刃进不到钢山。
就是在这第三天，
希息把斧头倒转，
莱姆波把斧刃扭转，
致使发生了伤残案。
斧头碰到铁岩发出火花，

斧头撞到钢山响成一片；
斧头在铁岩上弹回来，
斧刃往老人肉里钻，
钻进老人的膝盖里，
钻进老人的脚趾间。
是莱姆波把它引进肉里，
是希息让它把血管砍断，
鲜血从伤口里往外流，
汩汩的鲜血总流不断。
年老刚直的万奈摩宁，
不朽的魔法师，
说出了以下的话，
来表达他的心情：
“你这狠毒的斧头！
你那斧刃真锐利！
你本来要劈木材，
要把松树砍倒的，
要把枞树砍断的，
要把白桦砍掉的，
你为何砍进我的肉，
把我的血管砍断呢？”
这时他开始自言自语，
他背诵起魔法和咒语。
神咒一旦被他吟诵出，
他的伤口会立刻痊愈，
但是他已经背诵不出，
那会治病的神圣咒语，
这咒语可使血停止流，

这咒语可使伤口堵住，
虽然伤口如此深重，
虽然伤口血流如注。
就像是汹涌的河水，
淹没了生长草莓的大地，
流遍了遍地生长的草丛，
血从他的伤口流个不停。
那里没有一座山丘，
不曾被伤口的血淹没，
那泛滥成灾的血河，
从刚强老人的膝盖上，
从万奈摩宁的脚趾间，
汩汩不息地流过。
年老刚直的万奈摩宁，
他从岩石中采来地衣，
他从沼泽里采来苔藓，
他从大地上取来泥土，
他希望把伤口堵住，
不让它再血流如注，
但是伤口依然堵不住，
血从伤口处汩汩外流。

他感到痛苦难忍，
巨大磨难缠他身。
年老刚直的万奈摩宁，
开始哭泣，深感悲痛；
他给骏马架上了轭，
把栗色马套进了车，

然后他自己登上车，
在马车的后面落座。
他挥动着珠饰的马鞭，
驱赶着骏马奋蹄向前；
骏马疾速地向前奔跑，
马车越前进路程越短。
很快就来到一乡村前，
这里有三条路供挑选。
年老刚直的万奈摩宁，
沿着最低的道路行驶，
来到位于低处的人家。
他站在门槛上问道：
“请问贵舍可有这样的人，
他能够医治流血的伤口，
他能够解除英雄的痛苦，
他能够把斧刃创伤平复？”
有个孩子在地板上玩，
是个小男孩坐在炉旁边。
他说出了这样的话：
“屋内没有这样的人，
他能够背诵止血咒，
能够医治铁器的伤口，
他能解除英雄的痛苦，
他能够把创伤平复；
你还是到别人家问问，
看看有没有这样的人！”
年老刚直的万奈摩宁，
又挥动着他的马鞭，

赶着马车继续向前。
马车沿着中间的路行驶，
刚走了一段路程，
便来到居住在中间的人家。
他站在门槛旁边，
就在窗户下面问道：
“贵舍有否这样的人，
他能治疗铁器的伤，
他能止住伤口流血，
他能把砍断的血管接上？”
一个老太婆围着斗篷休息，
一个长舌妇坐在炉边取暖，
她咬着嘴里的三颗牙齿，
道出了以下的语言：
“屋里没有这种人，
能治疗铁器的伤口，
会念止血的咒语，
能解除病人的痛苦；
你到另一家去问问，
看看有无这样的人！”
年老刚直的万奈摩宁，
手里挥动他的马鞭，
驱使马车继续向前。
马车顺着最高的路行驶，
马车行驶了一段路程，
便来到住在高处的人家。
他迈过这一家的门槛，
靠近门柱旁边问道：

“贵舍有无这样的人，
能医治铁器的伤，
能止住伤口流血，
能把砍断的血管接上？”
一个老头睡在炉旁，
白须老者卧在床上。
老头在炉边把话讲，
白须老人回答响亮：
“只用创造主的三句咒语，
只用非凡的神圣词句，
就可制止住更大洪水，
就可堵住更大的激流：
小河小湖从此不再流，
大江大川可变成瀑布，
海湾变成崎岖的海岬，
也可变成狭窄的海角。”

第 九 篇

万奈摩宁对老者讲述了铁的起源传说(1—266)。这位老者听后破口大骂铁并念起了止血的咒语,血止住了(267—418)。老者吩咐他的儿子去配制药膏,准备包扎伤口;经过治疗,万奈摩宁身体恢复了健康,他感谢仁慈的主神(419—586)。

年老的万奈摩宁,
起身立在雪车中,
他从雪车跳下来,
稳稳地挺身站定,
他急忙走在屋顶下,
迅速地走进那屋中。
有人拿来一个银杯,
又端来一个金碗,
银杯金碗都太小,
只能装进一小点,
年老的万奈摩宁的血,
英雄脚上淌出来的血。
老者在炉边提出疑问,
白须老人在那边叫喊:
“喂,你是什么人物,
你是什么英雄?
可怜的人,从你的膝盖,
鲜血流向地板源源不断!

它可装满八个大桶，
它可流满七艘大船。
别的咒语我都能记住，
却记不清原始的词句，
铁是怎样诞生，
矿石怎样形成。”
年老的万奈摩宁，
这样地对他说道：
“我自己知道铁的诞生，
也知道钢是怎样形成：
空气是原始的母亲，
水是最老的长兄，
铁是年幼的弟弟，
火是中间的弟兄。
乌戈，最高的创造主，
天国的主神，
是他把水和空气分开，
又分开了水和大陆。
那时可恶的铁还未诞生，
还没有发育形成。
乌戈，天国的主神，
在他的左膝盖上，
摩擦着他那双大手，
又把他那双大手揉搓。
于是诞生了三个姑娘，
三个大自然的女郎，
她们是铁锈的母亲，
又是青口钢的亲娘。

姑娘们迈着悠闲的脚步，
在飘荡的云端里徘徊，
她们的乳房十分膨胀，
她们的乳头疼痛难耐。
从她们丰满的乳房里，
流出的奶汁溢满大地；
陆地和沼泽流满了奶，
奶汁也流到清澈水里。
从大姑娘乳房里，
流出的是黑色奶；
从二姑娘乳房里，
流出的是白色奶；
从三姑娘乳房里，
流出的是红色奶。
黑奶流过的地方，
便产生了韧性铁；
白奶流过的地方，
便产生了坚硬钢；
红奶流过的地方，
便产生了生铁。
可是过了没多久，
铁产生一个想法，
打算前去会见火，
结识一下它哥哥。
但火却怒气冲天，
燃起了熊熊烈焰；
要把可怜的弟弟铁，
在熊熊烈焰中烧炼。

铁要寻求一条生路，
铁要找一个安全处，
为了逃脱烈火的毒手，
为了逃出烈火的毒口。
铁从火里逃出来，
到一个安全地带，
躲在波动的泥潭里，
躲在泉水的流动地，
在那宽广的大泽里，
在那荒寂的山涧里，
天鹅在那里产卵，
大雁在那里孵蛋。
铁躺在沼泽中间，
铁卧在洼地下面，
铁躲了一年又一年，
一直躲到了第三年，
躲在两棵树桩中间，
躲在三棵白桦树下面。
但从火的恶毒的魔爪里，
铁毕竟是逃脱不掉的。
铁第二次流浪，
来到火的宅院，
让火把它铸成武器，
让火把它铸成利剑。
狼在沼地上奔跑，
熊在荒原上散步，
沼地在狼爪下颤动，
荒原在熊掌下起伏，

铁矿从沼地上露出来，
钢块从荒原上冒出来，
狼在铁矿上践踏，
熊在钢块上乱踩。
铁匠伊尔玛利宁，
从这里成长和诞生，
他诞生在木炭山上，
他成长在煤田之中，
手中握着一把铜锤，
一把钳子也在手中。
伊尔玛利宁夜里诞生，
白天就把冶炼场制定，
他给冶炼场找个地方，
在那里可把通风箱安上。
他看到一块狭长地带，
地面上多少有些湿润，
他走过去详细察看，
他把四周看了个遍，
在那里他安上通风箱，
在那里他竖起了铁砧。
顺着狼的足迹向前走，
循着熊的掌迹朝前迈；
他看到了那里的铁矿，
他发现了那里的钢块，
在那狼群出没的地方，
在那熊群集结的地带。
他便这样地说道：
‘呵，你这可怜的铁，

住在如此倒霉的地方，
这个地方又潮又低，
受着狼群的践踏，
受着熊群的乱踩！'
他思索着，默想着：
'如果我把铁放在火中，
如果我把铁放在砧上，
那结果会怎样？'
当铁听他说起了火，
当铁听他说到了砧，
可怜的铁就发了慌，
吓得它浑身都打战。
铁匠伊尔玛利宁说道：
'这一点也没有关系！
火不会烧毁他的朋友，
也不会伤害他的亲戚。
当你进入到火的屋里，
你会感到里面多光辉，
在那里你会变得更美丽，
在那里你会变得更高贵：
你会变成男人用的利剑，
你会变成女人用的腰环。'
等白天过去了之后，
他从沼泽把铁挖起，
他从水里把铁捞起，
带进了他的冶炼地。
铁匠把铁投到火里，
又把它放在铁砧上。

他拉起风箱一两次，
他又拉第三次风箱：
铁开始完全熔化，
矿石开始变柔软，
就像小麦的面团，
就像稞麦的黑面，
在铁匠的熔炉里，
在熊熊的烈火里。
可怜的铁在呐喊：
‘喂，铁匠伊尔玛利宁！
把我从火里取出来，
烈火烧得我难忍耐！’
铁匠伊尔玛利宁说道：
‘如果我把你取出来，
你会变得无比凶狠，
你会变得无比野蛮，
还会打击你的哥哥，
把你母亲的儿子伤害。’
可怜的铁立下誓言，
对着铁锤和大槌，
对着铁炉和铁砧，
它把誓言宣读一遍，
它以这样的语言，
来表达它的心愿：
‘我宁肯咬断树木，
我宁肯吃石头心，
也决不会打击我的哥哥，
也决不会伤害母亲的心。

只要我与同伴在一起，
作为同伴的日常用具，
不再伤害我的亲属，
不再玷污我的家族，
我的生活才会更好，
我的生命更有意义。’
这时铁匠伊尔玛利宁，
这位不朽的冶炼者，
把铁从火中取出来，
又把它放在铁砧上，
捶打得它柔软无比，
用它制造出各种工具，
制造出铁枪和铁斧，
制造出锋利的武器。
还存在一些缺陷，
可怜的铁还需要淬炼：
因为铁嘴还没发声，
钢口还没有形成，
铁要在水里淬过，
它才会变得坚硬。
铁匠伊尔玛利宁，
独自地在这样想，
他放上了少许灰，
又用碱水来调和，
这样把钢来冶炼，
这样把铁淬一遍。
于是他用舌头舔一舔，
试试合不合心愿，

然后他说出这样的话：
‘这种水汁还不行，
用它把钢来冶炼，
用它把铁淬一遍。’
一只蓝翅膀的蜜蜂，
从小山丘上飞过来，
围着铁匠的冶炼厂，
不停地飞去又飞来。
于是铁匠对蜜蜂说：
‘蜜蜂，你这机灵鬼！
用你的翅膀和舌头，
从六枝花的尖上，
从七枝草的茎上，
把蜂蜜采集来，
用它把钢来冶炼，
用它把铁淬一遍！’
希息的鸟儿大黄蜂，
飞来搞侦察活动，
从冶炼厂顶上观察，
从白桦树皮下打量，
看到要淬一遍的铁，
发现要冶炼中的钢。
它抖动着翅膀飞翔，
把希息的恐怖散布四方，
带来了嘶嘶的蛇声，
带来了黑色的蛇毒，
带来了蚂蚁的酸液，
带来了蛤蟆的毒素，

用这些把铁淬一遍，
就会炼成毒钢一炉。
铁匠伊尔玛利宁，
永恒的冶炼者，
思索着，默想着，
以为蜜蜂完成任务，
它所采集的蜂蜜，
用自己的身体运到。
铁匠这样开言道：
‘这对我说来太好了，
有了炼钢的溶液，
有了淬铁的水汁！’
他从火中取出了钢，
他从铁砧上拿起铁，
他把钢浸入毒汁，
他把铁浸入毒液。
于是钢暴跳如雷，
于是铁怒气冲天，
它背叛了从前誓言，
像狗一样玷污荣誉：
它疯狂地咬它的哥哥，
野蛮地损伤他的亲戚，
鲜血从伤口里流出来，
汩汩地流着永不停息。”

老者在炉边开了言，
他抖动着胡子把头颤：
“现在我知道铁的起源，

也知道了钢的坏习惯。
你这可怜的铁哟，
真是倒霉透了，
你一点没有走上正路！
你背叛了以前的誓言，
像狗一样玷污荣誉，
你为何变得如此大胆？
从前你并不伟大，
不伟大也不渺小，
你长得不算难看，
也不是特别美好，
是乳汁把你滋养，
是乳汁让你成长，
这乳汁来自姑娘的胸膛，
这乳汁来自姑娘的乳房，
在云之国的边缘上，
在辽阔的天空下方。
从前你并不伟大，
不伟大也不渺小，
你在泥浆里休息，
你在清水里站着，
在漫长的沼泽上面，
在布满岩石的山脚，
在那里你就变了质，
逐渐变成了铁矿石。
从前你并不伟大，
不伟大也不渺小，
驯鹿在沼地里散步，

野鹿在你身上奔跑，
踩着你的还有狼脚，
踏着你的还有熊爪。
从前你并不伟大，
不伟大也不渺小，
当在大地上发现你，
小心把你采自泥沼，
再把你运到冶炼厂，
到伊尔玛利宁身旁。
从前你并不伟大，
不伟大也不渺小，
当把你投入熔炉，
变成滚烫的溶液，
你就发出了惨叫，
于是你对着铁锤和大槌，
对着铁炉和铁砧。
宣读了你的誓言，
就在冶炼厂旁边，
就在铁匠的面前。
如今你为何变得猖狂，
如此狠毒，如此嚣张，
你背弃了你的誓言，
损害了荣誉像狗一样，
你咬伤了你的亲属，
你伤害了你的家族。
谁让你做出这种丑事，
是谁煽动你这样行动？
莫非是你父亲和母亲，

莫非是你年长的哥哥，
莫非是你年轻的妹妹，
或者家族中其他的人？
不是你父亲和母亲，
不是你年长的哥哥，
不是你年轻的妹妹，
或者家族中其他人，
是你自己作的恶，
是你自己的罪过。
现在你要来承认错，
你要弥补你的罪恶，
否则我向你母亲告发，
向你父亲把罪过诉说。
那时你母亲倍加伤心，
你的父亲也更会难过，
只因儿子干了这坏事，
只因儿子惹了这大祸。
血呵，你停止流，
血河呵，你别再动，
别再流向我的头，
别再流向我的胸，
你像墙那样竖立，
你像篱笆那样站定，
像插在海水中的剑，
像长在沼地的芦苇，
像激流中的石岩，
像麦田里的长堤！
如果你具有理智，

你的行动不这样，
你会在肌肉里活动，
你会在血管里流淌！
在身体里面更美好，
在皮肤下面更舒畅，
你沿着血管奔流，
你顺着血路流淌，
也比你冲向大地，
流在尘土中要强。
奶水呵，别流在地上，
血呵，不要流在牧场，
男人的精髓别洒在青草上，
英雄的热血别染红了山岗。
你的住处在心脏，
你的密室在肺上；
你要迅速回到那里去，
那里才是你安家地方！
不要像江河一样奔流，
不要像池塘一样泛滥，
不要像沼泽一样渗透，
不要像破船一样滴漏。
鲜血呵，你别往外流，
殷红的血，你别往下淌！
要安分守己，别太猖狂！
土尔耶瀑布也曾停流，
多乃拉河也曾干涸，
海洋干来天也干，
那是大旱的岁月，

那是大火的时间。
如果你不听话，
我有另外招数，
发明新的办法：
拿来希息的大锅，
把鲜血放进里面，
用大火把血煮沸，
那时鲜血将会凝固，
鲜血就这样地停住，
它从此再不会流动，
更不会流到地下。
如果我没有雄伟力量，
乌戈儿子不算是英雄，
不能堵住激流的洪水，
不能拦住血流的汹涌，
还有父亲在天上，
他是云朵的上帝，
他有伟大的力量，
他是英雄好汉，
能把伤口堵住，
能把血流阻拦。
呵，乌戈，伟大的创造主，
统治天庭的大神！
我们求你从天而降，
我们祈求你来这里！
用你伟大的双手，
用你厚实的拇指，
堵住流血的伤口，

封住祸害的门路！
在伤口上面铺上嫩叶，
铺上金黄色的嫩叶，
这样堵住流血的路，
这样拦住血的狂流，
血不再喷上我的胡须，
血不再溅上我的衣服！”
于是便封闭了流血的伤口，
于是便挡住了血的狂流。

老者派他儿子去冶炼厂，
配制药膏为了医治创伤，
要用仙草的鲜嫩叶子，
要用长着千头的蓍草，
要用流在地上的蜜汁，
一滴滴流下来的蜜汁。
儿子于是走向冶炼厂，
去配制药膏医治创伤；
他在中途遇见了橡树，
他就询问了这棵橡树：
“你的树枝上有无蜂蜜，
你的树皮里可有甜蜜？”
橡树这样地回答道：
“就在昨天一整天，
蜂蜜滴在我的枝头，
蜂蜜滴在我的顶端，
它从云中落下来，
这蜂蜜是来自云端。”

他采下橡树的叶片，
他折下橡树的枝条，
他拔下最好的仙草，
他搜集了各种野草，
这些草木都是稀品，
在这一带不易找到。
把锅放在炉子上，
用水煮沸草药，
橡树上剥下的树皮，
还有各种嫩野草。
锅中的药水已沸腾，
煎了整整三个夜晚，
煎了整整三个白天。
他在炉边仔细观察，
看草药是否已煎好，
是否成为敷用药膏。
草药还没有煎好，
草药还没成药膏。
他又加了一些草，
加了各种各样野草。
这些野草采自四方，
走过一百条小道，
有九位魔法师寻找，
有八位先知者采到。
又煎了三个夜晚，
又继续了九个夜晚。
他把锅从炉上端下来，
看看草药是否煎好，

是否已经成为药膏，
这药膏能把伤口治好。
有一棵多枝的白杨，
生长在田野的边上，
他把白杨砍成两截，
这棵白杨完全断裂；
他在断面涂上药膏，
看看药膏是否有效。
他这样地说道：
“我用这灵丹妙药，
涂在白杨的伤口上，
看看白杨的创伤，
是否能够恢复原样，
依然挺立在田野旁！”
白杨果然被医治好，
恢复得像原来一样，
树冠是那样的漂亮，
树身是那样的健壮。
他后来拿着药膏，
再试验实际疗效。
他在断石上试验，
把药膏涂在横断面，
再把断石与断石相连，
破裂的石缝结成一片。
儿子从冶炼厂回到家，
带回来制成的药膏，
这药膏已产生疗效；
他把药膏交给老者说道：

“这是制成的药膏，
它已经产生疗效，
能把断碎的石头，
黏成一座山丘。”
老者用舌头舔一舔，
品尝了药膏的味道，
他感到药的口味很好，
能产生最大的疗效。
他给万奈摩宁治疗，
使伤口迅速恢复好，
把伤口上下都涂到，
中间部位也涂上药膏。
他一边给伤口涂药，
一边这样地说道：
“不是我自己在出力，
是创造主在帮助我，
不是我自己在用力，
是天上至尊在劳作，
我不是在对你说话，
是主神在对你讲话。
如果我的话温柔，
主神的话更温柔，
如果我的手美丽，
主神的手更美丽。”
一旦药膏涂他的伤口，
膏药立刻就发生作用，
万奈摩宁拼命挣扎，
疼得他几乎昏迷不醒：

他左右翻转永不停，
向哪边翻转也不安宁。
于是老者诅咒着疼痛，
将疼痛驱散到远方，
驱散到“疼痛丘”的中间，
驱散到“疼痛山”的顶端，[①]
把疼痛融进石头中，
让石头永远受着熬煎。
他拿出了一块绸布，
迅速地把绸布剪开，
把绸布剪成长条状，
将长条状绸布当绷带。
他于是拿起这些绷带，
细心地缠着伤口，
缠着患者的膝盖，
缠着患者的脚趾头。
老者以下面的言词，
来表达此时的心情：
“我用造物主的绷带，
我用造物主的绸条，
把患者的膝盖包住，
把患者的脚趾缠绕！
愿仁慈的主神保佑，
愿神圣的造物主护好，
别让患者再受折磨，

① 疼痛丘(Kipumäki)、疼痛山(Kipuvuori)，巫师们称他们可以把病疼驱赶到想象的山里。

别让患者再受煎熬！”
年老的万奈摩宁，
涂药膏后感觉良好，
迅速地恢复了健康；
肌肉像从前一样，
结实而又漂亮，
伤口不觉得再疼痛，
伤处没留下一点疤痕，
恢复得像原先一样，
他觉得比从前更美好，
他觉得比从前更健康。
他已经能用脚走路，
他的膝盖也能弯屈；
疼痛已经完全消逝，
他觉不到一点痛苦。
年老的万奈摩宁，
仰起头来往上看，
头顶着蔚蓝高天，
望着仁慈的天神，
他说出了以下的话，
来表达自己的心愿：
“一切永恒的恩惠，
一切巨大的援助，
来自高贵的天庭，
来自万能的造物主。
感谢神圣的大神，
颂赞伟大的创世主，
当我遭受铁斧的打击，

受到了莫大的痛苦，
是天国给了我援助，
是造物主给了我保护！”
年老的万奈摩宁，
还发出以下的忠告：
“人民今后要记牢，
眼前安宁不可靠，
别信赖造什么船，
把什么船身夸耀！
上苍能预知未来，
造物主决定一切，
这不是英雄所为，
权势者不能料到。”

第　十　篇

万奈摩宁回到家乡并劝说伊尔玛利宁向波赫亚姑娘求婚,因为他能制造三宝磨(1—100)。伊尔玛利宁不愿去波赫约拉。为此万奈摩宁必需违背他的意愿动用计谋促其动身前往(101—200)。伊尔玛利宁来到波赫约拉,受到女主人的热情欢迎。他开始制造三宝磨(201—280)。伊尔玛利宁造好三宝磨,女主人把它藏在波赫约拉的石山中(281—432)。伊尔玛利宁要求姑娘许配给他,作为对其工作的报酬;但姑娘告诉他有困难,因为她从未离开过家(433—462)。伊尔玛利宁得到一艘小船并乘船返回家园,同时他告诉万奈摩宁,他在波赫约拉造好了三宝磨(463—510)。

年老刚直的万奈摩宁,
牵来他那栗色的骏马,
把栗色马套在车辕中,
栗色马准备把雪车拉;
他自己登上了雪车里,
在雪车的车厢中落座。
他挥动着马鞭把车赶,
珠饰马鞭在空中响遍;
匆匆忙忙地向前赶路程,
栗色马越跑路程越短,
桦木的滑橇发出声响,
山梨木的车栏声连天。
雪车疾驰如飞冲向前,

穿过沼泽，穿过荒地，
穿过一望无际大草原。
他赶了一天又一天，
终于赶到了第三天，
来到一座大桥前面，
这里是卡莱瓦拉的地域，
这里是奥斯摩的田园。
他说出了以下的言词，
来表达自己的心愿：
"狼呵，吃掉那梦幻者，
疾病呵，夺走拉普人！
他说过在我的一生中，
再也回不到我的家门，
他说过我活在世上，
只要月亮仍闪着金光，
我回不到万诺莱草地，
回不到卡莱瓦拉地方。"
年老的万奈摩宁，
吟唱着神秘的歌：
生长出挺立的松树，
绽出金黄色的花朵；
树顶高耸到天际，
穿过密集的云朵，
枝柯在空中伸展，
把整个天空盖遮。
他唱着神秘的歌，
唱得月亮闪着光辉，
照耀着金黄色的枝柯，

北斗星在树枝间闪射。
他赶着马车飞速向前，
奔向他那可爱的家园，
他低着头，心情沉重，
头上的帽子斜到一边，
他把铁匠伊尔玛利宁，
伟大的不朽的锻冶工，
当作一件抵押品，
为换取自己的生命，
逃离这阴暗的波赫约拉，
逃离这雾茫茫的萨里奥拉。
在奥斯摩新开辟的田边，
他突然停住了马车，
之后年老的万奈摩宁，
在雪车里抬起了头：
他听到冶炼厂的喧哗声，
他听到嘈杂声来自煤棚。
年老刚直的万奈摩宁，
他亲自来到冶炼厂中。
他看到铁匠伊尔玛利宁，
手握铁锤正在那里做工。
铁匠伊尔玛利宁说道：
“噢，年老的万奈摩宁！
你这一周到哪里去了，
在什么地方呆这么久？”
年老刚直的万奈摩宁，
这样地回答道：
“在那里我度过了一周，

在那里我呆了这么久，
在阴暗的波赫约拉，
在多雾的萨里奥拉，
穿着拉普人的鞋闲逛，
伴随着知名的魔术家。”
铁匠伊尔玛利宁，
又提出以下的问题：
“年老的万奈摩宁，
不朽的魔法师！
你把旅途中的见闻，
能否详细地讲给我们？”
年老的万奈摩宁说道：
“我有许多话要告诉你：
波赫约拉有位姑娘，
生活在寒冷的村庄，
她拒绝所有求婚者，
连最好的也看不上。
在半个波赫亚土地上，
人人都称她非常漂亮：
月亮从她的鬓角照耀，
太阳从她胸脯上闪光，
北斗星从她肩头闪烁，
七星[①] 从她的背上闪亮。
你这铁匠伊尔玛利宁，
你这不朽的冶炼工人，
去那里欣赏姑娘的发辫，

① 七星(Seitsentähtinen)即昴宿，七姊妹星团。

去那里向这姑娘求婚！
只要你铸造成三宝磨，
再配上彩色的盖子，
你就可以得到这姑娘，
这姑娘就会做你妻子。”

铁匠伊尔玛利宁说道：
“你这年老的万奈摩宁！
莫非你把我当成抵押品，
让我去阴暗的波赫约拉，
是为了你自己获得自由，
是为了保住你自己的性命？
但在我漫长的一生中，
只要月亮还闪着金光，
我决不会去波赫约拉，
去住萨里奥拉的黑房，
那里是人吃人的场所，
那里是埋葬英雄的地方。”
年老的万奈摩宁，
就这样回答道：
“那里的奇迹不断发生：
在松树上面开着鲜花，
枝上开花，叶子金黄，
就在奥斯摩的田野上；
月亮在树顶上闪着光，
北斗星栖息在枝杈上。”
铁匠伊尔玛利宁说道：
“我不相信这是真情，

除非我亲自去那里，
用自己的眼睛鉴定。”
年老的万奈摩宁说道：
“如果你不相信是真情，
让我们一起去看究竟，
到底是谎言还是实情！”
于是他们俩一同去察看，
去察看开花的松树顶，
万奈摩宁在前面走，
后面是伊尔玛利宁。
他们迅速来到树跟前，
就在奥斯摩田野旁边。
铁匠在田野边停住步，
惊奇地观看这棵松树，
在树枝间看到北斗星，
看到了月亮悬在树顶。
年老的万奈摩宁，
这样地开了腔：
“铁匠，我的兄弟，
你爬上树枝取北斗星，
你爬上树顶去摘月亮。”
于是铁匠伊尔玛利宁，
爬上了高高的松树上，
高高的松树顶着蓝天，
在那金黄色的树枝上，
他挺起身来取北斗星，
在触到蓝天的树顶上，
他直起身来去摘月亮。

金黄色的树枝发了怒，
高大的松树开始说道：
“喂，你这无知的蠢货，
你这鲁莽的英雄好汉！
你竟敢爬上了我的树枝，
像孩童一样爬上了树顶，
你摘下的是月亮的幻影，
你摘下的是虚假的星星！”
这时年老的万奈摩宁，
放开嗓门大声歌唱，
伴随着歌声起了大风，
大风越刮越猛烈疯狂；
于是他说出以下的话，
来表达他自己的心情：
“大风哟，让他登上你的船，
大风哟，让他进入你的艇，
用船把他运到遥远的国度，
运到阴暗的波赫约拉地区！”
这时大风越刮越凶，
形成了强烈的风暴，
它卷走了伊尔玛利宁，
把他带到遥远的北国，
带到阴暗的波赫约拉，
带到多雾的萨里奥拉。
于是铁匠伊尔玛利宁，
伴着风暴迅速前行！
沿着风的道路疾走，
沿着风的道路飘行，

在太阳下面,在月亮上方,
在北斗星的肩膀上,
他终于来到波赫亚院中央,
来到萨里奥拉的浴室旁。
看家狗没有听到他的脚步声,
狮子狗没有发现他的身影。
娄黑,波赫约拉的女主人,
这位牙齿不全的老太婆,
终于来到了院中央,
急急忙忙地把话讲:
“喂,你是什么人物,
你究竟是什么英雄?
顺着风路来到这里,
踏着风的小径无声,
看家狗没有狂吠,
狮子狗一声不吭!”
铁匠伊尔玛利宁说道:
“我到这地方来,
来到这陌生的门前,
来到这篱笆的旁边,
不是让看家狗狂吠,
不是让狮子狗发现。”

波赫约拉的女主人,
打量着这位陌生来客说:
“你在来这里的路途中,
是否听说或者遇到,
有一位能干的打铁匠,

他的名字叫伊尔玛利宁？
我们等待了一周，
我们盼望了许久，
希望他尽早来到这里，
为我们打造三宝磨。”
铁匠伊尔玛利宁，
这样回答道：
“我在来这里的路途中，
遇见铁匠伊尔玛利宁，
我就是能干的打铁匠，
我就叫伊尔玛利宁。”
波赫约拉女主人娄黑，
这位牙齿不全的老太婆，
迅速地回到了屋里，
说出以下的话来：
“我的年轻的姑娘，
我的宝贝女儿！
现在赶快去梳妆打扮，
挑选你最好的服装，
穿上你最华丽的衣裳，
你的胸前佩戴上明珠，
项链围在你的脖子上，
鲜花插在你的双鬓旁，
脸的双颊涂上红胭脂，
展示你的容貌多漂亮！
有个能人伊尔玛利宁，
他是不朽的打铁匠，
他能制造出三宝磨，

还能把鲜艳盖子配上。”
这个波赫亚的美丽女郎,
陆地上有名,水上无双,
挑选出最美丽的衣裳,
挑选出最珍贵的服装,
挑选五次才如愿以偿;
戴上她那华丽的头巾,
铜饰带佩在她的身上,
腰上缠着金色的带子,
她从贮藏间来到院中央。
她迈着轻盈的步伐,
一双眼睛闪闪发光,
双耳戴着银色耳环,
她的容貌非常漂亮,
双颊红得像花一样,
黄金闪耀在胸前方,
头上发出白银的光芒。
波赫约拉的女主人,
把铁匠伊尔玛利宁,
引进波赫约拉的宅邸,
引进萨里奥拉的门房;
她给铁匠准备了美酒,
她给铁匠准备了佳肴,
她以丰盛的筵席招待着。
在筵席上她这样说道:
“铁匠伊尔玛利宁,
不朽的冶炼工人!
只要你造出三宝磨,

连同彩色盖子配上，
要用白天鹅的翅尖，
要用小母牛的乳浆，
要用夏天的绵羊毛，
一粒大麦种再加上，
你就可占有这姑娘，
她就成为你的新娘。”
铁匠伊尔玛利宁，
这样回答道：
“我可以造出三宝磨，
也可把彩色盖配上，
用天鹅的白色翅尖，
用小母牛的白乳浆，
用夏天的白绵羊毛，
一颗大麦粒再加上，
因我曾锻造了天庭，
锤击成空间的苍穹，
那时还没有气流区，
天体也无任何踪影。”

他就要打造三宝磨，
连同彩色盖也配上。
他需要打制的工具，
他需要冶炼的地方：
他找不到冶炼场所，
没有冶炼厂和风箱，
熔炉和铁砧安不上，
也没有放铁锤的地方！

这时铁匠伊尔玛利宁，
把以下的话儿讲：
“只有懒汉不想办法，
只有老太婆才绝望，
男子汉不能怕困难，
英雄要把任务担当！”
于是他去寻找冶炼基地，
寻找安置风箱的地方，
在这陌生的国土上，
在波赫约拉田野旁。
他寻找了一天又一天，
一直寻找到第三天，
他找到一方光滑石地，
旁边有偌大的石岩。
铁匠在那里停下来，
他着手建立冶炼厂；
第一天安置了风箱，
第二天把熔炉安放。
铁匠伊尔玛利宁，
不朽的冶炼工人，
他就在熔炉的下方，
放上煤把大火点上；
他让仆人拉着风箱，
省去他的一半力量。
仆人开始拉着风箱，
仅用他的一半力量，
度过夏季三个白天，
度过夏季三个晚上，

脚后跟都粘着石子，
石蜡也粘在脚趾上。
在冶炼的第一天，
铁匠伊尔玛利宁，
弯着腰仔细察看，
察看熔炉的下端：
看在下端的火焰中间，
是否有明亮东西出现。
一把箭在火苗中露出，
金弓在熔炉下面显现，
一张金弓配着白银头，
铜质的箭杆亮光闪闪。
弓箭的外形很美观，
但它的性情太凶残：
它每天要杀掉一人，
节日把两条人命断。
铁匠伊尔玛利宁，
对弓箭心怀不满，
他把弓箭砍断，
把它扔回火焰；
仆人拉着风箱，
只用一半力量。
又冶炼了一天，
铁匠伊尔玛利宁，
弯着腰仔细察看，
察看熔炉的下端：
一艘船从火中出现，
这是一艘红色的船，

船头金光闪闪，
铜桨十分灿烂。
船的造形非常好看，
但它的性情太凶险：
它喜欢参加战斗，
必要时直接参战。
铁匠伊尔玛利宁，
对它不产生好感：
他把这艘船打碎，
重又投进了火焰；
仆人拉起了风箱，
省去力量的一半。
冶炼到了第三天，
铁匠伊尔玛利宁，
弯腰又仔细察看，
察看熔炉的下端：
一头小母牛在火中，
它的双角闪着金光，
额头上北斗星闪烁，
头顶上是圆的太阳。
小母牛的形状很好，
但它的性情很糟糕：
它把乳汁洒在地上，
它在树林里睡大觉。
铁匠伊尔玛利宁，
对小母牛也不看好：
于是他砍碎小母牛，
重又送到火里烧；

仆人又拉起风箱，
省去一半的力量。
冶炼到了第四天，
铁匠伊尔玛利宁，
弯腰又仔细察看，
察看熔炉的下端：
火中出现一把犁，
犁头金光闪闪，
金的犁尖铜的犁架，
银柄安在犁的下端。
这把犁样子不难看，
但它的性情太古板：
它犁光了空旷的草地，
也犁坏了乡村的麦田。
铁匠伊尔玛利宁，
对犁也感到讨厌：
他把犁用锤砸碎，
又把碎片扔进火焰。
他要借风来拉风箱，
用尽了全部的力量，
猛烈的风越刮越狂：
刮着东风，刮着西风，
南风刮得最凶猛，
北风呼啸更逞能。
刮了一天又一天，
一直刮到第三天：
火舌从窗口冒出，
火星从门口飞溅，

烟尘一直冲蓝天，
烟和云混成一片。
铁匠伊尔玛利宁，
就在这第三天晚间，
弯腰再细心察看，
察看熔炉的下端：
看到三宝磨形体，
彩色盖子真耀眼。
这时铁匠伊尔玛利宁，
这位不朽的冶炼工人，
迅速地把它锤打，
迅速地把它冶炼，
运用绝技把三宝磨造完：
磨第一遍能出白面，
磨第二遍能出食盐，
磨第三遍能出金钱。
新的三宝磨开始转，
并转动着彩色盖子，
磨出物品用箱装满：
头一箱是为了吃食，
第二箱是为了交易，
第三箱是为了积攒。
波赫亚老太婆喜开颜，
她把庞大的新三宝磨，
搬到波赫约拉石山间，
搬进在铜山的山岳中，
又用九把锁锁住门庭。
磨在四周扎下三条根，

每条根足有九㖊深：
第一条伸向大地母亲，
第二条伸向深水中，
第三根伸向近山中。

铁匠伊尔玛利宁，
开始向姑娘求婚。
他这样表达心情：
“现在你可嫁给我吧，
当我已造好三宝磨，
还有美丽彩色盖子？”
漂亮的波赫亚姑娘，
这样答复他：
“如果我嫁到异地，
在他国我像个草莓，
在今后的岁月里，
在接连的三个夏季，
有谁能谛听杜鹃叫，
有谁能倾听鸟儿啼！
如果少女这样走开，
如果姑娘这样行动，
如果母亲的爱女，
像越橘一样失踪，
所有杜鹃都会消失，
也听不到夜莺的歌声，
在这群山之中，
在这高原之顶。
我现在不愿放弃，

快乐的处女生活，
留恋在温暖的夏季，
享受野外的快乐：
我要到田间摘草莓，
我要到湖边去唱歌，
我要到森林做游戏，
我要到草地去取乐。”

这时铁匠伊尔玛利宁，
不朽的冶炼工匠，
忧伤地低下了头，
帽子也歪到一旁，
站在那里左思右想，
暗地里却自我估量：
我如何才能回故乡，
回到生我养我的地方，
离开这阴暗的波赫约拉，
离开这多雾的萨里奥拉。
波赫约拉女主人说道：
“哟，铁匠伊尔玛利宁！
你为什么歪戴帽子，
看起来如此惆怅？
是不是想回家了，
回到你出生的地方？”
铁匠伊尔玛利宁说：
“我是想返回家园，
我准备死在故乡，
在那里将把我埋葬。”

于是波赫约拉女主人，
把酒和肉给他摆上，
让他坐在船尾上，
划起了一双铜桨；
她呼唤刮起大风，
大风就把他送行。
铁匠伊尔玛利宁，
不朽的冶炼工匠，
向他的故国疾行，
疾行在蓝色的大海上。
疾行了一天又一天，
一直疾行到第三天，
他才回到自己家园，
回到他出生的地点。
年老的万奈摩宁，
向伊尔玛利宁问道：
“伊尔玛利宁，我的兄弟，
不朽的冶炼工匠！
你可造好了三宝磨，
连同彩色的盖子？”
铁匠伊尔玛利宁，
说出准备好的话：
“我已造好了新三宝磨，
还有那彩色的盖子，
磨出的货装满箱子：
第一箱装着食品，
第二箱装着交易品，
第三箱装着储存品。”

第十一篇

勒明盖宁到岛上大家族姑娘们那里去求婚(1—110)。岛上的姑娘们起初取笑他,但很快就对他友好起来(111—156)。一位叫库利基的姑娘却不喜欢他,然而他正是为这位姑娘而来,他最后不得不动用武力强行把她抢走(157—222)。库利基伤心落泪并严厉谴责勒明盖宁的好战行径;勒明盖宁答应今后永不再去参战,其前提是库利基永不能参加村庄举行的舞会并要遵守诺言(223—314)。勒明盖宁的母亲非常欣赏这位年轻貌美的儿媳妇(315—402)。

目前要讲讲阿赫蒂,
他是可爱的淘气鬼。
阿赫蒂居住在岛上,
是勒明的活泼儿郎,
他生长在普通人家,
善良的母亲疼爱他,
那里的海角很突出,
在那宽阔的海湾尽头。
海岛的人靠吃鱼为生,
阿赫蒂靠食鲈鱼成长,
他长成标致的男子汉,
身体健壮又满面红光,
他的身材百里挑一,
他的容貌异常美丽;
但他有一个小缺点,

他的作风不很检点：
他好在女人堆厮守，
经常玩到更深夜半，
伴陪着披发的姑娘，
跳舞唱歌作乐寻欢。
库利[①] 姑娘在岛上长大，
是这岛上的一枝花，
她出生在富贵人家，
她的身姿非常优雅，
她居住在父亲家里，
她坐着第一把交椅。
她的容貌美，举止端庄，
求婚者来自遥远地方，
来到驰名的姑娘住地，
来到美女居住的家乡。
太阳为他儿子求婚——
她不愿意去太阳国，
太阳国那里非常热，
特别怕夏日的照射。
月亮为他儿子求婚——
她不愿意去月亮国，
月亮国里永远照耀，
围着天体轨道奔波。
星星为他儿子求婚——
她不愿意去星星国，
在那严冬的天空下，

① 库利(Kylli)即库利基。

星光夜夜在闪烁。
一些求婚者来自维洛，
另一些来自因凯里[①]，
没有一个中姑娘的意。
她这样回答道：
“你们不要拿黄金收买我，
也不要拿白银来引诱我！
不论现在或是今后，
我都不会嫁到维洛来，
我不会乘船到岛外，
也不会渡过维洛海，
维洛的鲜鱼我不吃，
维洛的鱼汤我不爱。
我不会乘船去因凯里，
到那里游览风景胜地；
那里遍地闹饥荒，
缺乏树木和森林，
缺少水田和麦地，
没有面包来充饥。”
轻浮的勒明盖宁，
漂亮的高科蔑里，
打算去岛上旅行，
去向岛之花求婚，
让披发的姑娘，
把未婚妻来当。
他母亲加以阻挡，

① 维洛(Viro)即爱沙尼亚。因凯里(Inkeri)指今芬俄交界地区。

老夫人把警言讲：
“我的孩子要听话，
不要攀登高人家！
她出身于大家族，
看不起我们的家。”
勒明盖宁开了言，
高科蔑里说了话：
“如果我们家不富有，
我们的家族也不大，
但我的身材非常好，
我的言谈举止文雅。”
他的母亲仍不同意，
反对勒明盖宁的主意，
去大家族的所在地，
与富贵家庭攀亲戚：
“那里的姑娘讽刺你，
那里的妇女嘲笑你。”
勒明盖宁无所顾忌！
他这样把话提：
“我会阻止妇女的嘲笑，
我会反击姑娘的讽刺，
我要踢她怀中的孩子，
我把姑娘们赶到院子；
从此她们不敢再嘲笑我，
也不敢再把我讽刺。”
他的母亲这样说道：
“呵，我的一生太可怜！
如果你侮辱了岛上的妇女，

你让岛上纯洁的姑娘丢脸,
你就会给自己招来了麻烦,
因此就会引起一场大混战!
激起岛上所有好斗的青年,
几乎有整百名熟练的剑客,
一齐前来把你包围在中间,
向你这不幸的人把战争宣。”
勒明盖宁把母亲的忠告,
当作耳边风丢掉一边!
他挑选了最好的骏马,
他驾上雪车立刻出发;
马蹄嘚嘚雪车辚辚,
驶向岛上的美人村,
为得到漂亮未婚妻,
向岛上一枝花求婚。

当勒明盖宁驾着雪车,
拙笨地从小路驶向大院,
雪车突然地翻倒在地上,
他的雪车歪斜在大门旁,
院中妇女们嘲笑他,
院中姑娘们讽刺他。
这时鲁莽的勒明盖宁,
撇着嘴,歪着头,
抚摸着下巴的胡须,
把以下的话表述:
“我从前没有见过,
从前也没有听说,

妇女们会嘲笑我，
姑娘们会讽刺我。”
他对此不屑一顾！
又说出了这样的话：
“难道在这海岛上，
没有这样的地方，
同披发姑娘跳舞，
同快乐女郎歌唱，
在绿油油的草地上，
共同度过美好时光？”
岛上的姑娘这样回答，
海角的女郎这样讲：
“在这美丽的海岛上，
有这样合适的地方，
你可以尽情地表演，
你可以跳舞把歌唱。
陪着牧场上的挤奶妇，
牧童们愉快地在跳舞：
岛上的牧童都很瘦弱，
但是小马长得肥又壮。”
勒明盖宁却毫不在乎，
给牧场的主人当牧童：
白天在草地上放牧，
夜晚与姑娘们厮守，
同她们一起玩耍，
抚摸她们的美发。
轻浮的勒明盖宁，
漂亮的高科蔑里，

制止了妇女的嘲笑，
止住了姑娘的讽刺，
就是在这小岛上，
几乎所有的姑娘，
都曾被他拥抱过，
曾偎倚在他身旁。

但是有一位姑娘，
她是大家族女郎，
她对男人不上心，
对贵人也看不上：
她的名字叫库利基，
岛上最美丽的姑娘。
轻浮的勒明盖宁，
漂亮的高科蔑里，
曾经损坏过百艘船，
曾经断裂过百副桨，
为了征服这库利基，
征服这美丽的姑娘。
库利基,美丽女郎，
她这样把话讲：
“傻瓜,你来干什么，
像只鹬鸟转去转来，
见了姑娘就求爱，
总盯着姑娘的锡腰带？
我却不会看中你，
除非把石头磨成粉，
除非把石杵捣成粒，

除非把石臼碾成尘。
我看不起你的轻浮，
这样的轻浮和粗鲁；
我要嫁一位文雅丈夫，
要像我一样的文雅；
我要嫁一位端庄丈夫，
要像我一样的端庄；
我要嫁一位漂亮丈夫，
要像我一样的漂亮。”
后来过了没有多久，
大约有半月的时间，
遇到了这样一件事，
就是在那天的夜晚，
美丽的姑娘们在跳舞，
她们在尽情地狂欢，
在附近的树林边，
在美丽的大草原，
带头的是库利基，
岛上的第一枝花。
轻浮的勒明盖宁赶来，
来到的是健壮的无赖，
他驾着优良的雪车，
挑选的是优良的骏马，
他一直闯进姑娘中间，
美丽的姑娘们在狂欢；
他急忙抱起了库利基，
把库利基推进雪车里，
雪车上铺着一张熊皮，

他让库利基躺在那里。
他立刻挥鞭把雪车赶，
噼啪的鞭声响个不断，
他开始了他的行程，
一边赶着车一边喊：
“姑娘们，你们听着，
永远不能走漏风声，
不要说我来过这里，
不要说我抢走库利基！
如果有谁不听我的话，
谁就会遭到我的惩罚：
我会唱得你爱人参战，
他一定会死在屠刀下，
从此再听不到他的消息，
你在一生中再不能见他，
你孤苦伶仃艰难度日，
你一辈子就会活守寡。”

库利基痛苦流涕，
岛之花发出哀求：
“你放我回去吧，
让我平安返家，
赶快送我回家，
安慰啼哭的妈妈。
如果你不答应我，
如果你不放我回家，
我有五位亲兄弟，
还有七位堂兄弟，

跑得兔子一样快，
一定会来搭救我。”
她还是得不到放行，
在雪车里哭个不停。
她又说出这样的话：
“可怜的我将虚度一生，
生我养我竟有什么用，
我一辈子要苟且偷生；
现在落到这样人手里，
一个毫无价值的无赖徒，
他总想着与别人格斗，
他是一个典型的武夫！”
轻浮的勒明盖宁开了口，
漂亮的高科蔑里讲道：
“库利基，我的心肝，
我最甜蜜的小莓果！
不要这样悲观失望！
我不会粗暴地对待你：
吃饭时我会抱着你，
行动时我会扶着你，
站着时我会挨着你，
躺着时我会搂着你。
你为什么要悲伤，
你为什么要忧愁，
莫非你为此悲伤，
莫非你为此忧愁，
担心没有面包和奶牛，
担心我们的食粮不够？

你不要悲伤和忧愁！
我有很多的奶牛，
可生产许多牛奶和奶油：
沼泽里有木里基宁，
山坡上有芒西基宁，
草原上有布奥卢卡，①
它们没人照料和饲养，
一个个都长得肥又壮；
晚上无须把它们圈住，
早上无须把它们牧放，
谁也无须给它们草料，
让它们自由自在成长。
莫非你为此而忧愁，
莫非你为此而悲伤，
我不是出身大家族，
我不是富贵家儿郎？
如果我出身家族不大，
也不是出身于富贵家，
但是我拥有一把利剑，
在格斗中它金光闪闪。
这把利剑出自大家族，
它是由高贵家庭所传：
是希息把它铸造，
是上帝把它冶炼。
因此我出身高贵，

① 木里基宁(Muurikkinen)、芒西基宁(Mansikkinen)、布奥卢卡(Puolukka)都是牛的名字。

我是大家族成员，
我佩带这把利剑，
放射出金光闪闪。”
姑娘发出了感叹，
她这样地发了言：
“阿赫蒂，勒明的儿子！
如果你想娶我，
做你终身伴侣，
做你亲密鸽子，
你发誓永不变心，
永不能去参战，
不论为了金子，
还是为了银子。”
轻浮的勒明盖宁，
这样回答道：
“我现在就要起誓，
今后永远不参战，
不论为了金子，
还是为了银子。
你自己也要起誓，
不能在村中漫游，
不论为了散步，
还是为了跳舞！”
因此他们双双起誓，
立下永久的誓言，
在尊敬的主神面前，
在宇宙万能者下面，
阿赫蒂永远不参战，

库利基永远不乱窜。

轻浮的勒明盖宁，
用力挥鞭往前赶，
抽得马儿直叫唤。
他又这样开了言：
“再见,岛上的草原，
再见,松树根,枞树干，
我徜徉了一夏天，
我流浪了一冬天，
我躲藏在阴暗的夜晚，
躲避开风雨雪的晦天，
我为了寻到我的爱人，
我要带着爱人把家还！”
骏马飞驰向前奔，
他的家园在眼前。
姑娘这时开了言，
把以下的话儿谈：
“我看见小屋在那边，
这小屋很像饥荒院，
告诉我这是谁的屋，
告诉我谁住在里面?”
轻浮的勒明盖宁，
这样地回答她道：
“别为眼前的屋忧愁，
别为眼前的屋悲叹，
我们要造新的房屋，
要把更好的房修建，

要使用优良的木料，
要选用优质的壁板。”
轻浮的勒明盖宁，
很快就来到家园，
来到善良母亲旁边，
来到年老父亲面前。
母亲这样把话讲，
她把以下的话儿谈：
“孩子，你在外面呆了这么久，
在异国他乡有一周时间。”
轻浮的勒明盖宁，
这样对母亲讲：
“我报复了那些妇女，
也和姑娘们较量，
我报复了妇女的嘲笑，
也回敬了姑娘的戏谑。
我把最美的抱上雪车，
让她在雪车里躺下，
再把毯子给她盖上，
让她在雪车里躲藏。
这样我报复了妇女的嘲笑，
也报复了姑娘们的戏谑。
呵，母亲，我的生育者，
呵，母亲，我的养育者！
我想要的人已经来到，
我追求的人已经获得。
你要准备好的枕头，
要准备柔软的被褥，

好让年轻的姑娘，
在我们家里安住！”
母亲听了儿子的话，
做了这样的回答：
“我要感谢上帝，
我要赞美创造主，
你给我送来儿媳，
她是一位烹调好手，
她是一位纺织能手，
她织布织得多均匀，
她洗衣洗得多干净，
她漂得白衣多称心！
感谢上帝送来幸福！
幸福降临到我的家，
这是创造主的旨意，
是慈悲的他所赐给：
雪中的鸦是纯洁的，
她比雪中鸦更纯洁；
海中的浪花是洁白的，
她比海中浪花更洁白；
水中的鸭子是美丽的，
她比水中鸭子更美丽；
天上的星星是明亮的，
她比天上的星更明亮。
铺上宽大的地板，
安上高大的窗子，
筑起崭新的墙壁，
使住宅更显美丽。

住宅前面要有门槛，
新门安在门槛上端，
为了年轻的姑娘，
为了美丽的女郎，
她的漂亮无法比，
她出身高贵门第！”

第十二篇

库利基忘记了誓言并去村庄游荡，因此勒明盖宁火冒三丈，当即决定离弃她并向波赫亚的姑娘去求婚(1—128)。母亲千方百计企图阻止他去那里求婚，并警告他说去那里将会遭到杀身之祸；正在梳头的勒明盖宁生气地扔掉梳子，并说，如果他遭到杀害，梳子就会流血(129—212)。他装备完后就启程来到波赫约拉，他唱歌使所有男人都走出波赫亚的家门；只剩下一个阴险的牧人没有中他的魔法(213—504)。

阿赫蒂·勒明盖宁，
他是漂亮的高科莱宁①，
他同抢来的年轻姑娘，
度过了一段美好时光；
他自己没有去参加战斗，
库利基也没去村庄游荡。
但是就在某一天，
就在这天的早上，
阿赫蒂·勒明盖宁，
来到鱼儿产卵地方，
当天夜晚没有回家，
也许明晚才能把家还，
于是库利基来到村里，
与村里的姑娘们狂欢。

① 高科莱宁(Kaukolainen)，勒明盖宁的别称。

是谁向他报的信，
是谁向他传的消息？
是阿赫蒂的妹妹埃尼基，
她是这样地传信息，
她是这样地把话提：
“亲爱的阿赫蒂哥哥！
库利基正在村子里，
她走进陌生人群里，
披头散发乱扭动，
与姑娘们做游戏。”
唯一的男孩阿赫蒂，
轻浮的勒明盖宁，
因此而恼怒和生气，
一连激怒了一星期。
他终于说出这样的话：
“我的母亲，年老的夫人！
赶快洗好我的衫衣，
要用黑蛇的毒液洗，
洗好后快把它晾干，
我要准备去参战，
同波赫亚的青年斗，
同拉普的孩子们干：
库利基正在村子里，
她走进陌生人群里，
披头散发乱扭动，
与姑娘们做游戏。”
库利基后来劝他，
新娘第一次把话提：

"呵,我亲爱的阿赫蒂,
请不要去参加战争!
我睡觉时做了一个梦,
那时我正沉睡未醒:
我梦见从炉中升起火焰,
火焰闪烁,非常耀眼,
它从窗子下边跃起,
一直延伸到四壁,
顿时屋内大火冲天,
就如同洪水泛滥,
从窗子流到窗子,
流过屋内的地板。"
轻浮的勒明盖宁,
说出这样的话:
"我不相信女人的梦境,
也不相信妻子的说明。
呵,母亲,我的养育者!
快拿来我的战衣,
快取来我的铠甲!
我的决心已定,
我要喝战争的啤酒,
我要饮战斗的蜜酒。"
母亲这样回答:
"阿赫蒂,我的孩子!
千万不要去作战!
咱家的啤酒多得很,
装在红杨木酒桶里面,
酒桶上的龙头可启动,

你天天喝酒也喝不完，
目前桶里的酒香又甜。”
轻浮的勒明盖宁说道：
“我不想饮家酿的啤酒！
我愿划着黝黑的帆船，
从船尾上去饮河水：
我觉得饮着河中的水，
比饮家酿的啤酒还甜。
快拿来我的战衣，
快取来我的铠甲！
我要到波赫亚的家里，
去和拉普的孩子们作战，
为了向他们索取黄金，
为了向他们攫取白银。”
勒明盖宁的母亲开言道：
“呵，我的孩子阿赫蒂！
我们家中有的是黄金，
钱库里还有许多白银，
就在昨日的时间，
在这一天的早晨，
仆人耕着蛇田，
毒蛇盘结曲蜷；
犁头掀起了箱盖，
箱子里装满了钱：
那里存着成百的钱，
那里藏着成千的钱。
把箱子放进了钱库，
搬在那阁楼的上面。”

勒明盖宁这样说道：
“家中的钱财我不注重，
我注重的是在战争中取胜，
在战争中缴获的钱财，
胜过家中所有的黄金，
胜过犁中掘起的白银。
快拿来我的战衣，
快取来我的铠甲！
我要去波赫亚把仗打，
把拉普的孩了们打垮。
我的决心已下定，
我的主意不能动，
我要亲自去看一看
我要亲自去听一听，
波赫约拉的少女，
比门托拉的姑娘，
是否愿找个未婚夫，
是否愿找个好儿郎。”
勒明盖宁的母亲讲：
“阿赫蒂,我的好儿子！
有库利基陪伴着你，
她是你最美丽的爱妻！
如果男人床上有两个女人，
让人们看见是多么恶心。”
轻浮的勒明盖宁说道：
“库利基到过村庄里，
她喜欢到处乱跑乱窜，
让她到别人家里去睡，

她披头散发去跳舞，
与姑娘们狂欢在一起！”

母亲苦口婆心劝阻他，
老夫人向他提出警告：
“我的孩子，你要当心，
不要登波赫亚的家门，
跟波赫亚的青年挑衅，
非要战胜拉普孩子们，
你的作战经验还缺乏，
你的作战知识不充分！
拉普人的歌使你中魔，
用妖法是土尔亚拉人，
会让你头碰泥，嘴啃地，
胳膊伸进火焰里，
双手也放在火里，
熊熊的烈火烧死你。”
勒明盖宁却这样说：
“我从前遇见过妖师，
他迷惑我让蛇咬我；
在一个夏天的夜晚，
来了三个拉普青年，
光着身子在石头下面，
不系腰带，不穿衣服，
连一块遮羞布也不缠，
我便给他们点颜色看：
他们像鳕鱼遭了难，
像斧头在石头上折断，

像被岩石钻坏的钻头，
像木屐踏在光滑的冰面，
像死尸陈列在空房间。
当然他们还会威胁我，
还会动用别的手段。
我记得还有一件事，
当我行走在沼泽地里，
他们想把我推倒在地，
使我沉入到泥泞里，
让我的下巴浸入泥中，
让我的胡须贴着脏地。
我是一条英雄好汉，
他们不会让我胆战；
于是我使用了我的魔法，
还把自己的咒语来念：
使那些身佩弓箭的魔师，
那些手拿武器的杀人犯，
那些高举铁刀的法师，
那些手持利刃的巫师，
都坠入到冥府的大河，
那里波涛汹涌得可怕，
在激流的漩涡之中，
在奔腾的瀑布之下。
他们在那里安息，
他们睡眠在那里，
直到通过他们的头和帽，
通过他们的腋下，
穿过他们的肌肉，

生长出一片青草，
他们永远沉睡在那里，
他们永远安息在那里！”
他的母亲仍然怀疑，
还是阻拦他去那里，
她又规劝她的儿子，
千万别动身前往：
“你不要动身前往，
去那寒冷的村庄，
阴暗的波赫约拉地方！
毁灭在向你招手，
等待你的是死亡，
你这轻浮的勒明盖宁！
即使你用一百张嘴说，
也不会使他们中魔：
你唱的一些魔法歌曲，
波赫亚的青年都不怕，
你不懂土尔亚的语言，
你不明白拉普人的话。”
这时轻浮的勒明盖宁，
漂亮的高科蔑里，
他正在梳理着头发，
把头发梳得很整齐，
把梳子扔到墙那里，
梳子掉在炉子旁边，
他开始把话儿谈，
他这样谈道：
“如果这把梳子流血，

如果血从梳子流过，
标明勒明盖宁遭毁灭，
不幸的人儿闯了大祸。”

轻浮的勒明盖宁，
不顾母亲的阻挡，
不听老人的劝说，
去阴暗的波赫约拉地方。
他一身戎装待发，
系上了钢腰带，
佩戴了铁铠甲，
说出以下的话：
“一身戎装显威风，
佩戴铠甲更雄壮，
系钢腰带更神奇，
魔师把巫师抵挡，
任何危险不惊慌，
任何艰难也要闯。”
于是他拿起一把剑，
神奇的剑熠熠发光，
这把剑是希息铸造，
这把剑是上帝磨亮；
他把剑插入剑鞘内，
把它紧紧地挂在腰上。
男子汉何处躲避自己，
英雄何处保护自己？
他在这里可以躲避，
在这里可保护自己：

在门道的屋梁下，
在房间的门柱旁，
在干草棚的院中，
在最后一道门旁。
他这样躲藏起来，
不让家人看到自己；
但是这样做还不充分，
这样的隐蔽还不可信，
他还要提防英勇的人民，
对人民的英雄还要留神，
躲在两条岔路的路边，
躲在大青石的后面，
那里是一大片沼泽，
那里有动荡的水波，
瀑布在那里倾泻，
形成急流的漩涡。
轻浮的勒明盖宁，
把以下的话说：
“剑客们，从地上站起来，
还有大地原始的英雄们，
骑士们，从井里上来，
弓箭手们，从河中出来！
树林呵，和你的同伴一起来，
森林呵，和你的部下一起来，
山神呵，率领大军一起来，
水怪呵，同你的队伍一起来，
水母呵，同你的人马一起来，
水父呵，同你的力士一起来，

山谷中所有的少女一起来，
沼地中盛装的姑娘一起来，
为了保护一位英雄人物，
为了保护一位青年伴侣，
别让妖魔的弓箭射中，
别让巫师的利刃刺伤，
别让法师的铁刀砍着，
别让射手的武器打上！
如果这样还不够周全，
我还知道用其他手段：
我可祈求天上的乌戈，
他是至高无上的大神，
他是一切彩云的主人，
他指挥着飘散的浮云。
呵，乌戈，最高的天神，
你这天堂上的老父亲，
你在彩云间发着指令，
你在高空中发出声音！
请赐给我一把火焰剑，
把火焰剑插进剑鞘里，
我用它来抵挡灾难，
我用它来战胜强敌，
粉碎地狱中的精灵，
把水中的妖魔战胜。
让我前面的仇敌，
让我后面的仇敌，
让我上面和左右的仇敌，
都要承认我的威力，

——消灭持箭矢的妖魔，
消灭持铁刀的法师，
消灭持利刃的巫师，
消灭持武器的汉子！”
轻浮的勒明盖宁，
漂亮的高科蔑里，
从树林中，从草地里，
唤来了他的金鬃马，
他把这匹红鬃烈马，
架在雪车的车辕里。
他独自坐在雪车上，
雪车开始了启动，
他挥动着马鞭子，
噼啪地催马前行。
红鬃马向前奔跑，
越跑越缩短路程，
溅起银粒四处飞，
金黄沼地遍泥泞。
走了一天又一天，
一直走到第三天，
就在这第三天里，
他驾车来到村边。
轻浮的勒明盖宁，
驾着响动的雪车，
沿着村边的小路，
进到一村边人家。
他迈过门槛问话，
就在屋檐下喊道：

“喂,屋里有人吗,
帮我把马缰绳拉一下,
解下马的胸带,
好让马休息一下?”
地上一孩童在讲话,
小男孩在门旁回答:
“屋子里没有人,
能帮你拉缰绳,
能放下雪车辕,
能解开马胸带。”
勒明盖宁并不介意,
他又挥动着马鞭,
策红鬃马疾向前,
拉着雪车往前赶,
顺着村中间的路,
来到村中间人家。
他在门槛上问话,
他在屋檐下面喊:
“喂,屋里有人吗,
帮我把缰绳拉一下,
解下马的胸带,
好让马休息一下?”
老太婆在炉边说话,
唠叨嘴在凳上发言:
“是的,这里有许多人,
能帮你把缰绳拉一下,
能帮你放下车辕,
能帮你解开马胸带,

你需要十人有十人，
你需要一百有一百，
他们给你一顿毒打，
还要给你一头高马，
把你这无赖驮回家，
赶走你这无耻家伙，
驮到你父亲的住处，
驮到你母亲的房间，
驮到你弟弟的门口，
驮到你妹妹的桥头，
就在这一天之前，
就在太阳还未下山。”
勒明盖宁满不示弱，
他说出了这样的话：
“真该杀死这老太婆，
真该绞死这尖嘴巴。”
他又策马往前行；
雪车隆隆向前滑动，
沿着最高的路，
来到住在高处的家庭。
轻浮的勒明盖宁，
站在这个家的门前，
他又开始把话谈，
道出了以下的语言：
“希息，封住狗的嘴，
莱姆波，捺住狗的牙，
给狗嘴带上一个笼头，
使狗的嘴不能张开，

当有人走到它身旁，
它不会叫着把人伤!”
当他来到院子里，
他用马鞭狠抽地：
从地里升起一团烟雾，
从烟雾中出现一矮人；
他立即把胸带解下，
他立即把车辕放下。
轻浮的勒明盖宁，
他用耳朵仔细听，
谁也没有发现他，
谁也没有察觉他，
他在外面听到歌唱，
通过沼泽传来语言，
通过墙壁传来乐声，
通过窗子传来歌声。
他往屋子里面观看，
偷偷地向里面瞧着：
只见屋里堆满了巫师，
墙边坐满了乐师，
凳子上坐满了歌手，
大门口坐满了先知，
火炉边坐满了预言者，
高凳上坐满了法师；
他们唱着拉普人的歌，
他们唱着希息的颂歌。
轻浮的勒明盖宁，
他开始摇身一变，

改变了原来的外形；
他从躲藏的角落出来，
一直走进了屋子里，
把以下的话儿讲：
“歌曲的尾声一定好听，
简短的诗句一定壮丽，
如果中途打断了歌唱，
还不如不唱更为可贵。”
波赫约拉的女主人，
站起身迅速向前走，
一直走到屋子中间，
她把以下的话儿谈：
“从前这里有条狗，
长着蓬松铁毛的狗，
它爱喝新鲜的人血，
爱吃人肉啃人骨头。
你到底是何许人，
是哪个家族的英雄，
竟敢走进这个屋子，
向我们的房间直冲，
连狗没有觉察你的到来，
也没有听到你的动静？”
轻浮的勒明盖宁说道：
“我根本不会来这里，
如果没有技术和知识，
如果没有智慧和力气，
如果没有父亲的教导，
如果没有母亲的妙计，

这些狗肯定会猛扑我，
这些狗肯定会吃掉我。
当我还是幼稚的童年，
我母亲曾给我浸洗，
夏天夜里洗了三次，
九次是在秋天的夜里，
她教我认识了各条路，
各国的知识我也明理，
在家乡我是名好歌手，
在外地唱歌也不稀奇。”
轻浮的勒明盖宁，
漂亮的高科蔑里，
立即开始了歌唱，
唱起了神秘的歌：
当他念起了咒语，
唱起了勒明盖宁歌曲，
皮衣的边缘冒出火焰，
眼睛里也闪出火光一片。
他将最优秀的歌手，
咒成最坏的歌手；
咒得最好的歌手，
咒得最优秀的诗人，
嘴里都堵上石头，
被岩石压住全身。
他唱歌魔住许多男人，
把他们魔到这里或那里：
有的被魔到未开垦平原，
有的被魔到荒芜的土地，

被魔到没有鱼儿的池塘，
被魔到没有鲈鱼的水里，
被魔到鲁特亚瀑布下面，
被魔到沸腾的漩涡里，
被魔到咆哮的河流下面，
被魔到瀑布下面岩石间，
在那里将他们燃烧掉，
在他们周围火光一片。
轻浮的勒明盖宁，
他唱歌又魔住剑客，
魔住手持武器的英雄，
他魔住年轻人、年老人，
魔住的还有中年人；
就是一个人放过去：
他是一个恶劣的牧人，
一个闭着眼睛的老人。
牧人迈尔盖哈都[①]，
对勒明盖宁说道：
“喂，勒明的儿子！
你魔住年轻人和年老人，
也魔住了中年人，
为什么不魔住我一人？”
轻浮的勒明盖宁答道：
“我所以把你放过，
是因为你太可恶，
犯不着使用我的魔术。

① 迈尔盖哈都(Märkähattu)意为“湿的帽子”。

在你年轻的时候，
是一个坏透的牧人，
你污辱了自己的妹妹，
伤害了母亲的孩子们；
你虐待了所有的马，
甚至连马驹也不放过，
它们踏着沼泽或山地，
在泥浆中一步一瘸。”
牧人迈尔盖哈都，
他又生气又愤怒。
立刻从敞开的门冲出，
穿过庭院走到荒野；
他跑向多乃拉大河，
跑向波浪汹涌的漩涡，
在那里等候勒明盖宁，
在那里会见高科蔑里，
等着他离开波赫亚，
等着他返回自己家。

第十三篇

勒明盖宁请求波赫约拉的老太婆将女儿嫁给他，但老太婆首先让勒明盖宁穿着雪鞋将希息的大鹿猎到(1—30)。勒明盖宁很愉快地去狩猎大鹿，但大鹿跑了，他踏破了雪鞋也没有猎到大鹿(31—270)。

轻浮的勒明盖宁
对波赫约拉女主人说：
“老太婆，把你女儿给我，
把你女儿带到这儿来，
她是一个出众的姑娘，
她是一个高尚的姑娘！”
波赫约拉的女主人，
这样把话儿讲：
“我不给你我的姑娘，
我也不会把她带来，
无论她好还是坏，
无论她高还是矮：
因为你娶了妻子，
因为你有了太太。”
轻浮的勒明盖宁说道：
“库利基在村里游荡，
在村中央的台阶上，
在陌生人的大门旁；

我想娶个更好的女人，
请你给我你的姑娘，
她披着漂亮的头发，
她是最可爱的女郎！”
波赫约拉女主人说道：
“我不会让我的姑娘，
嫁给一个无能英雄，
嫁给一个无用儿郎。
如果你想娶我姑娘，
想得到戴花的女郎，
你要穿雪鞋去猎鹿，
要在希息的草原上！”

轻浮的勒明盖宁，
装上标枪的枪头，
紧了紧弓箭的弦，
装备好了他的箭。
他又开始把话谈：
“我装上标枪头，
紧了紧弓箭弦，
装备好了弓箭，
但我左右两脚，
还没有雪鞋穿。”
轻浮的勒明盖宁，
左思右想费思量，
从哪里弄到雪鞋，
得到最好的一双？
他去了卡乌比的宅院，

他到了吕里基的工厂：
“喂，聪明的沃也莱宁，
漂亮的拉普人卡乌比！[①]
你给我做一双雪鞋，
要把优良的皮革用上，
我要穿着它去猎鹿，
要在希息的草原上！”
吕里基这样说话，
卡乌比这样回答：
“你要去猎希息的鹿，
勒明盖宁，去也徒劳：
只有一块烂木头，
当作对你的报酬。”
勒明盖宁不在乎！
他这样地道：
“快给我做一双雪鞋，
把最好的皮革用上！
我要穿着它去猎鹿，
在希息的大草原上。”
吕里基，雪鞋匠，
卡乌比，雪鞋工人，
秋天他把左脚的做好，
冬天他把右脚的制成，
用一天装好鞋架子，
第二天配好鞋轮子。

① 卡乌比(Kauppi)意为雪鞋匠。吕里基(Lyylikki)即卡乌比的别称。沃也莱宁(Vuojelainen)也是卡乌比的别称。

左脚穿的可以奔跑，
右脚穿的也很合适，
装好了鞋的架子，
配好了鞋的轮子。
垫鞋架用的水獭皮，
垫轮子用的棕狐皮。
他又给雪鞋擦上油，
用驯鹿的脂肪涂抹；
他独自地在思量，
把以下的话儿讲：
“难道我这小青年，
毫无经验的人，
能穿着雪鞋跑，
能穿着雪鞋奔？”
轻浮的勒明盖宁又说话，
体壮的顽皮鬼又回答：
“虽说我是小青年，
虽说我毫无经验，
我能穿着雪鞋跑，
我能穿着雪鞋窜。”
他把箭袋挂在背上，
他把新箭扛在肩上，
他用双手紧握木杖；
他用左脚向前滑行，
他的右脚向前赶上。
他自言自语把话讲：
“在上帝的世界里，
在苍天的穹隆下，

只要卡莱瓦拉的儿郎，
勒明盖宁把雪鞋穿上，
没有猎不到的动物，
也没有一只四足兽，
能逃脱掉他的捕捉，
定会轻易把它获得。”
希息听到了他的吹牛，
尤达哈[①] 听到他的夸口。
希息制造了大鹿，
尤达哈造了驯鹿，
用枯木料造头，
用树枝造双角，
用沼地的草造脚趾，
用岸边枝条造双腿，
用篱笆桩制作背脊，
用干枯的草茎做筋络，
用莲花做一双眼睛，
用莲花叶做成耳朵，
用松树皮做成皮肤，
用烂木头做成血肉。
希息劝告这只大鹿，
对大鹿这样说道：
“希息的大鹿，快快跑！
高贵的生物，快快窜！
跑到驯鹿的繁殖地带，
窜到拉普人的大草原，

① 尤达哈(Juuttaha)，希息的别称。

让穿雪鞋的人流汗水，
让勒明盖宁流着大汗！”
于是希息的鹿疾如飞，
疾如飞的鹿匆匆向前，
穿越过波赫亚的仓库，
穿越拉普人的居住点：
踢倒了屋子里的水桶，
撞翻了火炉上的饭锅，
饭锅的肉滚进灰烬里，
饭锅的汤洒在了地上。
在拉普人的草原，
发生了大的混乱，
拉普人的狗狂吠叫，
拉普人的孩子哭喊，
拉普人的妇女大笑，
别的人们都在抱怨！
轻浮的勒明盖宁，
穿着雪鞋去猎大鹿，
滑过沼泽和大地，
滑过空旷的荒原：
雪鞋底下冒火花，
手杖顶上冒青烟；
还没有发现大鹿，
没有看见或听见。
他滑过小丘和小山，
滑过海后边的田地，
滑过希息的大草原，
滑过卡尔玛的荒野，

滑过苏尔玛的嘴边，①
滑过卡尔玛院后面，
苏尔玛张开了大嘴，
卡尔玛立刻伸出头，
准备把这英雄吞下，
准备把勒明盖宁捉住：
但这一切都是徒劳，
英雄迅速滑过去了。
当然他未滑完全境，
还未曾滑到沙漠地，
未曾滑到偏僻区域，
未曾滑到拉普极地。
因此他继续滑向前，
终于滑到沙漠极边。
当他到达这地方，
就听到一阵叫嚷，
在最偏僻的波赫亚，
在拉普人的大草原：
听到狗的狂吠声，
听到拉普孩子哭喊，
听到妇女们的狂笑，
听到另外人的抱怨。
轻浮的勒明盖宁，
立刻向那里滑去，
滑向狗狂吠的地方，
滑向孩子哭叫地方。

① 卡尔玛(Kalma)为死亡的拟人称。苏尔玛(Surma)为死亡之神。

他到达后这样说，
他到达后这样讲：
“为什么妇女狂笑，
为什么孩子哭闹，
为什么老人叹气，
为什么狗儿吠叫？”
“因此妇女狂笑，
因此孩子哭闹，
因此老人叹气，
因此狗儿吠叫：
希息的鹿横冲直撞，
把光亮的蹄子抬高；
踢翻了家里的水桶，
撞倒了炉上的饭锅，
使锅里的肉汤洒地，
一直流到灰土里。”
轻浮的勒明盖宁，
健壮的顽皮鬼，
他穿着雪鞋滑在雪地，
恰似一条蠕动着的蛇，
他拄着松木手杖滑行，
恰似一条窜动着的蛇；
他手里紧握着手杖，
一边滑行一边讲：
“拉毕[①] 的所有男人，
都来帮我捕猎鹿，

① 拉毕(Lappi)位于芬兰最北部地区名，今有拉毕省。

拉毕的所有妇女，
都来帮我洗铁锅，
拉毕的所有孩子，
都来去捡拾柴火，
大家用拉毕的锅，
把捕获的鹿煮沸。”
他加速地在滑行，
他飞快地滑向前，
他第一次飞速前进，
就逃脱了人们视线，
他第二次飞速前进，
人们的耳朵听不见，
他第三次飞速前进，
希息大鹿就在眼前。
他拿出一根枫木杆，
他做一个桦木颈圈，
就套住了希息大鹿，
把它关进橡木畜栏：
“在这里站着，希息大鹿，
机灵的驯鹿，呆在这里！”
他用手摸摸鹿的脊背，
又用手拍拍它的肚皮：
“我要去那边休息，
我要去那边睡眠，
同年轻姑娘一起，
由美丽雏鸽陪伴！”
希息的大鹿大怒，
驯鹿用蹄子乱踢，

它这样把话提：
“你要同年轻姑娘睡觉，
你要同美丽女郎上床，
莱姆波一定与你算账！”
大鹿在挣扎，在反抗，
挣断了桦木做的颈圈，
折断了枫木做的杆子，
撞开了橡木做的畜栏。
于是大鹿飞快地奔跑，
它疯狂地向前逃窜，
跨过沼泽和陆地，
跨过绿色的小山，
眼睛看不见它的踪迹，
耳朵听不到它的声息。
这个健壮的冒失鬼，
又担心来又生气，
又烦恼来又愤怒，
决心去把大鹿追；
他穿着雪鞋往前追，
左脚的鞋滑进洞里，
这只雪鞋撞得粉碎，
右脚的鞋毁在平地，
雪鞋的鞋尖被碰弯，
鞋架的结缝被迸断，
希息的大鹿冲向前，
连它的踪影看不见。
这时轻浮的勒明盖宁，
心情沮丧地把头低，

凝视着破碎的雪鞋，
把以下的话儿提：
“但愿在一生里，
没有其他猎手，
如同可怜的我，
敢来到森林里，
捕希息的大鹿！
撞坏了好雪鞋，
撞散了好鞋架，
撞断了猎枪尖！”

第十四篇

勒明盖宁祈求森林之神，终将希息的大鹿捕获并带回波赫约拉(1—270)。女主人让勒明盖宁完成第二件事，即给希息喷火的马戴上笼头，他给马戴上笼头后又回到波赫约拉(271—372)。女主人让他完成的第三件事是射击多乃拉河上的天鹅。勒明盖宁来到多乃拉河边；在那里被他瞧不起的牧人杀死并沉尸在急流之中。土奥尼的儿子又把他碎尸万段(373—460)。

轻浮的勒明盖宁，
陷入了沉思默想，
究竟下一步怎么办，
究竟是留下还是走：
是放弃猎希息大鹿，
自己立即返回家去；
还是再做一次努力，
祈求森林女神帮助，
得到山林女神照顾，
穿上雪鞋继续猎鹿。
他说出了以下的话，
来表达当时的心情：
“乌戈，至高无上的大神，
上天的慈悲的圣父！
现在给我做一双好雪鞋，
一双可以滑行的皮雪鞋，

让我穿着雪鞋飞速滑行，
跨越沼泽，跨越陆地，
跨越波赫亚的大草原，
滑向希息的大地，
我在那里捕捉希息大鹿，
我在那里将大驯鹿追击！
现在我要踏上狩猎之路，
我要在外面作英雄之举，
顺着达表拉[①] 的大道，
穿过达表拉的房屋。
你好，群山和小丘，
你好，呼啸着的松林，
你好，挺拔的白杨，
我要向你们致敬！
愿树木和丛林帮助，
愿仁慈的达表援助！
指引英雄去沼泽地带，
指引英雄平安到达山丘，
在那里我把大鹿捕捉，
从那里我将带回猎物！
努力吉，达表的儿子，
戴红帽的伟大男子！
照亮通往田野的路径，
竖起用木头做的路标，
让我避开危险的小径，
循着正确的大道前行，

① 达表拉(Tapiola)，森林之神的地域。达表(Tapio)为森林之神。

我要猎取希息的大鹿，
我要带回指定的猎物！
森林的女主人蔑利吉①，
年轻漂亮的女强人，
让你的黄金向前行，
让你的白银向前进，②
行走在寻猎者的前方，
前进在寻猎者的路旁！
从挂在你身边的铁环上，
取下你那金钥匙，
用它打开达表的库房，
用它打开森林的殿堂，
在我狩猎的日子里，
在我追击猎物的时光！
如果你不想亲自出面，
就责成你的奴仆们，
你给侍女下道命令，
命令她到我这里来！
如果你不能援助我，
别阻止侍女这样做，
你拥有成百的侍女，
你拥有成千的奴仆，
她们为你放牧牲畜，
也防守着草原猎物。
森林中的小姑娘，

① 蔑利吉(Mielikki)为达表之妻。
② 黄金和白银系指猎物大鹿。

达表的女儿口如蜜，
用口来把横笛吹，
笛声悠扬传千里，
传到女主人耳朵里，
促使森林女王听到，
当她听到悦耳笛声，
就会从睡眠中苏醒，
虽然我千百次哀求，
用我那黄金般舌头，
她至今仍然听不到，
她还在睡梦中逍遥！”
轻浮的勒明盖宁，
四处滑行寻猎物，
滑过沼泽和草原，
滑过荒芜的林间，
滑过上帝的木炭山，
滑过希息的煤平原。
滑行了一天又一天，
一直滑到第三天，
到达了一座大山，
登上巍峨的石岩，
放眼向西北瞭望，
穿过沼泽的北方，
看到达表的宅房，
门户都闪着金光，
就在沼泽的北方，
在树丛的山坡上。
轻浮的勒明盖宁，

迅速滑向西北方，
靠近达表的宅房，
走到他的窗下方，
他从第六个窗口，
偷偷地向里面望：
赐予者在里面休息，
谷物老妇正在安睡，
她们身穿普通服装，
这衣服是又破又脏。
轻浮的勒明盖宁说道：
“森林的主妇,为什么
你穿着普通服装，
看起来又破又脏，
你的外貌似乎太黑，
让人看了感到恐慌，
你的胸脯令人恶心，
你的身材也不漂亮？
当我从前来到森林，
森林中有三座殿堂，
一座是木的,一座是骨的，
第三座是石头建造的；
在每座殿堂的拐角，
有六扇金色的大窗。
我站在墙的下面，
经常向窗里外望：
看见达表殿堂的主人，
还有达表殿堂的主妇，
达表的女儿台勒沃，

和达表殿堂的其他亲属，
全都穿着黄金的服装，
或者穿着白银的服装。
森林的主妇她自己，
慈祥的森林的女主，
手腕上戴着金手镯，
手指上戴着金戒指，
头上戴着黄金首饰，
发上有金币做装饰，
耳朵上戴着金耳环，
脖子上戴着金项链。
仁慈的森林女主人，
森林之国美丽夫人！
抛掉你穿的干草鞋，
脱掉你穿的桦皮鞋，
脱下你打谷的衣裳，
剥下你普通的服装！
你穿上走好运的衣服，
也把分配猎物衣穿上，
在我打猎的日子里，
在我捕捉猎物时光，
我遗憾地来到这里，
我遗憾地四处流浪，
我还是一无所得，
空度了这大好时光，
你如果再不给我猎物，
对我的劳累不付报酬，
漫长的白天无法度过，

凄凉的夜晚没有快乐。
花白胡子的森林老人，
穿戴着松叶帽和藓苔衣！
现在给森林披上亚麻衣，
赶快用布匹盖住荒地，
让白杨都穿上灰色衣，
让红杨树披上美外衣！
松树的服装全是白银，
枞树的衣裳全用黄金，
老松树系上铜腰带，
老枞树缠上白银带，
用银白的花装饰白桦，
树干上都点缀上黄金！
就像以往的岁月一样，
那时你生活得更美好：
枞树枝在月光下闪烁，
松树枝在日光下闪耀，
森林散发出蜜的芳香，
绿色田野有潺潺水流，
平原上发出麦芽气息，
沼泽地里流动着奶油。
可爱的森林姑娘，
达表的女儿土里基！
把猎物赶到这里来，
赶到空旷的荒草地！
如果猎物跑得不快，
如果它懒散地奔跑，
你就从灌木丛采下树枝，

或从山谷中折下桦树条，
用它来抽打猎物的身，
鞭打着它的后臀！
催着它迅速向前跑，
赶着它急忙向前奔，
顺着猎人走过的小路，
把它赶向猎取它的人！
如果猎物走上小路，
就催促它向英雄靠近！
你要把两只手合拢，
从两旁把猎物指引，
猎物就不会转过身，
向相反的方向前进！
如果猎物不听指引，
向相反的方向直奔，
你就在路上抓住它的角，
抓着它的耳朵掉转身！
如果路上遇到树丛，
那就拉它走侧面；
如果有棵树把路拦，
你就把这棵树砍断！
如果前面遇到篱笆，
你就把篱笆推一旁，
要用五根树根绑住，
再用七根木桩顶上！
如果前面有条河，
这条河把路挡住，
要用丝绸造成桥，

再用红布铺成路！
把猎物赶上狭路，
让它在水上面过，
跨过波赫约拉河，
在咆哮的瀑布上面跨越！
达表宅邸的主人，
达表宅邸的主妇，
花白胡子森林老人，
森林的高贵君主！
米麦尔基[①]，森林主妇，
森林宝库的支配者，
身穿蓝衣的老妇人，
穿红袜子的沼泽主妇！
你来和我交换黄金，
你来与我交换白银！
我有月亮一样老的黄金，
我有太阳一样老的白银，
金银是英雄从战斗中获得，
它们都是一些战争胜利品；
金银就放在我的钱袋里，
它们在黑暗中发出声音，
如果你不想交换黄金，
也许你愿意交换白银。”
轻浮的勒明盖宁，
穿雪鞋滑行了一星期，
他的歌声响遍森林，

① 米麦尔基(Mimerkki)即蔑利吉。

传到了达表的宅邸：
感动了森林的主妇，
感动了森林的主人，
令所有的姑娘高兴，
令达表的女儿欢欣。
于是所有人都来追猎，
把希息的大鹿赶出兽穴，
赶过达表的山林，
赶过希息的殿堂，
把大鹿赶到猎人面前，
把大鹿赶到英雄前方。
轻浮的勒明盖宁，
甩出了他的索套，
索住了希息大鹿双角，
套住了骆驼驹子[①]脖子，
他用手摸着大鹿脊背，
不让它发怒乱蹦乱踢。
轻浮的勒明盖宁，
这样地高声呐喊：
“森林和大地的主人，
草原上美丽的生存者！
森林的主妇蔑利吉，
森林宝库的支配者！
现在来取我的黄金，
来挑选我的白银！
伸开你那细软的麻布，

① 骆驼驹子(Kamelivarsa)比喻大鹿。

把最好的麻布铺在地上，
放下金光闪闪的黄金，
放下银光闪闪的白银，
防止把金银撒在地上，
防止把金银让土弄脏！”
他于是来到波赫约拉，
来到后他这样说道：
“现在我在希息的草原，
把希息的大鹿猎到，
老太婆，交出你的姑娘，
让姑娘做我的新娘！”

波赫约拉女主人娄黑，
用以下的话来回答：
“如果你在希息的草原，
能驾驭那匹大骟马，
希息的那匹栗色的马，
希息的那匹喷沫的马，
我就把女儿许配给你，
让她做你的美丽的妻。”
这时轻浮的勒明盖宁，
立即取来金色的笼头，
立刻拿起银色的嚼子，
走向希息的大草地，
去寻找那匹大的骟马，
去寻找那匹栗色的马。
他急急忙忙地上路，
他急匆匆地向前行，

跨过空旷的荒原，
越过神圣的平川，
在那里他寻找马，
寻找栗色的骟马，
腰间挂着马笼头，
全部马具搭肩头。
他找了一天又一天，
一直找到第三天，
来到一座大山前，
他爬上高高石岩，
用双目向东方看，
又回头望太阳下方：
看到枞树林沙地上，
站着一匹栗色的马，
马毛闪射着火焰，
马鬃冒出了青烟。
于是勒明盖宁说道：
“至高无上的上帝乌戈，
云朵的统治者，
彩云的指挥者！
打开天上的裂口，
打开天上所有窗户！
降下凝结的冰块，
这冰块坚硬如钢，
打在优良马的鬃上，
打在希息的马背上！”
这时伟大的创造主乌戈，
云朵的首领和上帝，

把天空劈成裂缝，
苍天顿时裂成两半；
落下了冰块和冰，
还落下了铁的雹子，
这些雹子比马头小，
这些雹子比人头大，
打在优良的马鬃上，
打在希息的马背上。
于是轻浮的勒明盖宁，
走上前去看一看，
走到近处细观察。
他终于说出这种话：
“希托拉① 的优良马，
嘴里喷着白沫的马驹！
张开你的黄金嘴，
伸出你的白银头，
戴上银色的嚼子，
戴上金黄的笼头！
我不会粗暴地对待你，
也不会拼命地赶着你：
我们去的地方不算远，
这一段路程不过很短，
我们去波赫约拉宅邸，
严厉的岳母就住那里。
我不用绳索抽你，
或用树枝赶着你，

① 希托拉(Hiitola)，希息的领地。

我只用丝绳拉着你，
或用长布条牵着你。”
于是这匹希息栗色马，
马嘴里吐着白沫，
张开了它的金嘴，
伸出了它的银头，
戴上了白银嚼子，
戴上了黄金笼头。
轻浮的勒明盖宁，
驾驭着希息的骏马，
黄金嘴上戴着嚼子，
白银头上戴着笼头，
他骑在优良马背上，
他骑上好马的脊梁。
他挥动马鞭赶着马，
用柳树的枝条抽它。
他走了不远的路程，
穿过了崇山峻岭，
越过了连绵丘陵，
跨过了积雪高峰，
来到波赫约拉宅邸，
他从院子走进门庭。
当他到达波赫约拉，
他就说出这样的话：
“我曾从希息的草地，
捕获了希息的大鹿，
我又跨越空旷草原，
从神圣的碧绿田野，

带来了希息栗色马，
带来了希息喷沫马。
老太太，把姑娘给我，
她要做我的年轻老婆！”

波赫约拉主妇娄黑，
她这样做出回答：
“如果你从多尼黑暗河上，
从神圣的河流漩涡中央，
射中那只天鹅，
把那只大鸟射中，
只能用一支箭，
只能射一次箭，
我就把姑娘嫁给你，
让她做你的贤良妻。”
轻浮的勒明盖宁，
漂亮的高科蔑里，
携带弓箭去射天鹅，
去寻找那长脖子鹅，
在黑暗的多尼河里，
在玛纳拉① 的深渊里。
他肩上扛着漂亮箭，
背上挂着大的箭袋，
迈着迅速的步伐，
踏着沉重的脚步，
走向黑暗的多尼河，

① 玛纳拉(Manala)即阴间、地狱、死亡地带。

走向玛纳拉的漩涡。
波赫约拉瞎老头，
牧人迈尔盖哈都，
在多尼河边等待，
在神圣漩涡边等候；
他前后左右观望，
等待勒明盖宁到来。
这一天终于来到，
轻浮的勒明盖宁，
急急忙忙地赶来，
来到大的多尼河，
面对着可怕的瀑布，
面对着神圣的漩涡。
老头从水中放出毒蛇，
芦苇似的游出水面，
它穿透勒明盖宁的心，
它穿透了英雄的肝，
它咬穿英雄的左腋，
它咬穿英雄的右肩。
轻浮的勒明盖宁，
他感到伤势很重。
他说出以下的话：
“我办事真是愚蠢，
我没有请教母亲，
请教养育我的人，
只有两句话就行，
最多只有三句话，
在这不幸的时刻，

我该如何对付它：
我不会降服毒蛇，
也不会运用魔法。
养育我的母亲呵，
你为我历尽甘苦！
你要知道不幸的儿子，
遭到如此大的痛苦，
你一定会迅速赶来，
赶来这里把我援救，
使你这可怜的儿子，
逃离开这死亡道路，
我不愿在这时死亡，
在我年轻快乐时光。”
这时波赫约拉老瞎头，
牧人迈尔盖哈都，
把轻浮的勒明盖宁，
把这卡莱瓦的后裔，
抛入黑暗的多尼河中，
抛入急湍的漩涡之中。
轻浮的勒明盖宁，
漂过咆哮的瀑布，
漂过奔腾的急流，
漂进多尼拉的黑屋。
多尼[1] 的血腥的儿子，
用剑把这英雄砍断，
他用利刃砍了又砍，

① 多尼(Tuoni)，冥府的神。

他的利刃火光闪闪，
他把英雄砍成五块，
他把英雄砍成八段，
扔到多尼拉的河里，
扔到玛纳拉深渊里：
“但愿你带着弓箭，
永远在河里嘻闹，
在河里射击天鹅，
在河里射击水鸟！”
这就是大胆的求婚者，
勒明盖宁的悲惨结局，
他沉在黑暗多尼河里，
他沉在玛纳拉深渊里。

第十五篇

勒明盖宁家里的梳子有一天开始流血，母亲立即猜想她的儿子遇难了，便急忙赶到波赫约拉并向主妇询问，究竟勒明盖宁发生了什么事情(1—62)。波赫约拉主妇最终告诉她，让勒明盖宁完成一件任务，但一天过后方知他已经遇难(63—194)。勒明盖宁的母亲手握长耙来到多尼瀑布下方，开始打捞儿子的碎尸段并将尸段拼合在一起，用咒语和药膏使勒明盖宁复活(195—554)。勒明盖宁复活后告诉母亲他在多尼河是如何被谋害的，然后他与母亲返回家中(555—650)。

勒明盖宁的母亲，
在家中沉思默想：
"勒明盖宁在哪里，
高科蔑里在何方？
他在世界到处流浪，
从未听说何日归乡。"
可怜的母亲不知道，
忧虑的养育人猜不着，
她的肉在何处漂，
她的血在何处流，
是漂向生长枞树的小山，
流向杂草丛生的荒原，
还是漂浮在无际的海面，
流到汹涌澎湃的海浪间，
是陷在伟大的战争中，

还是置入可怕的骚动中，
他的双腿溅满血迹，
红色污点沾满双膝。
漂亮的女人库利基，
前后左右望东望西，
在勒明盖宁的宅邸，
在高科蔑里家里。
夜晚她望着篦子，
白天她望着梳子，
终于这一天到来，
就是在这天早上，
从梳子流出血液，
从篦子流出血浆。
漂亮的女人库利基，
说出了以下的话：
我现在失去了男人，
我的英俊的高科，
消失在没有人烟的荒原，
消失在无人知觉的路边：
梳子流出了血液，
篦子洒下了血迹！”
这时勒明盖宁的母亲，
亲自走过来望着梳子，
她便伤心地大声哭啼：
“天哪，我的命运好惨，
我这一生是多灾多难！
现在我那可怜的儿子，
他没有得到好好保护，

一定是遇到了灾难！
可怜的孩子遭到毁灭，
勒明盖宁已命入黄泉；
篦子流血是证明，
梳子滴血可判断！”
她迅速换上衣服，
穿上宽大的裙裾，
登上远去的路程，
急急忙忙地前行：
山岳在她脚下轰鸣，
山谷陡起，丘陵踏平，
在她面前高地在下沉
低地在她面前却上升。
她很快来到波赫约拉，
询问她的孩子在何方，
她这样把话讲：
“波赫约拉的女主人，
你把我亲爱的儿子，
究竟派到什么地方？”

波赫约拉女主人娄黑，
这样回答她道：
“我不知道你儿子的消息，
他到底走失在哪里。
我选了一匹烈马，
帮他套上了雪车；
也许当他驶过冰面，
冰面裂开陷在里面；

也许驶入狼群送命，
或是遇到饥饿的熊。”
勒明盖宁的母亲说道：
“你纯粹是在乱说一通！
狼群不敢吃我家族人，
饿熊不敢咬勒明盖宁：
他的手指能捻碎狼群，
他徒手能致饿狼的命。
如果你不肯把实情讲，
到底勒明盖宁怎么样，
我要闯开你宝库的门，
打碎宝贵的三宝磨房。”
波赫约拉女主人讲道：
“我对他可是盛情款待，
我让他吃来又让他喝，
一直让他笑逐颜开；
后来我让他坐在船头，
他便独自行驶在激流。
但我真不知怎样讲，
这个可怜人的下场，
是沉在汹涌急流里，
或陷入可怕漩涡里。”
勒明盖宁的母亲说道：
“你纯粹是在说谎话，
要老老实实地讲实话，
别再一味地欺骗我，
你把勒明盖宁派到哪里，
把卡莱瓦之子哪里打发，

不然死亡在你面前，
让你立刻命归西天！”
波赫约拉女主人说道：
“我现在就说实话：
我先派他去捕大鹿，
去同野兽进行苦斗，
后又派他去套马，
给烈马套上笼头；
再派他去猎天鹅，
把神圣之鸟捉住。
可我真是不知道，
他是否遇到不幸，
他是否遇到险阻，
但他始终没回来，
来要求我的姑娘，
做他的漂亮新娘。”
于是母亲去寻找儿子，
她担心儿子遇到不幸。
她像狼那样踏过沼地，
像熊那样跨过荒原，
像黑蚁那样爬过山野，
像水獭那样游过水面，
像刺猬那样穿过海角，
像兔子那样绕过湖边。
她搬去路上的石头，
她折断山坡的树木，
她抛掉山路的树枝，
她拨开路旁的灌木。

她寻找了一个星期，
也未发现儿子踪迹。
她于是向大树询问，
失去的儿子的消息。
树要答话，松树叹息，
橡树聪明地把话提：
“我有自己的忧虑事，
顾不上你儿子的事，
我的命运真是坏，
不祥时日就要来：
人们把我砍成条，
人们把我劈成柴，
我不是被燃烧掉，
就是开荒时被砍倒。”
她找儿子又一星期，
仍未发现儿子踪迹。
她询问面前的大路；
她向大路弯腰致意：
“上帝创造的大路！
你可看到我的儿子，
我那金色的苹果，
我那银色的拐杖？”
大路聪明地回答，
大路这样把话讲：
“我有自己的忧伤，
你儿子的事顾不上，
我的处境并不好，
倒霉的事就来到：

野狗在我上面跳，
骑兵在我上面跑，
皮鞋在我上面踏，
脚跟在我上面压。”
她找儿子又一星期，
还不见儿子的踪迹。
她遇到了月亮，
弯腰向月亮致礼：
“上帝创造的金月亮，
你是否看到我的儿子，
我那金色的苹果，
我那银色的拐杖？”
聪明的金月亮，
这样把话讲：
“我有自己的烦恼，
你儿子事没有关照，
我的命运真不好，
不祥的事就来到：
夜晚我独自徜徉，
永远在严寒闪光，
冬季我坚守岗位，
夏天我就要引退。”
她找儿子又一星期，
还找不到他的踪迹。
他遇到了太阳，
弯腰向太阳致敬：
“上帝创造的太阳！
你可看到我儿子，

我那金色的苹果，
我那银光的拐杖？”
太阳知道这件事，
它把以下话儿讲：
“你的儿子真可怜，
他已经遇了难，
他沉入多尼的黑河，
沉入玛纳拉古老河：
那里的瀑布一泻千里，
那里的急流奔腾不息，
在多尼拉的边陲，
在玛纳拉的谷底。”

勒明盖宁的母亲，
痛苦流涕极伤心。
她来到铁匠的工房：
“铁匠伊尔玛利宁！
你一天到晚忙不停，
我今天求你做事情！
帮我打造一把铜耙，
耙齿要用钢铁铸成；
耙齿要长一百㖊，
耙柄要长五㖊！”
铁匠伊尔玛利宁，
不朽的冶炼工人，
打造了一把铜耙，
耙齿是用铁铸成；
耙齿有一百㖊长，

耙柄只有五哼长。
勒明盖宁的母亲，
亲自扛着铜耙，
来到多尼河岸，
向太阳开始祷告：
“上帝创造的太阳，
创造的光明辉煌！
你发出高热一小时，
再散发出灼人热光，
最后散出蒸腾热气：
让邪恶的人昏昏欲睡，
让玛纳拉人昏迷不醒，
让多尼强者感到疲惫！”
于是上帝创造的太阳，
创造的光明辉煌，
飞到弯曲白桦树上，
飞到赤阳树的枝上，
散发出高热一小时，
散发出灼人的热光，
散发出蒸腾的热气：
让邪恶的人都安睡，
让玛纳拉人都昏迷，
让年轻人躺在剑上，
让中年人倚着长矛，
让老年人拄着拐杖。
然后太阳向上空飞去，
重又飞到高高的天上，
飞到它原来的位置，

飞到它永住的地方。
这时勒明盖宁的母亲，
把大铁耙握在了手上；
她开始打捞她的儿子，
从汹涌澎湃的急流中，
在一泻千里的瀑布旁。
她的儿子终没有捞上，
然后她走到水的深处，
来到水的深处打捞，
水已淹没到她的袜子，
水已淹没到她的腰肢。
她这样地把儿子打捞，
顺着多尼拉的河打捞，
逆着汹涌的急流打捞，
她一次又一次地打捞，
儿子的衣衫终于发现，
她迅速捞出不幸的衣衫；
她又开始打捞第三次，
发现儿子的袜子和帽子，
她悲痛地打捞上袜子，
她伤心地打捞上帽子。
她涉到更深的水里，
走进玛纳拉的深渊。
她顺着水流捞了一次，
她横着水流捞了一次，
她斜着水流捞了一次。
她打捞到第三次，
她拉出了大铁耙，

耙出了一具死尸。
这分明不是一具死尸：
他是轻浮的勒明盖宁，
英俊的高科蔑里；
他紧紧地抓着耙齿，
他用他的无名指，
还用他的左脚趾。
她拉起了勒明盖宁，
拉起了卡莱瓦后生，
她用包着铜的铁耙，
拉出水面重见光明；
但这具尸体不全面：
只有一只手和半个头，
还缺少其他零部件，
他的生命也未生还。
他的母亲费尽思量，
痛苦地把话儿讲：
“他从此能否还原成人，
还能否成为一位英雄？”
她的话被渡鸦听见，
渡鸦这样回答她：
“以你找到的这点部件，
要想把他复原有困难：
鲱鱼吞掉了他的双眼，
梭子鱼咬断了他的肩。
这样把男人扔进河里，
抛进多尼拉的河中间！
也许他会变成鳕鱼，

会变成一条大鲸鱼。”
但是勒明盖宁的母亲，
不愿把儿子扔进河里，
于是她用这大的铜耙，
再一次地把儿子打捞，
她顺着多尼拉河流捞，
她逆着多尼拉河流捞：
她找到了儿子头和手，
她找到了半截脊骨，
又找到了半截肋骨，
还有其他一些碎骨。
她于是用这些零部件，
拼合成儿子勒明盖宁。
她使肌肉与肌肉相接，
她使骨胳与骨胳相连，
她使关节连着关节，
她使血管连着血管。
她把血管接在一起，
把血管的头缝合好，
又把筋脉疏通完毕，
她这样把话提：
“美丽的血管夫人，
美丽的夫人血管女神，
你是出色的血管织手，
带着你漂亮的织机，
带着铜制的纺锤，
带着铁制的纺轮，
快到这里，我需要你，

快到这里,我请求你,
怀里抱着小静脉血管,
腋下夹着小血管膜,
准备把血管缝合一起,
把血管的接头连一起,
在创伤未愈的地方,
在伤口开洞的地方!
如果这样还不完善,
在天空中有位女郎,
划着铜制的船,
坐在红色船尾上。
你从天空下来,女郎,
姑娘,你从高天下降!
你划着船穿过静脉血管,
一来一往把血管接上,
你划着船穿过碎骨,
穿过碎骨断裂的地方!
你把所有的静脉血管,
让它们都恢复到原位:
把大血管连接在一起,
把动脉血管接在一起,
把较小的血管都对齐,
把最小的血管合成一!
你再拿着最细的针,
穿上最细的丝纤维!
用最细的针缝缀,
用锡制的针缝合,
把血管头缝合好,

再用细丝线扎牢！
如果这样还不行，
请求上帝来帮助我，
上帝，你驾上快马，
装备好你的骏马！
然后你乘上雪车，
穿过关节和骨骼，
通过破损的肌肉，
通过血管的前后！
让骨骼连着肌肉，
让血管两端连住，
在骨骼中间镀白银，
在血管两端镀黄金！
在皮肤破裂的地方，
让新的皮肤生长，
在血管断裂的地方，
把血管缝合成原样，
在伤口流血的地方，
把伤口细密地缝上；
在骨骼折断的地方，
把骨骼折断处接上，
在肌肉破碎的地方，
把破碎的肌肉补上，
把各部件安装好，
使各部件恢复原样，
骨连着骨，肉连着肉，
筋络与筋络连成一处！”
勒明盖宁的母亲，

再造了英雄人物，
使他恢复了生命，
恢复了原来面容。
所有血管都计算过，
血管的接头都接连，
但是英雄不会说话，
这孩子还不能言谈。
这时母亲又开了言，
说出了以下的话：
“从哪里能得到药膏，
从哪里能得到蜂蜜，
用药膏给伤残人涂抹，
让伤残人恢复健康，
使他能正常地讲话，
使他能把歌曲吟唱？
蜜蜂呵，林中小鸟，
森林中花朵之王！
你现在快去采蜜，
赶紧对蜜做调查，
从欢乐的森林之国，
从芬芳的达表拉，
从众多花朵的花萼上，
从多种野草的花冠上，
把制成的药膏带回来，
让伤残人尽快恢复健康！”
蜜蜂，灵活的小鸟，
迅速地飞向前，
飞向欢乐的森林之国，

飞向达表拉草原。
它用针刺探花心，
用舌头将蜜吮舔，
吸吮了六朵花冠，
舔了百根青草尖。
它鼓起翅膀返乡，
嗡嗡声越飞越响，
羽毛吸满了蜜汁，
蜜汁浸湿了翅膀。
勒明盖宁的母亲，
拿着这神奇药膏，
往伤残人身上涂抹，
将他的哑病治疗，
但是他仍然不说话，
这药膏一点不见效。
于是母亲又开了言：
“蜜蜂，我的小鸟！
你要飞往别的地方，
飞越过九个海洋，
到一个美丽岛上，
岛上有丰富的蜜，
就在杜利的房内，
巴尔沃宁的宅邸！[①]
那里的蜜汁优良，
那里的药膏完美，
能把关节全治愈，

① 杜利(Tuuri)为蜜之神。巴尔沃宁(Palvoinen)为杜利别称。

能把血管连一起。
从那里带回药料，
用药料制成软膏，
往他伤口上涂抹，
软膏一定会见效！”
灵活的英雄小蜜蜂，
鼓起翅膀向前飞行，
它飞越了九个海洋，
又飞过第十个的一半。
它飞了一天又一天，
一直飞到第三天，
没有在芦苇上休息，
没有在树叶上停站，
它飞到美丽的岛上，
飞到有丰富蜜汁地方，
那里有倾泻的瀑布，
有神圣漩涡在奔流。
蜜汁就在那里熬煎，
药膏就在那里制成，
装在小的泥土瓶里，
装在美丽的小锅中，
小锅像拇指一样大，
手指尖能塞满瓷瓶。
灵活的英雄小蜜蜂，
它从那里采到药膏，
停了很短的时间，
很短的时光度完，
它就展开了翅膀，

完成使命飞回乡，
怀里抱着六瓶药，
另外七瓶在背上，
瓶里装满了软膏，
软膏质量均优良。
勒明盖宁的母亲，
用优良药膏治疗，
涂抹了八次药膏，
涂抹了九次药膏：
但是仍不见疗效，
哑病仍不能转好。
她又说出这样话，
把她的心愿表达：
“蜜蜂，空中小鸟！
请你再飞第三次，
飞向高高的天空，
飞到九重天天顶！
那里有丰富蜜源，
那里的蜜汁无限，
创造主对它念过咒语，
它得到纯洁上帝保佑，
创造主给孩子涂此药，
当孩子遭到恶魔撕咬。
让蜜汁浸透你的翅膀，
让你的羽翼浸满甜汁，
你用翅膀把蜜汁运载，
帮我把丰富蜜汁带来，
我要用蜜汁熬成软膏，

给他的创伤涂上良药!”
蜜蜂,聪明的小鸟,
它这样地回答老妇:
“我这么弱小无能,
怎样完成你的使命!”
“你可以轻盈地飞行,
迅速地飞入高空,
在群星中间穿梭,
在日月之间飞行。
第一天飞行如风,
飞越过了猎户星,
第二天继续高行,
在北斗星肩上行,
第三天飞得更高,
在七星背上飞行;
离目的地已不远,
再有很短的路程,
那里是主神住所,
幸福光明的仙境。”
蜜蜂从地上飞起,
展开它甜蜜双翼;
它鼓动着轻盈翅膀,
它鼓起小翅膀飞翔。
它迅速地飞过月亮,
穿过太阳的边疆,
穿过北斗星的肩膀,
在七星的背上飞翔,
飞到创造主的暗仓,

飞到全能者的工房。
药膏在这里制造，
药品在这里煎熬，
装在白银的壶里，
装在黄金的锅里：
中间煎熬着蜂蜜，
良好药膏在两边，
有的药膏在南边，
有的药膏在北边。
空中的小鸟蜜蜂，
采集了大量蜂蜜，
它采集得很满意。
过了很短的时间，
它又开始了飞行，
嗡嗡地赶着路程，
怀里抱着成百个、
上千个其他器皿；
有些是良好蜂蜜，
有些是上等药剂。
勒明盖宁的母亲，
把药品放入嘴内，
她用舌头来品尝，
药品味道真是美：
“这正是我要的药膏，
全能者制作的良药，
主神用此药来治病，
创世者把伤病治好。”
她便用这药来治病，

让伤残儿子恢复好。
她涂抹骨骼间裂缝，
在关节中间涂抹，
在全身上下涂抹，
又在中间部位擦摩。
她说出了以下的话，
来表达自己的心情：
“儿呀，从睡眠中醒来，
从迷梦中醒来，
快离开这个鬼地方，
从这不祥之地走开！”

英雄从睡眠中醒来，
英雄从迷梦中醒来。
他已经能够讲话，
鼓动舌头来表达：
“我痛苦地躺了那么久，
我睡了那么长的时间！
我在安睡中休息，
沉入深深的睡眠。”
勒明盖宁母亲开口，
说出了以下的话：
“如果没有可怜的母亲，
那么辛苦地帮你成人，
你会躺得更长久，
你会睡得更深沉。
不幸的儿子告诉我，
我的耳朵听你说话，

是谁把你扔入多尼河，
是谁推你到玛纳拉？”
轻浮的勒明盖宁，
这样回答母亲：
“是牧人迈尔盖哈都，
温达摩拉[①] 的瞎老头，
是他把我推到玛纳，
扔进多尼拉的冥河。
他从水中拉出大蛇，
大蛇从波浪中出来，
气势汹汹地游向我，
我一无所知水妖怪，
也不知苇塘中妖魔，
我当时只惊慌失措。”
勒明盖宁的母亲说：
“你这汉子真无见识！
还吹嘘治服魔术师，
还要把拉普人驱使：
你竟对水怪一无所知，
对苇塘中妖魔亦如此！
水蛇是在水中出生，
出生在苇塘的水中，
它孕育在鸦的脑中，
在海燕的头中涌动。
雪也台尔[②] 向水中喷吐，

① 温达摩拉(Untamola)即温达摩的领地。
② 雪也台尔(Syösätär)，蛇的母亲。

把唾液吐在波浪中；
水就把唾液伸展，
阳光照得它发暖，
风刮得它受颠簸，
使它漂荡在水间，
水波把它送上岸，
它蠕动在陆地边。”
勒明盖宁的母亲，
她用尽一切力量，
使儿子恢复原样，
还是那样的漂亮，
甚至比从前更美，
更英俊和更漂亮。
她向儿子询问，
还需要什么东西。
勒明盖宁这样说道：
“我还有一件事急着办：
它是我一生的追求，
它是我一生的志愿，
我要娶波赫亚姑娘，
美丽的披长发女郎。
可恨那波赫亚老媪，
不让她的女儿出嫁，
除非我为她打野鸭，
或射中美丽的天鹅，
在那多尼拉的河里，
在那神圣的漩涡里。”
勒明盖宁的母亲，

以这样的话劝说：
“不要惊动美丽天鹅，
让野鸭有安静住所，
在黑暗的多尼河中，
在汹涌澎湃的漩涡！
最好陪伴你的母亲，
一起返回自己家门！
你还要感谢主神，
是主神保佑了你，
全靠主神的帮助，
你才能起死回生，
走出多尼的险路，
摆脱玛纳的困境！
我自己无能为力，
我独自不能取胜，
多亏主神的恩惠，
多亏创造主显能。”
轻浮的勒明盖宁，
踏上返家的路程，
陪同年老的妇人，
陪同亲爱的母亲。
现在我要告别高科，
告别轻浮的勒明盖宁，
我要继续唱别的歌曲，
我将要改变我的歌声，
我就要转向新的故事，
我要去开辟新的路程。

第十六篇

万奈摩宁派遣萨姆萨·柏勒沃宁去寻找造船的木材，并用此木材造了一艘船，但仍缺少三句有用的咒语(1—118)。他无计可施，只好动身到多尼拉学会这三句咒语(119—362)。万奈摩宁最终逃离多尼拉，回来后他告诫大家千万不能冒险到那里去，那里多么令人可怕，恶人在那里居住着(363—412)。

年老刚直的万奈摩宁，
不朽的万能的魔法师，
他打算建造一艘木船，
一艘新的漂亮的帆船，
就在雾气濛濛的海角，
就在幽黑的海岛顶端。
但是还缺少造船木料，
还缺少造船用的木板。
谁去把木材寻找，
谁去把橡树找到，
为给万奈摩宁造船，
为给歌手把船来造？
萨姆萨·柏勒沃宁，
他年纪轻轻身体好，
他可以去把木材找，
他可以把橡树找到，
为给万奈摩宁造船，

为给歌手把船来造！
他为此登上了路程，
走向东北地区寻找。
他走了一程又一程，
走了三程还往前行，
一把金斧扛在肩膀，
黄金斧子配制铜柄。
他找到了一棵白杨，
那树身足有三呎长。
他打算伐掉这棵树，
用斧头砍断这白杨。
白杨便向他发问，
白杨开始把话讲：
“汉子，你砍我干啥，
我对你有什么用场？”
萨姆萨·柏勒沃宁，
他这样把话讲：
“我需要的是木材，
我要你有这用场：
给万奈摩宁造木船，
让歌手的船很漂亮。”
受惊的白杨开始说，
成百的树枝把话讲：
“用我去造船会漏水，
会把歌手沉入水里！
我的树身是空心：
今年夏天有三次，
毛虫吞食我的心，

蛆虫栖息在树根。”
萨姆萨·柏勒沃宁，
在旅程中继续前行，
他一边走一边在想，
走向北部地区地方。
他看见一棵松树，
树身足有六㖊高。
他用斧头去砍树，
斧头落在树干上，
他这样把话讲：
“松树，我能否用你，
给万奈摩宁造木船，
当歌手帆船的木板?”
松树便立刻回答，
它就大声地说话：
“你不能用我去造船，
我不能当造船木板！
我的身上长着木瘤：
今年夏天有三倍大，
渡鸦在我枝头叫，
乌鸦在我枝头喧哗。”
萨姆萨·柏勒沃宁，
在旅程中继续前行；
他一边走一边在想，
走向往南部的地方。
前面是棵大橡树，
树身足有九㖊高。
他便向橡树问道：

“橡树,能否用你
做一艘龙骨船,
当战船的船板?”
橡树机智地回答,
它这样讲了话:
“建造一艘龙骨船,
我的木材正适宜,
我的树身不空心,
没有树瘤木料细,
今年夏天日照好,
我的树身充实三倍,
太阳围绕树身照耀,
月光在枝桠间飘荡,
鸟儿在枝头栖息,
杜鹃在枝头歌唱。”
萨姆萨·柏勒沃宁,
从肩膀上取下斧头,
用斧头猛砍大橡树,
用斧刃把橡树砍伐;
他很快砍伐完橡树,
美丽的橡树立刻倒下。
他首先砍断了树枝,
后来又劈开了树身,
用树身做成了龙骨,
又做成无数片船板,
为这歌手建造船,
为万奈摩宁造船。
年老的万奈摩宁,

不朽的魔术师，
他灵巧地把船造，
他唱着歌把船造，
他用橡树板造船，
他用橡树片造船。
第一支歌造成龙骨，
第二支歌造成船舷，
他又唱了第三支歌，
就造成了漂亮船舵，
连接紧船肋的两端，
合紧了所有的榫眼。
当他把船肋制造成，
把船舷也都对好缝，
他还缺少三句咒语，
为了把船舷钉齐整，
船头装备得更适宜，
船尾安装得更完整。

年老刚直的万奈摩宁，
不朽的万能的魔术师，
他说出了以下的话：
“呵，我的一生真不幸！
我的船还不能下水，
新船还不能浪里行！”
他绞尽脑汁费思量，
所需要的话哪里找，
所需要咒语哪里寻，
莫非从燕子的头上，

莫非从天鹅脑海里，
莫非从家鹅的肩膀？
于是他去搜集咒语，
屠杀了一大群天鹅，
杀死了一大群家鹅，
还把燕子的头割下：
他没有找到一句咒语，
甚至连半句也没找到。
他反复地想了又想：
“在银白色松鼠嘴里，
在夏天驯鹿舌头下，
也许有百句这样话。”
他动身寻找这咒语，
为了发现所需词句，
杀死的驯鹿堆满田，
杀死的松鼠挂满杆：
他倒发现很多咒语，
但没有一句能帮助。
他反复考虑费思量：
“在多尼拉阴暗的家，
在玛纳拉永久住所，
可能找到需要的话。”
他于是动身去多尼拉，
去玛纳拉寻找三句话，
他匆匆忙忙向前出发；
第一周走过灌木丛，
第二周走过樱桃林，
第三周走过杜松林：

玛纳拉岛就在前方，
多尼的小丘发着光。
年老刚强的万奈摩宁，
在多尼拉的河旁，
靠近玛纳拉的深渊，
他就大声地叫喊：
“多尼的姑娘开船来，
玛纳的孩子划船来，
我要乘船渡过这河，
我要乘船渡过这湾！”
身材短小多尼少女，
身材矮小玛纳姑娘，
在多尼阴暗的河边，
在玛纳拉深渊近旁，
她正在那里洗衣服，
她正在那里濯衣裳。
当听到河对面喊声，
她把以下的话儿讲：
“只要你说明原因，
为什么到玛纳来，
我就开船过去接你，
尽管疾病未制服你，
死亡也不曾抓住你，
其他噩运未降住你。”
年老刚直的万奈摩宁，
对她说出了以下的话：
“多尼领我到这里来，
玛纳拉我离开了家。”

身材短小多尼少女，
身材矮小玛纳姑娘，
她把以下话儿讲：
“我发现你是说谎话！
如果多尼领你到来，
玛纳拉你离开了家，
多尼会同你一起来，
玛纳在路上把你拉，
多尼的帽子在肩上，
玛纳的手套在手上。
说实话，万奈摩宁，
是谁让你来到玛纳？”
年老刚直的万奈摩宁，
又说出了以下的话：
“铁拉我到玛纳来，
钢拖我到多尼拉。”
身材短小多尼少女，
身材矮小玛纳姑娘，
她把以下的话儿讲：
“我觉得你又说谎话！
当铁拉你到玛纳，
钢拖你到多尼拉，
你的衣服上会有血，
血就会从衣服滴下。
说实话，万奈摩宁，
这次你必须说实话！”
年老刚直的万奈摩宁，
说出了这样的话：

"水带我到玛纳来，
波浪送我到多尼拉。"
身材短小多尼少女，
身材矮小玛纳姑娘，
把以下的话儿讲：
"我知道你又在说谎！
如果水带你到玛纳，
波浪送你到多尼拉，
你的衣服就会泡湿，
水就会从衣服流下。
说真话，万奈摩宁，
是谁让你到玛纳？"
年老的万奈摩宁，
再次拒绝说实话：
"是火拉我到多尼拉，
火焰拖我来到玛纳。"
身材短小多尼少女，
身材矮小玛纳姑娘，
她说出了以下的话：
"我猜想你又说谎话！
如果火拉你到玛纳，
火焰拖你到多尼拉，
火会烧光你的胡子，
火焰烧秃你的头发。
年老的万奈摩宁，
要想我用船接你，
就要赶快说实话，
再不能说些谎话，

你如何来到玛纳，
尽管疾病未把你制服，
死亡也没有把你抓住，
其他噩运也未把你降住！”
年老的万奈摩宁说道：
“如果我从前说了谎，
说了一些虚伪的话，
我现在就开始讲实话。
我用技术造了一艘船，
我用歌声造了一艘船。
我唱了一天又一天，
我唱到了第三天，
我唱着歌，雪橇损坏，
我唱着歌，滑橇折断：
我来多尼找铁锥，
我来玛纳找铁钻，
要把雪橇修理好，
要把雪橇修完善。
现在你把船开来，
把我送到河对岸，
我要乘船渡过河，
我要乘船渡过湾！”
多尼少女责骂他，
玛纳姑娘谴责他：
“喂，你是一个愚老头，
你是真正的傻老汉！
你无缘无故来多尼拉，
你无病无灾来玛纳拉！

你最好还是赶快回家，
这才是最安全的办法：
有许多人到这里观光，
可很少有人能返故乡。”
年老的万奈摩宁说道：
“这只能吓住老太婆，
吓不住懦弱男子汉，
吓不住懒散英雄男！
开船来，多尼少女，
开船来，玛纳孩子！”
于是多尼少女开来船，
年老的万奈摩宁，
坐船渡过多尼河，
坐船越过玛纳湾。
少女这时把话谈：
“万奈摩宁你上当啦，
你没有死就来玛纳，
你活着就到多尼拉！”
高贵的主妇多尼塔尔，
年老夫人玛纳拉塔尔，①
端来一大杯啤酒，
双手放在他面前，
这样开了言：
“喝吧，老人万奈摩宁！”
年老刚直的万奈摩宁，

① 多尼塔尔(Tuonetar)为多尼拉女神，多尼之女。玛纳拉塔尔(Manalatar)，玛纳之女。

长久地凝视着杯盏:
只见杯中蛆虫涌动,
青蛙也在杯中产卵。
他就这样把话谈:
“我来到玛纳拉这里,
不是为喝这里的酒,
也不用多尼的杯盏:
谁喝这酒谁就醉,
谁用这杯谁完蛋。”
多尼拉主妇说道:
“唉,老人万奈摩宁,
谁叫你来到玛纳,
谁叫你到多尼拉,
多尼拉没有召唤你,
玛纳国没有请你!”
年老的万奈摩宁说道:
“我正在建造一艘船,
建造一艘新的帆船,
我还缺少三句咒语,
不能把船尾建造成,
不能把船头架齐整。
我在人间到处寻找,
没有把三句话找到,
我只好来到多尼拉,
到玛纳的住地来找,
我来找我需要的话,
我要学会那三句话。”
那位多尼拉的主妇,

便说出了以下的话：
“多尼不会给你咒语，
玛纳不会教你秘语！
在你生命存在时光，
你不会离开这地方，
你不能回到你家园，
你不能回到你故乡。”
他疲倦地沉入睡眠，
躺在多尼设的床上，
行人躺下昏迷不醒，
便摊开四肢入梦乡，
英雄这样地被困扰，
英雄躺着保持警觉。
多尼拉有个老巫婆，
她长着尖尖下巴颏，
她总纺着她的铁丝，
她总把她的铜丝搓。
就在夏季一天晚上，
就在水边的岩石上，
她结成了一百张网，
她编成了一千张网。
多尼拉有个老男巫，
他只长着三个手指，
他总是把铁网连结，
他总是把铜网编织。
他编织了一百张网，
他编结了一千张网，
就在夏季同一晚上，

就在水边同一石上。
多尼儿子弯屈手指，
弯屈手指铁一样硬，
他撒开了一百张网，
把多尼拉河都罩上，
纵横交叉全部笼住，
倾斜的方面也遮住，
使万奈摩宁逃不掉，
乌万多拉宁逃不脱，
从多尼拉的阴险地，
从玛纳拉永远住所，
只要他的生命存在，
只要金黄月亮照耀。

年老刚直的万奈摩宁，
这样把话儿讲：
“我的末日可能到来，
我的灾难或许降落，
在多尼拉的阴暗家，
在玛纳拉的黑住所？”
他立刻改变了原形，
变成了另一副模样，
他潜入到黑色湖中，
像水獭钻入芦苇丛；
像铁蛆一样地蠕动，
像蝮蛇一样地游行，
横跨过多尼拉黑河，
穿过多尼网络前行。

多尼儿子弯屈手指，
弯屈手指铁一样硬，
就在这天的清晨，
他去察看张着的网：
只发现一百条鳟鱼，
一千条小鱼苗游动，
没有看到万奈摩宁，
乌万多拉宁的缩影。
年老的万奈摩宁，
逃脱了多尼拉险境，
他便说出了以下话，
来表达自己的心情：
“善良的大神哟，
别让您的凡民，
独自来到玛纳国，
进入多尼拉国境！
去那里的凡民很多，
但很少能返回故国，
从多尼拉阴暗之家，
从玛纳拉永久住所。”
他还告诫后一代人，
告诫那些勇敢人民，
说出了以下的言词，
表达了自己的心声：
“请记住，人民之子，
在你们的有生之年，
对无辜人不要作恶，
对无罪人不要侵犯！

否则定会得到报应，
在多尼拉阴暗家庭：
那里是罪人的归宿，
那里是恶人的住处，
压在灼热石头下面，
压在燃烧石块下面，
蒙盖着毒蛇的被单，
多尼拉毒蛇的被单。”

第十七篇

万奈摩宁去安德洛·维布宁[①] 那里要咒语，将他从地下的长眠中唤醒(1—98)。维布宁吞食了万奈摩宁，他开始在维布宁的腹内拼命地折腾(99—146)。维布宁受不了这种折磨，许诺教会他一些咒语和魔法，但万奈摩宁表示，只有得到造船的三句咒语才停止折磨(147—526)。维布宁只好向万奈摩宁唱出了所有咒语，这时万奈摩宁才从维布宁腹内爬出来，返回家乡把船造成(527—628)。

年老刚直的万奈摩宁，
找不到他所要的咒语。
从多尼拉的阴暗住所，
从玛纳拉的永久领域，
他沉思默想费尽思量，
在他头脑里总在考虑，
从哪里能发现三句话，
从哪里能找到这咒语。
走来了一位放牧人，
对他讲了以下的话：
“你可以得到一百句话，
可以得到一千句咒语，
从安德洛·维布宁嘴里，
从他那丰富的肚子里。

① 安德洛·维布宁(Antero Vipunen)，原始的巨人。有人称为卡莱瓦。

到他那里要走条小路，
必须通过这十字路口，
这条小路不算太平坦，
但也不算是太坏的路。
你必须经过第一阶段，
在妇女用的针尖上跑；
你还要经过第二阶段，
在英雄用的剑锋上跳；
你再要经过第三阶段，
在男人用的斧刃上跃。”
年老刚直的万奈摩宁，
仔细考虑这次的旅程。
他来到铁匠的冶炼厂，
把以下的话儿讲：
“喂，铁匠伊尔玛利宁！
赶快给我打双铁鞋，
再打制一副铁手套，
还打制一件铁上衣。
另外打一根长铁柱，
这根铁柱应是这样：
外面包着较软的铁，
里面则是最硬的钢！
因为我要去找咒语，
得到那神秘的词句，
从维布宁的大嘴里，
从他那丰富肚子里。”
铁匠伊尔玛利宁，
这样把话儿讲：

“维布宁已经死去，
安德洛已经消亡，
丢下挖掘的陷阱，
丢下编织的罗网；
你得不到那咒语，
连半句也得不上。”
年老刚直的万奈摩宁，
毫不气馁地登上行程。
第一天他轻快地走着，
在妇女用的针尖上跨过；
第二天他敏捷地走着，
在英雄用的剑锋上跨过；
第三天他的脚步匆匆，
在男人用的斧刃上跨过。
维布宁是闻名的歌手，
他是技艺超群的老汉，
他伴着他的歌曲睡下，
他伴着他的咒语长眠：
在肩膀上长出了白杨，
白桦长在他的双鬓上，
下巴颏上长出了赤杨，
杨柳长在他的胡须上，
从牙缝里生长出松树，
有松鼠的枞树长额上。
万奈摩宁匆忙赶来，
他从羊羔皮的腰带上，
从皮革制成的剑鞘中，
立即抽出他的利剑来；

从死者肩上砍下白杨，
从双鬓上砍掉白桦树，
从下巴颏砍断赤杨树，
从胡须上伐倒那柳树，
从牙缝间砍断了松树，
从额头上砍下了枞树。
他又用那根长的铁柱，
插进维布宁的口中，
撬开了咬紧的牙床，
捅开了咬紧的齿龈，
他把以下的话儿讲：
“人类的奴仆，起来，
从长眠的地下起来，
从酣睡的梦中醒来！”
闻名的歌手维布宁，
立刻从睡梦中醒来。
他感到有人在害他，
痛苦程度令人难耐：
他咬住了长的铁柱，
咬断了外面的软铁；
他不知道里面是钢，
他咬不断里面钢心。
这时老人万奈摩宁，
正站在他的嘴旁边，
他的右脚向前滑动，
他的左脚跟着前行，
他滑进维布宁嘴里，
跌入维布宁牙床中。

闻名歌手维布宁，
他把嘴张得更大，
把牙床撑得更宽，
把佩剑英雄吞下，
大叫着咽进肚里，
把万奈摩宁咽下。
闻名歌手维布宁，
说出了以下的话：
“很多食物我都吃过，
我吃过母羊和山羊，
小的牛犊我也吃过，
我也吃过一头公猪，
却未曾吃过这种肉，
从未尝过这种食物！”
年老的万奈摩宁，
这样把话儿讲：
“我的灾难将来到，
我的性命已难保，
关在希息的马厩，
关在卡尔玛地牢。”
他左思右想良久，
如何能保住性命，
他腰带上有把刀，
刀柄用枫木做成；
他用枫木造成船，
造成一艘小游艇。
他划着游艇往来，

穿梭在内脏之中，
在狭小的肠道间，
探索着每条路径。
老年歌手维布宁，
还不觉什么苦痛。
年老的万奈摩宁，
他要成为一工匠，
当一名真正铁匠；
他用衬衫做厂房，
他用裤子做气筒，
他用衣袖做风箱，
他用毛皮做风袋，
他用袜子做风窗，
他用膝盖当铁砧，
他以臂肘铁锤当。
他举着他的铁锤，
接连不断地锤击，
白天他忙个不停，
夜晚也不得休息——
在歌手的肚子里，
在巨人的内脏里。

这时歌手维布宁，
说出了以下的话：
“你究竟是什么人，
是什么样的英雄？
我毁过成千的人，
吃过成百的英雄，

没吃过你这种人：
在我口里有煤火，
舌头上升起火炬，
铁渣把喉咙塞住！
怪东西现在出来，
害人精你快离开，
不然我找你母亲，
请你年老母亲来！
我要告诉你母亲，
你儿子干了坏事，
你儿子胡作非为，
当她知道这件事，
一定会伤心至极，
一定会气得落泪。
我至今还不明白，
我从开始不理解，
希息[1] 你从哪里来，
坏东西为什么来，
你这样地咬着我，
你这样地啃着我。
你是造物主派的病人，
你是上苍派来的死神，
还是他人雇来的恶魔，
把你雇来这样折磨我，
是否为了要大量金钱，
是否为接受他人贿赂？

① 希息(Hiisi)此处当詈词用，是骂人的话，而不是专指凶神。

如果你受造物主派遣，
你是上帝派来的死神，
我就信任我的造物主，
我把生命向上帝献出：
上帝不会拒绝善良人，
造物主不会毁灭好人。
如果你受别人的唆使，
你是别人雇来的恶魔，
那我就查出你的种族，
我就找出你出生下落！
我从前受过恶魔侵袭，
也曾经受过灾难打击：
来自众多巫师的区域，
来自众多歌手的牧地，
来自魔鬼群居的家园，
来自妖怪乱舞的平川；
来自卡尔玛荒凉原野，
来自广漠大陆的地界，
来自幽灵往来的住处，
来自亡魂出没的故土；
来自松土堆成的丘陵，
来自地动山摇的国境，
来自松散的砂砾地域，
来自松软的砂土地区；
来自弯弯曲曲的山谷，
来自长满苔藓的池沼，
来自泥泞不堪的洼地，
来自奔腾不息的波涛；

来自希息的林中马厩，
来自五条山岳的狭缝，
来自铜山陡峭的斜坡，
来自铜山高高的山顶；
来自瑟瑟作响的松树，
来自飒飒作响的枞树，
来自枯萎的松树枝杈，
来自残败的枞树树杈；
来自狐狸嗥叫的地点，
来自麋鹿疾驰的荒原，
来自大熊居住的石穴，
来自群熊乱跑的洞窠；
来自波赫亚遥远地方，
来自拉普人居住故乡，
来自不长灌木的山地，
来自未曾开垦的荒地；
来自广阔无边的战场，
来自英雄厮杀的地方，
来自青草萋萋的场所，
来自热血飞溅的血泊；
来自无际大海的海面，
来自汪洋大海的里面，
来自大海底面的泥污，
来自千哥渊泉的深处；
来自湍湍不息的急流，
来自滚滚不息的漩涡，
来自鲁特亚巨大瀑布，
来自汹涌澎湃的激流；

来自邈远的天空之边，
来自无雨云布满的天，
来自春风吹拂的路线，
来自狂风诞生的摇篮。
莫非你也来自这些地方，
魔鬼哟，又继续向前方，
来到我无罪的肚里，
来到我无辜的心脏，
你无端地把我折磨，
你无端地刮肚搜肠？
离开吧，希息的野狗，
玛纳拉最凶狠的猎犬，
魔鬼，离开我的身体，
害人精，离开我的肝，
你不能吞食我的心脏，
你不能把我的脾毁伤，
你不要堵塞我的肚子，
你不要践踏我的肺脏，
你不能刺破我的肚脐，
你不能破坏我的背脊，
你不能损毁我的两肋，
你不能刺痛我的腰际！
如果你无视我的忠告，
我可祈求更大的力量，
它会帮我除去这灾祸，
它会帮我驱走这恐慌。
我呼唤那大地之地母，
我呼唤田野原始之主，

我召来人间所有剑士，
我召来沙洲英雄骑士，
我祈求他们前来救助，
我祈求他们前来保护，
驱除令人难忍的折磨，
清除令人难耐的痛苦。
如果你对他们瞧不起，
在他们面前你不撤离，
来吧，森林同你的人民，
来吧，杜松同你的大军，
来吧，松树同你的家人，
来吧，池塘同你的子孙！
成百的剑手手持武器，
成千的英雄身披铁衣，
他们一齐来攻击恶棍，
他们一齐来打倒希息！
如果你对他们瞧不起，
在他们面前你不撤离，
水母呀，你赶快起来，
从波浪中伸出小蓝帽，
从大海中飘起软长袍，
从污泥中露出美容貌，
来援助我这虚弱男子，
来保护我这无能英豪，
以避免我被无辜吞食，
以避免我被无病杀掉！
如果你对她们瞧不起，
在她们面前你不撤离，

赶快来,大自然的女儿,
快来展示你的华丽辉煌,
所有母亲中你是第一位,
所有女人中你年龄最长!
现在你来观察我的痛苦,
来驱走我这灾难的时光,
你拥有征服魔鬼的力量,
你能把我从痛苦中解放!
如果你对她也瞧不起,
在她面前你还不撤离,
天国之上的乌戈呵,
你从雷云辽阔领域,
来到这需要的地方,
我祈求你快到这里,
消除这魔鬼的折磨,
消灭这可恶的妖魔,
用火焰剑来消除它,
用闪光利刃消灭它!
可怕的怪物快离开,
大地的灾星快滚开!
这里不是你的住所,
这里没有你的住地。
你的住所在别处找,
你的住地远离这里,
那里有你主人居住,
那里有女主人床铺!
当你到达了目的地,
你的旅程已经完毕,

来到你出生的地区，
来到你主人的国土，
你发出来到的信号，
用一道闪电来宣告，
让他们听到雷声响，
让他们看到电闪光！
你踢破院子的大门，
你拆下窗子的窗棂，
然后你就冲进屋内，
像旋风一样往里冲！
你就紧紧稳住脚步，
脚跟踏着狭小地面，
你把主人推到屋角，
你把主妇赶到门边！
把主人的眼睛挖掉，
要打破主妇的头颅，
把你的手指弯成钩，
再扭转他们的头颅！
如果这样做还不够，
像鸡一样飞到路旁，
像雏鸡般飞到农场，
将胸脯贴在粪堆上！
把马群赶出了马厩，
把牛群赶出了牛房，
把牛角插进粪堆里，
把马尾都撒在地上，
拧斜了它们的眼睛，
拧断了它们的颈项！

如果你是风送来的病，
暴雨卷来，风把你送，
你是春风送来的礼物，
寒冷的空气把你引领，
沿着春风吹拂的车径，
顺着空气流通的路程，
你不要在树木上休息，
你不要在赤杨上停顿，
你要赶快到铜山上去，
你迅速到铜山的顶峰，
让春风吹拂你到那里，
让和风护送你到那里！
如果你是来自天空，
来自无雨云的边境，
那么你应重返天空，
你更应该超越天空，
飞向降雨的云朵间，
去寻找闪烁的繁星，
你像火一样地燃烧，
你像火花般地闪耀，
围着太阳明亮路线，
绕着月亮皎洁光圈！
如果是水把你送来，
海中浪涛把你送来，
那么你就返回水中，
返回到浪涛的上层，
到泥墙宫殿的旁边，
到急流旋转的中间，

漂流在浪花的上面，
漂荡在浪涛的顶端！
如果从卡尔玛荒原来，
从原始人的住所中来，
那么你赶快回到那里，
回到卡尔玛幽暗住地，
那里变为丘陵的高地，
那里变成动荡的陆地，
强大军队在那里阵亡，
广大人民在那里死亡！
如果你盲目地流浪，
远离希息深远的森林，
远离松树林中的巢穴，
远离枞树林的家门，
那么我就要咒逐你，
让你回到希息森林，
回到松树林的巢穴，
回到枞树林的家门，
你要永远居住那里，
直到地板全部腐烂，
木板墙壁长出霉斑，
屋顶从你头上崩坍。
我要咒逐你到那里，
赶你这魔鬼到那里，
赶到老公熊的巢穴，
赶到老母熊的住地，
赶到潮湿的幽谷里，
赶到封冻的池沼地，

赶到震动的泥塘里，
赶到抖动的低洼地，
赶到没有鱼的水池，
赶到没有鲈鱼的水里。
如果那里你不能容身，
那么我咒逐你到远方，
到波赫亚的遥远边界，
到拉普人居住的地方，
到草木不生的北极区，
到无人耕种的荒野上，
那里不见太阳和月亮，
那里的太阳没有光亮，
那里是你的幸福所在，
那里是你可爱的地方：
猎死的麋鹿挂在树上，
杀死的驯鹿放在地上，
人们的饥饿都被消除，
人们的欲望得到满足。
我咒逐你到远方，
我命令你，赶着你，
到鲁特亚的大瀑布，
到汹涌奔腾的漩涡，
那里的树木已倒坍，
冲倒的松树在滚转，
颠簸着枞树的树干，
松树的冠顶四处散。
魔鬼，你游到那里，
游到瀑布的急流里，

在茫茫的水中旋转，
在狭窄的水道安眠！
如果那里你没有住处，
我咒逐你到更远地方，
到多尼的黑暗的河中，
到玛纳拉古老的河上，
你一生就永不能逃走，
你一生就得不到解放，
除非我允许把你释放，
任何人不能把你赎偿：
用九只绵羊来赎你，
那是一只母羊生养；
用九头公牛来赎你，
那是一头母牛生养；
用九匹公马来赎你，
那是一匹母马生养。
如果你需要旅行车，
或者需要旅行的马，
那我给你准备旅车，
给你准备好旅行马。
希息有一匹漂亮马，
一匹红鬃的高大马，
马嘴里喷吐着火焰，
鼻孔里火光真耀眼，
马蹄子是用铁制成，
马蹄子是用钢包装；
它能攀登山谷斜坡，
它也能攀登高山岗，

只要骑士勇敢骑上，
就会显得无比风光。
如果这些还不充分，
给你制造雪鞋一双，
那是莱姆波赤杨鞋，
还有一双滑雪手杖，
你滑行到希息国界，
在莱姆波树林横闯，
跨过希息的国境线，
穿过这不祥的地方！
如果有石头挡住路，
你就把石头推一旁；
如果有树枝把路拦，
你就把树枝折两半；
如果有英雄路上站，
你就大胆把他驱赶！
恶人，现在快走开，
畜牲，你赶快离开，
趁白天还没有来到，
晨光仍然没有照耀，
太阳仍然没有升高，
雄鸡仍然没有啼叫！
快逃吧，你这坏东西，
现在你已在这里太久，
快逃到明亮的月光下，
你在那里可得到自由。
如果你还不赶快离开，
你这没有人养的野狗，

我要取出老雕的爪子，
要拿出吸血者的钳子，
要拿出猛禽的肉爪子，
要拿出猎鹰的利爪子，
我用这些武器降妖魔，
我用这些武器打贱货，
从此我的头不再疼痛，
从此我的呼吸不沉重。
从前莱姆波离开这里，
他离开母亲出去漫游，
那时上帝曾给我帮助，
我得到造物主的援助。
难道你这没人养的狗，
你这没有母亲的野狗，
你这自生自灭的畜牲，
还不赶快从这里逃走，
趁时光没有完全流失，
趁月亮没有完全亏蚀？”
年老刚直的万奈摩宁，
他把以下的话儿讲：
“我在这里住很舒服，
我找到满意的住处：
肝脏就是我的面包，
油脂就是我的饮料，
脂肪是我最好食品，
肺脏供我饭菜烧烤。
我要在心脏的深处，
安置上我的冶炼厂，

我要用重重的铁锤，
敲打最柔软的地方，
你休想摆脱这折磨，
在你这一生的时光——
如果你不教我咒语，
你不把全部咒语讲，
当我还没有学会它，
还没有全部掌握它。
不许隐瞒各种咒语，
不许隐瞒各种魔法；
纵然魔法师已死亡，
咒语魔法仍有力量。”

闻名的歌手维布宁，
这位年老智慧大师，
口中有强大的法术，
胸中有无边的法力，
他打开他的话匣子，
打开他的咒语盒子，
唱出了伟大的歌曲，
朗诵出神秘的咒语，
那些深奥的歌词句，
创作于久远的过去，
现在的孩子不会唱，
如今的英雄不理解，
在这充满邪恶岁月，
在这充满苦难时节。
他唱着起源的歌曲，

依次唱着各种咒语，
造物主如何下指令，
全能者如何下旨意，
是如何产生的大气，
水如何与大气分离，
水如何分离出陆地，
草木怎能长满大地。
他唱起月亮的诞生，
又唱起太阳的形成，
他唱起大气升天空，
又唱起天空缀满星。
闻名的歌手维布宁，
他唱着全部的歌曲！
自从有了生机岁月，
从未看见和听说过，
有这样出色的歌手，
有这样智慧的大师：
歌词从他口中流出，
名句从他舌头送出，
如同马驹奋蹄飞驰，
如同骏马奋蹄疾速。
他白天唱歌不间断，
他夜晚唱歌不等闲：
太阳听着他的歌声，
黄金月亮也在倾听；
波浪在海面上停息，
怒涛也平息在海里；
河水已停止了奔流，

鲁特亚瀑布停怒吼，
沃克思瀑布无声息，
约丹河也同样安息。
年老的万奈摩宁，
听到维布宁歌曲，
掌握了咒语秘密，
学会了一切咒语，
他要离开维布宁，
从他张大的嘴里，
从他隆起肚子里，
从他高大的身体。
年老的万奈摩宁说道：
“巨人安德洛·维布宁！
请你张开你的大嘴，
请你撑开你的牙床，
我要从你身体落地，
我要返回我的故乡！”
闻名的歌手维布宁，
他把以下的话儿讲：
“我吃过和喝过许多，
各种味道都品尝过，
像你这老万奈摩宁，
我却从来没有吞过！
你的光临我很快活，
你的离去我更快乐。”
闻名的歌手维布宁，
表现出一脸的苦相，
他用力张开了大嘴，

他拼命撑开了牙床，
这时年老的万奈摩宁，
从张开的大嘴落地，
离开了隆起的肚皮，
离开了高大的身体；
他逃出大嘴真敏捷，
他跳上大地真迅速，
像一只金黄的松鼠，
一只金黄胸脯貂鼠。
他开始动身向前进，
来到铁匠的冶炼厂，
铁匠伊尔玛利宁说：
“你是否找到那咒语，
你是否学会那词句，
为了把船舷来建造，
为了把船尾钉坚牢，
为了把船头装配好?”
年老刚直的万奈摩宁，
他说出了以下的话：
“我集结了成百条咒语，
还有成千条魔法词句，
我学会了秘密的咒语，
也掌握了神秘的法术。”
于是他迅速地去造船，
他手艺高强动作熟练。
他很快就把这船造完，
把船舷造得结实美观，
把船尾装得非常合适，

把船头安置得很完善:
他不用锤打把船造完,
也没有飞出一点碎片。

第十八篇

万奈摩宁驾驶新船去向波赫亚的姑娘求婚(1—40)。伊尔玛利宁的妹妹看见他,从岸边向他打招呼,并知道了他此行的目的,于是她把此事告诉了她的哥哥(41—266)。伊尔玛利宁迅速准备好行装,便骑马沿着岸边前往波赫约拉(267—470)。波赫约拉的女主妇看到来了两位求婚者,便劝其女儿嫁给万奈摩宁(471—634)。她的女儿本人却愿嫁给铁匠伊尔玛利宁,对先期到达的万奈摩宁说,她不愿嫁给他(635—705)。

年老刚直的万奈摩宁,
他费尽脑汁左思右想,
怎样才能向姑娘求婚,
怎样去会见披发女郎?
在那阴暗的波赫约拉,
在那多雾的萨里奥拉,
她是波赫亚驰名姑娘,
她是波赫亚漂亮新娘。
他把造好的灰色新船,
又用红漆涂抹了一遍,
他给船头镀了一层金,
又给船身镀了一层银。
他就在第二天的清晨,
趁着天空在微微发亮,
便把新船推到了海上,
将这新船推入了波浪,

从剥掉树皮的滚木上，
从用松木造的船台上。
他在船上竖起了桅杆，
在桅杆上升起了布帆：
布帆的一边鲜红一片，
布帆另一边一片蔚蓝；
然后他自己登上了船，
徘徊漫步在船板之间，
他操着舵向海中行驶，
乘着波浪迅速地向前。
于是他说了以下的话，
表达出他当时的心愿：
“上帝哟你赶快来船上，
最慈悲的大神快降临，
祈求你帮助懦弱英雄，
祈求你保佑这可怜人，
在这无边无际的水上，
在这波涛汹涌的海上！
风呵，用力吹着这船，
浪呵，用力推着这船，
我不用驾驶着这船舵，
也无须用舵搅动海面，
在这无比辽阔的海上，
在这无比广漠的水面！”

远近著名的安尼基，
黑夜姑娘黎明女郎，
穿着清洁的长服装，

天还没亮就起了床，
来到阴暗的海岛上，
靠近雾沉沉海角旁。
在那红色台阶上方，
在那铺着的木板上，
她把衣服洗濯干净，
又将衣服拧干弄平。
她放目向四面眺望，
周围的空间很宽广，
她举目向天空仰望，
她平视大海的上方：
上面是灿烂的太阳，
下面是闪烁的波浪。
她的目光掠过海面，
转过头来朝向南方，
那里是索麦拉河口，
那里是万奈莱水流：
发现海上有黑斑点，
在蓝色的波涛之上。
她于是说出以下话，
表达出此时的心情：
“海上的黑点是什么，
在那蓝蓝的波涛上？
如果那是一只大雁，
或别的什么美丽鸟，
那就让它展翅飞翔，
飞向高高的天空上！
如果那是一群鲑鱼，

或是一群别的鱼类，
那就让它们做游戏，
然后它们潜入海底！
如果那是一块礁石，
或是漂在海中树桩，
那就让波涛淹没它，
就让水流把它推荡。”
这船儿迅速地划行，
这新船徐徐地向前，
划向雾沉沉的海角，
划向阴暗海岛一端。
远近闻名的安尼基，
看到船徐徐地驶来，
看到驶来的百板船。
她就这样地开了言：
“如果是我哥哥的船，
或者是我父亲的船，
那就应当往家中驶，
掉转船头驶向家园。
那里有停泊的地点，
应掉转船头朝那边。
如果是陌生人的船，
应该把船开得更远，
那里有船的停泊地，
就在那大海的对面！”
这既不是家人的船，
也不是陌生人的船：
这是万奈摩宁的船，

这是不朽歌手的船。
这艘船已越来越近，
可以听到船上声音，
头两句话可以听清，
第三句话听得分明。
远近闻名的安尼基，
黑夜姑娘黎明女郎，
她向驶近的船呼道：
“你去哪里，万奈摩宁，
到哪里去，海上英雄，
去干什么，国家精英？”
年老的万奈摩宁，
他这样地回答道：
“我是为了去捕鲑鱼，
也是为了去捕鳟鱼，
在阴暗的多尼河里，
在长着芦苇的水里。”
远近闻名的安尼基，
她说出了以下的话：
“你不要对我说谎话，
我知道捕鱼的季节！
很早以前我的父亲，
在他之前我的祖父，
他们经常捕捉鲑鱼，
也经常去捕捉鳟鱼：
在船里放着捕鱼网，
捕鱼的东西堆满舱，
一大摞钓绳放地上，

旁边还放着搅鱼杖，
渔叉放置在座位下，
钓竿放在了船尾上。
万奈摩宁，你去哪里，
乌万多拉宁，去干什么？”
年老的万奈摩宁说道：
“我是为了去猎大雁，
这种鸟羽翼真光鲜，
它们正在食无鳞鱼，
在幽深的萨克森海湾，
那里水域宽大无边。”
远近闻名的安尼基，
这样地把话儿谈：
“谁在说谎谁吐真言，
我自己能够来分辨！
很早以前我的父亲，
在他之前我的祖父，
他们到海外猎大雁，
把红嘴猎物来围歼：
那大弓总是张满弦，
满弦的弓华美非凡，
一条黑狗用皮带拴，
把它拴在船的后边；
猎狗在海岸上奔跑，
小狗们穿行在沙滩。
万奈摩宁，你说真话，
你究竟去哪里，干什么？”
年老的万奈摩宁说道：

“我为什么不能出门，
参加一次大的战争，
与战友们并肩战斗？
那里已是血流满地，
那里的人血流如注！”
安尼基不相信这话，
戴胸饰的人又开言：
“我了解战争的情况！
很早以前我的父亲，
参加过这大的战争，
与战友们并肩战斗，
成百的战士划着船，
成千的战士坐中间，
弓箭放在船的前面，
座位下面放着利剑。
你要对我把真话讲，
你不要对我总说谎：
你去哪里，万奈摩宁，
去干什么，乌万多拉宁？”
这时年老的万奈摩宁，
把以下的话儿讲：
“姑娘，快来我的船上，
女郎，快进我的船舱，
我要对你把真话讲，
我不会再对你说谎！”
戴胸饰的安尼基，
就这样地大声嚷：
“狂风会袭击你的船，

大风会攻击你的船！
让这船翻个底朝天，
让这船沉到水里面，
如果你不把实话讲，
如果你仍将谎话谈，
如果你总一意孤行，
你的谎言定会戳穿。”
这时年老万奈摩宁，
他无奈吐出了真情：
“我要向你把实情讲，
这一次没有再说谎：
我要向姑娘去求婚，
去追逐姑娘的爱情，
到阴暗的波赫约拉，
到多雾的萨里奥拉，
那里是食人的地方，
是英雄沉没的地方。”
远近闻名的安尼基，
夜晚姑娘黎明女郎，
她确定这是实在话，
她认为这并非说谎，
她丢下未刷的帽子，
她抛下未洗的衣裳，
放在红台阶的头上，
放在那里的凳子上，
她用手撩起了长裙，
她用手抓着裙两旁，
这样她开始迈脚步，

急急忙忙往前行走。
她迅速来到冶炼厂，
来到聪明铁匠近旁。
铁匠伊尔玛利宁，
不朽的冶炼大师，
他正打造一铁凳，
铁凳由白银装饰，
他头上煤烟尺厚，
肩上炉灰长几尺。
安尼基在门旁边，
把以下的话儿谈：
“哥哥伊尔玛利宁，
你是伟大的技工！
给我打造织梭子，
给我打造美戒指，
还有三副金耳环，
还要五六条腰带，
我把实情给你谈，
我保证不是谎言！”
铁匠伊尔玛利宁说道：
“如果你给我传好事，
我给你打造织梭子，
给你打造美丽戒指，
给你打造十字胸饰，
给你打造漂亮头饰；
如果你说的是坏事，
我就打烂全部首饰，
把它们都填进炉内，

让它们化为灰烬消逝。”
远近闻名的安尼基，
说出了以下的话：
“铁匠伊尔玛利宁！
你还记得那姑娘，
她答应要嫁给你，
要成为你的新娘！
你终日熔接锤炼，
一年四季不停歇；
夏天你打造马索，
冬天你打造蹄铁，
夜间你打造雪车，
白昼你打造车身，
你快去波赫约拉，
快去向姑娘求婚！
狡猾人已经动身，
他走在你的前头，
他要夺走你的人，
要把你情人抢走。
两年前你见过她，
前两年向她求婚，
要知道万奈摩宁，
正在海上向前进，
他划得是黄金船，
他掌得是铜船舵，
划向阴暗的波赫约拉，
划向多雾的萨里奥拉。”

这铁匠感到痛苦，
这能人感到伤悲：
铁钳从左手滑落，
从右手滑落铁锤。
伊尔玛利宁说道：
“我的妹妹安尼基！
我给你打造梭子，
我给你打造戒指，
还有两三副金环，
五六条漂亮腰带；
你帮我打开浴室，
帮我点燃桑那浴，
用细小木板生火，
用小木块来点燃！
你把灰碱准备好，
我制造一块肥皂，
让我洗净我的头，
让我把全身洗好，
冲去秋天的灰尘，
把冬天炉灰冲掉！”
远近闻名的安尼基，
秘密地去烧洗浴室，
用风吹断的树枝条，
用雷电击断的树枝。
她从瀑布旁捡石子，
把石子烧得很热，
然后她又去汲来水，
从那神圣的深井里。

她折断树枝做浴条，
从繁茂的灌木丛里，
她把鲜嫩的绿枝条，
放在光滑石子上烤。
她又用灰和奶拌搅，
给他制成洗身肥皂，
她揉着肥皂起泡沫，
使肥皂起了肥皂泡，
让新郎把头洗干净，
洗得全身感到轻飘。
铁匠伊尔玛利宁，
不朽的冶炼能手，
他给姑娘打造了一切，
漂亮头饰也打造好，
姑娘为他烧好浴室，
等待铁匠入室洗澡；
他把首饰交给姑娘，
姑娘便这样开言道：
"现在浴室充满蒸气，
桑那浴已经准备好，
采摘了最好的浴条，
把浴条用温水浸泡。
哥哥，让你洗痛快，
你要多少水尽管倒，
把头发洗得黄澄澄，
把双眼洗得水灵灵！"
铁匠伊尔玛利宁，
他于是走进浴室，

淋漓尽致地洗澡，
全身洗得白又净；
洗得眼睛水晶晶，
洗得额角发亮光，
脖颈像蛋一样白，
浑身上下亮堂堂。
他从浴室进房间，
大家几乎不认识他，
两颊像两枝玫瑰花，
脸上显得容光焕发。
他又说出以下的话：
“安尼基，我的好妹妹！
快给我去取好衣服，
取那件麻纱的衬衣，
我要穿得非常漂亮，
把自己打扮成新郎！”
远近闻名的安尼基，
给他取来麻纱衬衣，
因为他还赤身裸体，
他的全身没有汗迹；
又给他取来长裤子，
是母亲给他缝制的，
裤子包住洁净屁股，
也遮住了他的双腿。
给他取来一双长袜，
这是母亲早织成的，
长袜遮住他的胫骨，
也将他的小腿包住；

又给他取来长筒靴，
这是萨克森最新样式，
长筒靴可把长袜遮，
是母亲早年亲手纳。
给他带来件蓝上衣，
缝制着棕色的衬里，
它穿在衫衣的外面，
是用优质麻丝做的；
又选了件羊毛外套，
用四种布料做成的，
它穿在蓝上衣外面，
它的式样是新潮的；
还带来上千纽扣皮衣，
成百种皮子做成的，
它穿在羊毛衫外面，
完全把蓝上衣遮起；
又给他带来新腰带，
绣金的腰带系腰上，
这腰带是母亲织成，
当她还是美发姑娘；
还带来绣金的手套，
戴在手上色彩艳丽，
这是拉普人的手艺，
一双手显得更俊美；
又带来一顶高筒帽，
给他戴在了金发上，
这是父亲当年买的，
当时他还是个新郎。

铁匠伊尔玛利宁，
一切都穿戴整齐，
显得是如此漂亮。
他对他的仆人讲：
“去把雪车准备好，
套一匹最快的马，
我即刻准备动身，
去北国波赫约拉！”
仆人这样反问道：
“我们总共六匹马，
它们都膘肥体壮，
究竟选择哪匹马？”
铁匠伊尔玛利宁答道：
“选一匹好的种马，
给马驹配上马具，
套在栗色雪车上！
再拿来六只杜鹃，
还有七只蓝色鸟，
放在雪车车架上，
让它们同声歌唱，
吸引美人来观望，
使姑娘欢乐异常！
再拿来一张熊皮，
把它铺在座位上，
另拿一张海象皮，
把它搭在雪车上！”
这个利索的仆人，
用钱雇来的用人，

把马驹配好马具，
套在栗色雪车上。
拿来六只杜鹃鸟，
还有七只蓝色鸟，
放在雪车架子上，
让它们高声歌唱。
拿来一张大熊皮，
垫在主人座位上，
还有一张海象皮，
铺在栗色雪车上。
铁匠伊尔玛利宁，
不朽的冶炼能手，
大声向乌戈祷告，
大声向雷神祈祷：
“乌戈快降下新雪，
让新雪铺满大地；
我要乘雪车滑行，
乘雪车远离这里！”
乌戈就降下雪来，
厚厚的雪花堆积，
遮住了灌木枝桠，
盖住果木丛大地。
铁匠伊尔玛利宁，
坐在钢制雪车里，
他说出以下的话，
表达出自己心意：
“幸运引导我前进，
上帝保证我顺利！

幸运不会阻碍我，
上帝不会刁难我。”
他一手拉着缰绳，
他一手握着马鞭，
他用马鞭抽着马，
又开始把话儿谈：
“白顶马你赶快走，
黄鬃马你快向前！”
马车在大路疾驰，
经过海边的沙滩，
沿着西玛海峡岸，
跨过赤杨树的山。
雪车在海岸滑行，
岸边砂砾响一片，
砂子在他眼前飞，
海水在他胸前溅。
滑了一天又一天，
一直滑到第三天。
就在这第三天中，
追赶上万奈摩宁，
他就这样说道，
表达出当时心情：
“年老的万奈摩宁！
让我们友好协商，
我们一同去求婚，
追求同一个姑娘，
我们不能争夺她，
不能违背其愿望。”

年老的万奈摩宁说道：
“我同意友好协商，
不用暴力争夺她，
不违背她的愿望，
让姑娘自己选择，
她心意中的情郎，
我们之间不记仇，
我们之间不互伤。”

他们继续向前行，
各选择自己路程，
划船海岸起回声，
马跑大地有响声。
只过了不长时间，
大约是片刻时辰，
一只花狗就大叫，
那看家狗就狂吠，
在阴暗的波赫约拉，
在多雾的萨里奥拉。
那只花狗叫了几声，
却又突然地停下，
它垂下长长的尾巴，
在麦田附近蹲下。
波赫约拉主人说道：
“女儿，快去看看，
大花狗为什么狂叫，
看家狗为什么大喊！”
女儿巧妙地回答道：

“好父亲，我没时间，
我必须去打扫牛栏，
一大群牲畜要照看，
我还要用磨去磨面，
要磨成精细的面粉；
沉重的磨精细的粉，
累死瘦弱的磨面人。”
那只花狗又低声叫，
看家狗又发出声音。
波赫约拉主人说道：
“老夫人，去看一看，
花狗为什么总叫，
看家狗为何总喊！”
老夫人这样回答：
“我可没有空闲去看。
我的家务活这么多，
我要准备一日三餐，
我要烘烤大的面包，
在此之前要揉搓面；
要用细面做大面包，
瘦弱面包师要累倒。”
波赫约拉主人说道：
“老夫人家务活繁忙，
姑娘的工作又繁重，
除非她们炉边取暖，
除非她们床上睡眠。
儿子，你出去看看！”
儿子这样回答道：

“我抽不出时间去看。
我要把钝斧头磨快，
把厚木头劈成薄片，
把很大的一堆木头，
劈成柴火烧饭取暖；
大堆木头劈成柴薪，
累坏瘦弱的劈柴人。”
花狗依然汪汪叫，
看家狗依然闹喧，
暴躁的狗在怒吼，
岛上的狗在哀叹，
它蹲在麦田旁边，
尾巴摇摆不停闲。
波赫约拉主人说道：
“狗不会无原因叫，
也不会无缘故闹，
更不会对枞树嚎。”
他自己动身察看，
穿过宽大的庭院，
沿着地边的小路，
走向辽阔的麦田。
顺着狗嘴指的方向，
顺着狗鼻指的地方。
登上风吹雨打小丘，
登上长着赤杨山头，
他就立刻找到原因，
为什么花狗总在叫，
为什么看家狗在闹，

为什么尾巴总在摇：
原来有一艘红色船，
划出了莱姆波海湾，
还有一辆漂亮雪车，
行在西玛海峡岸边。
波赫约拉主人观后，
就立即急忙往回赶，
来到自家屋顶下面，
他这样开了言：
“在蓝蓝的海那边，
有陌生人来这边：
一辆漂亮的雪车，
行在西玛海峡岸，
一艘红色的大船，
航行在莱姆波湾。”
波赫约拉女主说道：
“陌生人来到这里，
究竟是祸还是福？
呵，我的小侍女！
把山梨枝放火上，
用火燃烧干树枝！
如果树枝流着血，
陌生人为了战争，
如果树枝流出水，
陌生人为了和平。”
波赫亚的小姑娘，
这位温顺的侍女，
把山梨枝放火上，

用火燃烧干树枝；
树枝上没有流血，
树枝上没有水出，
树枝上滴着蜂蜜，
树枝上流出甘露。
苏瓦科[①] 从屋里说话，
老太婆从被窝开言：
“如果树枝流蜂蜜，
树枝上流出甘露，
那么陌生人来临，
是高贵客人求婚。”
波赫约拉女主人，
波赫亚老妇和姑娘，
急忙冲进院中央，
又匆匆跨过庭院，
向着大海那边望，
把头转向了南方。
只见向这边驶来，
一艘红色新型船，
用一百块板建成，
正驶出莱姆波湾。
船下身显出微蓝，
船上面扬起红帆，
一位英雄船尾坐，
靠在铜船舵旁边；
又见一匹高大马，

① 苏瓦科(Suovakko),波赫约拉老女巫。

拉着红雪车向前，
华丽雪车在飞奔，
沿西玛海峡岸边，
有六只金色杜鹃，
站在车架上叫唤，
有七只蓝色小鸟，
歌唱在缰绳上面。
雪车上有位壮士，
驾着马车往前赶。
波赫约拉主妇问道，
她这样把话谈：
“你喜欢哪位男人，
当他们前来求婚，
做他的终身侣伴，
偎依在他的身边？
从水上来的英雄，
乘红船破浪前行，
驶出莱姆波海湾，
是老人万奈摩宁：
船上载了些食品，
还载了珠宝金银；
驾雪车来的壮士，
坐华丽雪车疾行，
在西玛海峡岸边，
是铁匠伊尔玛利宁：
他两手空空来临，
雪车里只有咒文。
当他们来到屋中，

你端来蜜酒一杯，
用那只两耳酒杯，
你要喜欢哪一位，
就把酒杯端给谁！
你最好给万奈莱，
他给你带来财富，
他给你带来宝贝！”

波赫亚漂亮姑娘，
把以下的话儿讲：
“母亲呵，你生了我，
母亲呵，你养了我！
我不在乎财富多少，
我不在乎智慧高低，
我喜欢高额头的，
我喜欢强壮美丽。
从前一向没有过，
姑娘这样献一生，
尽管没有带礼物，
嫁给伊尔玛利宁，
是他造好三宝磨，
彩色盖子也完成。”
波赫约拉主妇说道：
“孩子，我的小羊羔！
要嫁给伊尔玛利宁，
他额头的汗往下淌，
你要替他洗围裙布，
还要把他头发洗亮。”

姑娘说出这样的话，
女儿这样把话讲：
“我不嫁给老万奈莱，
我不喜欢那老东西，
我看见他就觉厌烦，
我瞧见他就要生气。”
年老的万奈摩宁，
第一个到达终点。
他放下划船的舵，
他把红色的帆船，
靠近钢柱子一旁，
停在铜码头一边；
然后他走向屋子，
到了屋顶的下面。
他站在屋门旁边，
在地板上开了言，
他说了以下的话，
表达了自己心愿：
“姑娘愿意不愿意，
做我的终身侣伴，
做我的温顺妻子，
偎依在我的胸前？”
波赫亚漂亮姑娘，
她这样开了腔：
“你是否能够造船，
造一艘漂亮大船，
用我纺锤的碎屑，
用我梭子的残片？”

年老的万奈摩宁，
就这样把话谈：
“我已造好一艘船，
这船结实又美观，
它经得住狂风袭，
它遇逆风仍向前；
它能冲破大海浪，
航行在汹涌海面，
像气泡在大浪中，
像树叶在大海面，
在波赫约拉海上，
在起伏波浪中间。”
波赫亚漂亮姑娘，
又这样把话谈：
“我对水手无好感，
海上英雄不喜欢，
风送他们去海洋，
夺走他们的思想。
我不愿随你而去，
做你的终身伴侣，
像鸽子以身相许，
不愿给你铺床被，
不愿叠枕供你睡。”

第 十 九 篇

伊尔玛利宁来到波赫约拉的住地并向姑娘求婚，家人让他干些危险的工作(1—32)。他在波赫亚姑娘的帮助下出色地完成了任务：第一、他耕作了蛇田；第二、他捕到多尼的熊和玛纳拉的狼；第三、他从多尼拉的河中捉到又大又可怕的梭子鱼(33—344)。波赫约拉的女主人答应将其女儿嫁给伊尔玛利宁(345—498)。万奈摩宁心情沮丧地离开波赫约拉返回故乡，并劝告人们，不要同任何年轻的求婚者一同去求婚(499—518)。

铁匠伊尔玛利宁，
不朽的冶炼工人，
他急忙走进屋中，
在屋顶下面站定。
姑娘拿来双耳杯，
把蜜酒倒进杯里，
送到铁匠的手里。
铁匠这样把话提：
“在我的漫长一生，
只要月亮还发光，
决不会喝这杯酒，
除非我得到姑娘，
我等待她时间久，
我思念她时间长。”
波赫约拉女主人，

这样地把话儿讲：
“求婚道路不平坦，
要遇到巨大困难：
这位对她不合适，
那位不合她心愿。
可是她却等着你，
她愿与你结良缘，
只要你去犁蛇田，
那里毒蛇滚成团。
你不能用铧去犁，
不能用耙去耙田，
从前希息曾犁过，
莱姆波也曾犁过，
使用的是铜制犁，
使用的是钢制犁；
我的可怜的儿子，
他只是犁了一半。”

铁匠伊尔玛利宁，
走到姑娘的房间，
他这样把话谈：
“黑夜女儿黎明姑娘，
你还记得那一天，
我打造了三宝磨，
连同彩色的盖子？
你就在那个时候，
当着神圣上帝面，
在全能者的面前，

你就曾发过誓言，
要做我终生侣伴，
像可爱的小鸽子，
日夜守在我身边。
可你母亲不同意
许她女儿为我妻，
除非我把蛇田犁，
那里毒蛇爬满地。”
未婚妻给他帮助，
姑娘帮他想办法：
“铁匠伊尔玛利宁，
不朽的冶炼工人！
你要打一把金犁，
上面用白银镶嵌，
你用它去犁蛇田，
定会把毒蛇驱赶。”
铁匠伊尔玛利宁，
在铁砧上锤黄金，
又用风箱熔白银，
然后把金犁制成。
他还打造了铁鞋，
又把钢护胫打造，
他带上那钢护胫，
穿上铁鞋护住脚；
他又穿上铁铠甲，
他用铁腰带系腰；
他戴上了铁手套，
铁手套比石头牢；

他选了一匹好马，
驱使骏马飞快跑，
他出发去犁蛇田，
要把毒蛇地犁好。
他看见蛇头抬起，
他听到蛇嘶嘶叫。
于是他这样说道：
“造物主创造的蛇呵，
谁叫你张开了口？
你接受谁的命令，
骄傲地抬起了头，
高高地挺起脖颈？
现在立刻让开路，
爬走吧可怜东西，
赶快爬到树丛里，
赶快爬到青草地！
一旦你再抬起头，
乌戈会把它击碎，
用铁制雹子打你，
用钢制箭头射你。”
他开始犁毒蛇田，
要把毒蛇田犁完，
从犁沟掘出毒蛇，
把掘出的蛇驱赶。
他返回家后说道：
“现在我犁完蛇田，
把毒蛇田犁个遍，
把所有毒蛇驱赶。

你是否让你女儿，
做我的终身伙伴？”
波赫约拉女主人，
却这样把话谈：
“我女儿可许配你，
让她做你的新娘，
但你要捉住多尼熊，
你要捉住玛纳狼，
在多尼拉大森林，
在玛纳拉的远方。
一百人去过那里，
没有一人返回乡。”
铁匠伊尔玛利宁，
走到姑娘的闺房。
他把以下话儿讲：
“我接受新的工作：
让我去多尼捉熊，
让我去捉玛纳狼，
在多尼拉大森林，
在玛纳拉的远方。”
未婚妻给他帮助，
姑娘帮他想办法：
“铁匠伊尔玛利宁，
不朽的冶炼工人，
你打造一个钢嚼，
再打造铁的口套，
你便坐在水石上，
那里有瀑布呼啸！

你就可以捉住熊，
你就可以把狼套。”
铁匠伊尔玛利宁，
不朽的冶炼工人，
用钢打成了嚼子，
用铁打成了口套，
便坐在了水石上，
那里有瀑布呼啸。
他开始捕捉野兽，
又说出以下的话：
“云雾之女德海奈台尔！
在野兽出没地方，
用你的巨大筛子，
赶快把云雾撒上，
别让发觉我来到，
它在我面前逃掉！”
他套住了狼的嘴，
又用嚼子勒住熊，
在多尼的青草地，
在幽深的林木丛。
他于是回到家中说：
“老太婆，给我姑娘，
我捕到了多尼熊，
又逮住了玛纳狼。”
波赫约拉女主人，
又把以下话儿讲：
“我许配你小天鹅，
那蓝翅膀小天鹅，

当你捉到梭子鱼，
又大又肥梭子鱼，
从多尼拉大河里，
从玛纳拉深渊里。
不能用网来拉捕，
不能用手来捕抓。
一百人曾去捕捉，
没有一人返回家。”
这使他感到痛苦，
他的情绪很低落。
他又走到姑娘处，
把自己心情诉说：
“又给我增添工作，
这工作更加难做：
让我捉到梭子鱼，
又肥又大梭子鱼，
在多尼的黑河里，
在玛纳的深渊里，
不许用渔网去拉，
也不许用手去抓。”
姑娘热心帮助他，
替他想以下办法：
“铁匠伊尔玛利宁，
你不要悲观失望！
你打造一只火鸟，
一只发着光的鹰！
用它去捕梭子鱼，
捕到肥大梭子鱼，

从多尼的黑河里，
从玛纳的深渊里。”
铁匠伊尔玛利宁，
不朽的冶炼工人，
打造一只大火鸟，
打造一只大火鹰。
他打出了铁爪子，
爪子似钢那样硬，
打出双翅似大船，
他爬到双翅上面，
坐在大鹰脊背上，
坐在大鹰翅骨上。
他就劝告这只鹰，
把以下的话儿讲：
“我造成的大鹰呵！
你按我的引导飞：
飞到多尼的黑河，
飞到玛纳的深渊！
去那里捉梭子鱼，
又肥又大梭子鱼！”
那只漂亮的大鹰，
展开双翅高飞翔；
飞向多尼的黑河，
飞向玛纳的深渊，
去捕捉那梭子鱼，
长着巨齿梭子鱼。
一只翅膀触到天，
一只翅膀扫到水，

它的爪子伸海里，
它的嘴磨砺峭壁。
铁匠伊尔玛利宁，
动身去获战利品，
在那多尼黑河里，
大鹰守候在附近。
水怪从水中升起，
扑向伊尔玛利宁，
鹰抓住它的脖颈，
鹰按住它的头顶，
用力把头按水底，
深深按在污泥中。
多尼梭子鱼游来，
这狗东西向前游。
说它小并不算小，
说它大不算太大：
舌头长斧柄两倍，
牙与耙齿一样长，
喉有三条小河宽，
背有七艘船身长。
它游来把铁匠抓，
想一口把他吞下。
大鹰向它冲过去，
空中鸟要袭击它。
这大鹰不算太小，
这大鹰不算太大：
鹰嘴有一百㖊长，
喉咙有六条河宽，

舌头有六支枪长，
爪子有五把刀长。
它发现了梭子鱼，
又肥又大梭子鱼，
它就向大鱼扑去，
袭击多鳞的大鱼。
这条大的梭子鱼，
这条肥胖梭子鱼，
从清亮的水里面，
想咬住鹰的翅膀，
大鹰却飞向高空，
在空中盘旋飞翔。
大鱼从水底升起，
升在澄清水面上，
大鹰往返地飞翔，
它又作一次努力，
用爪子突然一抓，
抓住大鱼的脊背，
抓住水狗的肩胛。
它用另一只爪子，
抓着钢硬的大山，
抓着铁坚的石岩。
爪子从石岩滑下，
爪子从石岩脱落，
梭子鱼趁势猛冲，
挣脱出大鹰爪子，
从大鹰爪子滑下，
重又潜入到水中，

它的两胁受重伤，
也伤到它的肩膀。
恼怒的鹰用爪子，
又一次猛烈去抓，
它的翅膀闪光芒，
它的眼睛冒火光，
用力去抓梭子鱼，
水狗抓在爪子上。
它把这多鳞怪鱼，
从深水里拖出来，
离开波浪下深渊，
拖到澄清的水面。
这只铁爪的大鹰，
作了第三次努力，
把这梭子鱼抓起，
这又肥又大的鱼，
从多尼拉黑河里，
从玛纳拉深渊里。
水从鱼鳞片流下，
流下的并不像水；
风鼓动大鹰翅膀，
鼓动的并不像风。
这只铁爪的大鹰，
把肥大的多鳞鱼，
带到橡树枝叶中，
带到松树的树顶。
它把美味佳肴享，
它划开大鱼肚肠，

它钩开大鱼胸膛，
它把鱼头丢一旁。
铁匠伊尔玛利宁开腔：
“你这贪婪的大鹰，
你是只可恶的鸟！
当你抓住这大鱼，
就享用美味佳肴，
划开大鱼的肚肠，
钩开大鱼的胸膛，
却把鱼头丢一旁！”
这只铁爪的大鹰，
发怒地展翅飞翔。
飞向高高的天空，
飞向遥远的云乡：
云逃脱，天空响，
大气支柱倾下方，
折断乌戈的弯弓，
月亮的尖角形成。
铁匠伊尔玛利宁，
他带着梭子鱼头，
送给老太婆礼物。
他这样地说因由：
“把它做成不朽椅，
放在波赫亚屋里。”
他又说出以下话，
来表达自己心愿：
“我已犁完毒蛇田，
把毒蛇田全犁遍，

我已捉到玛纳狼，
也已捕到多尼熊；
我又抓到梭子鱼，
又肥又大梭子鱼，
从玛纳拉深渊中，
从多尼拉黑河中。
是否把女儿许我，
是否她与我结合？”
波赫约拉女主说道：
“这事你办得不好，
鱼头已经掉下来，
鱼肚已被解剖了，
鱼胸膛也被钩开，
享用了美味佳肴。”
铁匠伊尔玛利宁，
却这样反驳道：
“就是在更好地方，
大鱼也会受创伤，
何况捉自多尼河，
捉自玛纳拉深渊。
姑娘是否准备好，
准备与我结良缘？”

波赫约拉女主开言，
她这样表达心愿：
“姑娘已经准备好，
准备与你结良缘！
我同意让我女儿，

让这温柔的小鸭，
成为伊尔玛利宁
终身的依靠伙伴，
端坐在你的膝上，
偎倚在你的胸旁。”
孩子坐在地板上，
在地板上把歌唱：
“有只鸟儿飞来了，
飞进我们的城堡。
从东北飞来大鹰，
大鹰掠过了天空；
一只翅膀触海浪，
一只翅膀击长空，
鹰的尾巴扫海面，
鹰的头高扬太空。
它一边盘旋飞翔，
它一边四周观望；
停在男人城堡上，
用嘴叼啄城堡顶。
城堡顶用铁制成，
它想进去不可能。
它又在盘旋飞翔，
它又在四周观望。
停在妇女城堡上，
用嘴叼啄城堡顶；
城堡顶用铜制成，
它想进去也不行。
它继续盘旋飞翔，

它继续四周观望。
停在姑娘城堡上，
用嘴叼啄城堡顶；
城堡顶用纱制成，
它进去得到成功！
它先停在烟囱上，
后来降落地板上，
推开里面百叶窗，
栖息在百叶窗旁，
翠绿羽毛辉映墙，
成百羽毛点缀房。
它望着披发姑娘，
凝视着披发女郎，
她是最美的姑娘，
最美的披发女郎，
头上戴着美花朵，
头上珠宝闪亮光。
大鹰用爪把她抓，
大鹰用爪抓住她：
抓住了最好姑娘，
抓住了美丽小鸭，
她的性情最温柔，
她的容貌最清秀。
空中鸟选中了她，
用长爪把她拖走，
她有优美的身段，
她高高地扬起头，
小鸭羽毛已丰满，

小鸭羽毛最柔软。”
波赫约拉女主人，
就这样把话讲：
“金苹果你怎知道，
你是从哪里听到，
姑娘是如何成长，
金发是如何飘荡？
莫非她闪出银光，
莫非她闪出金光，
由于太阳的照耀，
由于月亮的辉映？”
孩子在地板上回答，
成长的他这样讲：
“我是这样知道的，
我是这样听说的，
在闻名姑娘家里，
在美女居住宅第，
父亲送大船下水，
报告这欢乐消息；
母亲听到更高兴，
她去烘大的面包，
她去烘小麦面包，
好招待客人吃饱。
我是这样知道的，
远方来客也知晓，
姑娘是怎样成长，
她的身材有多高。
有一次我进院中，

穿过储藏间下面，
天在微微地发亮，
那是在黎明时间，
炊烟缕缕在上升，
烟雾在上空回旋，
从闻名姑娘家里，
从美女居住宅院。
姑娘在转动手磨，
她在忙碌着磨面，
磨声像啼叫杜鹃，
杵声像大雁叫唤，
磨石像珠子叮当，
筛子像小鸟歌唱。
第二次我走出门，
漫步来到田野里，
姑娘正在草地上，
俯身在黄花一旁，
擦洗红色的染锅，
把黄色染锅煮沸。
第三次我走出门，
姑娘坐在窗口旁，
听见姑娘在织布，
手中梭子阵阵响：
梭子来回地飞动，
像银鼠在钻山洞，
梭子齿在响叮咚，
木头转轴在滚动，
织机杠杆转不停，

像松鼠穿梭树顶。”
波赫约拉女主自叹，
她这样把话谈：
“我可爱的姑娘哟！
我经常就告诉你：
别在松树林歌唱，
别在山谷里歌唱，
别骄傲地挺脖颈，
别坦露柔嫩胸膛，
别露着雪白手臂，
别展示腰细腿长！
整个秋天提醒你，
整个夏天劝告你，
甚至春天告诉你，
第二年五月间，
造一个秘密房间，
窗口既小又隐蔽，
姑娘在那里织布，
日夜守着织布机，
不让芬兰情郎知道，
芬兰的乡下情郎！”
孩子在地板上说道，
两周大孩子这样讲：
“马藏起来倒容易，
连同它漂亮尾巴，
藏住姑娘却不易，
连同她漂亮披发。
即使建造石头宫，

把它建在海中央，
把姑娘关在里面，
让她在那里成长，
这也藏不住姑娘。
姑娘美丽的容姿，
吸引英雄的情郎，
异国的乡下情郎，
他们戴着高头盔，
骑的马钉钢马掌。”

年老的万奈摩宁，
垂头丧气心情伤，
踏上回家的路程。
他这样把话讲：
“我真是个可怜人，
原先我不太懂得，
一定要在年轻时，
把如意新娘选择！
人们不能再后悔，
趁年轻时要结婚，
年轻时要有孩子，
才能把他养成人。”
万奈摩宁这样说，
乌万多拉宁提醒，
为了一个美丽姑娘，
老人与青年别竞争；
游泳不能太得意，
划船不能比谁胜，

为了向姑娘求爱，
不要与青年争胜。

第二十篇

在波赫约拉为了举行婚礼屠宰了一头巨大公牛(1—118)。酿造麦酒,准备招待客人的膳食(119—516)。派信使前去邀请客人参加婚礼,只有勒明盖宁没有被邀请(517—614)。

现在要唱什么歌,
要讲什么样传说?
现在要唱这样歌,
要讲这样的传说:
波赫约拉的宴会,
一次盛大的婚约。
为婚礼准备一周,
准备婚宴的东西,
在波赫约拉大院,
在萨里奥拉宅第。
准备了什么食品,
邀请了什么客人,
为这次丰盛宴席,
为这次聚会狂饮,
要接待多少客人,
有多少食客光临?

卡尔亚拉[①] 种公牛，
在芬兰把它喂大；
它不大也不太小，
不过牛犊一样大！
尾巴摇摆在海麦，
头却垂在开密河；[②]
一双犄角百哻长，
鼻子厚度一哻半。
一只貂鼠跑七天，
还在它的轭上面；
一只燕子飞一天，
还在它双角之间，
要想飞过有困难，
中间没有栖息点。
从脖颈到尾巴尖，
松鼠需一月时间，
如果不跑一个月，
休想到达尾巴尖。
这头硕大的牛犊，
是芬兰的大公牛，
从卡尔亚拉牵来，
到波赫亚的牧场。
成百人把犄角牵，
成千人把牛嘴拉，
他们拖着这头牛，

① 卡尔亚拉(Karjala)，地方名，在芬兰东部地区。
② 海麦(Häme)、开密(Kemi)均为地名。

把它拖到波赫亚。
牛行走在大路上，
在萨里奥拉海峡，
在沼泽地啃青草，
脊背都高入云霄。
要宰掉这个大物，
人们找不到屠户，
察看波赫亚村民，
找遍波赫亚村户，
无论是年轻村民，
无论是老年村户。
老人维洛卡纳斯，
他是卡尔亚拉人。
他这样来把话讲：
“耐心点，可怜的牛，
等我去把锤拿来，
我要拿锤打死你，
用锤去击你的头。
等到明年的夏天，
你再不能摇尾巴，
你再不能摇晃头，
在萨里奥拉海峡，
在这牧场的尽头！”
维洛卡纳斯走来，
他手中拿起铁锤，
动手去击牛的头。
牛却把头转过去，
瞪着两只黑眼睛，

老人维尔卡纳斯，
被弹到了松树林，
跌进了那灌木丛。
他们去寻找屠夫，
去杀这头大牛犊，
从广漠无垠芬兰，
从美丽卡尔亚拉，
从俄罗斯的大地，
从瑞典勇敢国家，
从辽阔拉普地域，
从空旷的土尔亚；
他们找遍多尼拉，
他们找遍玛纳拉。
他们到处都去找，
但是还没有找到。
他们继续寻屠夫，
他们继续找杀手，
在茫茫的大海上，
在起伏的波涛上。
英雄从黑海上升，
英雄从波浪出现，
从波光闪闪水上，
从广阔无垠海面。
这英雄不算太小，
这英雄不算太大：
能在筛子里站立，
能在杯子里躺下。
他是位铁拳老人，

混身上下呈铁色；
头上戴一顶石盔，
脚上蹬一双石鞋，
一把金刀握手上，
黄铜嵌在刀柄上。
他们找到了屠夫，
他们找到了杀手，
屠夫宰掉芬兰牛，
杀手杀掉大怪物。
当他看到这大牛，
立刻砍掉它的头：
他让大牛跪双膝，
把大牛摔倒大地。
它能提供多少肉？
提供的不算丰富：
能提供一百桶肉，
能提供一百㖊肠，
能提供七大船血，
能提供六桶油脂，
为波赫约拉盛宴，
为萨里奥拉酒筵。

在波赫约拉大院，
建有高大的客厅，
客厅正门七㖊宽，
客厅两侧九㖊长，
公鸡在烟囱上叫，
地面听不到叫声；

狗在大厅后面吠，
门边听不到吠声。
波赫约拉女主妇，
在屋里忙来忙去，
她走到地板中央，
陷入了沉思默想：
“怎样能酿造麦酒，
怎样能酿造啤酒，
为了举行这婚礼，
为了举办这酒席？
我不会酿造麦酒，
也不会酿造啤酒。”
一位老人坐炉边，
他这样地把话谈：
“要用大麦酿麦酒，
还要加忽布香料，
酿酒没有水不行，
还要用火来燃烧。
忽布是狂欢之子，
小时长在田野里，
当人们犁耕荒地，
发现它抛似蚂蚁，
在卡莱瓦泉水边，
在奥斯摩山坡地。
从那里升出嫩芽，
绿油油小苗成长；
它攀到一棵树上，
爬到茂密树顶上。

一位老人种大麦，
种在奥斯摩田中。
大麦长得特别快，
大麦长得很茂盛，
在奥斯摩新田地，
卡莱瓦后裔田地。
过了不久的时间，
忽布从树上呼叫，
大麦从田野叫唤，
水从卡莱瓦泉边喊：
‘何时我们能结合，
我们相互结成伙？
孤独生活太寂寞，
生活一起才快乐。’
有位奥斯摩达尔①，
是个酿佳酒女郎，
她拿来大麦种子，
从中取出了六粒，
又拿来七枝忽布，
舀了八勺清凉水，
把它们放进锅里，
便放在火上煮沸。
她煮沸这大麦酒，
度过飞快的夏天，
在雾沉沉的海角，
在阴暗暗的海岛，

① 奥斯摩达尔(Osmotar)，即奥斯摩之女。

她把酒倒入桶里，
贮藏在桦木桶里。
她煮沸的大麦酒，
历经很久未发酵。
她陷入沉思默想，
把以下的话儿讲：
‘还需加什么东西，
还需添什么材料，
才能使麦酒发酵，
才能使啤酒起泡？’
美丽的卡莱瓦达尔[①]，
是手指纤细姑娘，
她的手指真灵巧，
她穿着轻便的鞋，
走起路来轻飘飘，
她在两大锅中间，
摸了这个摸那个，
把两个锅底摸遍。
在锅底找到木片，
从锅底拿起木片。
她又是沉思默想：
‘如何利用这木片，
在漂亮姑娘手中，
在高贵女郎指间，
莫非在姑娘手中，
能制出一种物件？’

① 卡莱瓦达尔(Kalevatar)，卡莱瓦之女。

姑娘拿起了木片，
拿在姑娘的手间，
她合拢了一双手，
双手摩擦着木片，
放在大腿上摩擦：
生出了白色松鼠。
她命令她的儿子，
对儿子发出指示：
‘森林的金子松鼠，
森林大地的花朵！
你按着我的指示，
跑向所指的方向：
跑到美丽麦索拉，
跑到美好达彪拉！
你爬上一棵小树，
爬上小树的树梢，
防备老鹰抓住你，
预防空中鸟吃掉！
从松树摘下松果，
从枞树折下嫩枝，
送到姑娘的手中，
酿制麦酒时要用！’
松鼠知道怎样跑，
蓬松尾巴后面摇，
它很快跑上路程，
它越过一片空地，
它穿过一片树林，
又穿过两片树林，

便跑到了麦索拉，
便跑到了达彪拉。
它看到三棵松树
又看见四棵枞树，
它爬上山谷松树，
又爬上平原枞树，
大鹰没有抓住它，
空中鸟没有吃它。
它从松树摘松果，
它从枞树折嫩枝，
它把采摘的东西，
都藏在了爪子里，
送到姑娘的手中，
送到女郎十指中。
姑娘把它放酒中，
放进了大麦酒中：
麦酒仍然未发酵，
不能成为好饮料。
姑娘奥斯摩达尔，
酿大麦酒的女郎，
她又在沉思默想：
‘究竟要加些什么，
才能使麦酒发酵，
才能使啤酒起泡？’
漂亮卡莱瓦达尔，
手指纤细的姑娘，
她的手指真灵巧，
她穿着轻便的鞋，

走起路来轻飘飘，
她在两个锅中间，
摸了这个摸那个，
把两个锅底摸遍。
在锅底找到木屑，
她把木屑收集起。
她又在沉思默想：
‘如何利用这木屑，
在漂亮姑娘手中，
在高贵女郎指间，
莫非在姑娘手中，
能造出一种物件？’
姑娘拿起了木屑，
拿在姑娘的手间，
她合拢了一双手，
双手摩擦着木屑，
放在大腿上摩擦：
造出一只黄貂鼠。
她就命令这貂鼠，
给孤儿发出指示：
‘貂鼠呵我的小鸟，
你长着金黄皮毛！
你按着我的指示，
跑向所指的方向：
跑到熊住的山洞，
就在森林的近旁，
熊在那里相争斗，
熊在那里享安康！

你用双爪刮泡沫，
快把泡沫捧回家，
送到姑娘的手上，
放在女郎的肩上！’
貂鼠知道怎样行，
金黄鼠准备行动，
它迅速登上行程，
它越过一片空地，
穿过了一片树林，
又穿过两片树林，
跑到熊住的岩穴，
跑到熊住的山洞。
熊在那里相斗争，
熊在那里享太平，
在铁硬的岩石上，
在钢硬的高山上。
熊嘴中冒出泡沫，
泡沫从牙床滴下，
它用爪子刮泡沫，
把泡沫藏在脚爪；
送到姑娘的手里，
送到女郎十指里。
她把泡沫放酒里，
放进了大麦酒中，
麦酒仍然未发酵，
不能成为好饮料。
姑娘奥斯摩达尔，
酿大麦酒的女郎，

她又在沉思默想:
‘究竟要加些什么,
才能使啤酒起泡,
才能使麦酒发酵?’
美丽卡莱瓦达尔,
手指纤细的姑娘,
她的手指真灵巧,
她穿着轻便的鞋,
走起路来轻飘飘,
她在两个锅中间,
摸了这个摸那个,
把两个锅底摸遍。
她发现一个豆荚,
就把这豆荚拾捡。
她又在沉思默想:
‘如何利用这豆荚,
在漂亮姑娘手中,
在高贵女郎指间,
莫非在姑娘手里,
能造出一种物件?’
姑娘拿起了豆荚,
放在姑娘的手里,
她合拢了一双手,
双手擦摩着豆荚,
放在大腿上摩擦:
产生了一只蜜蜂。
她给蜜蜂发命令,
让它按指示行动:

‘灵巧的小鸟蜜蜂，
草原百花的国王！
你按我指的方向，
快飞到那个地方：
飞到海里的岛屿，
它突兀在海面上！
姑娘解开铜腰带，
正睡在那个地方，
旁边长着甜蜜草，
就长在她腰两旁。
你从甜蜜草采蜜，
你从花朵里采蜜，
把蜜藏在翅膀里，
藏在你的双翼里；
带回姑娘的手里，
放在姑娘的手臂！’
灵巧的小鸟蜜蜂，
按着指示在飞行。
飞过了广漠地带，
飞过了大段路程，
飞越茫茫的大海，
在大海上面飞行，
飞到大海的岛屿，
它突兀在海面上。
蜜蜂看见一姑娘，
锡针别在胸脯上，
她正在草地睡觉，
在蜜草田野中央，

金草长在两肋间，
银草长在腰两旁。
从金草银草中间，
从金黄花朵花冠，
蜜蜂采集着蜜汁，
沾满了它的双翅，
带到姑娘的手里，
带到姑娘的十指。
姑娘奥斯摩达尔，
把蜂蜜放在酒里：
麦酒已开始发酵，
啤酒浮起了水泡，
在新制的木桶里，
在那桦木的桶里；
泡沫溢出了锅缘，
泡沫漫过了锅边，
涓涓地向地下淌，
泡沫淌在地板上。
经过很短的时间，
大约片刻的时光。
一群英雄来喝酒，
勒明盖宁带了头：
喝奥斯摩达尔酒，
喝卡莱瓦达尔酒，
阿赫第考克醉倒，
健壮的小伙醉倒。
姑娘奥斯摩达尔，
酿大麦酒的姑娘，

她这样地把话讲：
‘我的天，真不幸，
我酿的酒不太好，
我酿的酒真是糟，
酒已流到桶外边，
在地板上都流掉！’
红莺在树上歌唱，
画眉在枝头鸣叫：
‘你酿的酒很不错，
它是很好的饮料，
只要倒进大桶里，
把大桶存入地窖，
这桶用橡木做成，
外面用铜箍缠绕。’
这卡莱瓦的麦酒，
最初就这样酿成；
它受到人们赞美，
它有美好的名声，
是一种好的饮料，
适用文明人啜饮：
使妇女感到快乐，
使男人感到兴奋，
文明人饮它高兴，
野蛮人饮它发疯。”
波赫约拉女主人，
听说酒怎样酿成，
便提着多半桶水，
倒进新的木桶中，

加上适量大麦芽，
又把忽布加其中，
这样她开始酿酒，
麦酒就开始发酵，
在新制的木桶里，
在桦木做的桶里。
石头烧红几个月，
水煮沸几个夏天，
木柴烧了一大片，
水不断取自泉边：
林中树木少许多，
泉中水也在锐减。
麦酒装在木桶中，
啤酒存放在暗间，
为波赫亚的筵席，
为举行盛大婚宴。
烟在海岛上弥漫，
火在海角红一片，
升起了阵阵浓烟，
浓烟冲上了蓝天，
火在熊熊地燃烧，
放出耀眼的烈焰：
烧红半个波赫约拉，
照遍整个卡尔亚拉。
大家都望着天空，
大家都感到吃惊：
“为什么烟雾飞天，
为什么火光一片？

这不像战争烽火，
又胜过牧人篝火。”
勒明盖宁的母亲，
一大清早就起身，
她到外面去打水，
看到从波赫约拉，
升起烟雾一阵阵。
她这样把话谈：
“那是战争的烽火，
那是战争的烈焰！”
阿赫第·萨里拉宁，
漂亮的高科蔑里，
他一边走一边眺望。
他陷入沉思默想：
“我要到近的地方，
去仔细观察瞭望，
烟雾从哪里升起，
它究竟来自何方，
这是否战争烽火，
这是否战争烈焰。”
高科便走到近处，
观察烟雾的情况：
这不是战争烽火，
这不是战争烈焰，
它是酿制酒的火，
它是酿制酒的烟，
在萨里奥拉海峡，
卡依斯库海角边。

高科就这样望着，
一只眼斜斜一瞥。
一只眼歪歪一瞅，
他的嘴慢慢一努，
便对着海峡那边，
一边望一边说道：
“我亲爱的老丈母，
波赫亚的好主妇！
你酿制好的麦酒，
这麦酒香醇可口，
你邀请众多来宾，
应包括勒明盖宁，
来参加盛大宴席，
你年轻女儿婚礼！”
麦酒已完全酿好，
准备客人的饮料，
红色酒妥善保存，
好啤酒好好贮存。
把它保存在地窖，
把它贮存在岩穴，
装在橡木桶里面，
用铜塞把口封严。
波赫约拉女主妇，
准备宴会的食品，
锅里发出了响声，
炖罐发出了声音，
烘制着巨大面包，
调配着巨大汤盆，

在大院的宴席上，
供大批来宾食饮，
波赫亚盛大酒筵，
萨里奥拉大欢宴。

面包已烘制完毕，
盆汤已调配适当，
只过了不多一会，
也就是短短时光，
酒在木桶里发作，
酒在地窖里发响：
“现在快来喝一喝，
现在快来尝一尝，
让美酒传我美名，
让歌手把我颂扬！”
他们去寻找歌手，
寻找有名的歌手，
他通晓好的传说，
他的声音也高亢：
他们让鲑鱼试唱，
让鳟鱼唱歌高亢。
鲑鱼不会把歌唱，
鳟鱼声音不高亢：
鲑鱼的牙床太弯，
鳟鱼的牙床太宽。
他们又去找歌手，
寻找有名的歌手，
他通晓好的传说，

他的声音也高亢：
他们让儿童试唱，
让男孩唱歌高亢。
儿童不会把歌唱，
男孩声音不高亢：
儿童的舌头太大，
男孩的舌根太长。
红色酒不禁发怒，
新啤酒不禁发狂，
在橡木桶的里面，
在铜塞封严下面：
"如果找不到歌手，
找不到有名歌手，
他通晓好的传说，
他的声音也高亢，
我就要挣脱铜塞，
完全倾洒在地上！"
波赫约拉女主妇，
赶快请客人来临，
派她的侍者上路。
她这样对侍者说：
"我最小的侍女哟，
我最听话的女仆！
请客人参加欢宴，
请客人参加酒筵！
请穷苦和贫穷人，
请盲人和伤残人，
请跛人和瘸腿人！

让盲人乘船来临，
让跛人骑马前奔，
瘸子坐雪车前进！
请波赫亚全公民，
请卡莱瓦全体人，
请万奈摩宁老人，
他是伟大的歌人！
不邀请勒明盖宁，
阿赫第·萨里拉宁！”
那最小的女侍者，
便这样地反问道：
“为何不请阿赫第，
不邀请勒明盖宁？”
波赫约拉女主妇，
她这样回答道：
“因此不请阿赫第，
不邀请勒明盖宁：
他好与人打群架，
作风轻佻又不正，
在宴会上挑事端，
在婚礼上制难堪，
使得盛装的新娘，
会感到羞愧难当。”
那最小的女侍者，
又提出以下问题：
“怎么知道阿赫第，
我不去将他邀请？
我不知道他的家，

勒明盖宁住哪里。”
波赫约拉女主妇，
她这样把话讲：
“很容易知道他家，
知道他住在哪里。
阿赫第住在海岛，
那无赖住在水旁，
那是海角的尽头，
是海湾最宽地方。”
那最小的女侍者，
雇用的年轻姑娘，
她去请六方客人，
她把请帖散八方，
请波赫亚全体人，
请卡莱瓦所有人，
邀请了穷苦的人。
邀请了伤残的人。
只有一人未邀请，
他就是勒明盖宁。

第二十一篇

新郎及其同伴在波赫约拉受到欢迎(1—226)。主人用大量的酒肉招待客人(227—252)。万奈摩宁唱歌赞美屋中的人们(253—438)。

波赫约拉女主妇，
萨里奥拉老夫人，
时而在门外料理，
时而在屋内忙碌。
她听到马鞭响声，
她听到雪车滚动，
她便向西北望去，
又回头转向太阳，
这样地沉思默想：
“这些人为何来临，
来到我们的海岸，
莫非是大量敌军？”
她便走近处观望，
把这情况细端详：
那不是敌军来临，
是来了大群客人，
新郎在客人中间，
大队人马向前进。
波赫约拉女主妇，

萨里奥拉老夫人，
得知新郎就来临，
她就这样说道：
“我以为刮起大风，
刮得柴堆翻了身，
浪花冲击着海岸，
砂石在沙滩飞滚。
当我走近处观望，
把情况弄个端详，
才知道没有刮风，
柴堆没有翻过身，
海岸没有浪花冲，
沙滩矿石没翻滚：
原来新郎和客人，
一共有二百来宾！
我如何认出新郎，
从这一大群客人？
他在中间很好认，
像樱桃树在林中，
橡树在灌木丛中，
像月亮悬挂星空。
新郎驾黑色骏马，
就如同贪婪的狼，
就像搜猎物乌鸦，
就像云雀在飞翔；
有六只金黄小鸟，
欢唱在雪车辕上，
有七只蓝色小鸟，

站在挽绳上歌唱。”
听到路上的喧哗，
滑板声经过水泉，
新郎来到院子里，
和他的一群伙伴。
新郎在院中出现，
举止却非同一般，
他并不是排头兵，
也不是最后一员。
“走出来，英雄们，
到院中来，青年们，
把马的胸带解开，
把雪车辕卸下来，
让新郎走下雪车，
把新郎领进屋来！”
新郎的骏马前跑，
漂亮的雪车向前，
穿过主人的庭院。
波赫约拉女主道：
“我忠实的男仆人，
乡下健壮的青年！
快去照料这骏马，
骏马额上有白斑，
卸下铜包的马具，
解下锡饰的胸带，
解开好的皮缰绳，
取下漂亮的马鞍，
带走这匹黑骏马，

要仔细地伺候它。
牵着丝织的缰绳，
牵着银饰的笼头，
到郊外去蹓骏马，
那里有绿色草地，
那里有美丽积雪，
像奶一样白的地！
把马牵到泉水边，
那里有奔泻水泉，
那里的水永不冻，
就像甜奶水喷溅，
就在金色松树下，
就在茂密枞树下。
去喂新郎的骏马，
要用金黄的马槽，
要用铜制的马槽，
选用最好的饲料，
有大麦和熟小麦，
还有捣碎的稞麦。
你把新郎的骏马，
牵到最好的厩房，
让马在那里休息，
这是最后面厩房！
把新郎的马拴住，
拴在金的大环上，
拴在铁的小环上，
环套在桦木柱上！
再把一满盆燕麦，

一满盆柔软干草，
一满盆糠皮细料，
放在骏马的前面。
然后洗刷这骏马，
用海象骨制板刷，
当心损坏马鬃毛，
漂亮尾巴保持好！
把这骏马遮盖好，
用一块银线毡子，
用一块金线席子，
用铜箔装饰马衣！
乡下来的壮小伙，
把新郎领到屋里，
把他的帽子摘下，
把他的手套取下！
如果大门没抬高，
如果门柱没移开，
没把横梁高举起，
没把门槛深点埋，
屋内墙壁没破除，
地上木板没更改，
我要看看这新郎，
是否可以进屋来。
这房屋不配新郎，
迎接大礼不相当，
必须要抬高大门，
必须把门柱移开，
必须高举起横梁，

必须把门槛深埋，
必须要破除四壁，
必须把地板搬开，
因新郎头高过房，
这耳朵高过横梁。
因此快举起屋梁，
不让头碰到屋顶，
把门槛再埋低些，
别让它碰到脚掌，
快把门柱移后面，
让大门敞得宽广，
这时新郎进了门，
高贵青年进入房！
感谢仁慈的上帝，
新郎终于能进房！
我察看一下屋子，
我向四周望一望，
桌子是否擦洗净，
凳子是否擦洗光，
光滑的壁障擦过，
地板都已拖光亮！
我望着这个屋子，
它已完全变了样。
屋用什么样木料，
屋顶是怎样架成，
四面墙怎样树立，
地板是怎样铺齐！
两边墙用刺猬骨，

后面墙用驯鹿骨，
正面墙用狼獾骨。
门梁用绵羊的骨。
柱子用弯曲桦木，
椽子用的苹果木，
炉子周围放莲花，
鲷鱼鳞制天花板。
一张凳子用铁制，
其余全用萨克森的木，
桌子用金片镶嵌，
地板铺丝织地毯。
炉子闪着铜光辉，
炉凳用好石建成，
炉床用玉石制造，
用卡莱瓦木围绕。”
新郎走进屋来，
当他来到屋梁下，
就这样把话说：
“仁慈上帝保佑我，
在这高高屋梁下，
在这堂皇屋顶下！”
波赫约拉女主道：
“欢迎你到敝舍来，
来到这寒舍里面，
来到这低的茅舍，
来到这枞木小屋，
来到这松木巢穴！
我的年轻的侍女，

我的乡下的姑娘!
快去拿张桦树皮,
点起涂柏油火炬,
我要仔细看新郎,
察看新郎的双眼,
究竟是红还是蓝,
或白得像麻布般!”
那年纪轻的侍女,
那个乡下的姑娘,
急忙拿来桦树皮,
燃起涂柏油火炬。
“树皮会爆出火焰,
柏油会冒起黑烟,
烟雾会迷住双眼,
还会熏黑新郎脸:
你要换一支火炬,
换成白蜡的火炬。”
那年纪轻的侍女,
那个乡下的姑娘,
拿来燃着的火炬,
这是白蜡的火炬。
冒出白烟似白蜡,
升起辉煌的火焰,
新郎的眼睛明亮,
他的脸光亮一片。
“我望着新郎的眼:
它既不红也不蓝,
更不白得像麻片;

他的眼如同湖波，
像芦苇发着棕色，
像香蒲令人不舍。
我的乡下的仆人，
你赶快带领新郎，
到最高的座位上，
到最尊贵的地方，
让他背靠蓝墙壁，
让他面对红屏障，
坐在来宾正中间，
对着欢呼的人墙！”

波赫约拉女主人，
热情地招待客人，
给他们优质奶油，
给他们大量奶饼，
她这样招待客人，
祝新郎第一来宾。
鲑鱼盛在盘子里，
猪肉放在了两边，
碟子盛不下鱼肉，
装得已不能再满，
让客人们吃个够，
新郎为首要客选。
波赫约拉女主道：
“我的年轻的侍女！
赶快把麦酒端来，
盛在双耳酒壶里，

给邀请来的客人，
新郎为首位客人！”
那个年轻的侍女，
从乡下来的姑娘，
她奉命端来麦酒，
盛在五套酒杯里，
饮了忽布制美酒，
泡沫染白了胡须，
染白客人的胡须，
最白是新郎胡须。

把麦酒献给歌手，
献给那吟唱诗人，
他对酒能唱什么，
能吟唱什么诗歌？
年老的万奈摩宁，
第一位老的歌人，
他是出色的歌手，
他是最好的诗人。
他首先端起酒杯，
就这样把话讲：
“麦酒是鲜美饮料！
它令饮者心欢畅！
它使人们唱起歌，
用黄金嘴一齐唱！
让主人感到意外，
让主妇费尽思量，
欢乐舌头不运转，

也早已停止歌唱。
如果麦酒没酿好，
喝的不是好饮料，
歌手就不会歌唱，
也吟不出好诗行。
客人怎能欢笑语，
杜鹃怎能把歌唱？
“谁的舌头在运转，
谁在为客人歌唱，
在波赫约拉盛宴，
在萨里奥拉婚筵？
凳子不会把歌唱，
除非有人坐上面，
地板不会把话谈，
除非有人走上面，
窗口不会笑开颜，
除非有人向外观，
桌子不会出声响，
除非有人坐桌旁，
烟囱不会有回响，
除非有人坐下方。”
地板上有个孩子，
炉旁有个奶胡子①。
孩子在地板上说，
男孩在炉旁讲话：
“我不到父亲年龄，

① 奶胡子(maitoparta)其意亦指孩子。

我的身体没长成，
尽管我年纪很小，
如果成年人不唱，
健壮的人不开口，
红光满面的沉默，
瘦小人打破沉默，
瘦小孩开始唱歌；
不管我多么瘦小，
不管我肚皮不圆，
为了欢乐的夜晚，
为了光彩的明天。”
老者坐在炉旁边，
他在那边开了言：
“孩子不宜把歌唱，
瘦小的人别唱歌：
孩子的歌是谎话，
姑娘的歌是蠢话！
让最聪明人歌唱，
他就坐在凳子上！”
年老的万奈摩宁，
他这样把话谈：
“在我们客人中间，
是否有这样青年，
他们一起手挽手，
他们手指钩一起，
他们开始吟颂歌，
前后摇摆地唱歌，
为了这美好一天，

为了这快乐夜晚？”
老者在炉边说道：
“这里从前未听说，
未听说也未见过，
在如此长的时间，
有更好的唱歌手，
比我唱得还动听。
我从童年就唱歌，
一展高亢的歌喉，
在水边欢乐歌唱，
草地上起了回响，
我在枞树丛高歌，
我在密林中讴歌。
那时我歌声响亮，
歌调甜润又美妙：
像潺潺的流水声，
又像溪水淙淙啸，
像雪鞋滑过冰雪，
像帆船漂过浪涛。
现在我却无法说，
怎么失去了歌喉，
失去了唱歌天赋，
失去了美妙歌调：
它不再像流水声，
不再激越如浪涛，
像草耙遇到残梗，
像锄头遇到松根，
像雪车陷入泥沼，

像船舶触到暗礁。”
年老的万奈摩宁，
他这样把话儿讲：
“如果别的人不来，
与我一起来唱歌，
那我独自一人唱，
我开始引吭高歌，
我生来就会歌唱，
我生来就会演说，
我无须讨教村民，
也无须学习别人。”
年老的万奈摩宁，
他是唱歌的大梁，
他从事愉快工作，
他开始辛勤歌唱，
唱着欢乐的歌曲，
诵着智慧的词语。
年老的万奈摩宁，
边诵词语边歌唱：
词语总出口成章，
歌曲如潺潺水响；
山上石头先消蚀，
池中睡莲先枯亡。
万奈摩宁唱着歌，
为了欢乐的夜晚，
男人们兴高采烈，
女人们喜笑开颜，
他们听着这歌声，

大家感到很舒坦，
赞赏这位好歌手，
赞赏这位朗诵人。
年老的万奈摩宁，
唱完歌后便说道：
“作为歌手和艺人，
我的成就是这样！
我没有更大本事，
能做出更大成就。
伟大创造者歌唱，
用他口舌来演讲！
他会唱更好歌曲，
他会讲更美词语。
唱得海水变成蜜，
唱得海砂变麦芽，
唱得石头变豌豆，
唱得沙砾变食盐，
唱得森林变谷地，
唱得荒原变麦田，
唱得高山变糕点，
唱得山岳变鸡蛋。
伟大创造者歌唱，
伟大创造者演讲，
他要对住宅歌唱，
畜圈里牲畜成群，
街巷里鲜花成行，
平原里奶牛遍地，

有一百头长着角，
有一千头长乳房。
伟大创造者歌唱，
伟大创造者演讲，
山猫皮衣给主人，
织锦衣给女主人，
红的衬衫给男孩，
镶花的鞋给姑娘。
上帝伟大创造主，
赐人们永久恩惠，
保佑人们永平安，
祝福人们永幸福，
为波赫约拉盛宴，
为萨里奥拉酒筵，
让麦酒源源不断，
让蜜酒充盈泛滥，
在波赫约拉家里，
在萨里奥拉厅里，
白天人们要歌唱，
夜晚人们要狂欢，
在男主人的一生，
在女主人的一生！
上帝仁慈创造主，
永远带给人幸福，
保佑坐首席主人，
保佑仓房的主妇。
保佑捕鱼的儿子，
保佑织布的女儿，

让他们诸事顺遂，
让他们年年富裕，
在这盛大宴席后，
在这盛大酒筵后！”

第二十二篇

新娘准备动身,人们向她谈起从前的生活及未来的生活(1—124)。新娘感到很担心(125—184)。人们使新娘哭了(185—382)。新娘悲痛欲绝(383—448)。人们安慰新娘(449—522)。

这波赫约拉婚礼,
这比门托拉宴席,
终于已成为过去,
终于已举行完毕。
对新郎伊尔玛利宁,
波赫约拉女主说:
"贵人为何还坐着,
英豪为何还等着?
莫非讨父亲喜欢,
莫非讨母亲爱心,
对来宾表示礼貌,
维护大院的家教?"
"不是讨父亲喜欢,
不是讨母亲爱心,
不是为表示礼貌,
不是维护那家教:
坐着为讨女郎爱,
等着为讨姑娘乐,

为了美丽的女郎，
为了披发的姑娘。”
“新郎，我的兄弟！
你要耐心地等待！
你的妻子没准备，
她还没有打扮好：
头上发辫没编完，
还有一半未曾编。
新郎，我的兄弟！
你要耐心地等待！
你的妻子没准备，
她还没有打扮好：
她的衣袖缝一只，
另一只还不合适。
新郎，我的兄弟！
你要耐心地等待！
你的妻子没准备，
她还没有打扮好：
一只鞋已缝制完，
另一只还不能穿。
新郎，我的兄弟！
你要耐心地等待！
你的妻子没准备，
她还没有打扮好：
一只手套在手上，
另一只还没缝好。
新郎，我的兄弟！
耐心等了一星期：

新娘现在准备好，
你的小鸭打扮好。
走吧，过门的新娘，
小鸽子准备飞翔！
你的新郎在身边，
你的行期在眼前，
送行人在你左右，
领路人在大门口，
骏马正咬着嚼子，
雪车正等着新娘。
你喜欢新郎金钱，
把手伸向他面前，
戴上他给的金环，
挂上他给的项链，
你愿坐华丽雪车，
雪车正等在外面，
你坐上雪车赶路，
向村里快马加鞭！
年轻姑娘要注意，
要两方面看问题，
你现在要做新娘，
你就要放远目光，
要离开父亲家乡，
要离开出生地方，
要与你母亲告别，
要与你的家告别，
你一生必定哭泣，
你一生必定叹息。

你在父亲的家里，
生活是多么惬意！
如同路旁的花朵，
如同草丛的莓果，
你醒来就吃奶油，
你起床把牛奶喝，
早晨还吃小面包，
还吃新鲜的奶酪，
若你不愿吃奶油，
还可切几片猪肉。
你从来没有忧愁，
你从来没有悲伤：
你把忧愁给枞树，
你把悲伤给树桩，
烦恼给沼地松树，
忧虑给荒野桦树，
你像树叶般轻松，
你像蝴蝶般飞舞，
你像荒野的山莓，
你像草原的果木。
你如今离开家门，
要嫁到别人家里，
要听从别家主妇，
和陌生家人一起。
你住别人的家中，
与住这里是不同！
号角奏出不同调，
大门发出不同音，

钓丝声音不一样，
说话语调不均匀。
大门对你不熟悉，
门道对你也陌生，
为使主人心喜欢，
别像女儿在家中，
不能冒失生起火，
不能把炉子烧红。
年轻姑娘要想好，
年轻姑娘要想通，
你是否只住一夜，
白天就打算返程？
你不是只住一夜，
也不是只住两夜，
你要去很长时间，
你要去住许多年，
一生要离开父亲，
一生要离开母亲。
如果你下次再来，
来到儿时的家园，
门槛会变得更高，
庭院会变得更宽。”

可怜的姑娘叹气，
可怜的姑娘抽泣；
内心充满了悲伤，
双眼溢满了泪水。
她终于这样说道：

"我这样思这样想，
我一生都这样想，
我从小就这样讲：
你受着父母保护，
你守着父亲牧场，
你住在母亲身旁，
你永远是个姑娘。
只有进丈夫家门，
才会变成了妇人，
一只脚站门槛上，
一只踏在雪车上；
你的头高高抬起，
你的耳高高扬起。
这是我一生追求，
这是我一生愿望，
我年年盼望到来，
像盼望夏季时光。
现在愿望已实现，
我要离开这地方；
一只脚踏上门槛，
一只踏进雪车上，
但我还是不明白，
会不会改变主意：
我不能愉快走开，
我不能高兴离开，
离开这可爱的家，
离开这儿时的家，
我在这家里长大，

伴着父母度日月；
我忧虑地要离开，
我留恋地要离开，
像走进秋天夜晚，
像踏上春天流冰，
那时冰上无车痕，
也未留下行人踪。
其他人会怎样想，
别的新娘何感想？
是否有别的新娘，
与可怜的我一样，
心中充满了忧伤。
我担负黑色痛苦，
内心像黑漆一样，
悲切压在我身上。
幸福人们的心情，
快乐人们的心情，
像春天的太阳升，
像春天里的黎明。
为什么我的思想，
变成这样的忧伤？
像陷入低的池岸，
像置入阴暗云边，
像进入秋的夜晚，
像走到黑暗冬天；
要说得明白一点，
比黑暗冬夜更暗。”

家里有个老太婆，
她早就住在这里。
她这样把话说：
“年轻姑娘要安静！
你还记得我的话，
对你说过上百次：
对丈夫别太高兴，
他的话别太爱听，
他双眼会迷惑你，
他双脚会吸引你！
不论他说得多美，
不论他双眼多神，
凶神停在他颚上，
口中潜伏着死亡。
我经常劝告姑娘，
劝她们慎重去想：
不论求婚者是谁，
多么伟大和崇高，
回答的话要一样，
答话要含蓄婉转，
对他们进行敷衍，
就这样对他们谈：
‘我要做别人贤妻，
放弃自由当奴婢，
这样对我不相宜，
我不能称心如意。
我是个秀丽姑娘，
不适合去当奴婢，

我不愿离开这里，
去服从别人家规。
如果你再说句话，
我有两句做回答；
你要揪住我头发，
揪住头发把我拉，
我扯出头发躲开，
披发把你赶回家。'
我的话你就不听，
把它当作耳边风。
你打算引火烧身，
投身滚沸柏油中；
你登上狐狸雪车，
投入到熊的怀中，
狐狸雪车拉你走，
熊送你到巢穴中，
永远是主人奴婢，
永远是主妇奴隶。
你离开家到学校，
离开父亲寻烦恼。
这是所严厉学校，
长期磨难你要挑：
绑你的绳准备好，
还准备各种镣铐，
这刑具不为别人，
完全是对付你哟。
你就要经受磨难，
受磨难没人支援，

公公唠叨没有完，
婆婆舌头更尖酸，
叔子说话很冷酷，
妯娌出口无情面。
姑娘我要告诉你，
你要听好我的话！
你在家里是朵花，
你是全家的欢乐：
父亲称你为月亮，
母亲称你为太阳，
哥哥称你为水晶，
嫂嫂称你蓝绣章。
你走到另外一家，
那里有陌生妈妈：
任何陌生的妈妈，
比生身妈妈要差！
她很少有好劝告，
她很少有好教导。
公公叫你小懒虫，
婆婆叫你母狗精，
叔子说你任人骑，
妯娌说你不正经。
如果你的命运好，
你还能做到这样：
像雾一样消散开，
像烟一样飘出来，
像落叶一样飞走，
像星火空中飘浮。

你不是会飞的鸟，
你不是落叶飞舞，
你不是星火飘浮，
你不是消散烟雾。
姑娘我可怜姊妹！
你改换的是什么！
你把可爱的父亲，
换成可恶的公公，
你把善良的母亲，
换成狠毒的婆婆！
你把英俊的哥哥，
换成歪脖的叔子，
你把温雅的姐妹，
换成斜眼的妯娌！
你把麻丝铺的床，
换成煤渣的土炕，
你把清凉的泉水，
换成混浊的泥水，
你把河边的沙滩，
换成了污泥一片！
你把绿色的草地，
换成荒凉的沼地，
你把果木的小山，
换成残株的荒原。
年轻姑娘小鸽子，
你如今羽毛丰满，
在今天的晚会上，
结束担心和忙碌，

当你需要去休息，
有谁领你去睡屋？
他们不让你休息，
他们不让你睡眠：
等待你的是守夜，
等候你的是艰难，
你还有沉重包袱，
你还有沉重负担。
只要你不戴头饰，
你就避免了忧患；
只要你不遮面纱，
你就避免了苦难。
头饰带给你忧患，
面纱带给你苦难，
麻丝带给你忧思，
亚麻带给你哀怨。
姑娘在家多么好！
姑娘在父亲家里，
就像国王在宫殿，
只缺少一把宝剑。
媳妇的生活悲惨！
她陪伴丈夫生活，
像俄罗斯的罪犯，
就缺少一名侦探。
农忙时节就劳动，
肩背渐渐变佝偻，
浑身上下软绵绵，
脸上汗水流不断。

别的时节要来到，
不得不去把火烧，
要把炉子准备好，
双手总是没闲着。
可怜姑娘不幸人，
还要长久去探寻，
池塘鲈鱼的思想，
鳕鱼舌鲑鱼的心，
鲦鱼肚肠鲷鱼嘴，
还有鹊鸟的智慧。
此事令人搞不懂，
想了九次想不通，
母亲钟爱的女儿，
母亲宝贵的姑娘，
为何招来这强盗，
何以招来这豺狼，
吃完肉又啃骨头，
丢下头发随风扬，
长发在空中飘动，
长发送给了春风。
你哭泣吧，姑娘！
要哭就哭个酣畅！
你哭出一把泪水，
把泪水捧在手上，
泼在父亲的住房，
泼在房间地板上，
泪水充满了房间，
房间变成了池塘！

如果哭得还不够，
你回来时还要哭，
当你来到父亲家，
看见年迈的父亲，
在浴身间里不醒，
身边放着浴身梗。
你哭泣吧，姑娘！
要哭就哭个酣畅！
如果哭得还不够，
你回来时还要哭，
当你来到母亲家，
看到年迈的母亲，
躺在牛栏里长眠，
身旁有麦草一片。
你哭泣吧，姑娘！
要哭就哭个酣畅！
如果哭得还不够，
你回来时还要哭，
当你来到这个家，
看到健壮的哥哥，
倒在庭院的中央，
倒在院中小路旁。
你哭泣吧，姑娘！
要哭就哭个酣畅！
如果哭得还不够，
你回来时还要哭，
当你来到这个家，
看到温柔的嫂嫂，

腋下挟着个棒槌，
在半路上就躺倒。”

可怜的姑娘啜泣，
她边哭泣边叹息，
不久就号啕大哭，
流出的眼泪滴滴。
她把这滴滴眼泪，
用双手捧在手里，
洒在父亲的房间，
地板上流水急急。
她说出以下的话，
来表达自己心意：
“我亲爱的姊妹哟，
我一生好的伙伴，
大家同度过童年，
现在听我把话谈！
我现在真想不通，
我为何这么痛苦，
生活是这么沉重，
苦难总伴随着我，
黑暗总与我同在，
悲哀总向我袭来。
我当初不这样想，
我一生是有向往：
像杜鹃那样飞翔，
像杜鹃那样歌唱，
我希望这天到来，

我希望实现愿望。
可我不像杜鹃鸟，
也不像杜鹃歌唱，
倒像波涛中野鸭，
漂浮在无边海峡，
在结冰水中游泳，
在冻结水中挣扎。
可怜的父亲母亲，
可怜的二位双亲！
要把我送到何处，
让我经受这痛苦，
让我整天地忧愁，
让我日夜地啼哭，
我的忧患没有完，
我的苦难没有边？
我的不幸的母亲，
你是哺育我的人，
你把我养育成人，
长成美丽的姑娘，
当初你洗涤石子，
当初你包扎树桩，
也比洗涤女儿好，
也比包扎女儿强，
现在我不会受苦，
现在我不会悲伤！
很多人是这样说，
很多人是这样想：
孩子，不要悲哀，

不要有阴暗思想。
善良人别这样说，
不要对我这样讲！
我的忧愁何其多，
多于水中的卵石，
多于河边的杨柳，
多于沼地的灌木。
一匹马是拉不动，
铁蹄马也不中用，
雪车前后不移动，
马颈上轭不摇动。
我的忧愁装满车，
我的苦难用车盛。”

孩子在地上歌唱，
成长孩子在炉旁：
“姑娘为什么哭泣，
姑娘为什么悲伤！
把忧愁留给大马，
把悲伤留给黑驹，
把哀怨给衔铁口，
把痛苦给鬃毛头！
大马有更好的头，
大马有坚硬骨头，
马的脖子更坚实，
马的躯体更结实。
你没有理由哭泣，
你没有理由悲伤。

不会把你送沼地，
不会把你推水塘：
你离开肥沃麦田，
到更富饶的地方；
让你离开酿酒厂，
到盛产麦酒农乡。
你向四周望一望，
便会望见俊新郎，
他站在你的右边，
健壮身体与你伴！
多好的男人和马，
仓库物品堆如山；
当雪车向前启动，
雷鸟在车上高歌，
画眉欢乐地跳跃，
站在车辕上唱歌，
有六只金色杜鹃，
停在轭挽上欢唱，
还有七只蓝色鸟，
栖息在车架引吭。
母亲膝下的娇儿，
你无须这样苦恼！
你的命运不糟糕，
将来比现在更好。
偎依在丈夫身边，
躺在农夫被下面，
他的下颔紧贴你，
他用双臂紧搂你，

猎鹿身子暖烘烘，
沐浴身子热腾腾。
你嫁给勤劳丈夫，
你嫁给强大英雄：
他的箭筒不高挂，
他的弓箭不闲空；
猎狗不在家里卧，
小狗不在干草躺。
今年春天有三次，
在微微发亮清晨，
从树丛床铺起身，
站在篝火前凝神；
今年春天有三次，
露水流在他眼里，
松枝梳理着头发，
嫩枝轻轻抚摩他。
他经常劝告乡亲，
要繁殖牛羊成群。
新郎有成群牛羊，
在桦树林间来往，
它们在沙丘漫步，
它们在山谷牧场：
长角的家畜一百，
一千家畜长乳房；
草原上堆满草堆，
山谷变成了粮仓，
赤杨林变成良田，
牧场上大麦生长，

多石地长出燕麦，
小麦长在湿地方，
大量财富等着你，
大把金钱叮当响。”

第二十三篇

教导新娘如何在丈夫家中行事(1—478)。一个流浪的老妇讲述自己当女儿、做妻子及与丈夫分离后的生活经验(479—850)。

现在要劝告姑娘,
现在要教导新娘。
谁能够劝告姑娘,
谁能够教导新娘?
奥斯摩达尔夫人,
卡莱瓦达尔女郎,
她能劝告这姑娘,
她能教导这新娘,
举止怎样才得体,
行为怎样才得当,
要博得丈夫喜爱,
要博得婆婆欢畅。
她这样劝告新娘,
她这样教导新娘:
"新娘,我的姐妹,
我最钟爱的宝贝!
你要用心听我讲,
我将再次说端详!
你离去像花移植,

像草莓蔓延远方，
像一块锦布飞扬，
像飘动锦绣衣裳，
离开这著名家庭，
离开这美丽家乡；
你来到另一家庭，
你来到陌生地方。
别人的家庭不同，
陌生的人家两样：
你要尽自己责任，
你要谨慎地来往；
不像在父亲住处，
不像在母亲家乡，
山谷里可以歌唱，
小路上可以喧嚷。
当你离开这个家，
要改变你的习惯，
起码要忘掉三点：
白天里贪睡发懒，
母亲善良的言谈，
罐里的奶油新鲜！
你的思想要转变，
要把贪睡的习惯，
让家中少女承担，
白天瞌睡在炉边！
把歌曲留给坐凳，
把颂歌留给窗户，
把娇态留给浴梗，

把顽皮留给炉凳，
把恶习留给炉边，
把懒惰留给地板！
把你的一切旧习，
送到伴娘的身边，
让她抛掉灌木丛，
让她抛掉荒草丛。
新的习惯要学习，
旧的习惯要忘记：
对父亲的爱抛开，
学习对公公的爱，
对长辈弯腰行礼，
说话要低声细气。
新的习惯要学习，
旧的习惯要忘记：
对母亲的爱抛开，
学习对婆婆的爱，
对长辈弯腰行礼，
说话要低声细气。
新的习惯要学习，
旧的习惯要忘记：
对哥哥的爱抛开，
学习对小叔的爱，
对小叔要有礼貌，
说话要和气友好。
新的习惯要学习，
旧的习惯要忘记：
对嫂嫂的爱抛开，

学习对妯娌的爱，
对妯娌要有礼貌，
说话要和气友好。
在你的一生一世，
只要月亮闪银光，
不要去不好人家，
不要招不端儿郎！
家庭需要有道德，
家庭需要有高尚，
男人必须有智慧，
男人举止要大方；
如果家风不规矩，
事事要特别谨慎，
如果男人不端正，
处处要严肃认真。
即使老者是条狼，
老太婆是大母熊，
小叔子是条毒蛇，
妯娌是院中铁钉，
同样要尊重他们，
同样对他们致敬：
就像在父亲家里，
对父亲那样尊重，
就像在母亲那里，
对母亲那样致敬。
你今后时刻记着，
要保持清醒头脑，
思考问题要严谨，

理解问题要周到，
夜间眼睛要锐利，
像炉内火光闪耀，
早晨耳朵要灵敏，
要听见雄鸡啼叫。
听到第一次鸡鸣，
别等第二次啼叫，
年轻人就要起床，
年老人还可睡觉。
如果雄鸡没有啼，
主人鸟儿没有叫，
就让月亮当雄鸡，
就让北斗当向导！
你经常要到室外，
察看天上的月亮，
察看北斗星方向，
仰望满天的星光！
你看到北斗星光，
它的头部向南方，
它的尾部伸北方，
就到你起床时光，
从丈夫身边起身，
别惊动身边男郎，
你在灰烬找火种，
在火箱里找火星，
小心把火苗点燃，
不要让火苗蔓延。
如果灰烬没火种，

如果火箱没火星，
你就恳求你郎君，
向英俊丈夫求情：
‘郎君帮我点着火，
亲人只要一火星！’
如果得到一火石，
还有一块点火绒：
就立刻打出火来，
燃起架上的油灯，
然后去打扫厨房，
去喂牲畜在牛棚！
婆婆的母牛在叫，
公公的骟马在鸣，
小叔子牛链在响，
妯娌的牛犊闹蹦，
把干草放在跟前，
把饲料放在槽中。
你弯身走在小路，
你屈身缓慢前行，
轻轻地喂牛干草，
静静地喂羊饲料！
你把草料给牛羊，
还要给牛犊喝水，
挑柔软草喂小羊，
挑好草让马驹尝！
当心把母猪踩着，
当心把公猪碰伤，
给母猪端来剩菜，

给公猪端来剩粮。
不能在牛棚休息，
不能在羊群发懒！
当你把所有牛羊，
都照顾得很妥善，
就要赶快往家奔，
像风一样回家转！
婴儿在家里啼哭，
就躺在被子下面，
可怜孩子不会讲，
他还不会把话谈，
不知他为何啼哭，
究竟是饥还是寒，
他盼望熟人来临，
他听到母亲声音。
当你来到这屋中，
你是屋中第四名：
腋下挟着把扫帚，
手里提着只水桶，
牙齿叼着一盏灯，
你只算是第四名。
然后你去刷地板，
要把地板洗干净：
你在地板上泼水，
别泼在孩子头顶！
要是孩子在地上，
即使是妯娌孩子，
也要抱在椅子上，

替她洗脸和梳头，
把面包放在手中，
给面包抹上奶油！
如果家里没面包，
把碎屑塞进手中！
至少是在一星期，
必须擦洗桌和椅，
要擦洗桌子四角，
桌子腿不要忘记！
需要擦洗凳和椅，
需要打扫各墙壁，
要把凳椅擦干净，
要把墙壁扫整齐！
如果桌上有灰尘，
如果窗上有尘土，
就用羽毛掸子除，
就用湿抹布擦拭，
别让灰尘乱飞扬，
直飞到天花板上！
刮光炉子上铁锈，
拂去天花板灰尘，
别忘记刮光炉架，
别忘记拂拭屋椽，
把屋子收拾整齐，
住进去舒适惬意。
姑娘听我把话讲，
要认真听我叮咛！
衣冠不整别出门，

只穿内衣别行动，
不披纱衣别会客，
不穿鞋子别远行，
不然新郎会吃惊，
新郎一定不高兴。
院中有棵山梨树，
你对它必须爱护！
它是一棵神圣树，
它的枝条也神圣，
神圣的是树叶子，
更神圣是树果实，
它能够劝导孤女，
它能够教会姑娘，
如何使丈夫高兴，
如何使丈夫欢畅。
脚步要像兔子快，
耳朵要像鼠耳灵！
要神气十足挺起，
年轻美丽的脖颈，
像青翠的樱桃树，
像杜松树立亭亭。
你的举动要留心，
事事永远要谨慎，
不可大胆地偷懒，
不可坐椅子犯困，
更不能躺在床上，
放纵地大睡一场。
当小叔耕作归来，

公公从仓库回来，
丈夫从外面劳作，
亲人干完活归来，
你尽快端来水盆，
你尽快拿来毛巾，
向他们低头致敬，
表露深厚的感情。
你婆婆来自库房，
手提装面粉竹筐，
你跑到院子接她，
要向她躬身致意，
从她手接过竹筐，
陪她走进屋子里。
如你不知做什么，
不明白该怎样做，
什么工作急着干，
什么活儿等着做，
你立刻问老太婆：
‘我的亲爱的婆婆！
怎样干这样工作，
怎样安排家务活？’
老太婆这样回答，
婆婆这样把话说：
‘你应这样去工作，
这样安排家务活：
一边舂来一边碾，
迅速转动小手磨；
你还要把水取来，

倒入面粉来揉搓；
抱木柴到面包房，
要把炉火燃烧旺；
放面包在炉上烤，
还要烤大块蛋糕，
洗了盘子洗碟子，
还要把面盆洗好。’
婆婆教会你工作，
教你安排家务活，
你从石上取干麦，
赶快去磨房推磨！
你急急忙忙动身，
迅速来到了磨房，
你在那里别歌唱，
也不要高声叫嚷：
你让石磨大声嚷，
你让手磨把歌唱！
你不要发出怨言，
让手磨对你抱怨，
否则公公会猜疑，
否则婆婆会讨厌，
猜疑你心烦意乱，
讨厌你心怀不满！
你要把面粉筛好，
装进盆里进房中，
轻轻地把面糅和，
做成面包用火烘，
面揉得不软不硬，

用它做面包适中。
如果木桶里空空，
你把木桶放肩上，
或把木桶提手中，
去取水到深井旁；
你把水桶要系牢，
担起水桶轻飘飘！
像风一样往回走，
像风一样扑面到，
不可在井边休息，
不可在井边嘻闹，
否则公公要生气，
否则婆婆要怒恼，
认为你在照倒影，
认为你在自夸耀，
欣赏水中红脸蛋，
欣赏井中美人姣。
当你走向木柴堆，
从那里取回木柴：
不要把木柴乱劈，
只取点杨柳木来！
把杨柳木轻拿起，
尽量不发出声息，
免得引起公公猜，
引起婆婆瞎怀疑，
说你取柴不愿干，
说你正在发脾气。
当你走向储藏室，

到那里去取面粉，
别在那里呆长久，
别在那里久逗留，
不然公公胡乱想，
不然婆婆乱猜疑，
想你把面粉私分，
猜你把面粉送人。
当你去洗碟和碗，
当你去涮锅和罐，
还要洗锅的把手，
还要洗碗的边缘。
酒杯洗得要明亮，
汤匙洗得要发光！
汤匙数目要记好，
知道碟子有多少，
别让狗把它叼走，
别让猫把它偷跑，
别让鸟衔它高飞，
别让孩子乱扔掉！
的确在这村庄里，
有一大群孩子们，
他们会扔掉汤匙，
他们会打碎碟子。
到了晚上要洗澡，
要把浴室准备好，
要把水烧得温热，
要把浴梗放周到，
别在浴室久停留，

别在浴室呆太久，
否则公公会猜想，
否则婆婆会怀疑，
猜你躺在浴板上，
把头倚在凳子上。
你从浴室进房间，
去叫公公去洗澡：
‘我的尊敬的公公！
浴室已经准备完，
水已烧得冒蒸气，
也已涮干净浴板，
你可洗得很舒服，
你可洗得很满意，
我会站在隔板后，
随时照料着蒸气。’
到了纺纱的时节，
织布的时节来到，
不要到村庄求人，
不要去远方求教，
别去陌生家求益，
别向生人借梭机。
你要亲自去纺织，
纺织你需要的线，
毛线团要松些绕，
麻线团要紧些缠！
线团缠在纺锤上，
牢固插入经线杆，
然后来回地穿梭，

然后稳稳地拉线！
挥动梭子要用力，
织布期间不间断，
织出厚的羊毛衣，
织出长的羊毛衫。
用一次剪的羊毛，
用冬季的绵羊毛，
用春天的羊羔毛，
用夏天的母羊毛。
你要细心听我言，
我还有话对你谈！
当你酿制大麦酒，
必须制成甜饮料，
挑选一颗大麦粒，
用半根树木燃烧！
当麦芽发出香甜，
你用舌尖舔一舔，
不要用耙子搅它，
不要用棍子拌它：
只用双手搅拌它，
只用双手调匀它！
要经常去酿酒房，
别让麦芽受损伤，
不让猫在上面睡，
不能卧在麦芽上。
当你半夜走出来，
直奔旁边洗澡房，
不用怕林中怪兽，

不用怕林中野狼！
当有客人前来访，
别让客人把心伤！
你以主人的身份，
要热情接待客人，
要准备肉和饮料，
还有可口的面包。
请客人坐下休息，
与客人谈天论地：
使客人感到高兴，
谈笑间饭菜备齐！
当客人离开家门，
当客人向你告辞，
你不要远行送客，
只送到门口为止：
否则你丈夫发怒，
否则你亲人吃醋。
如果你想到门外，
到村庄里去蹓跶，
你要征得家人同意，
才能与外人说话！
当你遇到陌生人，
举止谈吐要谨慎，
不要伤害家里人，
不要诅咒你婆亲！
如果姑娘们问你，
妇女们把你盘问：
‘婆婆给你奶油否，

就像家里的母亲?’
你不能这样回答:
‘她不给我奶油吃。’
要说她给你许多,
一勺一勺吃不完,
虽然夏天给一次,
另一块是在冬天!
你要仔细听我说,
你要牢记我的话!
当你离开自己家,
嫁到另外一人家,
你别忘记你母亲,
你要敬重你妈妈!
是她哺育你成长,
是她才把你养大,
她有美丽的容姿,
她有矫健的步伐;
度过多少不眠夜,
忘记多少次晚餐,
为了把你照看好,
她轻轻摇着摇篮,
谁要忘记掉母亲,
谁要不敬重妈妈,
他就不能到玛纳,
也到不了多尼拉!
如果忘记掉母亲,
如果不敬重妈妈,
到玛纳拉遭报应,

到多尼拉遭惩罚。
多尼的女儿责备，
玛纳的姑娘责骂：
‘你为何忘记母亲，
为何不敬重妈妈？
她经受很大痛苦，
她承受巨大重压，
她爬在浴室呻吟，
她躺在草榻滚爬，
她赐给你一生命，
把你这恶棍生下。’”

老太婆坐在地上，
披着斗篷老太婆，
她总在村头行走，
她总在路口踯躅。
她这样地把话说，
把她心情来表达：
“雄鸡对配偶唱歌，
小鸡对母亲唱歌，
乌鸦在雪月① 叫唤，
春天里不断呱呱。
有的人不要唱歌，
他家中拥有爱情，
可与爱人把话说；
但我必须要唱歌，

① 雪月（Vaahtokuu）通常指 2 月 20 日至 3 月 20 日这段时间。

一切爱情离开我，
失掉爱人和住所。
妹妹听我把话讲，
当你嫁给了新郎，
别轻信他的思想，
像可怜的我那样，
轻信新郎的巧言，
相信他心胸宽广！
我曾是盛开的花，
草丛里的野玫瑰，
像幼苗那样成长，
长成了苗条女郎，
像野果一样漂亮，
像浆果闪着金光，
我是父亲的小鸭，
我是母亲的小鹅，
我是哥哥的水鸟，
我是嫂嫂的金雀。
我走路像花一样，
覆盆子在草原上，
我在花丘上跳舞，
我在湖岸边欢呼；
我在山顶上高歌，
我在山谷中歌唱，
我在密林中嬉戏，
我在树丛捉迷藏。
像银鼠中了圈套，
像狐狸陷入罗网，

姑娘想念着男人，
一心跟随着情郎。
这正是姑娘天性，
也是她唯一愿望：
成为男人的妻子，
为婆婆把奴仆当。
我像草莓沦异地，
我像樱桃陷异水，
像草莓自找烦恼，
像樱桃自找倒楣。
每棵树像要咬我，
赤杨树像要撕我，
白桦树像要骂我，
白杨树像要吃我。
他们带我见新郎，
他们领我见婆婆。
他们这样对我说，
那里等待迎新娘，
有六间松木房屋，
有两倍大的睡房，
美丽花园在路旁，
森林旁边有谷仓，
沟渠边上有麦田，
燕麦地在荒野上，
麦子收了几大囤，
谷子收了几箩筐。
收到金钱一百块，
还有一百有希望。

我轻信了别人话，
嫁到那里真眼瞎，
六根柱子支间房，
七根小柱顶着它，
树林里一片荒凉，
森林中满目凄凉，
大路边都是沙漠，
荒野里疑是恶魔，
囤里粮食已霉烂，
箩筐谷子出霉斑，
责骂言论有一百，
另有一百也到来。
可我对此不注重，
希望未来能平静。
愿体面地住那里，
过的生活较安定，
当我刚进入屋内，
就绊倒在木头上，
我的头撞在门柱，
额角碰到大门上，
门口有陌生眼睛，
入口有阴暗眼睛，
房中有斜视眼睛，
暗中有凶狠眼睛。
嘴里喷来了火焰，
舌底下喷出火炬，
主人舌头真凶狠，
主人嘴巴真恶毒。

可我对此不介意，
容忍着住在屋里，
但求温顺地生活，
不求生活的快乐；
我走路像只小兔，
我跑步像只貂鼠，
到深夜我才睡眠，
大清早我去受难。
容忍得不到称赞，
温顺只换来哀叹，
即使我赶走洪水，
即使我劈开大山。
我费力碾出细粉，
我辛苦去掉糠秕，
好让婆婆吃下去，
张开贪婪的大嘴。
她用的金边盘子，
端坐在桌子中间，
我坐在一旁吃着，
从手磨刮的残面，
用勺子从磨上刮，
用匙子往嘴里填。
我是婆婆家儿媳，
还去洼地采东西，
采回苔藓返回家，
烘制面包自充饥。
我从井里打来水，
我喝的就是冷水；

我划船在水中行，
把渔网撒在水中，
捞上小鱼生着吃，
如同小猫般行动。
从冷酷婆婆那里，
什么鱼也不让吃，
虽然她自己常吃，
几乎每天吃一次。
夏天我去采饲料，
冬天我去耙干草，
像雇工那样工作，
像奴仆那样勤劳。
可婆婆总不满意，
经常把重活来挑，
挑选最重的木槌，
挑选最大的铁耙，
让我用木槌捣衣，
用铁耙去耙草地，
不管我能否胜任，
不问我是否疲乏，
尽管英雄感吃力，
尽管马驹感疲乏。
我这可怜的女人，
每天总是在干活，
累得我腰弯背驼，
婆婆总要吩咐我，
该去点炉子生火，
用木棍把火苗拨。

他们任意指责我，
无中生有把我说，
指责我无瑕名声，
责怪我温顺性格；
恶毒话迎面而来，
辱骂话顺口而下，
像烈焰喷出火舌，
像铁雹从天降下。
这时我还没绝望，
生活像从前一样，
伺候冷酷老太婆，
对她的蛮横忍让。
有一件事惹恼我，
我才感到很悲伤，
我丈夫竟变成狼，
咆哮声像熊一样，
吃饭时他侧过身，
睡觉时他背过身。
我不禁痛苦悲伤，
跑到库房冷静想，
想到姑娘的岁月，
想到姑娘的生活，
那时在父亲家住，
与父母朝夕相处。
为表达我的感想，
我把以下话儿讲：
‘我亲爱母亲知道，
该怎样培植苹果，

怎样培育苹果苗，
却不知怎样移植：
把好端端的嫩苗，
移植到不利场所，
移植到最坏地方，
在白桦树的根下，
一生要哭啼不止，
一世要叹息悲伤。
我本该嫁到一家，
比这一家好得多，
住所应该更宽大，
地板铺得更广阔，
应该找个好侣伴，
他是英俊男子汉。
可我像穿桦皮鞋，
没有后跟桦皮鞋，
他的身子像乌鸦，
长着乌鸦般嘴巴，
他的形态像熊样，
他的贪婪像只狼。
我要到深山寻找，
这种人随时找到：
像路上拣来松枝，
像林中拣来树条。
他的脸像是泥猴，
胡子像树干苔藓，
泥的头石头的嘴，
眼睛像烧红的炭，

耳朵像桦树的瘤，
两腿像杨柳树杈。'
我这样把歌来唱，
表达我悲痛心肠。
不幸我丈夫听见，
那时他站在墙边！
我听到他走过来，
我正依着库房门，
感到他越来越近，
听到他的脚步音。
他的头发随风动，
满头金发乱蓬蓬，
他愤怒地咬着牙，
瞪着一双大眼睛，
手中拿着樱桃棍，
腋下夹着一大棒，
举起棍棒朝我打，
重重打在我头上。
到了这天的夜晚，
就要上床去睡眠，
他把棍棒放一边，
取下钉子上皮鞭，
他不准备打别人，
只是给我一教训。
当我进入到卧房，
走到原来的地方，
我躺在丈夫身旁，
丈夫躺在我身边，

紧紧抓住我肩膀，
用手抡起了棍棒，
抽打在我的身上，
又用刀柄把我伤。
我从身旁站起来，
从冰冷卧榻走开，
我丈夫后面赶来，
一直追到大门外！
他揪住我的头发，
凶狠地用力去抓，
我的头发乱成团，
在风中飘来飘去……
有谁能给我劝告，
向何人寻求劝告？
我像穿着钢铁鞋，
浑身箍着铜皮带，
孤独地站在墙外。
我在墙外等好久，
等着狠心人息怒，
也许能平静一时，
但随时就会冒火，
怒气仍然会爆发！
我在阴暗处等待，
寒冷终向我袭来，
我孤身站在墙外，
在大门后面徘徊。
我开始沉思默想：
‘我不能继续忍耐，

容忍他家的虐待，
我不能忍气吞声，
在这可恶的家庭，
在这恶魔洞穴中。’
我就离开这个家，
坚决地抛弃了它，
我开始艰难跋涉。
穿过洼地和沼泽，
涉过汪洋的大水，
在哥哥麦田经过。
枯干松树瑟瑟响，
枞树枝头正唱歌，
乌鸦在树上呱呱，
喜鹊在枝上喳喳：
‘在你诞生的地方，
已经没有你的家！’
可我对此没在意，
来到哥哥院子里。
大门对我发了言，
稻田也发出感叹：
‘你为什么回家来，
莫非又带来悲哀？
你的父亲早去世，
你的母亲早不在；
哥哥对你也生分，
嫂嫂是俄国女人。’
我对此仍不在意，
直接走向屋子里，

我抓住门的把手：
手心中感到凉气。
然后我走进屋中，
站在门厅的中间。
傲慢的家庭主妇，
没有走过来问候，
也没有向我伸手。
我像她一样傲慢，
没有走过去问候，
也不愿向她伸手。
我把手贴近火炉，
感到炉子的冰冷，
我用手摸着煤炭，
那煤炭已经结冰。
哥哥躺在长椅上，
挺着身子作懒状，
肩上煤灰几吋厚，
身上煤灰用尺量，
三尺煤灰盖着头，
结块煤灰用升量。
哥哥向客人询问，
他这样询问客人：
‘陌生人为何串门？’
我对他这样回答：
‘你连妹妹不认识？
她是你母亲女儿，
我们是一母所生，
我们是一鸟之雏，

一只鹅哺育我们，
同在松鸡窝居住！’
哥哥听后开始哭，
眼泪滴滴似串珠……
哥哥告诉他老婆，
低声对他妻子说：
‘拿些吃的给妹妹！’
她表示不满神情，
从厨房端来菜梗，
这是黑狗剩食物，
花狗已把盐舐光，
小狗把油脂舐净。
哥哥告诉他老婆，
低声对他妻子说：
‘端来啤酒让客喝！’
她表示不满神色，
只端来水让客喝，
这水不是清洁水，
她用这水洗过脸，
又刚刚把手洗完。
我离开哥哥的家，
离开我出生住所。
我开始长途跋涉，
我开始流浪生活，
沉重地在岸上走，
经历着千辛万苦，
经常敲陌生的门，
经常求陌生的人，

岸边与穷人为伍，
乡村与乞丐同住……
我遇到过许多人，
大多数都指责我，
用恶毒话攻击我，
用下流话侮辱我；
也有极少数的人，
对我说话较温和，
他们热情对待我，
让我进屋来取暖，
当我遇到雨雪天，
当我冻得直打战，
雪花洒满了皮裙，
寒霜沾满了衣衫。
在我年轻的时候，
我不相信会这样，
尽管一百人证明，
尽管一千人在讲，
我能遭如此痛苦，
我感到如此悲伤，
仿佛有千斤重担，
压在了我的身上。”

第二十四篇

教导新郎怎样对待新娘,又告诫不能虐待新娘(1—264)。一位年老的乞丐讲述他从前怎样使妻子明白事理(265—296)。新娘含着眼泪想起目前就要永久离开生养她的家并与大家告别(297—462)。伊尔玛利宁将新娘抱上雪车,第三天傍晚才回到家中(463—528)。

目前姑娘得到教诲,
目前新娘得到训导,
现在我还教导兄弟,
我还要对新郎劝告:
"新郎,亲爱的兄弟,
你是我最好的弟弟,
是母亲最好的儿子,
是父亲最好的儿子!
你耐心听我对你说,
听着我告诉你的话,
谈的是那只小白鸽,
它已在你的保护下!
新郎,祝贺你好运,
遇到这么好的美人!
你歌唱就大声歌唱,
放声歌唱天赐福分,
感谢伟大的创造主,

是他赐予你的礼品。
你还要感谢她父亲，
更要感谢她的母亲，
是他们抚养了姑娘，
成为你娇媚的新娘！
纯洁姑娘坐你身旁，
伶俐姑娘与你成双，
把美好青春献给你，
可爱的人靠你保养，
迷人姑娘依你身旁，
含羞女郎靠你胸膛，
她帮助你把谷物打，
她帮助你把青草刈，
她很快就洗好衣服，
她漂衣也漂得迅速，
她纺纱是那么熟练，
她织布速度也不慢。
我听到她的织机响，
如同杜鹃在山上唱；
我看到她的梭子转，
如同貂鼠在树丛窜；
她缠绕的线卷饱和，
像松鼠嘴里的松果。
村子里总不能沉静，
村民们总不能入睡，
因为她的织机在响，
织机梭子在不停息。
可爱的年轻的新郎，

在男人中你最漂亮！
去打一把锐利镰刀，
安装的刀柄要最好，
你坐在门口雕刻它，
放在树桩把它捶打！
在阳光普照的时光，
你要带妻子去牧场：
你看到青草遍地绿，
坚挺的绿草沙沙响，
芦苇正在说悄悄话，
酸模正轻轻地摇荡，
你再看看那小丘上，
树桩的新芽在生长。
当第二天到来之际，
你帮她制造织布机，
配上一条合适狭板，
装配一张舒适座椅，
踏板要选用最好料，
使它成为结实织机，
当你把踏板安装上，
她的手扶在机扣上。
稍后踏板发出声响，
织布梭子开始歌唱，
村子里充满嘈杂声，
村外也听到响叮当。
老妇人走出来察看，
女人们过来把话讲：
‘我们听见谁在织布？’

你便立刻回答她们：
‘这是我妻子在织布，
是她的织机叮当响，
是否让她放下布帛，
让她的织机停运转?’
‘不要让她停止穿梭，
不要让她放下布帛，
月亮女儿这样织布，
太阳女儿这样纺线，
北斗星姑娘也这样，
还有那繁星的姑娘。’
你这年轻可爱新郎，
男人中你是最漂亮！
你现在要动身旅行，
你要赶快登上行程，
要带上可爱的白鸽，
要带上美丽的新娘，
你不能与黄莺分离，
你不能把红雀抛弃，
不要赶她到篱笆旁，
不要推她到沟渠里，
不要扔她到石地上，
不要让她撞上树桩！
她从前在父亲家里，
在亲爱的母亲宅地，
不曾赶她到篱笆旁，
不曾推她到沟渠里，
不曾扔她在石地上，

不曾让她撞上树桩。
你这年轻可爱新郎，
男人中数你最漂亮！
你不要撵走美姑娘，
不要推走你的新娘，
让她到角落寻东西，
让她在角落里彷徨。
当年她在父亲家里，
在可爱的母亲宅地，
她从来不到角落里，
不去那里寻找东西。
她总是坐在窗口上，
或坐在屋中央摇晃，
晚上是父亲的快乐，
早上是母亲的欢畅。
可怜的丈夫你不要，
不要领着你的白鸽，
到盛着海芋的臼旁，
让她捣掉海芋的皮，
更不要给她做面包，
只用枞树枝或麦草！
因为她在父亲家里，
在慈爱的母亲宅地，
从来不用这样的臼，
去捣掉海芋的外皮，
也不曾给她烘面包，
只用枞树枝或麦草。
你要领着你的白鸽，

到五谷丰登的山坡，
帮助她去收割稞麦，
帮助她去收割大麦，
给她烘制大块面包，
给她酿制上等麦酒，
小麦的面包为她烘，
做饼的面团帮她揉。
新郎，可爱的兄弟！
不能让你的小白鸽，
不能让我们的小鹅，
坐在家里伤心落泪！
如果遇到这样时刻，
新娘感到凄凉寂寞，
你要驾上栗色雪车，
或给白马套上挽轭，
送她到她父亲家里，
到她慈祥母亲住所！
你不要待你的白鸽，
如同对待你的奴婢，
你不要待你的红雀，
如同对待雇来奴役，
不能禁止去地下室，
不能禁止去储藏室！
她在她父亲的家里，
在她慈祥母亲宅地，
从来不待她像奴婢，
从来不待她像奴役，
不曾禁止去地下室，

不曾禁止去储藏室：
在那里切小麦面包，
在那里把鸡蛋照料，
她看管着那牛奶桶，
她看守着那麦酒瓶，
早上她打开储藏室，
到了晚间她就锁上。
你这年轻可爱新郎，
在男人中你最漂亮！
你要很好地待新娘，
你自己会得到报偿：
当你去访问岳父家，
向岳父母家去拜访，
他们会设丰盛宴席，
拿好酒好肉招待你，
还会帮你卸下马鞍，
把马牵进那马厩里，
把水和饲料放马前，
另外加上燕麦一盘。
不要责怪你的新娘，
不要指责你的白鸽，
说她出身不是名门，
说她出身小户人家！
新娘确系望族后裔，
她出生于煊赫家系：
如果种了一斗豆子，
分给她家每人一粒，
如果种了亚麻一捆，

她家每人只分一根。
可怜的丈夫你不要，
不要虐待美丽新娘，
不能用打奴隶鞭子，
抽打得她哭泣悲伤，
不能用五股的皮鞭，
抽得她在粮仓哭喊。
从前她当女儿时候，
住在她父母的家里，
不曾挨过鞭子抽打，
不曾受过任何惩罚，
没在五股鞭下哭泣，
没在粮仓里面悲泣。
你像墙壁把她遮掩，
你像门柱挡她前面：
别让你母亲将她打，
别让你父亲将她骂，
不让客人将她凌辱，
不让邻居们非难她！
要用鞭子赶走他们，
只能惩罚别的人们：
不可虐待你的宝贝，
不可惩罚你的爱人，
你等她等了整三年，
她是你唯一的心肝！
新郎要教导你新娘，
要把苹果好好培养，
上了床你再教导她，

关上门你再劝告她，
这样要教导一年整，
只能用语言来劝告，
第二年用眼神暗示，
第三年只要一跺脚！
如果这劝告她不听，
对劝告她无动于衷，
到苇塘里选根芦苇，
到草地里拣根嫩草，
用这个来改她品行，
第四年就把她纠正，
用粗梗叶子将她打，
用粗草梗轻轻地碰；
禁止用皮鞭抽打她，
禁止用木棍惩罚她！
如果这样还是不行，
对此她仍无动于衷，
你从树丛拣根软棍，
到山谷拣根白桦枝，
为了不让邻居看见，
把树枝藏在衣里面，
带回家向新娘展示，
只是对她威胁一番。
如果对此我行我素，
对你威胁不屑一顾，
要用软棍将她惩治，
要用树枝将她教育，
在四面围墙的屋内，

在苔藓遮满的屋里，
不能在牧场上追她，
不能在麦田里赶她，
否则喊叫声传村里，
吵闹声传到别人家，
邻居妻子听到叫声，
森林里充满了喧哗。
你只能打她的肩膀，
不能打她柔嫩面庞，
不能打她两只耳朵，
不能打在她双眼上，
鬓角一打就会浮肿，
眼睛一打就会发青，
你的伯叔就会询问，
你的岳父就会查明，
村中的农民会看到，
村中的妇女会耻笑：
‘她是不是上了战场，
她是否打了一场仗，
也可能是狼咬了她，
森林的熊爪把她抓，
或者她的新郎是狼，
配偶是熊把她抓伤？’”

一个老汉坐在炉边，
一个乞丐坐在炉旁，
老汉从炉边说了话，
乞丐从炉旁把话讲：

“可怜的新郎真不该，
不该听从妻子的话，
女人舌头巧如云雀，
我曾上当成愚家伙！
我给她买面包和肉，
我给她买酒和奶油，
我给她买各样的鱼，
各种食品应有尽有，
上等的酒从本国买，
好小麦从国外买来。
但是这样她不满意，
她还时时要耍脾气，
有一次她走进屋来，
抓住我的头发硬拽，
她的脸凶狠地扭动，
她的眼疯狂地翻转，
她愤怒地破口大骂，
一直骂得意足心满，
向我喷来无数恶言，
又辱骂我十足懒汉。
我有办法把她制服，
我会采用别的办法：
当我拿来白桦枝条，
她走过来叫我小鸟；
当我拿来松树枝
她低着头把亲人叫；
当我举起杨柳木棍，
她抱着我脖颈撒娇。”

可怜的姑娘在叹息，
她哽咽地在叹着气，
不久她便痛哭流涕。
她说出下面一番话：
“大家不久就要离开，
时间很快就要到来，
但我的行期更逼近，
离别的时刻已到来，
我对出嫁感到恐慌，
我对别离感到悲伤，
离开这闻名的村落，
离开这可爱的家乡，
我在这里长大成人，
在这里长成大姑娘，
我在这里度过童年，
度过了美好的时光。
我从前就未曾想过，
我一生也不会相信，
不曾想到我要出走，
要告别我的亲人们，
远离开城堡的边境，
远离开起伏的丘陵。
眼下我感到要离去，
眼下我知道要离开，
告别的酒已经喝完，
告别酒杯已经变干，
雪车已经等在外面，

住宅在后田野在前，
雪车这边对着马厩，
雪车那边对着牛栏。
当我在这离别时刻，
心中感到无限悲哀，
如何报答母亲哺乳，
如何报答父亲厚爱，
如何报答哥哥爱护，
如何报答嫂嫂关怀？
感谢您呵亲爱父亲，
为了往日欢乐岁月，
为了美味可口膳食，
为了无限美好生活。
感谢您呵亲爱母亲，
当我还是一个婴孩，
您摇着摇篮看护我，
把您的乳汁让我喝。
我还要感谢我哥哥，
亲爱的哥哥和嫂嫂，
我要向全家人祝福；
也要感谢童年伴侣，
你们与我结伴玩耍，
我们是在一起长大。
但愿你尊敬的父亲，
但愿你慈祥的母亲，
还有其他高贵亲属，
还有别的高贵亲人，
永不会遇到大不幸，

永不会遭到大苦难，
当我远离美丽故乡，
当我漂流到别地方！
创造主太阳在照耀，
创造主月亮放光芒，
天空的群星永闪烁，
北斗星永远明方向，
永远在远方天空照，
照在世界其他地方，
不仅照在父亲家园，
不仅照在儿时家乡。
现在我就动身出发，
离开我的可爱的家，
走出我父亲的中堂，
走出我母亲的厢房。
抛下了沼泽和田地，
抛下了草原和牧场，
抛下了澄清的水面，
抛下了美丽的沙滩，
村妇们在那里沐浴，
牧童们在那里狂欢。
别了，涌动的沼泽，
别了，宽阔的洼地，
别了，静静赤杨林，
别了石南丛生荒地，
再不能去小路散步，
再不能穿篱笆漫游，
不能去农场上跳舞，

不能在房墙边停步，
不能再把铺板擦洗，
不能再把地板洗涤。
离开驯鹿奔腾原野，
离开山猫乱跑丛林，
离开大雁群集荒原，
离开群鸟栖息林间。
现在我真的要告别，
在我身后留下一切，
秋天夜晚幽暗宁静，
春天水上浮着薄冰，
但冰上没有留脚印，
雪地上未曾有行踪，
没有留下一丝一线，
没有留下一件衣衫。
如果以后我再还乡，
对我的家进行探访，
母亲听不见我声音，
父亲看不到我悲伤，
尽管我在屋角哭泣，
在他们头上诉衷肠：
因为在母亲皮肤上，
在父亲的可爱脸上，
已滋长了绿色小草，
杜松树小苗在成长。
如果以后重返家园，
到我住的地方看看，
只有两件小的东西，

仍然对我深深怀念：
最远田边的篱笆桩，
最近的篱边的篱栅，
这是我用树枝插成，
当时我仍处在童年。
我母亲那条小母牛，
我曾帮她加以看护，
给小牛喝水喂饲料，
它总哞哞地对我叫，
在院子里的粪堆旁，
或在冬天的旷野上：
母牛一定还认识我，
知道我是这家姑娘。
我父亲那匹大骏马，
我幼年时就喂过它，
我曾喂过它好饲料，
它总是对着我嘶叫，
在院子里的粪堆旁，
或在冬天的旷野上，
它也一定会认识我，
知道我是这家姑娘。
我哥哥的那条好狗，
我小孩时就很喜欢，
我喂它并对它训练，
它汪汪地向我叫唤，
无论是在这庭园里，
或是在冬天旷野间，
它一定还会认识我，

知道我是这家一员。
当我重返这个家门，
别人不会再把我认，
尽管我的船没改变，
还是我从前划的船，
在鲱鱼出没的地方，
划着这船曾撒下网……
再见吧，我的房间，
你的顶上有天花板！
但愿我下次来这里，
把你粉刷得更好看。
再见吧，我的大厅，
铺着光亮地板大厅！
但愿我下次来这里，
把你粉刷得更干净。
再见吧，我的庭园，
长着山梨树的庭园！
但愿我以后能归来，
把你打扮得更可爱。
再见吧，周围一切：
结硕果树林和田间，
开花朵的小路两边，
有成百岛屿的湖面，
灌木丛生野岭荒山，
鲱鱼出没的深水潭，
枞树生长美丽山峦，
白桦林立沼泽地面。”

那铁匠伊尔玛利宁，
把姑娘抱进雪车中，
他挥动鞭子催骏马，
便说出了以下的话：
“再见吧，所有湖岸，
湖岸和斜坡的草原，
山上的连片的松树，
枞树林中高大乔木，
房屋后面的赤杨树，
泉水旁边的杜松木，
平原上的果木树丛，
果木树丛青的草茎，
轻轻絮语的杨柳树，
高大挺拔的白桦树！”
那铁匠伊尔玛利宁，
离开波赫约拉前行。
孩子们唱着别离歌，
唱出了以下的歌声：
“这里飞来一只黑鸟，
穿过丛林飞往这里，
他引诱了我们小鸭，
他取走了我们果木，
还摘走了我们苹果，
他钓走了我们小鱼，
利用金钱把她引诱，
利用银子把她骗走。
现在谁能把水来担，
谁能领我们到河边？

木桶目前竟没人用，
轭挽目前也没人动，
地板没有人去擦洗，
铺板也没人去刷净，
所有的水瓶没有水，
双柄的水壶不干净。”
那铁匠伊尔玛利宁，
带着姑娘急忙前行，
骏马奔驰雪车飞转，
离开波赫亚的海岸，
穿过了那西玛海峡，
跨过了沙丘和荒山，
扬起的沙子四面飞，
碾碎的石子四处散，
铁滑板声音响叮当，
桦木架子发出回响，
弯曲的板条格楞楞，
樱桃木轭摇摆不停，
挥动皮鞭清脆响着，
串串铜环抖动喧嚣，
优良的马奋蹄跃进，
白玉顶马向前奔跑。
他赶了一天又一天，
一直赶到了第三天，
他一只手牵着骏马，
一只手把姑娘搂抱，
一只脚搭在雪车边，
一只脚用毛毡盖着。

他策马飞奔向前赶，
越向前赶路程越短，
终于来到了第三天。
就在这一天的傍晚，
铁匠的住房在眼前，
来到了伊尔玛家园。
缕缕炊烟正在升起，
浓重烟雾直飞蓝天，
无数烟圈飞出屋外，
高高升到了浮云间。

第二十五篇

伊尔玛利宁的家接待了新娘、新郎及其同伴(1—382)。用丰盛的酒食款待了他们;万奈摩宁唱歌赞颂了主人、主妇,新娘、新郎、伴娘及其他来宾(383—672)。万奈摩宁在返家的路上雪车坏了,他修好车后返回家中(673—738)。

人们长久地期待,
很早就期望等待,
期待新娘的到来,
来到铁匠的住宅。
老人们流着眼泪,
坐在窗前在等待,
青年人弯着膝盖,
在大门口上等待,
孩子们冻着双脚,
倚着墙壁在等待,
中年人穿着破鞋,
在岸边往返徘徊。
就在一天的早晨,
太阳升起的时辰,
从森林传来车声,
雪车往这里飞奔。
和蔼的主妇罗卡,
卡莱瓦漂亮夫人,

她说了这样的话：
“我儿子的车在响！
他来自波赫约拉，
带来了年轻姑娘！
现在正向这里赶，
急急忙忙回家园，
这是父亲建造的，
为他准备好房间！”
铁匠伊尔玛利宁，
很快就来到家中，
他挥鞭向前赶路，
到父母给的房屋。
在木制的轭上面，
松鸡在愉快鸣啭，
在雪车的边缘上，
杜鹃在声声呼唤，
在枫木的车辕上，
松鼠在嬉戏游玩。
温存的主妇罗卡，
卡莱瓦漂亮夫人，
说出以下的话语，
来表达她的心情：
“村民盼望新月亮，
青年盼望升朝阳，
孩子盼望草莓长，
海水盼望船只亮；
我不盼望新月亮，
也不盼望新朝阳，

我只盼望那新郎，
盼望新郎和新娘。
我早也盼晚也盼，
不知他俩在何方，
或许他们有孩子，
在把瘦孩养肥胖，
因此不能回家转，
尽管他许下诺言：
在他脚印消失前，
他就迈步把家还。
早晨我总在观望，
整天我都在默想，
新郎为何还未到，
雪车为何还未响，
来到这小的院落，
来到这狭窄门房。
即使这马像麦秆，
雪车是两块滑板，
只要它载新郎来，
也载来美丽新娘，
我仍称它是好马，
称这雪车很时尚。
我一生这样盼望，
我每日这样期望，
我翘望地垂下头，
我的灰发乱飞扬，
一双眼已经枯干，
但愿新郎快回转，

来到这小的庭院，
来到这狭窄房间。
儿子终于要来到，
赶着雪车往家跑，
旁边坐着一姑娘，
她有玫瑰色模样！
亲爱的儿子新郎，
给你的白马卸装，
牵着你的宝贝马，
到那熟悉的牧场，
让它把新燕麦尝！
你向我们致敬意，
问候我们和别人，
问候村里所有人！
当你致敬问候完，
把你的故事谈谈：
旅途中是否健康，
旅途中有无危险，
当你去岳母那里，
当你去岳父宅院？
你如何获得新娘，
是否把战门推倒，
攻破四周的高墙，
攻下姑娘的城堡。
跨过岳母的门坎，
坐在岳父的桌边？
我不用问会发觉，
不用追究会猜道：

他这次胜利而归，
一路上眉开眼笑；
他获得了小白鹅，
把防守大门打破，
把四周高墙冲塌，
把木质城堡攻下，
进入岳母的房舍，
踏进岳父的住所。
小鸭在他怀抱中，
小鸡在他保护下，
纯洁姑娘傍着他，
她显得容光焕发。
谁制造这种谣言，
传播不吉利消息，
说新郎空手归来，
他的马白费力气？
新郎没有空手来，
马儿没有白费力：
马车载着美人来，
马的鬃毛都竖起，
它口中喷着白沫，
它混身冒着热气，
它一路拉着白鸽，
这姑娘羞赧娇美。
美人从雪车下来，
你是高贵的礼物！
你不用让人搀扶，
你不用让人帮助，

如果青年要扶你，
如果贵人要抱你！
当你从雪车下来，
当你从雪车走出，
踏上开满鲜花路，
踏上红褐色的路，
母猪已把路踏平，
公猪已踏平了路，
小羊在路上走过，
马用鬃毛扫过路。
像小鹅般迈着步，
像小鸭般走着路，
走进洁净的院中，
踏上平整的草坪，
公公统治着全家，
婆婆的权力也大，
伯叔在工厂工作，
妯娌在牧场干活！
你的脚跨过门槛，
踏上走廊的地板，
在光滑地板前行，
走进里面的房间，
在黄金屋顶下面，
在美丽屋椽下端！
就在今年的冬天，
在已过去的夏天，
鸭骨铺成的地板，
说你在它上面站，

黄金屋顶发回声，
说你在它下面行，
窗户表示很快乐，
说你要在上面坐。
就在今年的冬天，
在已过去的夏天，
门的把手一直响，
等戴戒指人关上，
台阶总是不安宁，
期待美人来攀登，
房门一直是大开，
等待着美人进来。
就在今年的冬天，
在已过去的夏天，
卧室已经准备好，
只是等待人打扫，
大厅也做好准备，
等待新人来刷洗，
谷仓也在笑嘻嘻，
等待新人来整理。
就在今年的冬天，
在已过去的夏天，
庭院偷偷地观望，
等人把木屑捡光，
仓库也低头弯腰，
等待新人的来到，
还有房椽和屋梁，
迎接新娘的衣箱。

就在今年的冬天，
在已过去的夏天，
小路在不断叹息，
等扫路人来这里，
牛栏在发出声音，
等待洒扫人来临，
跳舞者已经止步，
等待小鸭来跳舞。
正好就是在今天，
甚至包括在昨天，
清晨奶牛哞哞叫，
等待饲养人喂草，
马驹在马厩蹦跳，
等待饲养人喂料，
春天羊羔到处跑，
等待把嫩草运到。
正好就是在今天，
甚至包括在昨天，
老人坐在窗旁边，
小孩奔跑在沙滩，
妇女依着墙站立，
青年守候在走廊，
他们等待新主妇，
他们翘首盼新娘。
祝福这一户家人，
祝福全体英雄们，
祝福崭新的小舍，
祝福小舍的客人，

祝福厅内的来宾，
祝福屋顶下面人，
祝福房屋所有人，
祝福所有孩子们，
祝福月亮和君王，
祝福年轻的人们！
从前这里未见过，
昨天未见过他们，
这些高贵的来宾。
这些英俊的客人。
可爱的漂亮新郎，
你揭开丝织面纱，
你掀开红色衣裳，
看看你怀中新娘，
你向她求婚五载，
你想她八载时光。
你可曾把她带来，
带来一只布谷鸟，
从远地选来美人，
把天边仙女得到？
我不用问就发觉，
不用猜想就知道，
你带来了布谷鸟，
把蓝色鸭已得到，
你从绿林的顶端，
采来最嫩的枝条，
从樱桃树的枝杈，
把鲜艳花朵采到。”

一个小孩把话讲，
他正坐在地板上：
“我的可怜的兄长！
你带来的松树桩，
有柏油桶一半长，
身高像线轴一样。
你这可怜的新郎！
你一生中在盼望，
从一百个姑娘中，
从一千个女郎中，
选出最高贵姑娘，
选出最妩媚女郎！
从沼泽带来麻雀，
从篱笆带来灰鹊，
从田野带来田凫，
从耕地带来黑鸟。
就在过去的夏天，
他到底干了什么，
一副手套没织成，
一双袜子没完工？
没有带一件礼品，
来这里两手空空：
篮子里小老鼠叫，
铜罐里有长耳朵！”
能干的主妇罗卡，
卡莱瓦美丽夫人，
听了这奇谈怪论，
她这样地把话讲：

“这孩子胡说什么？
你是在贬低自己。
别人可能说坏话，
你却不能这样说，
不能对新娘侮辱，
不能对家人侮辱！
你说的是粗鲁话，
你说的是下流话，
嘴是小牛犊的嘴，
头是小花狗的头！
她是位美丽姑娘，
举国出众的女郎：
像成熟的蔓越橘，
像草莓生长山上，
像树上的杜鹃鸟，
像山梨树上小鸟，
像白桦树上艳鸟，
像白胸脯的歌鸟。
在萨克森不能遇到，
在维洛也找不到，
像这样标致姑娘，
像这样无双女郎，
体态是如此健美，
容貌是如此漂亮，
脖颈是如此纤长，
臂膀是如此光亮。
新娘带来了嫁妆，
带来了许多毛皮，

带来了许多毯子，
带来了许多布匹。
新娘用她的纺车，
做了不少家务活，
用自己双手纺线，
用自己双手织布，
纺织的物品很多，
冬天把布卷起来，
春天把布匹漂白
夏天把布匹晒干：
制成华丽的被单，
制成柔软的枕巾，
制成精致的围巾，
羊毛大衣是上品。
美丽善良的新娘，
你的容姿多漂亮！
像在你父亲家中，
这家对你也尊重，
你是丈夫家主妇，
你一生得到保护。
这家不使你伤心，
也不会使你烦闷！
不会领你去沼泽，
不会带你到沟壑：
你离开了好麦田，
却来到丰盛地方，
你离开了麦酒房，
可这里麦酒更香。

美丽善良的新娘，
我要问你一句话：
你在来这里路上，
可曾看到那谷仓，
那盛满燕麦谷仓？
这是家中的收成，
是你丈夫的劳动，
是他耕耘又播种。
可爱的年轻姑娘！
现在我要对你讲：
一旦进入这家门，
你就应该要安心！
你要当个好主妇，
你要做个好媳妇，
坐在牛奶盘当中，
各样碟子供你用。
在这里姑娘快活，
美丽小鸽会快乐。
浴室地板很宽大，
房间凳子又宽阔。
主人待你像父亲，
主妇待你像母亲，
儿子待你像兄弟，
女儿待你像姐妹，
当你有了贪求欲，
当你有了贪吃感，
要吃父亲捕的鱼，
要吃哥捕的松鸡，

你别向你父亲要，
你别向你哥哥说，
你应向你丈夫要，
要他给你去捕捉。
无论什么四足兽，
在森林里来回走，
无论什么双翅禽，
在天空中往返飞，
无论什么样的鱼，
在水中游来游去，
你丈夫都能捉到，
你丈夫都能烹调。
在这里姑娘快活，
在这里小鸽快乐。
不用急着捣石臼，
不用忙着推石磨：
流水会转小麦磨，
急流会推稞麦磨，
波涛会把家什洗，
海水把一切洗涤。
这可爱的小村庄，
全国最好的地方！
麦田下方是草原，
村庄在两者之间；
村庄下面是海岸，
岸边闪耀着波澜：
鸭子在上面游泳，
水鸟在上面游玩。”

婚宴上摆满了酒，
供应了许多食物，
大量肉食准备好，
还有最好的面包，
让来宾喝大麦酒，
也喝芳香小麦酒。
端来大量的烤肉，
让客人吃饱喝足，
用红盘盛着菜肴，
用碟子盛着佐料。
糕点一块块切开，
奶油一块块摆着，
鲱鱼切成一片片，
鲑鱼切成一段段，
摆着一把把银刀，
摆着一把把金刀。
这大麦酒无处买，
这小麦酒无处购，
麦酒从木桶流出，
蜜酒从塞口外流，
麦酒喝着起泡沫，
蜜酒喝着很快活。
他们谁是杜鹃鸟，
能唱出优美曲调？
年老的万奈摩宁，
伟大的不朽诗人，
他能编出好歌词，

能唱出优美曲调。
他唱出以下歌词，
来表达自己心意：
“我的亲爱的兄弟，
我的健谈的同行，
我的会说的伙伴！
你们细听我发言！
鹅与鹅很少接吻，
姊妹很少对脸看，
兄弟很少并肩立，
母亲孩子少并肩，
在这北国的边境，
在这波赫亚荒原。
我们是要唱歌曲，
还是要朗颂诗篇？
春天杜鹃能歌唱，
朗诵诗词有诗人，
染色有涂色仙女，
纺织有纺织女神。
拉普孩子在歌唱，
穿草鞋人在唱歌，
他们只吃麋鹿肉，
他们只吃驯鹿肉；
我们为何不唱歌，
孩子们为何不唱。
当我们吃稞麦包，
吃宴席已经吃饱？
拉普孩子在歌唱，

穿草鞋人在唱歌，
他们嚼着枞树皮，
他们用杯喝着水；
我们为何不唱歌，
孩子们为何不唱，
当我们喝小麦酒，
喝着大麦的佳酿？
拉普孩子在唱歌，
穿草鞋人在歌唱，
在冒烟的火堆旁，
把煤灰放在火上；
我们为何不唱歌，
孩子们为何不唱，
在这漂亮房椽下，
华丽的屋顶下方？
男人住这里快乐，
女人住这里欢畅，
在麦酒桶的中央，
在蜜酒桶的近旁，
靠近产鲱鱼海峡，
靠近捕鲑鱼地方，
这里食物吃不尽，
这里饮料不限量。
男人住这里快乐，
女人住这里喜欢，
这里不愁吃和穿，
这里生活没困难；
食品可以随意吃，

应有尽有无负担，
同主人度过一生，
同主妇度过晚年。
我们首先歌颂谁，
是主人还是主妇？
通常先歌颂英雄。
我首先歌颂主人，
是他平整了沼地，
创建了这份业绩：
他带来了大枞树，
也修剪了枞树顶，
他把锯成的木料，
运到一个好地方，
搭成坚实的建筑，
建造的住宅堂皇；
墙壁从森林取材，
房椽从高山运来，
从树林弄来条板，
壁板取自大荒原，
树皮来自白桦树，
苔藓采自沼泽间。
房屋建造很成功，
屋顶牢固地建成，
当建造这房屋时，
当铺装这地板时，
屋子里有成百人，
房顶上有上千人。
主人能吃苦耐劳，

为了造这所住宅，
他的头发风中飘，
蓬松头发像乱草。
主人能吃苦耐劳，
在枞树林丢帽子，
在岩石上扔手套，
在沼泽地抛袜子。
我们主人很勤劳，
他总是在大清早，
当别人还没起床，
村庄里没有声响，
离开这温暖火炉，
去把那畜禽饲养，
荆棘梳理着头发，
露水洗涤着面庞。
主人真和蔼可亲，
家里总宾客盈门：
凳子上坐满歌手，
窗前欢乐者云集，
走廊里大声喧哗，
地板上高谈阔论，
篱笆旁有人散步，
墙壁边站立人群，
院子里人来人往，
爬在地上孩子们。
我已歌颂了主人，
现在要歌颂主妇，
她给我们备筵席，

让我们吃饱喝足。
她给我们烘面包，
熬的肉汤真可口，
用她柔软的十指，
用她灵巧的双手，
让面包慢慢发酵，
给宾客一一送到，
供应足够的猪肉，
盘子里放满蛋糕，
餐刀磨得很锐利，
使用起来不费力，
鲑鱼切成一片片，
梭子鱼切成细片。
我们主妇真能干，
勤劳持家是模范，
雏鸡还没有催促，
起床总在鸡鸣前，
安排好各项家务，
当天事情必干完，
麦酒已经准备好，
啤酒也要准备完。
我们能干的主妇，
治理家务是能手，
调制最好的饮料，
酿制最好的麦酒，
她用麦芽酿制酒，
麦芽是香甜可口，
她不用木棍搅和，

不用木棒来翻动，
她用两只拳头搅，
用两只手来拨弄，
在洁净的木板上，
在有蒸汽浴房中。
我们能干的主妇，
她办事得心应手，
把麦芽放在板上，
让幼芽发得成熟；
她经常去浴房中，
她半夜自己独行，
不怕狼会伤害她，
林中野兽也不怕。
我已歌颂了主妇，
现在歌颂证婚人！
谁被选为证婚人，
谁被推作引路人？
村中最好证婚人，
村中最好引路人。
把证婚人细端详，
他身着外来衣裳：
腰身是那样合适，
袖子紧贴着臂膀。
把证婚人细端详，
他穿的外衣很长：
他的衣襟拂着地，
燕尾曳在地面上。
他里面穿的衬衣，

只看到一小部分：
像是月姑娘织成，
像盛装姑娘缝纫。
把证婚人细端详，
羊毛带子系腰上，
是太阳女儿织成，
把花绣在带子上；
当时世上没有火，
还不知火是什么。
把证婚人细端详，
丝袜穿在他脚上，
丝线编成长筒袜，
缎子的袜带一双，
这些都绣着黄金，
这些都饰着白银。
把证婚人细端详，
萨克森鞋穿在脚上，
像河中游的天鹅，
像白鸟浮在水上，
像草丛中的大雁，
像候鸟栖息树上。
把证婚人细端详，
金黄鬈发闪亮光，
金黄胡须结辫子，
高高头盔戴头上，
它高耸于林之顶，
它高耸于云层间，
这种头盔无处买，

不论要花多少钱。
我已歌颂证婚人，
现在要歌颂伴娘！
这伴娘从何处来，
选来幸福的伴娘？
伴娘从那里选来，
选来这幸福伴娘，
从达尼卡[①] 的城堡，
从新城堡的外方。
她不是来自那里，
是来自别的地方！
伴娘从那里选来，
选来幸福的伴娘，
她是从海外选来，
跨过这茫茫大海。
她不是来自那里，
是来自别的地方！
大地上生长草莓，
蔓越橘荒野滋长，
田野里一片绿草，
黄花开在草地上，
伴娘是从那里来，
选来幸福的伴娘。
伴娘的嘴真美丽，
像芬兰人的亲戚；
伴娘的明亮眼睛，

① 达尼卡(Tanikka)，城堡建筑师名称。

像天上星星闪辉；
伴娘的双鬓发亮，
像湖面上的月光。
这位可爱的伴娘，
黄金项链系脖上，
头上戴着金头饰，
金耳环坠在耳上，
手上戴着金手镯，
金戒指套手指上，
两鬓戴着黄金圈，
眉毛用珍珠装潢。
当金色扣子闪光，
恰似闪光的月亮；
当她的衣领闪烁，
恰似太阳的光芒；
当头上帽子摇动，
恰似帆船在远航。
我已歌颂了伴娘，
现在观望所有人，
是否都那么英俊：
老年人仪表端庄，
年轻人俊俏漂亮，
宾主们文雅高尚！
我已观望所有人，
我与他们都熟悉；
我以往不曾见过，
今后也不会遇到，
这样美好的人们，

这样优秀的一群，
老年人如此端庄，
年轻人如此漂亮，
所有人身穿白衣，
像森林披上浓霜：
下面像金黄晨曦，
上面像太阳微光。
随手可得到白银，
宾客分得到黄金，
草丛里撒下钱包，
钱袋抛在小巷里，
送给邀请来的人，
表示对他们谢意。”

年老的万奈摩宁，
伟大的唱歌能手，
唱完歌登上雪车，
动身往家中赶路；
他永远唱着歌曲，
吟哦着神秘咒语，
唱了一曲又一曲，
当他唱到第三曲，
滑板撞在岩石上，
车辕撞上了树桩：
雪车打断他吟哦，
滑板阻止他唱歌，
最终撞坏了滑板，
最终撞断了车辕。

年老的万奈摩宁，
便这样开了言：
“在新生的一代中，
是否有一位青年，
在没落的一代中，
是否有一位老年，
他能够去多尼拉，
他能够前往玛纳，
把多尼大钻取来，
把玛纳托架拿来，
我可造辆新雪车，
或可修理旧雪车？”
青年人便说了话，
老年人做了回答：
“没有这样青年人，
没有这样老年人，
没有这高贵族人，
没有这种英雄人，
能够前往多尼拉，
能够到达玛纳国，
去把多尼钻取来，
把玛纳托架拿来，
让你造辆新雪车，
或者修理旧雪车。”
年老的万奈摩宁，
不朽的伟大歌手，
他又走向多尼拉，
他又前往玛纳国。

他取来了多尼钻，
他拿来玛纳托架。
年老的万奈摩宁，
他唱出绿色树林，
树林中有棵槲树，
还有一棵山梨树；
他用这些造雪车，
他制造成了滑板，
他制造成了车辕，
他又把车身造完：
他装配成新雪车，
新车工程已圆满。
他给马架上车辕，
栗色马架在车前，
他于是登上雪车，
便坐在雪车中间。
他无需挥动珠鞭，
骏马自觉奔向前，
踏上熟悉的路途，
奔向熟悉的草原；
年老的万奈摩宁，
不朽的伟大歌手，
很快来到大门前，
平安地到达家园。

第二十六篇

勒明盖宁对没有被邀出席婚宴大为恼火，并决定亲自去波赫约拉，但其母亲阻止他去，警告他在路上会遇到许多危险(1—382)。他动身前往，借助法术他成功地越过了许多危险地方(383—776)。

阿赫第[1] 住在岛上，
靠近高科海角旁。
他辛勤地耕田地，
开掘田畦用耕犁。
他的耳朵长又细，
他的听觉很敏锐。
他听到村庄喊叫，
海岸传来锤打声，
冰上传来脚步声，
荒原上雪车隆隆。
他立刻有了想法，
心中产生了猜疑：
波赫约拉办婚宴，
秘密地大搞筵席！
他撅着嘴歪着头，
他的胡须都竖立，

① 阿赫第(Ahti)即勒明盖宁。

他的脸没有血色，
可怜的他生闷气。
他马上停止耕地，
把耕犁扔在田里；
他迅速骑上骏马，
他匆忙地赶回家，
回到母亲的住处，
回到老母亲那里。
他走到母亲面前，
便这样地开了言：
“亲爱母亲老主妇，
你赶快去端食物，
我已经饥肠辘辘，
让怒汉吃饱喝足！
同时要烧暖浴室，
要把洗澡间布置，
我把全身洗干净，
打扮得像位英雄！”
勒明盖宁的母亲，
端来了各种食品，
让饿汉吃饱喝足，
让怒汉独自猛吞，
她又把浴室收拾，
替他烧暖了浴室。
轻浮的勒明盖宁，
他异常迅猛吞食，
然后就去蒸汽浴，
便匆忙步入浴室。

这花雀开始沐浴，
这苍鹰开始擦拭，
头洗得如此干净，
还有白皙的脖子。
他从浴室进屋来，
就这样地把言开：
“亲爱母亲老主妇，
到库房里去一趟，
把我的衬衫拿来，
还有最好的外装，
我要穿得很整洁，
打扮得漂漂亮亮！”
他母亲开始发问，
老主妇这样问道：
“孩子你要去哪里？
你要去追赶山猫，
还是穿雪鞋射鹿，
或是去狩猎松鼠？”
轻浮的勒明盖宁，
这样作了回答：
“可爱的生身母亲，
我不是去追山猫，
不是穿雪鞋射鹿，
也不是狩猎松鼠；
我是去波赫约拉，
把秘密筵席参加，
给我拿来好衬衫，
给我拿来好外衣，

我要去参加宴会，
我要去出席婚礼！”
他的母亲阻拦他，
他的妻子规劝他；
不仅她俩劝阻，
有造物主仨姑娘，
她们劝勒明盖宁，
不要去那鬼地方。
母亲对儿子说道，
老人对孩子开腔：
“我的孩子不要去，
我的儿子别前往，
前往那波赫约拉，
把秘密婚礼参加！
他们没有邀请你，
分明对你看不起。”
轻浮的勒明盖宁，
这样回答母亲：
“孬种才等待邀请，
好汉要独断独行！
只有闪光的宝剑，
只有锐利的剑锋，
才是不停的呼唤，
才是永恒的邀请。”
勒明盖宁的母亲，
仍竭力将他阻拦：
“孩子你别去送死，
到波赫约拉参宴！

路上有好多恐怖，
路上有好多危险，
三次死亡等着你，
三次死亡遇好汉。”
轻浮的勒明盖宁，
这样回答母亲：
“女人总谈到死亡，
她们总看到死神；
英雄要视死如归，
不能光谨慎小心。
不过为安全起见，
我想听你的声音：
最初死亡是怎样，
最后死亡何起因？”
勒明盖宁的母亲，
老主妇这样答问：
“我说的这些死亡，
可不是男人想象。
我说第一次死亡，
三次死亡的首次：
当你第一天起程，
走了不远的路程，
就来到一条火河，
挡在前面喷着火。
河里有瀑布燃烧，
瀑布间有火焰岛，
岛上有燃烧山峰，
山峰上有火老雕，

它夜晚磨它的嘴，
白天磨它的利爪，
它等待陌生人到，
随时将把他吞掉。”
轻浮的勒明盖宁，
把以下的话儿谈：
“这是女人的灾难，
吓不倒英雄好汉，
我有对付的方法，
我有周密的计划：
我要唱神秘歌曲，
唱出赤杨人和马，
让她在我身旁走，
在我前面迈步伐；
在飞翔的老雕下，
在老雕的利爪下，
我像只潜水的鸟，
我像只潜水野鸭。
我的生身的母亲，
二次死亡是什么？”
勒明盖宁母亲讲：
“二次死亡是这样。
当你走了不远路，
就是在第二天上，
你会遇到火焰沟，
它就横在路中央，
它一直伸到东方，
又伸到了西北方，

有许多石头烧红，
许多石块闪火光，
成百人遇到灾难，
成千人遭到死亡，
烧死了佩剑英雄，
烧焦了钢铁儿郎。”
轻浮的勒明盖宁，
他把这样的话讲：
“男子不会这样死，
英雄不会这样亡，
我自有办法对付，
我自有妙计锦囊：
我要唱出一雪人，
他是英雄好儿男，
他会跳入火焰沟，
去接受烈火考验，
用一把铜的浴帚，
在那烈焰中洗澡；
我转到它的侧面，
躲过烈火的燃烧，
我的胡须烤不糊，
我的头发烧不焦。
亲爱的生身母亲，
讲讲最后的死亡！”
勒明盖宁母亲讲：
“最后死亡是这样：
当你走了不远路。
就是在当天路上，

跨波赫约拉大门，
有一条狭窄走廊：
狼在那里等待你，
熊却在摩拳擦掌，
在波赫约拉门旁，
在狭窄的走廊上。
成百汉子被吃掉，
成千英雄被吃光，
为什么就不吃你，
不吞掉你这儿郎？”
轻浮的勒明盖宁，
他这样把话讲：
“羊羔会被狼吃掉，
母羊会被熊来咬，
但懦汉不会被吃，
懒英雄不会被咬！
我系着英雄腰带，
我穿着英雄铠甲，
我扣上英雄纽扣，
我决不感到害怕，
会掉进狼的嘴中，
钻进那野兽喉咙。
对付狼我有计谋，
对付熊我有策略：
我给狼唱出嘴套，
我给熊唱出脚镣，
或把它们碾成粉，
让它们在空中飘，

这样扫除路障碍，
使我顺利地达到。”
勒明盖宁母亲讲：
“你还是不能到达，
路上还会有阻拦，
还会有大的磨难，
面临着危险三种，
三种死亡等英雄，
甚至有更大灾难，
就摆在你的面前。
当你走了不多路，
到波赫约拉田园，
那里有一道铁篱，
那里有一道钢栅，
从地面升到天空，
从天空降到地面，
铁篱上毒蛇蜿蜒，
钢栅上长矛闪闪；
毒蛇编成了长篱，
毒蛇中还有蜥蜴；
蛇的尾巴总摇摆，
蛇的头颅总鼓气，
蛇的嘴总是嗞叫，
头朝外尾巴向里。
地上有另一种蛇，
路上有大的毒蛇。
正伸着舌头嗞叫，
下面尾巴总在摇。

有一条蛇最可怕，
它就横在门槛上，
比房内顶柱更粗，
比屋顶横梁更长，
它向上伸着舌头，
它的嘴发出声响，
它不是对着别人，
只对着你可怜人。”
轻浮的勒明盖宁，
这样回答母亲：
“幼童或许能葬命，
但它吓不倒英雄。
我能够制服烈火，
我能够扑灭熔炉，
我能把群蛇咒逐，
我能把毒蛇掐住。
这是昨天的事情，
我正犁着毒蛇田，
群蛇在地上扭动，
而我却赤手空拳，
用手指掐着毒蛇，
把毒蛇掐成两段；
我弄死十条蝮蛇，
也弄死数百黑蛇：
手指上沾满蛇血，
双手沾满了蛇液。
因此我不会沦为
毒蛇口中的食物，

因此我不能让它，
一口一口地吞噬。
我要把它们粉碎，
我要把它们铲除，
我唱歌赶走它们，
唱歌把它们驱逐，
我到达波赫约拉，
闯入婚礼的房屋。”
勒明盖宁母亲说：
“可怜的儿子别去，
别到波赫约拉去，
别去萨里奥拉屋！
那里有佩剑的人，
准备作战的英雄，
他们喝着忽布酒，
他们喝得怒气冲，
他们对着你歌唱，
让你死在剑锋上；
连最杰出的人物，
也逃脱不掉死亡。”
轻浮的勒明盖宁，
他说出以下的话：
“在波赫约拉城堡，
我原先就曾住过。
拉普人咒不动我，
土尔亚赶不走我；[1]

① 拉普人(Lappalainen)、土尔亚人(Turjalainen)均指波赫亚人。

我把拉普人魔走，
把土尔亚人唱走：
唱得肩膀裂两扇，
唱得嘴下掉下巴，
唱得衬衫分成片，
唱得胸腔分两半。”
勒明盖宁母亲道：
“我的可怜的儿子！
你应记住上一次，
临行前你大吹牛！
从前你去过那里，
波赫约拉的城堡：
他们让你水上漂，
全身沾满了水草，
赶你到汹涌瀑布，
在漩涡中挣扎着，
多尼瀑布你熟悉，
玛纳急流你知觉！
如果不是母亲救，
至今你仍在游漂。
你要记住我的话！
当你到波赫约拉，
只见木桩立山头，
院子里插满立柱，
立柱上挂满人头；
有一根是空立柱，
等待人头去填补，
就要割掉你的头！”

轻浮的勒明盖宁，
以这样的话回答：
“懦弱人如此担心，
无能辈如此害怕，
我经五六年战争，
又过第七年之夏！
英雄从不会考虑，
在战场退却一步。
快取来我的战袍，
快拿来我的铠甲！
我取出父亲的剑，
亲自把剑锋看看，
它长期放在冷处，
它长期放在暗处，
它在那里常呻吟，
渴望挥舞它的人。”
母亲取来了战袍，
母亲取来了铠甲，
拿来父亲的利剑，
当年挥舞的战剑。
他挥剑刺向地板，
剑锋扎进了地板，
他用手扳动战剑，
像正生长的杜松，
又像嫩枝般柔软。
勒明盖宁开了言：
“在波赫约拉城堡，
在萨里奥拉庄园，

没人敢正视这剑，
没人敢较量一番。”
他从墙上取下箭，
他从钉上取下弓，
他说了以下的话，
来表达他的心情：
“谁能把弓弯一弯，
谁能把弓弯上弦，
我就称他为英雄，
我就称他为好汉，
在波赫约拉城堡，
在萨里奥拉庄园。”
轻浮的勒明盖宁，
漂亮的高科蔑里，
便披上他的铠甲，
穿上他的好战衣。
他对自己的奴仆，
讲了以下的话语；
“我用钱买的奴仆，
我雇用来的仆役，
快去牵来好战马，
把烈性马快装备，
我驾马出席宴会，
参加盛大的筵席！”
听话的温顺奴仆，
急忙走到院子里，
立即装备一匹马，
一匹红色烈性马。

他把马牵来说道：
“我的任务已完成，
装备好了烈性马，
你可驾马上路程。”

轻浮的勒明盖宁，
他准备马上登程。
左手催促右手停，
他心情举棋不定。
他最后下了狠心，
立刻催马往前行。
母亲对儿子劝导，
老主妇提出忠告。
在屋椽下大门旁，
在放着水锅地方：
“我的唯一的儿子，
我的强壮的孩子！
当你来到酒席上，
不论这酒多么香，
你只能喝半杯酒，
只能喝到杯中间；
留下半杯退原处，
给坏人留下一半：
一条小蛇在杯中，
游动着一条蛆虫。”
她又劝告她儿子，
她又训导她孩子。
在那田野的尽头，

在最后一道门口：
“当你到旅程终点，
前去出席大酒宴。
你只能迈出半步，
在座位上坐一半，
还有一半空下来，
给坏人留下一半，
你就是真正英雄，
你成为英勇好汉。
当坏人把你包围，
你会杀出一条路，
在武士们混战中，
让他们相互杀戮。”
勒明盖宁将起程，
他就坐在雪车中；
他用皮鞭赶着马，
挥动鞭子抽打它，
烈马跃起向前奔。
马蹄嘚嘚车辚辚，
马车走了没多远，
大约一小时时间，
看见黑鸟停路间。
黑鸟向空中飞去，
飞向高高的蓝天，
在疾驰的马车前。
黑鸟的几根羽毛，
落在道路的中间，
勒明盖宁便捡起，

放在衣口袋里面：
不知会发生何事，
在漫长旅程中间；
也许会派上用场，
留羽毛备而无患。
驾车又走了一程，
大约很短的路程，
烈马竖起了双耳，
它突然开始嘶鸣。
轻浮的勒明盖宁，
漂亮的高科蔑里，
他警觉地伸出头，
向四周探个仔细：
正如母亲所说的，
正如老人告诫的！
在他马车的前头，
一条火河在奔流。
火河里瀑布燃烧，
瀑布间有火焰岛，
岛上有燃烧山峰，
山峰上有火老雕：
它的喉咙喷烈火，
它的嘴中吐火焰，
它的羽毛发光芒，
火星在它周围溅。
它远远看见高科，
看见了勒明盖宁：
“高科你往哪里去，

到哪里勒明盖宁?”
漂亮的高科蔑里,
勒明盖宁回答道:
“我去波赫约拉城,
参加秘密的盛宴。
你要稍微让一让,
让一点路给青年,
让过客走过这里,
别将这青年阻拦。
你向旁边移一下,
让我驾车奔向前!”
老雕这样把话讲,
从喉咙中喷火焰:
“我允许过客通过,
不阻拦勒明盖宁,
让你通过我的嘴,
穿过喉咙向前行:
这条路通向那里,
保证路上很顺利,
参加那盛大宴席,
你永远安息那里。”
勒明盖宁不烦恼!
他对这事不在意,
他往口袋里摸索,
取出小布包一个,
从包里拿出羽毛,
轻轻把羽毛揉搓,
在两只手上揉搓,

在十指之间揉搓：
变成黑鸟一大群，
变成松鸡叫咯咯，
飞往老雕的嘴里，
进入老雕的喉里，
黑鸟堵住老雕嘴，
松鸡塞满老雕喉，
他这样躲过危险，
避开第一天灾难。
他挥鞭赶着马车，
马车又继续向前，
马蹄嘚嘚车辚辚，
马车飞快地前进。
他只赶了一段路，
大约没走多么远，
烈马发出嘶叫声，
它突然退缩不前。
勒明盖宁伸出头，
向四周仔细察看：
正如母亲的劝告，
正如母亲的忠言！
前面有一条火沟，
横在这道路中间，
向东伸得特别长，
向西北方无边缘，
石头被烧得通红，
烧得石块火彤彤。
勒明盖宁不气恼，

他向上苍致祷告：
“乌戈，至高主神，
乌戈，天国圣父！
从西北飘来云朵，
从西方飘来云朵，
从东方飘来云朵，
从东北飘来云朵，
让云朵聚在一起，
让云朵连成一片，
降下手杖深大雪，
雪的厚度像枪杆，
盖住烧红的石头，
盖住火沟的烈焰！”
那至高主神乌戈，
那天国圣父乌戈，
从西北送来云朵，
从西方运来云朵，
从东方送来云朵，
从东北送来云朵，
把云朵连在一起，
把云朵连成一片。
降下手杖深大雪，
雪的厚度像枪杆，
盖住了火红石头，
盖住了火沟烈焰：
雪水形成了水池，
雪水像湖泊一般。
轻浮的勒明盖宁，

唱出一座冰桥梁，
从此岸通向彼岸，
跨过雪的池塘上。
这样安全跨火沟，
渡过第二天危险。
他又挥鞭赶马车，
珠饰马鞭响彻云，
烈马跃起往前奔，
马蹄嘚嘚车辚辚。
骏马跑了一二里，
前进了不长距离；
马突然站住不动，
雪车就停在那里。
轻浮的勒明盖宁，
伸出头来探究竟：
一只狼在门口站，
一只熊站在路边，
门通向波赫约拉，
离波赫约拉不远。
轻浮的勒明盖宁，
漂亮的高科蔑里，
立即往口袋摸索，
袋里有什么东西；
他拿出了母羊毛，
就把母羊毛揉搓：
他用两只手揉搓，
他用十指来揉搓。
他向手掌吹口气，

变成绵羊一大群，
其中还有小羊羔，
匆匆忙忙四处奔。
狼立即追逐它们，
熊立即猛扑它们。
轻浮的勒明盖宁，
驾车继续往前奔。
大约走了没多远，
到波赫约拉境地。
那里有一道铁栅，
那里有一道钢篱，
扎入地下百㖊深，
耸入天空千㖊高，
长矛组成了篱桩，
毒蛇编成了篱条，
毒蛇构成了篱笆，
这其中还有蜥蜴；
它们尾巴在摇摆，
它们的头在鼓气，
毒蛇头高高昂起，
头朝外尾巴朝里。
轻浮的勒明盖宁，
在那里凝思苦想：
“正如母亲告诫的，
正如母亲担心的，
这条篱笆真可怕，
从地下伸向天涯！
毒蛇地下盘得深，

可篱笆扎得更深，
小鸟飞翔得很高，
可篱笆直插云霄。”
勒明盖宁没犯难，
也没有多大烦恼，
他从刀鞘抽出刀，
钢铁锐器出了鞘，
他把篱桩砍两半，
他把篱笆砍成片；
他打开篱笆缺口，
把毒蛇一一赶走，
从五根桩子中间，
从七根柱子中间。
他朝着波赫约拉，
驾车继续向前赶。
路上盘着一大蛇，
它就横在道中央，
比厅里柱子还粗，
比屋内横梁还长，
嘴里有千条舌头，
百只眼睛长头上，
眼睛像簸箕般大，
舌头像枪杆般长，
毒牙像耙齿一样，
背有七条大船长。
轻浮的勒明盖宁，
面对百只眼毒蛇，
面对千条舌毒蛇，

没立即采取行动。
勒明盖宁把话谈，
高科蔑里把话讲：
“你这地下的黑蛇，
多尼颜色的毒虫，
你应潜伏在草丛，
在大树根下活动，
穿行在小丘之间，
在树根底下爬行！
谁将你带出草根，
谁将你引出残梗，
让你在空地蠕动，
让你在路上爬行？
谁叫你爬出草丛，
谁的劝告和命令，
让你高高昂起头，
让你直挺着脖颈？
是你父亲或母亲，
还是你的大长兄。
是你那年轻妹妹，
还是其他亲属们？
闭上嘴并藏起头，
收缩起你的舌头，
把身子盘成一团，
盘成一个大圆球，
赶快让开一条路，
好让过路人行走！
不然从大路滚开，

听着,爬向树丛,
爬进树底下洞里,
用苔藓掩护自己,
像柳树上的柳絮,
像绒球滚在那里。
把头藏在草根中,
小丘中藏起身体,
把嘴伸在泥土下,
小丘成为你的家:
你要把头伸出来,
乌戈砸烂你脑袋,
他用钢钉戳头颅,
他用铁雹砸脑袋。”
勒明盖宁这些话,
毒蛇却置若罔闻,
它依然伸着舌头,
发出嘶嘶的声音。
对着勒明盖宁头,
张开嘴发出怒吼。
轻浮的勒明盖宁,
记起了古老咒语,
从前老太婆教过,
从前母亲曾传授。
勒明盖宁开始讲,
高科蔑里开始说:
“你要不听我的话,
把此话当耳边风,
痛苦之日将来临,

肿胀令你更疼痛。
当我找到你母亲，
当我寻到你祖宗，
你就要裂为两段，
你就要碎尸三段。
我知道你这丑怪，
是怎样生长起来，
蛇魔鬼是你母亲，
你的双亲是海怪。
蛇魔鬼吐出唾液，
唾液落到波浪上。
风吹动波浪翻滚，
唾液在浪中漂荡，
一直漂荡了六年，
漂荡到七年时光，
在澎湃汹涌浪间，
在波光闪闪海上。
太阳照得暖又软，
水逐渐把它拉长，
波浪送它到岸边，
水推它到沙滩上。
三个大自然姑娘，
漫步在这沙滩上，
望着岸边的波浪。
她们发现这唾液，
便这样地把话讲：
‘唾液能否成生灵，
如果创造主能够，

给它生命和眼睛?’
创造主听到这话,
做出这样的回答:
‘如果我给它生命,
如果我赐它眼睛,
恶魔还会成恶魔,
癞蛤蟆成癞蛤蟆。’
希息听到了这话,
他是造灾祸能手。
他自己开始创造,
给了唾液以生命:
他用蛇魔鬼唾沫,
他用癞蛤蟆粘液,
使唾液变成毒蛇,
变成一条大黑蛇。
他从哪里取生命?
生命来自煤堆中。
他从哪里造心脏?
从蛇魔鬼心弦上。
他用什么造脑髓?
用急流汹涌的水。
他用什么造感觉?
用奔腾瀑布飞沫。
他用什么制造头?
用一粒腐烂大豆。
他用什么造眼睛,
用希息亚麻良种。
他用什么造耳朵?

用希息白桦枝叶。
他用什么制成嘴？
用蛇魔鬼嘴代替。
他用什么造舌头？
用凶神用的长矛。
他用什么造牙齿？
用多尼大麦麦芒。
他用什么造牙床？
用玛纳姑娘牙床。
他用什么造成背？
用希息用的黑煤。
他用什么造尾巴？
用凶神的长头发。
他用什么造脏腑？
用死人腰带造出。
这就是你的家族，
这就是你的荣誉！
你是地下的黑蛇，
多尼颜色的毒蛇，
你有土和草颜色，
虹的所有的颜色！
你快给英雄让路，
让英雄畅行无阻！
让行人继续赶路，
让勒明盖宁向前，
去波赫约拉庄园，
参加盛大的酒宴！”
大蛇听从他的话，

百眼蛇开始动弹，
粗蛇掉转过身子，
爬到大道的一边；
给路人让开道路，
让勒明盖宁向前，
去波赫约拉庄园，
参加盛大的婚筵。

第二十七篇

勒明盖宁来到波赫约拉,其举止蛮横傲慢(1—204)。波赫约拉的主人怒气冲天,当他用法术不能战胜勒明盖宁时便要求与他进行决斗(205—282)。在决斗中勒明盖宁用剑砍掉了波赫约拉主人的头,为报此仇波赫约拉女主人率众兵与他进行决战(283—420)。

我已让我的高科,
阿赫第·萨里莱宁,
经过生死的考验,
在凶神舌边穿过,
去波赫约拉庄院,
参加神秘的酒宴。
现在我要讲一讲,
我要详细说一说,
轻浮的勒明盖宁,
漂亮的高科蔑里,
如何来到这北国,
来到萨里奥拉家,
他没有被邀请来,
他是位不速之客。
轻浮的勒明盖宁,
健壮调皮的青年,
当他进到屋子里,

站在地板正中间：
菩提树木板发颤，
枞木造房间震撼。
轻浮的勒明盖宁，
做了以下的说明：
“我来向你们问候，
我要向来宾致敬，
向波赫约拉主人！
在这个屋子里面，
有没有喂马草料，
有无啤酒赐英雄？”
波赫约拉的主人，
在长桌一端坐着。
他从那边回答话，
就这样把话谈：
“院子里有空地方，
让你的马去休息。
也没有人禁止你，
安静地坐在这里，
或在门口旁站立，
在门旁或屋椽下，
在两口锅的中间，
在三把镰刀旁边。”
轻浮的勒明盖宁，
生气地捋着黑胡，
黑得像锅的颜色，
他这样地把话说：
“拉普人或许愿意，

站在门口的旁边，
全身落满了煤烟，
煤烟在这里旋转！
从前我父亲不会，
从前我祖父不愿，
站在这种鬼地方，
在门和过道中间。
那时安排很井然：
马在厩房里休息，
英雄在清洁房间，
手套都有地方放，
腰带挂在钉子上，
佩剑墙上排成行，
为什么我就不能，
行动像他们那样？”
他大步走到前面，
来到长桌的一端；
他在凳子一边坐，
坐在枞木凳上面：
枞木凳子发出声，
凳子在摇晃震颤。
勒明盖宁这样说：
“我是不受欢迎人，
没有提供好啤酒，
给这刚来的客宾。”
伊尔波达尔[①] 主妇，

① 伊尔波达尔(llpotar)即娄黑，波赫约拉女主人。

便这样地把话谈：
“勒明盖宁小青年，
你分明不是作客！
你是来踩我的头，
在你面前我低首！
大麦仍未酿成酒，
麦芽仍未成甜酒，
面包仍未烘制好，
没备好美味佳肴。
你应昨天夜里到，
或者明天到更好。”
轻浮的勒明盖宁，
撇着嘴，歪着头，
黑色胡须往上翘，
他便这样说道：
“这里该吃的吃完，
婚礼宴席已经散，
啤酒分给了来宾，
蜂蜜酒已经喝干，
杯盏已全部收走，
酒壶放进储藏间！
波赫约拉的主妇，
比门托拉长牙妇！
你办的婚礼宴席，
其手段令我生厌，
你烘制大块面包，
大麦酒由你酿造，
你六次派人邀请，

九次发请帖邀请：
邀请游民和穷人，
邀请贱民和懒虫，
邀请瘦小的无赖，
邀请不蔽体劳工；
你邀请了所有人，
只有我没被邀请！
我亲自送来大麦，
你为何如此对待？
别人都是用勺给，
用碟子送来大麦，
而我是用桶来盛，
送来大麦成吨重，
这些大麦好品种，
是我亲手来播种。
如今我勒明盖宁，
并不是好的客人，
没有拿酒来招待，
酒壶没放在炉台，
锅子里面还空着，
没放猪肉来煮烧，
我的旅行到终点，
没有食物和饮料。”
伊尔波达尔主妇，
却这样地命令道：
“我的年少的侍女，
我的听话的奴仆！
赶快去准备食物，

给客人端来美酒!”
这少女是坏孩子,
她端来粗劣盘子,
她拿来小的汤匙,
她带来长柄勺子,
她把锅放在炉上:
里面是肉骨鱼头,
还有老的大菜头,
面包硬得像石头。
她拿来一壶麦酒,
还有一罐脏食物,
带给那勒明盖宁,
让他吃完又喝净。
小奴仆这样说道:
“如果你是条好汉,
就胆敢把酒喝完,
不把这酒壶打翻?”
轻浮的勒明盖宁,
就注视着这酒壶:
壶底下爬着蛆虫,
壶中间蛇在蠕动,
壶边上几条小蛇,
还有蜥蜴在滑行。
勒明盖宁大声说,
高科蔑里怒吼道:
“家奴该到多尼拉,
侍女该送到玛纳,
在月亮升起之前,

在太阳仍未落下！”
他接着大声吼道：
“啤酒你多么混浊！
是主人把你酿制，
在酒里面放毒货！
虽然如此我要喝，
把毒货扔在地下，
用无名指捞起它，
用左拇指甩掉它！”
他在衣袋中摸索，
在布包里去搜索。
他摸索出一钓针，
他搜索出一铁钩，
把钓钩放入壶中，
他开始钩钓毒货：
用钓针钓住蛆虫，
用铁钩钩住毒蛇。
钓上百只癞蛤蟆，
钓上千条黑毒蛇，
他把它们扔地上，
毒货扔在地板上；
他从铁的刀鞘里，
拔出锐利的刀来，
用刀斩断毒蛇头，
把黑蛇脖子劈开，
他喝麦酒有味道，
他喝黑酒乐陶陶。
他就这样地说道：

“我是位不速之客，
享受不到美酒喝，
我本应喝到美酒，
用更大的杯子喝，
谨慎小心捧给我，
为我没有把羊杀，
为我没把牛宰割，
也没把牛牵进来，
从牛栏牵到屋舍。”
波赫约拉男主人，
却这样地问他道：
“你为什么来这里，
是谁邀请你来的？”
勒明盖宁这样讲，
高科蔑里回答道：
“请的客人是贵宾，
不速客更是贵人。
听着，你这小子，
波赫约拉男主人！
快把美酒端上来，
我用金钱来购买。”

波赫约拉男主人，
他听后非常气愤，
又是恼怒又是恨。
唱出池水在地上，
在勒明盖宁前方。
他指着水池说道：

“这池水供你喝饱，
还可进去洗个澡。”
勒明盖宁不慌乱，
他这样把话谈：
“我不是母的牛犊，
不是带尾巴公牛，
我不喝水池的水，
也不进水池漫游。”
说完他便念咒语，
开始唱自己歌曲。
唱出公牛在地上，
它的犄角闪金光，
它立刻来到池旁，
把满池水都喝光。
波赫约拉男主人，
他又唱出一只狼，
这大狼奔到池旁，
把公牛一口吞光。
轻浮的勒明盖宁，
唱出了一只白兔，
就在大狼的嘴边，
蹦蹦跳跳没停闲。
波赫约拉男主人，
唱出一条尖嘴狗，
尖嘴狗吃掉白兔，
斜眼兔一命呜乎。
轻浮的勒明盖宁，
唱出松鼠在屋椽，

它在屋椽上嬉戏，
狗望着它干着急。
波赫约拉男主人，
唱出金色的貂鼠，
松鼠正在屋椽上，
貂鼠便把它捉住。
轻浮的勒明盖宁，
唱出一赭色狐狸，
它吃掉金色貂鼠，
这美丽皮毛东西。
波赫约拉男主人，
唱出一只老母鸡，
它就在狐狸面前，
走来走去把食觅。
轻浮的勒明盖宁，
唱出一只大老鹰，
立刻抓住老母鸡，
把母鸡撕得粉碎。
波赫约拉男主人，
就说出以下的话：
“这里已办完酒宴，
客人已离开这里；
他们回家去劳作，
告别了丰盛筵席！
你这无赖快滚开，
悄声无息地滚开！
赶快滚回你老家，
滚回自己的国家！”

勒明盖宁这样说，
高科蔑里这样答：
“再无能的男子汉，
不愿让人往回赶，
你休想把我赶走，
离开你这大庄园。”
波赫约拉男主人，
取下墙上挂的剑，
他手握锐利武器，
又开始把话儿谈：
“轻浮的勒明盖宁，
漂亮的高科蔑里！
让我们比一比剑，
让我们试一试刀，
看看我的剑更好，
还是你的刀更好！”

勒明盖宁便说道：
“至于谈到我的剑，
它能把骨头砍碎，
它能把头颅砍断！
关于这事暂不谈，
既然没有办酒宴，
让我们比试一番，
看谁的剑更好看！
当年父亲好斗剑，
没有一次丢脸面：
难道他儿子会变，

变成一个脓包蛋!”
于是他从腰带上,
从皮的剑鞘里面,
抽出锐利的武器,
拔出闪光的利剑。
两人在观望察看,
两把利剑的长短:
那男主人的利剑,
显得较长了一点,
只长了半个指甲,
相当指关节一半。
勒明盖宁便说道,
高科蔑里发了言:
“你的佩剑比较长,
在比剑中你占光。”
波赫约拉男主人,
拉开架势就刺杀,
瞄准勒明盖宁头,
但就是没击中它,
他一剑刺中屋梁,
屋梁发出了回响:
一根栋梁被砍断,
屋顶也裂成两半。
勒明盖宁又说道,
高科蔑里又发言:
“你这样击中屋梁,
使屋梁大受损伤,
它究竟犯什么错,

究竟有什么罪过?
听着,你这小子,
波赫约拉男主人!
屋内斗剑不方便,
也使女人把心担:
清洁房间遭破坏,
鲜血会弄脏地面。
让我们到庭院内,
到外面的田野里,
到大草原去作战!
血洒庭院更鲜艳,
血洒草原更好看,
血洒雪地更美观。"
他们走到庭院里,
把一张大的牛皮,
铺在庭院的中央,
双方站在牛皮上。
勒明盖宁把话谈:
"听着,你这小子!
你的佩剑比较长,
令人看了心发慌。
当你与世诀别前,
当你的头仍未断,
你还要用一下剑:
你这小子,请砍!"
这小子举起佩剑,
砍了一下又一下,
一直砍到第三下,

但始终砍不着他，
既没有触到皮肉，
连一根毫毛未伤。
勒明盖宁开始讲，
高科蔑里开始谈：
“要让我来试一试，
已轮到我来试剑！”
波赫约拉男主人，
对这话毫不经心，
他接连地砍下去，
砍了多次砍不准。
勒明盖宁手握剑，
剑锋闪烁着白光，
剑身喷射出火焰，
发出耀眼的光芒，
对准这小子脖颈，
佩剑闪射出青光。
勒明盖宁这样说：
“波赫约拉男主人，
你的可怜的脖子，
颜色像个大茄子！”
波赫约拉男主人，
这个北国的小子，
他便转过眼去看，
自己赭色的脖子。
狡滑的勒明盖宁，
趁机便向他砍去，
他用剑砍那英雄，

一下便把他砍中。
他击中英雄要害,
砍下了英雄脑袋,
脑袋与脖子分开,
如同摘下的麦穗,
如同撕下的鱼翅,
如同切下大头菜。
脑袋滚到庭院里,
它又滚到墙角里,
如同射中的松鸡,
从树上落在大地。
山丘木柱插一百,
院中木柱插一千,
木柱挂人头一百,
只有一根没脑袋。
轻浮的勒明盖宁,
从地上捡起脑袋,
提着男主人的头,
就在柱上挂起来。
轻浮的勒明盖宁,
漂亮的高科蔑里,
返回到屋子里面,
便这样地把话谈:
“坏丫头快端水来,
让我把手洗一洗,
洗掉坏主人的血,
洗净恶人的污迹!”
波赫约拉老太婆,

闻讯后怒气冲天，
她唱出武装英雄，
她唱出佩剑好汉，
佩剑好汉有一百，
武装英雄有一千，
他们要割他的头，
要把他脖颈斩断。
已经是刻不容缓，
到了离开的时间，
他感到大兵压境，
面临着巨大危险，
勒明盖宁便起身，
匆忙地往屋外赶，
离开波赫约拉院，
告别了秘密酒筵。

第二十八篇

勒明盖宁迅速地逃出波赫约拉，返回家中，他向母亲询问何处可以藏身，因为波赫约拉的追兵很快赶到这里与他作战(1—164)。母亲批评他此次波赫约拉的冒险之行，并给他指出几处避免危险的藏身之地，最终劝他跨过几个大海，到远离这里的岛上躲藏，他的父亲在战争年代曾在那里安全地度过(165—294)。

阿赫第·萨莱拉宁[①]，
轻浮的勒明盖宁，
他要找个藏身地，
他需急忙地逃生，
从黑暗波赫约拉，
从萨拉[②] 阴暗院中。
他像雪花飘出屋，
像烟飘到院中来，
他要找个藏身地，
躲开惹下的祸灾。
他来到了院子里，
东张西望四处找，
寻找他那烈性马，
但是他却找不到：
看到石头在田野，

① 阿赫第·萨莱拉宁(Ahti Saarelainen)是勒明盖宁的别称。
② 萨拉(Sara)即波赫约拉。

杨柳长在青草地。
谁能给他以劝告,
谁能给他出主意,
让他保护好脑袋,
头发也不被损害,
不让别人揪秀发,
抛到污浊庭院里?
村庄里传来喊声,
院子里传来喧腾,
村周围亮起火把,
窗子中射出眼睛。
轻浮的勒明盖宁,
阿赫第·萨莱拉宁,
他不得不改外貌,
乔装打扮变原形。
他变成一只雄鹰,
飞向高高的天空:
太阳把他双颊烤,
月亮照耀他额角。
轻浮的勒明盖宁,
开始向乌戈祷告:
“乌戈,慈祥的主神,
你是天上的智者,
你是雷雨的统帅,
你是浮云的主宰!
你快把天空变阴,
你快给我一片云,
我在它的保护下,

飞回到我的老家，
去看望我的母亲，
探望尊敬的老人！”
他在逃往的路上，
有一次回头一望：
望见一只灰色鹰，
闪射着火样目光，
像杀死的那小子，
像男主人的模样。
那只灰鹰这样讲：
“我的阿赫第兄弟！
你还记得在从前，
我们俩比试剑？”
阿赫第这样回答，
高科蔑里把话说：
“我的鹰，美丽鸟！
你赶快飞回老家！
飞到你动身地方，
阴暗地波赫约拉：
‘高飞的鹰捉不住！
飞行的鸟也难抓。’”
他很快回到家里，
回到母亲的身边，
他脸上愁容满面，
他心中充满不安。
他沿着小路前行，
穿过了篱笆围墙，
母亲迎面来接他，

对他这样把话讲：
“我可爱的小儿子，
我的强壮的儿郎，
你从波赫约拉来，
为什么满面愁怅？
在波赫约拉那里，
是否贪杯把身伤？
如果酒杯把你害，
这里有好的杯子，
当年你父亲参战，
缴获得胜利果实。”
勒明盖宁回答道：
“生养我的好母亲！
如果酒使我受害，
我会把主人打败，
会打败一百英雄，
把千个英雄战胜。”
勒明盖宁母亲问：
“你为何情绪低落？
如果马不听使唤，
何必为马感心烦？
如果此马不听话，
可买匹更好的马，
你父亲留下了钱，
是他一生的积攒！”
勒明盖宁回答道：
“生养我的好母亲！
如果马不听使唤，

或者不听我的话，
我会惩治马主人，
也惩治驭马的人。
我惩治过喂马人，
也惩治过骑马人。”
勒明盖宁母亲问：
“你为何心情不好，
是谁使你心烦恼，
从波赫约拉刚到？
是姑娘讥讽了你，
还是遭妇女嘲笑？
如果姑娘讥讽你，
或是妇女嘲笑你，
你可以报复她们，
讥讽嘲笑其亲人。”
勒明盖宁回答道：
“生养我的好母亲！
如果姑娘讥讽我，
如果妇女嘲笑我！
我嘲讽她们亲人，
把所有姑娘挑衅，
把一百妇女嘲讽，
把一千新娘戏弄。”
勒明盖宁母亲问：
“你究竟为何这样？
莫非在波赫约拉，
遇到不顺心事情；
或者你吃喝太多，

你的胃不太适应，
每到晚上睡觉时，
光做奇怪的噩梦?”
轻浮的勒明盖宁，
这样对他母亲说：
“也许老太婆记得，
她究竟做什么梦！
我虽记得夜间梦，
但更记得白日境，
我的可爱的母亲，
装满一袋子食品，
再装一袋子面粉，
还加上一包食盐！
你的儿子要远行，
登上去异国路程，
要离开可爱故乡，
要离开美丽家园：
因为有人正磨剑，
把剑锋磨得锐尖。”
母亲插话忙问道，
询问忧愁的原因：
“为何他们在磨剑，
把剑磨得尖又尖?”
勒明盖宁回答说，
高科蔑里这样谈：
“因此他们磨利剑，
把剑磨得尖又尖：
他们想杀我的头，

把我的脖颈斩断。
在波赫约拉地区，
进行了一场决斗，
我杀掉北国儿子，
斩断男主人的头。
因此在波赫约拉，
要引起一场战斗，
大批人马追杀来，
一定要我的人头。”

母亲这样把话讲，
老人对儿子说道：
“我曾对你劝说过，
也曾提出过警告，
还曾坚决禁止你，
不要去波赫约拉。
如你老实在家里，
在母亲的屋子里，
在双亲的住宅里，
不离开这个宅邸，
就没有这次比剑，
不会把战争引起。
现在你要到哪里，
你要躲藏在哪里，
才能避开这灾难，
才能逃脱这危险，
脑袋不会被搬家，
脖颈不会被砍断，

美丽头发能保住，
不被别人来踏践？”
勒明盖宁便问道：
“我不知道在哪里，
是我应躲的地方，
可把自身来隐藏。
生养我的好母亲！
究竟要向何处藏？”
勒明盖宁母亲说，
她是这样把话讲：
“我不知道往哪里，
让你去躲藏起来。
就连山上的松树，
偏远地方的杜松，
也会遭到大灾难，
也会遇到大不幸：
山上的许多松树，
常被砍掉当火把，
生长在偏远杜松，
常当木棍被砍伐。
长在山谷的白桦，
生在树丛中赤杨，
也会遇到大灾难，
也会遭到村民砍：
山谷生长的白桦，
砍成细条当柴烧，
林丛中长的赤杨，
村民开荒全砍光。

山上长的野莓果，
草原长的蔓越橘，
或平原长的草莓，
其他地方的越橘，
依然会遇到不幸，
依然会遭到惩罚，
姑娘们会采摘它，
锡饰的人会拔掉它。
海里游的鲱鱼，
河流中的梭子鱼，
依然会遇到不幸，
依然会遭到捕捉：
若那些渔夫来了，
会把渔网撒水中，
年轻渔夫用网捉，
年老的用网来捕。
生活在林中的狼，
生活在山上的熊，
依然会遭到枪杀，
依然会遇到不幸：
若年轻猎人来了，
会瞄准他的长枪，
不是狼受到重伤，
就是熊遭到死亡。”
轻浮的勒明盖宁，
他这样对母亲讲：
“我知道坏的地方，
这地方不能躲藏，

那里我会遭毁灭，
那里我会遭死亡。
母亲你养育了我，
母亲你哺育了我！
我应当到哪里去，
应当到哪里躲藏？
死亡在向我逼近，
毁灭来到我身旁，
它一天接近一天，
面临巨大的危险。”
勒明盖宁的母亲，
这样对儿子说道：
“我告诉你个去处，
这是个最好地方，
你可在那里藏身，
把你的罪行掩藏。
我记起有块地方，
在那里可以躲藏，
那里没经过战争，
战士足迹未踏上。
你要庄严地宣誓，
要守诺言不欺骗，
在未来的六十年，
永不外出去参战，
不论是为了白银，
或者是为了黄金！”
勒明盖宁把话讲：
“我现在就立誓言，

不论第一个夏天，
还是在别的夏天，
我决不参加战争，
我决不参加斗剑。
从前我参加战斗，
纯粹是当作游玩，
英雄与英雄对抗，
战斗与战斗相连，
至今心中有重创，
至今伤痛在肩上。”
勒明盖宁的母亲，
对他说出以下话：
“登上你父亲的船，
前去躲藏的地点，
要跨越九个大海，
跨过第十个一半，
水面上有一孤岛，
岛上岩石露水面！
父亲从前藏那里，
居住隐蔽又安全，
在那夏天大战中，
战争岁月极艰难；
那里居住很舒适，
居住那里很悠然，
你要躲藏一二年，
第三年可回家转，
回到你父亲住所，
回到你双亲家园。

第二十九篇

勒明盖宁乘船跨过大海并成功地登上孤岛(1—78)。他在岛上过分轻佻地与姑娘和女人交往,致使岛上的男人们愤怒并决定杀死他(79—290)。勒明盖宁从岛上逃出,这使自己及岛上的姑娘们都感到悲伤(291—402)。勒明盖宁的船在海上被暴风雨击毁,他自己游到陆地上并得到一艘新船,他便登上新船到达家园的岸边(403—452)。他看到从前居住的家园全被焚烧并成了一片废墟,特别担心母亲的命运,因此他痛苦地放声大哭(453—514)。但是母亲并没有死亡,她躲在丛林中新的地方,勒明盖宁为找到母亲而倍感高兴(515—546)。母亲向儿子讲述了来自波赫约拉的军队如何把住宅夷为平地;勒明盖宁答应,一旦他对波赫约拉军队施以报复之后,要修建一所新的更好的住宅,并向母亲叙说了他在岛上躲藏期间的愉快生活(547—602)。

轻浮的勒明盖宁,
漂亮的高科蔑里,
他把食粮装袋里,
他把食油装桶里,
奶油足够吃一年,
猪肉足够吃两年。
他就动身去躲藏,
匆匆忙忙向前赶。
他这样地把话谈:
“我现在动身避难,

要度过三个夏天，
也许要度过五年。
让毒蛇横行田间，
让山猫林中安眠，
让鹿群奔跑原野，
让大雁栖息林间。
慈祥的母亲再见！
若波赫约拉人来，
比门托拉大军来，
向你要我的脑袋，
你就说我已出走，
到别的地方远游，
离开家乡和田地，
地里农作物刚收！”
他把船推入水中，
船向波浪中前行，
船顺铁滚子驶出，
滑出铜边的船坞。
他在桅杆上升帆，
帆在高空迎风展；
他自己坐在船尾，
做好起程的准备，
他坐在桦木舵旁，
他熟练地划着桨。
他说出以下的话，
来表达自己心情：
“风呵鼓起我的帆，
春风吹动我的船！

迅速推着这木船，
让木船飞快向前，
奔向无名的孤岛，
奔向无名的海角！”
风吹赶着船向前，
汹涌海水驱向前，
在明亮似镜水面，
在一望无际海间；
月亮已两次出现，
第三次已达终点。
姑娘坐在海角上，
在蔚蓝的海水旁；
她们正极目远望，
目光掠过蓝波浪。
有的等候哥哥归，
有的盼望父亲来，
还有不少的姑娘，
把自己恋人等待。
她们先发现高科，
高科的船驶向前，
它像一小片浮云，
飘荡在天水之间。
海角姑娘们猜想，
岛上的姑娘发言：
“海上漂的是什么，
浪上是什么奇货？
如果是亲人的船，
是我们岛上的船，

那就赶快回家转，
回到岛上船坞边。
我们立刻会听到，
外国传来的新闻，
大陆人有无和平，
或是进行着战争。”
风依然鼓满着帆，
浪依然推动着船，
轻浮的勒明盖宁，
划着船急忙向前，
让船靠在岛一旁，
靠在海角的一端。

当他到达岛岸边，
这样地把话儿谈：
“岛上可有空地面，
可有空旷的地方，
我把船要拖上岸，
放在干燥的地方？”
岛上姑娘们说话，
海角少女们回答：
“岛上有的是空地，
有大的空旷地面，
你可把船拖上来，
放在干燥的地点：
这里有许多船坞，
很多滚子放沙滩，
可容纳一百条船，

甚至可容纳上千。”
轻浮的勒明盖宁，
把船拖上了地面，
放在木滚子上面。
他又开始把话谈：
“在这个大的岛上，
有无这样的地方，
让一个懦人容身，
让一个逃者躲藏，
逃离战争的喧嚣，
躲开刀剑的铿锵？”
岛上姑娘们说话，
海角少女们回答：
“在这个大的岛上，
有这样空闲地方，
可供懦弱者容身，
可供逃亡者躲藏：
这里有无数城堡，
有无数居住大院，
一百人可以容纳，
也可以容纳上千。”
轻浮的勒明盖宁，
又提出这样问题：
“在这个大的岛上，
有无这样的地方，
长着一道桦树林，
旁边是一片荒地，
我或许能够开垦，

开垦成富饶田地？”
岛上姑娘们说话，
海角少女们回答：
“在这个大的岛上，
没有那样的地方，
没有宽广的荒地，
没有产食粮闲地，
供你去那里开荒，
开垦成富饶田地：
岛上土地已分光，
分成一块一块的，
休耕地全都分配，
牧场需统一管理。”
勒明盖宁开始说，
高科蔑里开始讲：
“在这个大的岛上，
有无这样的地方，
我在那里念歌谣，
我在那里把歌唱？
歌词在我口融化，
正冲挤着我牙床。”
岛上姑娘们说话，
海角少女们回答：
“在这个大的岛上，
有这样大的地方，
你在那里念歌谣，
在那里可以歌唱，
可以在林中嬉戏，

可跳舞在草地上。”
轻浮的勒明盖宁，
于是就开始歌唱，
院子唱出山梨树，
田野橡树在生长，
橡树有整齐树枝，
每条树枝结果实，
果实中有颗金球，
金球上站着布谷。
当布谷叫的时候，
从口里流出黄金，
下巴里滴出青铜，
也不断滴出白银，
滴在闪银光小山，
滴在闪金光山峦。
轻浮的勒明盖宁，
他还在边吟边唱，
把砂砾唱成珍珠，
唱得石头闪金光，
唱得树木都发芽，
唱得花朵都开放。
勒明盖宁在歌唱，
唱出院内一口井，
金色盖子在井上，
金桶放在金盖上，
小伙在这里饮水，
姑娘洗脸在井旁。
唱出池塘在牧场，

池塘里有只蓝鸭，
白银头额是金黄，
一对爪子铜一样。
岛上姑娘都诧异，
海角少女都惊奇，
为勒明盖宁歌声，
为英雄歌唱绝技。
勒明盖宁这样说，
高科蔑里这样讲：
“如果在屋顶下唱，
在长的松木桌旁，
或许唱得会更好。
唱得比现在更强。
如果不给我屋子，
不能休息铺板上，
我只能在林中唱，
歌声在树丛飘荡。”
岛上姑娘们说话，
海角少女们答道：
“我们有屋让你住，
我们有美丽厅堂，
你可在这里吟唱，
免得在外面着凉。”
轻浮的勒明盖宁，
马上走进了屋中，
他唱出一排酒壶，
酒壶盛满了麦酒，
放在长长的桌上，

罐里还装满蜜酒，
麦酒蜜酒已装满，
它已经溢出桌面。
小盆里盛着啤酒，
蜜糖水放入盖碗，
准备了丰富奶油，
还有足够的猪肉，
为勒明盖宁设宴，
好让他尽量享受。
漂亮高科讲排场，
当他用餐的时辰，
总使银色的小刀，
刀柄必须镀上金。
于是他唱出银刀，
刀柄是闪光黄金，
他开始又吃又喝，
吃饱喝足醉醺醺。
轻浮的勒明盖宁，
漫步到这村那村，
岛上姑娘喜欢他，
披发女感到欢欣。
他的头转向哪里，
那里便有嘴接吻，
他的手伸向哪里，
那里便有手握紧。
他在黑夜去睡眠，
躲在阴暗的房间。
无论在哪个村庄，

都能找到十间房，
无论在哪个房间，
都能找十个姑娘，
无论是哪位少女，
无论是哪位姑娘，
都能睡在他身旁，
紧紧搂着他肩膀。
成百寡妇伴他眠，
成千姑娘伴他欢，
没与他上床寡妇，
没与他共眠女郎，
十个中没剩两个，
百个中没剩三个。
轻浮的勒明盖宁，
在岛上村庄之间，
度过了三个夏天，
生活得相当放荡。
岛上姑娘们高兴，
所有寡妇们欢畅。
只有一个未打扰，
又穷又老的姑娘，
她住在海角尽头，
住在第十个村庄。
他在路上正盘算，
决意要返回故园。
迎面走来老姑娘，
穷姑娘便这样讲：
“漂亮高科真讨厌，

如你对我不喜欢，
但愿在返家路上，
暗礁撞翻你的船。”
他没听到公鸡叫，
没听到小鸡报晓，
他正在寻欢作乐，
正与老姑娘嬉笑。
终于有那么一天，
是在那天的夜晚，
他决定早些起床，
在公鸡啼叫之前。
他很早就起了床，
在黎明到来之前，
走到门外去散步，
漫步在村庄之间，
想寻找姑娘作乐，
让可怜女人欢颜。
夜间他独自散步，
在村庄之间漫游，
走到第十个村庄，
来到海角的尽头。
他看到每个家中，
都有三个大房间，
在每个大房间里，
住着三个英雄汉，
在英雄汉的身上，
佩带着闪光利剑，
他们要用这利剑，

把勒明盖宁头砍。

轻浮的勒明盖宁，
于是这样开了言：
“呵，天已开始亮，
可爱的太阳上升，
照耀不幸人的头，
照耀不幸人脖颈！
也许兰波[①] 才能够
能够将英雄保护，
他能用他的大衣，
把英雄来掩盖住，
不论一百人攻击，
不论一千人围逼。
他不与姑娘拥抱，
不再与少女调笑。
他急忙走到船坞，
去寻找他的帆船：
他的船已被焚烧，
只剩下灰烬一片。
他觉得大难临头，
噩运已摆在前面，
他打算造艘新船，
乘着新船回家转。
造船者缺少木头，
造船者缺少木板。

① 兰波(Lempo)即希息，凶神。

他找来一点木料，
寻找到小块木板：
纺锤上五片木屑，
线轴上六块碎片。
他用这些来造船，
造一艘新的帆船，
他借助神秘知识，
借助魔法来造船；
捶一次做好一边，
捶两次做好两边，
他只捶打了三次，
就造好这艘帆船。
然后把船推入水，
船就冲到波浪间。
于是他就把话谈：
来表达他的心愿：
“像水上的莲花漂，
像浮在水上水泡！
老鹰给三支羽毛，
渡鸦给两支羽毛，
用来保护这艘船，
防止这船撞暗礁。”
他登上了这艘船，
便坐在了船尾上，
灰心丧气垂下头，
头上帽子歪一旁。
他夜晚不敢久留，
白天也不再流连，

不能与姑娘作乐，
与披发女郎狂欢。
勒明盖宁这样讲，
高科蔑里这样谈：
“年轻人必须离开，
离开岛上的住宅，
离开俊俏的姑娘，
离开披发的女郎。
当我告别这个岛，
当我告别这地方，
姑娘们不再高兴，
少女们不再欢畅，
屋中充满了忧伤，
院内充满了凄凉。”
岛上姑娘们哭泣，
海角少女们悲伤：
“英雄，勒明盖宁，
为什么离开这里？
是因为少女太少，
还是姑娘不漂亮？”
勒明盖宁这样说，
高科蔑里这样讲：
“不是因为女人少，
不是姑娘不漂亮：
我睡过一百少女，
拥抱过上千姑娘。
我想念我的家园，
我急切返回故乡，

我渴望故乡草莓，
山莓在山坡生长，
我思念故乡家禽，
思念海角的姑娘，
因此我勒明盖宁，
要返回自己家乡。”
轻浮的勒明盖宁，
把帆船推进海上。
风袭卷着大海浪，
使帆船驶向远方，
在蓝蓝的海面上，
辽阔的水波闪光。
可怜人站在岸边，
伤心人伫立沙滩，
岛上姑娘在哭啼，
金发女郎在哽咽。
岛上姑娘在流泪，
海角少女在悲伤，
她们望着帆船杆，
望着铁具闪着光。
她们不为杆流泪，
不为铁具而伤心：
为杆下的掌舵人，
为制造铁具的人。
勒明盖宁在哭泣，
他伤心地在落泪，
望着海上的孤岛，
望着岛上的土地。

他不为孤岛哭泣，
不为土地而落泪：
为岛上姑娘哭泣，
为那些雌鹅落泪。

轻浮的勒明盖宁，
在蓝色海上划行，
划行一天又一天，
一直划到第三天，
吹来了一阵狂风，
大海的波涛轰鸣，
从西北吹来狂风，
从东北吹来暴风：
袭击着帆船两面，
终于把帆船刮翻。
轻浮的勒明盖宁，
把手伸入到水中，
双手当桨在划动，
双脚当舵在摆动。
他夜以继日游着，
游的速度不算慢，
他看见一片浮云，
在西边上空出现，
浮云变成了陆地，
变成海角浮海面。
海角上有户人家，
女主人正做面包，
女儿正在揉白面：

“你慈祥的女主人！
你看我饿的情状，
同情心就会滋长，
就会跑步去库房，
来到放麦酒地方；
会拿来一坛麦酒，
一块猪肉放锅旁，
猪肉烤得香又香，
奶油浇在猪肉上。
让疲劳人吃个够，
让昏睡人喝个光。
我游了几天几夜，
起伏在大海波浪，
风时刻保护着我，
波浪对我表衷肠。”
这位慈祥女主人，
立刻奔向那库房，
她切下一块奶油，
又割下一块猪肉；
她把猪肉烧烤好，
让饥饿人吃个饱，
又端来一坛麦酒，
让昏睡人喝个够。
女主人带来新船，
是刚造好的帆船，
让英雄登上帆船，
迅速地返回家园。

轻浮的勒明盖宁，
很快回到了家园，
熟悉的土地、海岸，
熟悉的岛屿、海湾，
看到以往的住处，
还有古老的客栈，
长满松树的小丘，
长满枞树的山峦；
看不到自己住宅，
四周有墙的大院：
在住宅的基地上，
樱桃树林瑟瑟响，
松树长在小丘上，
杜松长在井水旁！
勒明盖宁这样说，
高科蔑里这样讲：
“我曾在林中漫游，
我曾流连这石头，
我曾在草地嬉戏，
我曾在田间信步。
是谁毁掉这住宅，
破坏了我的房屋？
房屋已烧成灰烬，
灰烬被大风吹走！”
他于是大声哭泣，
哭了一天又一天。
他不是为房而哭，
也不是为仓库泣，

是为了家中亲人，
她是比库房珍贵。
他看见一只飞鸟，
是一只黄鹰飞行。
就这样询问黄鹰：
“黄鹰，我的大鸟！
你能不能告诉我，
我的母亲在哪里，
我可爱的养育人，
我最亲爱的母亲？”
大鹰说不出什么，
蠢鸟不能够回答：
只听渡鸦曾说过，
她已被别人砍杀，
她死在刀剑之下，
她倒在战斧之下。
勒明盖宁这样讲，
高科蔑里这样谈：
“我可爱的养育人，
我亲爱的老母亲！
你已经离开人世，
你已经命归黄泉，
你的肉体已腐烂，
上面长出枞林片，
杜松长在脚踝上，
杨柳长在手指间！
我报仇决心已下，
我报仇时刻来到，

向波赫约拉大院，
向比门托拉城堡，
要抡起我的战剑，
要举起我的大刀，
为我的亲人报仇，
为我母亲把仇报！”

他向四周察看着，
他发现地上脚印，
地上青草被踏过，
有踩断的灌木林。
他顺着脚印前行，
又发现一条小径。
小径通向这树林，
他便向树林前奔。
他走了一二里路，
穿过了小块田地，
走到树林的深处，
那里幽暗而隐秘。
他看见秘密浴室，
看到简朴的住室，
在两块岩石中间，
在三棵枞树旁边，
这里住着老妇人，
这里住着老母亲。
轻浮的勒明盖宁，
感到特别的高兴，
他说出以下的话，

来表达他的心情：
“我可爱的老母亲，
你是我的养育人！
原来你还活在世，
你看起来很精神，
我原以为你已死，
抛下你可怜儿子，
死在敌人的剑下，
死在敌人弓箭下！
我要哭瞎了眼睛，
我的美貌要变形。”

勒明盖宁母亲说：
“我的确活在人间，
但被迫出来逃难，
躲在这秘密地点，
这里是阴暗森林，
幽深处阳光不见。
从遥远波赫约拉，
开来大军要作战，
他们扬言讨伐你，
采取了极端手段：
把房屋烧成灰烬，
全部家业捣毁完。”
勒明盖宁这样讲：
“我可爱的老母亲！
请你不要总担心，
不要忧愁和悲伤！

我们可以建新房，
比别人更好的房，
我讨伐波赫约拉，
让希息人跪脚下。”
勒明盖宁的母亲，
说出了以下的话：
“儿子总不在这里，
高科总远离家乡，
在异国的土地上，
在陌生的大门旁，
在无名的海角上，
在无名的海岛上。”
勒明盖宁这样说，
高科蔑里这样谈：
“在那里居住快乐，
在那里漫步快活。
树木都映着红光，
田野都泛着绿色，
地上花朵闪金光，
松树枝杈闪银色。
那里有蜂蜜小山，
那里有鸡蛋石岩；
枯萎松树流蜜汁，
干槁枞树流乳汁，
栅栏墙角流奶油，
连立柱都流啤酒。
在那里居住快乐，
在那里逗留快活。

但后来情况不同，
后来情况有变化：
他们对姑娘担心，
对少女产生疑心，
担心浪漫的姑娘，
疑心风流的妇人，
每逢在深深夜晚，
与我频繁地厮混。
我躲开那些姑娘，
也躲开那些妇人，
如同狼躲开野猪，
如同鹰躲开家禽。”

第 三 十 篇

勒明盖宁邀请他从前的战友迭拉同去攻打波赫约拉(1—122)。波赫约拉女主人让严寒去抵抗他们,将他们的船只冻结在海里,如果勒明盖宁不及时念咒语将严寒制止住,他们肯定会冻僵自身(123—316)。勒明盖宁及其战友沿着冰层走到岸边,在荒山野岭滞留了多时终于打道回府(317—500)。

阿赫第年轻好动,
轻浮的勒明盖宁,
有一天在大清早,
是在这天的黎明,
他漫步来到船场,
信步走到船坞上。
见带铁桨架木船,
在那里悲伤哭泣:
"我本来准备出航,
想不到被人遗忘!
阿赫第不上战场,
要六十夏季时光,
不论是为了白银,
还是为了那黄金。"
轻浮的勒明盖宁,
用手套拍打着船,
一边用手套拍船,

一边这样对它谈：
“别担心松木甲板，
别悲伤枞木船舷！
你就要前去参战，
置身于混战之间：
就在明天傍晚前，
众多武士登上船。”
他走到母亲面前，
这样对她把话谈：
“母亲，不要哭泣，
老人，不要悲伤，
如果我外出流浪，
如果我奔向战场。
我的决心已下定，
我的计划要执行，
要对波赫约拉人，
我立志报仇雪恨。”
母亲极力对他劝，
老人替他把心担：
“儿子千万不要去，
去波赫约拉作战！
在那里你会死亡，
你可能会把命丧。”
勒明盖宁不听劝，
一心想着去作战，
准备动身奔向前。
他又开始把话谈：
“我是否找一好汉，

一位佩剑英雄汉，
能竭力对我相助，
能与我并肩作战？
我了解迭拉[①] 为人，
我熟知古拉[②] 壮汉！
他是我要的助手，
一位佩剑英雄汉，
能竭力对我帮助，
能与我并肩作战。”
他经过几个村庄，
便来到迭拉门旁。
他踏进迭拉院内，
便对迭拉把话讲：
“我忠诚伙伴迭拉，
你是我信赖战友！
你还记得在从前，
一起生活的时候，
我们一同上战场，
参加激烈的战斗？
无论是哪个村庄，
都会有十间房屋，
无论在哪个房间，
有十个英雄居住；
不管是哪位英雄，
不论他多么威武，

① 迭拉(Tiera)，勒明盖宁的战友。
② 古拉(Kuura)即迭拉。

都败在我们脚下，
都曾被我们杀戮。”
迭拉父亲在窗前，
正在雕刻一枪杆，
母亲站在门槛边，
正在将奶油搅拌，
他的兄弟在门口，
把雪车骨架修建，
他的姐妹在桥头，
正在水旁洗衣衫。
父亲在窗前说道，
母亲在门槛搭话，
兄弟在门口开言，
姐妹在桥头回答：
“迭拉不能去战场
不能去战场参战！
他已经订下终身，
他要把大事来办：
他要娶年轻姑娘，
当他终身的侣伴；
还未曾和她拥抱，
还未曾与她共眠。”
迭拉在炉旁休息，
古拉休息在炉旁：
一只脚放在炉上，
另一只放在凳上，
在门边紧紧腰带，
在门外腰带系上。

迭拉拿起了枪杆，
这枪杆说大不大，
这枪杆说小不小，
是大小适中枪杆：
枪锋上骏马飞奔，
枪尖边马驹叫唤，
枪身上狼在吼叫，
枪柄上熊在咆哮。
迭拉舞动着枪杆，
舞动得十分熟练，
向下插入一呏深，
插入田野的下面，
插进草原的下面，
插进无山的平原。
迭拉把枪杆放下，
在阿赫第枪旁边，
然后去做好准备，
同与阿赫第参战。
阿赫第·萨莱拉宁，
把船推入到水中，
这船就像一条蛇，
在水里蜿蜒游动，
向波赫约拉大海，
向西北方向航行。

波赫约拉女主人，
召唤严寒来救援，
在波赫约拉海面，

在无际的大海边。
她表达了此心情，
她下达了这命令：
“严寒，我的孩子，
我的漂亮的养子！
我命令你到哪里，
你必须就到哪里！
把恶棍的船冻结，
是勒明盖宁的船，
在这辽阔的海上，
在这茫茫的海面！
连把船主人冻结，
把恶棍冻结海面，
让他整整的一生，
完全冻结在海上，
除非我下达命令，
他才能得到释放！”
严寒这凶恶家伙，
这个狠毒的青年，
他动身冻结海水，
使波浪不能翻转。
他奉命迅速前行，
它走过许多地方，
叫树叶脱离树枝，
叫青草离开草场。
他继续迅速前行，
到波赫约拉海上，
一望无际的海上。

在第一天的晚上，
冻结了内海港湾，
但是再继续前行，
海上仍没有冻冰，
波浪也没有变硬。
小水鸟置于海里，
或漂浮在波浪中：
爪子仍然没冻住，
鸟头也没有僵硬。
在第二天的晚上，
严寒变得很凶猛，
他的样子真可怕，
显出可恶和蛮横。
他冻了一个冰层，
又冻了一个冰层：
雪像枪杆一样厚，
大山被冰雪封冻，
冻结了恶棍的船，
使阿赫第船结冰。
开始冻结阿赫第，
使他的双脚结冰：
先冻住他的脚趾，
再把他的脚板冻。
勒明盖宁大发怒，
气乎乎大发雷霆；
他把严寒推火中，
推入熊熊铁炉中。
他用手紧抓严寒，

把严寒握拳头中，
他说出以下的话，
表达了当时心情：
“严寒，北风之子，
冬天冰冻的儿子！
不许冻我的手指，
不许冻我的脚趾，
不许冻我的耳朵，
不许冻结我的头！
你如果希望冻结，
可冻结许多东西，
除了人们的肌肤，
除了人们的肉体。
可冻结凉的石头，
可冻结沼泽、大地，
使水边杨柳结冰，
让白杨冻得哭啼，
松树枝冻得破碎，
白桦树冻得掉皮，
别冰冻人的肌肤，
使人毛发冻落地！
如果这些不满意，
还可冻其他东西！
冻结烧红的石头，
冻结滚烫的石板，
冻结铁打的山峦，
冻结钢硬的巉岩，
冻结沃克思瀑布，

冻结伊玛特拉湾，
阻止漩涡的流行，
无论它怎样奔腾！
我说出你的血统，
还是讲你的声望？
我熟知你的家族，
也了解你的成长：
严寒出生柳树中，
受严酷气候抚养，
在波赫约拉宅院，
在比门托拉厅堂，
有你犯罪的父亲，
还有你凶狠亲娘。
是谁把严寒哺育，
是谁把严寒喂养，
它母亲没有乳汁，
也没有丰满乳房？
蝮蛇把严寒哺育，
毒蛇把严寒喂养，
用它们小的乳头，
用它们平扁乳房；
北风摇着小摇篮，
冷空气摧它睡眠，
在衰败的柳树林，
在抖动的沼泽间。
这个孩子长大了，
是个邪恶的孩子。
这个没出息孩子，

至今还没有名字，
最终得了坏名字：
人们都叫他严寒。
他常在丛林跳舞，
也在篱笆间漫步；
夏天在沼泽跋涉，
在宽广洼地横渡；
冬天在松林咆哮，
在枞树林中吼叫，
在赤杨丛中扫荡，
在桦树林中奔跑。
他冻结了各种树，
他拔掉了花和草，
草原变成光秃秃，
树木变成赤条条，
把枞树枝杈弄碎，
把松树树皮撕掉。
如今你长大成人，
成为十足的恶棍，
你胆敢要冻结我，
要冻住我的耳朵，
要冻结我的双脚，
要把我手指冻掉？
你休想要冻结我，
以严寒来恫吓我！
我把袜子塞上火，
我把鞋子塞火把，
在线缝里塞燃料，

把火苗放鞋带下，
严寒不能冻住我，
冷天不能伤害我。
我要把你赶回去，
到波赫约拉地区。
回到你原来住地，
回到你的家园里，
去冻结炉上的壶，
去冻结炉内的煤，
冻结妇女揉面手，
冻结幼儿在怀里，
冻结母羊的羊奶，
还有马腹中马胎。
你若是不听命令，
我就要惩罚更重，
强迫你到炉内，
煤炭炉子的炉底，
把你塞进炉子里，
再搁在铁砧上面，
让铁锤来教训你，
让铁锤狠狠打击，
打得你无路可逃，
打得你下跪求饶！
如果咒语仍无力，
还是不能治服你，
我还记得有地方，
能够妥善安置你：
我牵你嘴寻夏天，

牵舌头到夏家里，
在你漫长的一生，
永远也不能脱离，
除非我亲口答应，
把自由归还给你。”
北风的儿子严寒，
感到末日将来临；
他开始请求宽恕，
用以下的话表述：
“在我们漫长一生，
当月亮闪着银光，
让我们化敌为友，
相互永远不对抗！
如果我要冻结你，
还干伤天害理事，
你把我扔进火炉，
让熊熊烈火吞下，
埋在铁匠煤炭中，
伊尔玛利宁砧下！
或牵着我的嘴巴，
牵着舌头到夏家，
在我漫长的一生，
永远得不到安宁！”

轻浮的勒明盖宁，
把船留在浮冰中，
丢下俘虏的战船，
踏着冰继续前行。

另一位英雄迭拉，
伴随战友一同行。
他们在冰上行走，
光滑冰发出响声。
走了一天又一天，
一直到了第三天，
看见了饥饿海角，
荒凉村落隐约现。
海角下有一城堡，
他自言自语说道：
“城堡里可有肉食，
庄园里可有鱼吃？
两英雄饿得发昏，
两好汉累得头晕。”
城堡中没有肉食，
庄园中没有鱼吃。
勒明盖宁这样说，
高科蔑里这样讲：
“大火来烧光城堡，
大水把庄园冲掉！”
他继续赶着路程，
穿过森林往前行，
踏着无人走的路，
踏着陌生的途径。
轻浮的勒明盖宁，
漂亮的高科蔑里，
收集石头上的毛，
把山上的毛收集，

用毛来编织袜子，
用毛把手套编织，
在酷寒统治领域，
在严寒冻结之地。
他探索着往前走，
寻求正确的道路：
一条路引向森林，
向正确方向前进。
勒明盖宁开始讲，
高科蔑里开始说：
“我的好兄弟迭拉！
我们陷入了困难，
我们已走了六天，
仍然望不到终点！”
迭拉开始把话谈，
他这样地回答道：
“我们决心去报仇，
不顾一切往前走，
要打一场大战争，
在波赫约拉国土，
在这阴暗的地方，
走一条陌生小路，
冒着极大的危险，
置生与死于不顾。
我们丝毫不清楚，
不清楚也不知道，
引领我们的道路，
是一条什么样路，

或是条死亡的路，
葬身在荒郊野岭，
那里是渡鸦聚地，
那里有群鸦飞行。
渡鸦在那里结队，
群鸦在那里乱啼：
它们在吃着人肉，
它们把人血来吸，
它们的嘴湿漉漉，
啃咬着人的伤口，
它们把人的骨头，
向岩石上面乱抛。
可怜母亲不知道，
生养我的不了解，
她的肉往哪里运，
她的血往哪里流，
是在激烈战争中，
与敌人展开搏斗，
还是在辽阔海上，
追逐着汹涌海浪，
或在山头上流浪，
松树长在这山上。
母亲一点不知道，
她的不幸的儿子：
只知道他离开世，
只知道他已消失。
母亲因此而哭泣，
老人因此而落泪：

‘我的儿子在那里，
可怜儿子在那里，
他在多尼拉播种，
他在卡尔玛耕地。
我那不幸的孩子，
我那可怜的儿子，
或许再不能拉弓，
漂亮弓变得僵硬，
鸟儿可安心生活，
松鸡在草丛飞动，
驯鹿在原野奔驰，
大熊在林间横行！’”
勒明盖宁这样讲，
高科蔑里这样说：
“是的，可怜母亲，
你这生养我的人！
你养了鸽子一窝，
你养了天鹅一群：
大风一吹就分散，
凶神一来就四奔，
分散至东南西北，
飞奔至山头绿阴。
我记起从前日子，
度过的美好时光，
花朵似的拥着你，
莓果似的恋家乡：
多少人羡慕我们，
称我们丰姿漂亮。

可现在大不相同，
适逢不吉利时光：
风曾是我们朋友，
照耀我们有太阳；
现乌云遮住太阳，
大雨浇在我身上。
即使再大的烦恼，
我也不会把心伤，
只要姑娘们幸福，
披发女郎们欢畅，
所有妇女都高兴，
新娘甜得蜜一样，
她们没有流眼泪，
她们没有感悲伤。
我们没有遇妖魔，
我们没有中魔法，
不会死在半路中，
不会在中途倒下，
我们现在正年轻，
不会过早地送命。
让施展魔术的人，
让迷惑别人的人，
统统返回自己家，
返回自己的故居，
让他们魔住自己，
迷惑住自己孩子，
让他们家族毁灭，
让他们种族瓦解！

当年我亲生父亲，
我那可敬的老人，
不曾被术士魔住，
被拉普人迷惑住。
当年父亲这样讲，
现在我仍这样说：
‘慈善的造物主呵，
仁爱的您保护我，
用您的双手保护，
用您的大权保护，
摆脱妖人的魔术，
摆脱老媪的阴谋，
摆脱有胡人咒语，
摆脱无须人诅咒！
您要永远地保护，
您要永恒地看守，
别让孩子们走失，
别让幼儿们乱走，
要循着造物主路，
主神指引的路途！’”
轻浮的勒明盖宁，
漂亮的高科蔑里，
用忧虑制造黑马，
用悲伤造出马匹，
用不祥日造马缰，
用悲哀制造马鞍。
他骑上了黑色马，
骑上白玉顶骏马，

快马加鞭奔向前，
伙伴迭拉跟后面，
他沿着长长海岸，
他沿着多沙海滩，
去会见他的慈母，
去把老妇人拜见。
暂把高科放一放，
等以后再行续谈，
迭拉沿着指引路，
返回自己的家园。
我要唱另一支歌，
歌曲内容要改变。

第三十一篇

温达摩向他的哥哥卡莱沃发动战争，消灭了卡莱沃及其军队，只留下一个孕妇，他将孕妇带回温达摩拉地区，孕妇在那里生下儿子古勒沃(1—82)①。古勒沃自幼就想报复温达摩，而温达摩则用多种手段想杀死他，但均未成功(83—202)。古勒沃长大后破坏了一切工作，因此温达摩将他卖给伊尔玛利宁当奴隶(203—374)。

一位母亲养小鸡，
又养了一群天鹅，
她把小鸡赶篱边，
把天鹅赶到小河。
鹰来使它们惊慌，
鹫来使它们分散，
水鸟把它们驱赶：
一只到卡尔亚拉，
一只到俄罗斯国，
一只留在自己家。
到俄罗斯国那只，
成为一个商贩子；
到卡尔亚拉那只，
长成卡莱沃汉子；

① 温达摩(Untamo)，卡莱沃的兄弟，一族长。卡莱沃(Kalervo)一族长。古勒沃(Kullervo)，卡莱沃儿子。

留在自己家那只，
就叫温达摩名字，
他使父亲很伤心，
他使母亲很悲愤。
温达摩把新渔网，
撒在卡莱沃鱼塘；
卡莱沃把网中鱼，
往自己渔篓中装。
脾气暴躁温达摩，
就气得火冒三丈。
他扬起手要动武，
要打架摩拳擦掌，
为鱼肚肠挑事端，
争鲈鱼苗来较量。
他俩就拳脚相加，
谁也打不败对方：
你抡给我一大拳，
我踢你一脚奉上。
只过了两三天后，
又发生了件事情，
卡莱沃把燕麦种，
在温达摩屋后种。
温达摩一只山羊，
把屋后燕麦吃光。
卡莱沃一条恶狗，
咬死温达摩山羊。
温达摩发出恐吓，
恐吓哥哥卡莱沃，

要毁灭卡莱沃家，
把他全家老幼杀，
全家人都见阎王，
所有房屋都烧光。
他让男子汉佩剑，
让英雄个个武装，
让青年扛着斧头，
让儿童拿着猎枪；
他发动一场大战，
与他的哥哥较量。
卡莱沃漂亮媳妇，
这时坐在窗子旁，
她从窗子往外望，
便开始这样地讲：
“那里是浓烟上升，
还是黑云在飞翔，
在新开的路旁边，
在田野的边缘上？”
那不是黑云飞翔，
也不是浓烟升上，
那是温达摩军队，
开往这里来打仗。
温达摩开来军队，
个个腰间挂着剑，
打败卡莱沃部队，
把卡莱沃人毁完，
房屋都烧成灰烬，
变成了废墟一片。

在卡莱沃人民中，
只留下怀孕姑娘，
温达摩的军人们，
把她带回了家乡，
让她当一清洁工，
把地面打扫干净。
只过了短短时光，
她生下一小儿郎，
这个母亲最不幸，
给他起个什么名？
母亲叫他古勒沃，
温达摩称战利品。

人们包扎这儿郎，
人们把他来收养，
把他放在摇篮里，
摇着他睡入梦乡。
人们摇着这小儿，
小儿头发随风扬。
摇了一天又一天，
摇到了第三天上，
这个孩子踢着脚，
在摇篮里就大闹，
他把包扎带挣断，
又撕破了那襁褓，
踢坏菩提木摇篮，
把身上的布扯掉。
看来以后有希望，

成为一位好儿郎。
温达摩就曾想过，
随着孩子的成长，
他一定聪明能干，
成为一名英雄郎，
能胜过一百奴仆，
胜过一千侍从郎。
生长了一两个月，
生长到第三个月，
他有膝盖那样高，
就开始说这样话：
“等我再长大一些，
浑身充满了力量，
我要为父亲报仇，
不让母亲泪白流！”
温达摩听到这话，
自言自语地在讲：
“他要毁灭我家族，
卡莱沃又要成长！”
英雄们正在考虑，
妇人们正在思量，
怎样除掉这孩子，
怎样使他早死亡。
人们抬来大木桶，
把他塞进木桶中；
再把木桶扔进水，
木桶漂流波浪中。
过了两三夜之后，

人们去那里观望，
去察看这个孩子，
是否在木桶死亡。
他没有沉入水底，
也没有淹死水上！
他从木桶里出来，
端坐在波浪上方，
手中拿着铜钓竿，
钓丝挂在竿头上；
他正在海中钓鱼，
随海中波涛动荡：
海里只有一点水，
两勺可把水舀光！
至多不过两勺半，
如果正确去衡量。
温达摩沉思默想：
“怎样处置这孩子，
可让他早些死亡，
早些去会见阎王？”
他便吩咐奴仆们，
去砍伐白桦树木，
砍伐百针的松树，
分泌树脂的大树，
用树木烧掉孩子，
把古勒沃活烧死。
他们砍伐又收集，
有一大批白桦树，
有长百叶针松树，

有分泌树脂的树，
有一千雪车树皮，
有一百唡长柃树。
把树木架在一起，
把火从下面点起，
把孩子扔到上面，
让他受烈火熬煎。
烧了一天又一天，
一直烧到第三天。
人们便走来察看：
男孩屈膝坐灰间，
灰烬触到他肘弯，
手中拿着炭耙子，
他用耙子耙灰炭，
耙了灰炭助火燃，
一根头发未烧焦，
一绺头发也没乱！
温达摩怒气冲天：
“我该如何处置他，
怎样让他上西天，
让他去进阎王殿？”
人们把他吊树上，
吊在大橡树枝上。
过了两三个夜晚，
还是同样的时间。
温达摩开始在想：
“到了察看的时光，
看这孩子怎么样，

是否吊死在树上。”
他吩咐奴仆察看，
奴仆归来这样谈：
“古勒沃还在活着，
没有吊死在树上！
他手中拿着刻刀，
在树上刻着图像。
树上到处是图画，
橡树被刻满图像：
刻着佩剑的英雄，
刻着英男扛长枪。”
如何帮助温达摩，
来对付这怪儿郎！
他使用千方百计，
促这孩子早死亡，
但孩子没有死去，
依然还活在世上。
温达摩终感厌倦，
不愿再白费心计，
继续抚养古勒沃，
留在身边当奴役。

温达摩对古勒沃，
说出了以下的话：
“如果你好好听话，
守规蹈矩地生活，
就让你住在这里，
干着奴仆的工作。

根据你工作情况，
会给你一定金两：
把金腰带围腰上，
或赏你一记耳光。”
古勒沃渐渐长大，
又长了一拃来高，
就准备让他干活，
分配他一定工作，
让他看守小宝宝，
用手指把摇篮摇：
“要好好看守小宝，
要喂他让他吃好！
在河里洗他尿布，
连把小衣服洗了！”
看守了一天两天，
挖掉双眼手打断，
一直到了第三天，
小宝已命归黄泉，
把尿布扔到河里，
烧掉小宝的摇篮。
温达摩费尽思量：
“让他去看守宝宝，
这活不适合他干，
他没耐心摇摇篮！
我不知派他何处，
何工作适合他干。
派他去把树木砍？”
于是他去砍伐树。

古勒沃这男子汉，
开始这样把话谈：
“当我手握着斧头，
才觉得是条好汉，
看起来更加雄壮，
比从前显得威严：
拥有五人的力量，
抵挡住六个英男。”
他走进铁匠工厂，
便说出这样的话：
“铁匠，我的兄长！
给我打一把斧子！
好汉使用的铁斧，
我要拿起这把斧，
到森林砍伐树木，
砍伐柔弱白桦树。”
铁匠便开始打造，
打造了一把铁斧。
铁斧供好汉使用，
用它来砍伐树木。
这个健壮古勒沃，
开始磨这把铁斧，
白天把斧头磨亮，
晚间把斧柄安上。
他于是走向森林，
走向高高的山间，
寻求最好的木料，
寻找优质的木板。

他用铁斧砍树木，
他用斧头砍树干：
好树只需砍一下，
坏树半下就砍断。
一连砍倒五棵树，
八棵倒在他面前。
他于是就开了言，
把以下的话儿谈：
“让希息接着再干！
把树木制成木板！”
他用铁斧砍树桩，
边砍边大声地叫，
或从嘴里吹口哨。
他又说出这样话：
“在听到大叫范围，
在口哨传到地方，
让所有树木倒下，
把所有白桦砍光！
只要大地仍存在，
只要月亮仍照耀，
就不留一棵幼苗，
就不留一棵小草，
在卡莱沃族林地，
在善良人的垦地！
一旦种子落地上，
它就会发芽生长，
慢慢长出了嫩叶，
慢慢长出了细茎，

但不让它结成穗，
不让细茎再上升！”
实力强的温达摩，
前去察看这林区，
看卡莱沃的儿子，
新奴仆如何伐木：
但没有一片垦地，
他未曾开垦荒地。
温达摩又在思量：
“这工作不适他干，
他砍掉好的树木，
他毁掉好的树干！
我不知该怎么办，
派他去干什么活。
或让他把篱笆编？”
他奉命去编篱笆。
古勒沃这个后生，
开始动手编篱笆。
他用砍掉的松树，
当作篱笆的桩子，
他用砍掉的枞树，
当作篱笆的条枝；
他把枝条理顺当，
编的篱笆长又长；
编好篱笆没留缝，
没有大门可通行。
他说出以下的话，
表达出他的想法：

“如果没有鸟本领，
依靠双翅来飞行，
古勒沃编的篱笆，
要想穿越不可能！”
温达摩总不放心，
前去那里察实情，
看卡莱沃的儿子，
编的篱笆行不行。
但见篱笆没有门，
没有通口没有缝，
竖立在硬地面上，
高高地插入云中。
他便这样开了言：
“这活他是干不了！
编的篱笆没有门，
也没有进出通道，
竖起篱笆可通天，
可直接插入云霄：
我不能穿越篱笆，
谁也无法穿越它！
我不知道如何好，
什么工作他干了。
或派他去收燕麦？”
收燕麦的季节到。
库勒沃这个奴仆，
于是去收打燕麦：
他把燕麦打粉碎，
燕麦成糠秕一堆。

主人来到这地方，
察看卡莱沃儿子，
古勒沃这个奴仆，
收打燕麦的情况：
只见燕麦打粉碎，
变成糠秕一大堆！
温达摩大动肝火：
“这奴仆真不中用！
干什么活都不行，
他总是从中作梗。
不如带他俄罗斯，
或卖到卡尔亚拉，
卖给伊尔玛利宁，
到铁匠那里做工？”
他带着那古勒沃，
到卡尔亚拉境内，
卖给伊尔玛利宁，
在铁匠那里做工。
铁匠支付他什么？
铁匠支付他的是：
两只破烂的铁锅，
三个断一半钩子，
五把损坏的镰刀，
六把破了的耙子，
换来古勒沃家奴，
这个不中用奴仆。

第三十二篇

伊尔玛利宁妻子吩咐古勒沃去放牧，并在给他烘制的面包中故意加上石块(1—32)。女主人念过保护牧畜在牧场免遭熊害的祷词和咒语之后，便责令古勒沃放牧去了(33—549)。

这卡莱沃的儿子，
穿蓝袜子古勒沃，
长一头黄色鬈发，
脚蹬一双漂亮鞋，
很快来到铁匠家，
当天晚上要工作，
晚上询问男主人，
白天请求女主人：
“请你给我安排活，
给我能干的工作，
现在我要准备做，
做力所能及的活！”
伊尔玛利宁妻子，
就坐在那里琢磨，
给新奴仆什么活，
买来人能干什么，
她派奴仆去放牧，
赶着一大群牲畜。

这个狠毒的女人，
存心不良的主妇，
她给牧人烘面包，
烘一块厚的面包：
外是小麦里燕麦，
中间加上块石头。
面包上抹上黄油，
再放上一点肥肉，
当作牧人的口粮，
她给奴仆的食物。
她这样嘱咐奴仆，
用以下语言表述：
“在牲畜到森林前，
先别吃这些食物！”

伊尔玛利宁妻子，
在牲畜放牧之前，
她说出这样的话，
来表达她的心愿：
“把母牛赶到树林，
把乳牛送到草场，
弯角的送白桦林，
宽角的送白杨旁；
让它们吃得很饱，
使它们体肥身壮，
在这宽广的牧地，
在这空旷的草场，
在高耸的白桦林，

在低矮的白杨丛，
在金色的枞树群，
在银色的林地中。
仁慈的造物主呵，
看护和保护牲群，
让它们摆脱灾难，
让它们免除祸根，
别让它们遇危险，
别让它们遭磨难！
如同在屋顶下面，
你把它们来看管，
你在屋顶的外面，
同样把它们护严，
使它们健壮生长，
主妇牲畜更兴旺，
让好人感到高兴，
让坏人感到懊丧！
要牧童贪玩瞎闹，
要牧女怕事胆小，
让柳树取代牧人，
让赤杨放牧牲群，
让山梨树来看护，
让橡树送回归途，
主妇不用去寻找，
也不用心急火燎！
一旦柳树不放牧，
赤杨树不去看管，
山梨树不去看护，

橡树不送回归途，
就派你的好侍女，
派那大自然儿女，
让她们保护牲群，
让她们看管家畜！
你有很多的奴仆，
成百人听你吩咐，
她们在天空下住，
大自然美丽少女。
最好妻子夏之母！
南风女神老主妇！
女主人枞树女神！
杜松漂亮的仙女！
山梨木年轻女仆！
森林之女樱桃木！
森林儿媳蔑利吉，
台勒沃林之少女！①
你们要看管家畜，
你们要保护家畜，
在这美丽的夏日，
处处是草青叶绿，
绿叶在树上飘荡，
青草在地上飘拂！
最好妻子夏之母，
南方女神老主妇！
展开你美丽外衣，

① 蔑利吉(Mielikki)，森林女主人，台勒沃(Tellervo)，森林女主人之女。

解下你身上围裙，
把我的家畜遮盖，
把幼小家畜庇护，
以避免劲风吹打，
以防止大雨倾注！
使牲畜免遭灾难，
在路上不会遇险，
在沼泽地保平安，
沼泽沉浮常变换，
那里永远在抖动，
底层在不断震颤，
别让它们遇危险，
别让它们遭磨难，
防止蹄子陷泥潭，
防止滑倒沼泽间，
除非上帝不留心，
这并非天神心愿。
从远方取来牛角，
从那遥远的太空，
从高空拿来蜜角，
吹响这甜的蜜角，
让它流淌出声浪，
让它响起了曲调，
吹得山丘花朵开，
吹得荒野长绿草，
吹得牧场更美丽，
吹得森林更繁茂，
沼泽四周变肥田，

山间附近变水泉！
让我的家畜吃好，
让我的家畜吃饱，
给它们甜的食料，
给它们甜的饮料！
喂它们金色干草，
喂它们银色草梢；
在那甜甜的泉边，
在那流动的溪涧，
在那奔腾的瀑布，
在那湍急的河间，
在那金色的小山，
在那银色的草原！
在那牧场的边境，
掘一口金色的井，
让家畜饮井里水，
甜蜜水沁入心脾，
浸入丰满的乳房，
使乳房日渐膨胀：
血脉畅通地运行，
奶河汩汩地流淌，
奶河道迅猛开放，
奶的瀑布在飞扬，
奶河时而在低语，
奶河时而在歌唱，
牛奶源源不断流，
乳汁永远地流畅，
流在青青草堆上，

别让恶人染指上，
别让乳汁入玛纳，
或白白流在地上！
很多可恶的坏人，
把牛奶送到玛纳，
奶牛产品送别人，
把牛奶往地上洒；
也有些善良的人，
从玛纳取牛奶来，
从村里取酸牛奶
从别处取鲜牛奶。
我母亲从前没有，
向村中人去讨教，
从别人家取奶来；
她只从玛纳取来，
从藏奶人取酸奶，
从别人家取鲜奶。
倘若牛奶远方来，
从遥远地方带来：
牛奶来自多尼拉，
来自地下玛纳拉，
在夜间悄悄运来，
藏在阴暗的地带，
可恶之人不知觉，
无能之人不知道，
别让干草落里面，
妥善保管防坏掉。
我的母亲经常说，

我自己经常念叨：
奶牛产品在何处，
牛奶为何不见了？
是否送给了别人，
或在村院里藏着，
藏在嫉妒人怀里，
藏在女乞丐裙里，
还是带进了森林，
便消失在森林里，
洒在森林的地上，
在荒郊外消耗光？
别把牛奶运玛纳，
别把奶品送人家，
送嫉妒人的怀里，
送女乞丐的裙里，
不把牛奶带森林，
让它消失在林里，
也别洒在林地上，
让牛奶白白耗光，
家里很需要牛奶，
时刻都等待使用：
主妇在家里等待，
手里拿着松木桶。
最好妻子夏之母，
南方女神老主妇！
现在去喂雪第基，
现在去饮约第基，
把饲料给海米基，

把鲜奶给多利基，
把牛奶给麦里基，
把新奶放牛栏里，
从鲜嫩的青草顶，
从美丽的芦苇丛，
从丰富的蜂蜜山，
从可爱的大平川，
从芬芳的大草场，
从长满莓果地方，
从石南灌木花神，
从看守青草姑娘，
从云中挤奶少女，
从天堂美丽女郎，
赐给牛丰盈乳汁，
使奶牛乳房膨胀，
让矮妇去挤牛奶，
让女仆挤牛奶忙！
姑娘从山谷升起，
美女从水泉升起，
处女从水源升起，
少女从海底升起！
从水泉取来清水，
用清水滋润家畜，
使家畜体美身壮，
使主妇家畜兴旺，
在主妇到来之前，
在牧女看护之前，
这牧女懦弱无能，

这主妇也不中用。
森林女主蔑利吉，
家畜的慈爱母亲！
派你最高的侍女，
派你最好的仆人，
保护着我的家畜，
看管着我的家畜，
在这美好的夏天，
在这创物主夏天，
在上帝的保护下，
在上帝的照顾下！
达表女儿台勒沃，
你是森林的女郎，
长着漂亮的金发，
身着美丽的盛装，
你是家畜守护神，
保护着主妇家畜，
在可爱的森林地，
在达表美好领土！
保护家畜的安全，
精心把家畜看护！
用可爱的手保护，
用纤柔的手摸抚，
用山猫皮来揉搓，
用鱼鳍梳理家畜，
梳理得毛发光亮，
像森林发光母羊，
当夜色就要来临，

四周笼罩朦胧光，
便把家畜赶回家，
赶到主妇的身旁，
清水洒在畜脊背，
奶水倾在畜臀上！
当太阳落下了山，
夜莺开始了叫唤，
便开始招呼家畜，
对长角的生物谈：
‘弯角家畜回家转，
产牛奶者去安眠！
在家里多么舒心，
卧在牛圈多舒坦；
野外不值得留恋，
岸边不适于叫唤。
在青草遍地田园，
在结满莓果地面，
妇女门燃起火把，
引导家畜返家园。’
达表儿子努力吉，
穿蓝衣森林后裔！
你用高大松树干，
用高大的枞树冠，
在泥泞处架桥梁，
那地方行走不便，
有深泥淖和沼泽，
还有莫测的深潭！
让家畜往来行走，

让双蹄家畜往返，
在炊烟四起地方，
不会损伤和危险，
不会沉入沼泽中，
不会陷入深泥潭！
当家畜不听使唤，
晚上也不回家转，
小侍女比拉亚达，
美姑娘卡达亚达[1]，
折一根白桦树枝，
从灌木丛取木棍，
拿樱木棍当鞭子，
用鞭子赶着它们，
从达表宫殿后面，
从赤杨山坡之间！
往家里赶着家畜，
在烧暖浴室时间，
从茂密的森林里，
把家畜赶回家园！
奥索宁[2] 森林王子，
你长着弯曲爪子！
让我们订立和约，
让我们边界和好，
在我们有生之年，
永远不背弃盟约，

---

① 比拉亚达(Pihlajatar)，山梨树仙女。卡达亚达(Katajatar)，杜松树仙女。

② 奥索宁(Otsonen)，熊的爱称。

在这美好的夏日，
在创物主的夏天，
不要伤害这家畜，
不要把奶牛侵犯！
当你听到牛铃声，
或者听到牛角鸣，
你就躺在小山下，
躺在草地上安眠，
耳朵伸进树丛中，
头便躲藏在山间！
或在树丛中躲闪，
退在兽穴的旁边，
或走到别的地方，
在另外一座小山，
你听不到牛铃声，
听不到牧人声喧！
我亲爱的奥索宁，
有宝掌的俊林王，
不要靠近这家畜，
用宝掌把它们伤；
不许你舌头去舐，
不许你丑嘴去咬，
不许你牙齿去嚼，
不许你宝掌去挠。
你悄悄离开草地，
你偷偷走出牧场，
牛铃声响你走开，
牧人喧嚷你躲藏！

若是家畜在荒地，
你便走进沼泽里；
若是家畜在洼地，
你便退到森林里！
若是家畜在山上，
你便从山上下来；
若是家畜在山下，
你就要从上面爬！
若是家畜在林中，
你便躲在灌木丛；
若家畜在灌木丛，
你便走进树林中！
像金黄布谷漫步，
像银白鸽子漫舞，
像鲱鱼水中游泳，
像鳟鱼水中滑行，
像一团羊毛飘荡，
像一卷棉纱飞扬，
在皮毛巾藏起爪，
在牙床中藏起牙，
别让家畜感惊慌，
别让小牛犊害怕！
让家畜平静生活，
让家畜安然无恙，
让它们悠然漫步，
让它们排列成行，
穿过沼泽和田野，
越过森林和山岗，

不要触犯这家畜，
不要让它们受伤！
记住从前的誓言，
在造物主的面前，
在多尼河的旁边，
在汹涌瀑布前面！
允许在整个夏天，
你有三次的时间，
可以走近牛铃声，
随着铃声走向前，
但是未曾允许你，
未对你许下诺言，
去干伤天害理事，
挑起可耻的事端。
如果你恼怒冲天，
你的牙齿在打战，
你把恼怒抛丛林，
你把野性抛荒原！
你去攻击腐朽树，
把枯朽白桦推倒，
再转向水中的树，
在长莓果处嚎叫！
如果你感到饥饿，
你要想吃点什么，
你就吃森林蘑菇，
还可寻找蚂蚁冢，
你可挖掘红树根，
它是森林地好货；

不要吃家畜青草，
不要吃牧场禾苗！
森林地的蜜发酵，
全部蜂蜜在冒泡，
小山上闪着银光，
平原上金光闪耀：
饿者有充足食品，
渴者有充足饮料，
食物一点不缺少，
有喝不完的饮料。
让我们永久和解，
保持永久的平安，
让我们安静生活，
度过美好的夏天：
土地为共同所有，
其食品可口香甜。
如若你有意打架，
愿意过战斗生活，
那要等待到冬天，
降雪时节再争夺！
夏天沼泽已结冻，
草原的冰雪已化，
你不能到那里去，
那是家畜的天下！
当你来到这地方，
在这树林里徜徉，
虽然猎人不在家，
你随时会被射伤，

这里妇女有猎枪，
她们个个武艺强，
她们会把你围堵，
在半路把你杀戮，
防止你兽性大作，
给家畜带来大祸，
违犯了上帝旨意，
落得个罪有应得。
至高的上帝乌戈！
当你听到它来到，
就改变我的家畜，
改变家畜的外貌，
当怪兽往返走动，
巨兽在这里漫游，
你把家畜变树桩，
你把家畜变石头！
如果我是一头熊，
迈动宝掌四处行，
我决不会去冒险，
走到老妇人面前。
我可到别的地方，
在别的地方徜徉，
英雄汉四海为家，
自由自在到处逛。
你可以跨过那里，
你可在那里游荡，
在绿色森林深处，
那里树木瑟瑟响。

你踏着林边松球，
你踏着岸边砂石，
你在大路上疾走，
你在海岸边奔驰，
要到拉普的草原，
要到遥远波赫亚。
那里是你的居处，
那里是你幸福家，
夏天可赤脚行走，
秋天可以不穿袜，
越过无际的沼泽，
跨过无尽的地洼。
若是你不到那里，
那里道路不熟悉，
你就沿着这小路，
走向遥远的地盘，
走向多尼拉森林，
走向卡尔玛荒原！
那里有的是洼地，
那里有的是草滩，
有吉约斯、卡约斯，①
还有别的牛一片，
都套有铁的锁链，
十头十头地相连。
牛的骨头上长肉，
瘦牛变成肉团团。

① 吉约斯(Kirjos)、卡约斯(Karjos)，奶牛名称。

愿树木绿叶成荫，
愿森林保护我们！
保护家畜永平安，
保护家畜不受侵，
在这美好的夏天，
上苍的美好时辰！
森林之王圭巴纳①，
森林中活跃老者！
你要管住你的狗，
不要让它到处走！
一只鼻孔塞山楂，
一只鼻孔塞蘑菇，
这样狗不能吸气，
嗅不到家畜气味！
用丝绸遮住狗眼，
家畜走动看不见，
用纱布堵住耳朵，
家畜行动听不到！
若是这样不管用，
狗还不服从命令，
你就要严加管教，
把它们驱逐出境！
让它们离开森林，
让它们离开海边，
让它们离开草原，
离开家畜游牧地，

① 圭巴纳(Kuippana)即达表。

离开宽阔的家园！
把它们藏在洞穴，
还要紧紧地捆牢，
要用黄金的手铐，
要用白银的脚镣，
不让它们显威风，
犯下滔天的罪行！
若是这样还不行，
它还不服从命令
尊贵的大王乌戈，
黄金白银统治者，
倾听我宝贵语言，
倾听我慈善的话！
取个山梨木嚼子，
把它的粗嘴勒住，
若是山梨木不牢，
就铸一个铜口套，
如果铜的还嫌薄，
打造一个铁口套！
如果铁的被打破，
变成了一堆碎渣，
就铸造一个金环，
穿透颚骨和下巴，
牢固嵌住它的头，
把粗嘴紧紧封住；
如果不用铁抽出，
如果不用钢弄开，
如果不用刀砍断，

如果不用斧砸烂，
粗嘴不能够张开，
颚骨也不能动弹！”
伊尔玛利宁主妇，
铁匠的狡猾女人，
从牛栏中放出来，
让家畜奔向草原，
让牧人跟在后面，
让奴仆赶着向前。

第三十三篇

古勒沃放牧到下午,便用刀切面包,刀刚切下去便断了,这令他伤心至极,因为这把刀是他的家族遗留给他的唯一纪念物(1—98)。他想对女主人进行报复,便把家畜赶进沼泽,并招来一群狼和熊把家畜吃光,在夜间又把它们招到家里来(99—184)。趁女主人前去挤牛奶之际,这群野兽便把她咬死(185—296)。

放牧男儿古勒沃,
把面包放进口袋,
赶着牛沿着沼泽,
向草地方向走来。
他边走边把话说,
便这样自言自语:
“我是可怜的牧童,
我是不幸的少男!
不论要走到哪里,
总在牛臀后面转,
我跟着母牛尾巴,
还要把小牛犊看,
总行走在沼泽地,
或是寂寞的草滩!”
他坐在山坡休息,
等待着日落西山,
这时他自编自唱,

歌声向着远方传：
“主神的太阳照耀，
把温暖送到人间，
照在放牧人身上，
他把铁匠牛看管，
别照到铁匠的家，
别给主妇送温暖！
主妇生活得很好，
她吃着小麦面包，
过着幸福的生活，
把奶油放进面包。
把干面包给牧童，
干面包皮让他嚼，
给他的燕麦面包，
内加谷皮等饲料，
还加一些别的草，
喝桦树皮桶中水，
还要到山丘去舀，
用枞树皮当食料。
太阳、小麦① 前进吧，
随主神时令下降！
太阳在松林漫步，
小麦在灌木徜徉，
穿越杜松树之间，
在赤杨原野飞翔！
然后领牧童返家，

① 小麦(Vehnä)通常在民歌中表示爱称。

奶油抹在面包上，
让他吃新鲜奶油，
这是他唯一愿望！”
正当牧童把歌唱，
正当牧童满愁怅，
伊尔玛利宁妻子，
却从大桶取奶油，
她把新鲜的奶油，
厚厚抹在面包上；
她自己喝热肉汤，
让牧童喝凉菜汤，
狗喝过里面的油，
黑狗喝了第一遍
花狗喝了第二遍，
黄狗把肚皮塞满。
一只小鸟在枝头，
它这样地把歌唱：
“孤儿待到了晚上，
已是吃晚餐时光。”
这位牧童古勒沃，
看到太阳快下山。
自言自语把话谈：
“天色已经很晚了，
到了吃晚饭时间，
我该休息吃晚餐。”
他赶家畜去休息，
让家畜呆在荒原，
自己坐在山坡上，

靠着绿色的小山，
从背上取下口袋，
从中拿出面包来
他把面包仔细看，
自言自语又发言：
“面包外观很好看，
面包皮精细发光，
但里面是枞树皮，
皮下是一些秕糠。”
他从刀鞘拔出刀，
想用刀去切面包：
刀却切在石头上，
发出了一声巨响；
刀锋已经被折断
整个刀折成两半。
这位牧童古勒沃，
看着这把坏的刀，
他便开始了哭嚎。
又这样地把话谈：
“它是我唯一伙伴，
也是我唯一纪念，
是父亲留下遗物，
是老人留下遗产；
现在它碰到石块，
已经被石块折断，
是坏主妇的面包，
是坏女人的暗算！”

“我怎样来报复她，
报复她对我戏谑，
报复黑心面包师，
报复刁猾老太婆？”
一只乌鸦枝头叫，
一只渡鸦叫呱呱：
“可怜的金纽扣呵，
卡莱沃唯一儿子！
你为何如此消沉，
你为何如此悲愤？
从树林折一树枝，
采一桦木从桦林，
把家畜赶到沼泽，
畜群在泥泞乱滚，
一半献给森林熊，
一半献给大狼群！
要把狼召在一起，
要把大熊集一处！
狼权当是小牛犊，
熊权当是大家畜，
把它们赶到院里，
把它们赶进畜屋！
这样对她施报复，
报复坏女人欺侮。”
卡莱沃儿子讲话，
古勒沃这样表述：
“希息泼妇你等着！
若是我为刀哭泣，

你也要亲自哭泣，
为你的奶牛哭泣。”
他拿起一根树枝，
当鞭子赶着畜群，
把母牛赶进沼泽，
把公牛赶进丛林，
狼把母牛都吃光，
熊把公牛都吃尽。
他把狼唱成奶牛，
他把熊唱成畜群，
狼变成了小牛犊，
熊变成了大畜群。
太阳从西山下降，
正在下降到西方，
降到松林的顶端，
是挤牛奶的时间。
心怀鬼胎的牧童，
卡莱沃的小儿郎，
赶着群熊回家转，
赶着狼群回家园。
他对狼和熊发言，
对它们进行指点：
“当这个恶毒泼妇，
到这里挤奶察看，
要撕破她的大腿，
把她的小腿咬断！”
他用牛骨做笛子，
他用牛角做哨子，

用多米腿做牛角，
用基约脚做号子，[①]
他高亢地吹牛角，
他响亮地吹笛子，
他在山上吹三次，
他在路口吹六次。
伊尔玛利宁主妇，
铁匠的机灵配偶，
她焦急等待牛奶，
她渴望夏天奶油。
她听到沼地歌声，
她听到家畜动静，
她就说出以下话，
来表达她的心情：
“呵，我感谢上帝！
牛角响，家畜到，
这牧童吹的笛子，
他是从哪里得到，
他吹着笛子回家，
吹的是什么曲调，
震动了我的耳膜，
震动了我的头脑？”
这位牧童古勒沃，
说出了以下的话：
“我从沼泽得笛子，
我从沙滩得牛角，

① 多米(Tuomi)、基约(Kirjo)，母牛的名称。

我把家畜引进家，
它们在牛栏睡觉；
你可以去挤牛奶，
把牛奶都挤出来！”

伊尔玛利宁主妇，
叫她婆婆挤牛奶：
“婆婆，你去挤奶，
你去把家畜照看！
我还要去揉面粉，
要把这件事做完。”
古勒沃这个牧童，
赶紧接过了话茬：
“一个好的女主人，
一个能干的主妇，
应该首先挤牛奶，
自己责任自己负。”
伊尔玛利宁主妇，
她急忙走向牛栏，
一方面去挤牛奶，
同时把家畜察看，
她望着无角畜群，
把下面的话儿谈：
“家畜外观很好看，
长角的皮毛光滑
全用山猫皮揩拭，
全用山羊毛梳刷，
它们的乳房丰满，

膨胀得又圆又大。”
她弯下身去挤奶，
几乎就要坐下来。
挤了一次又一次，
正准备挤第三次：
狼凶狠地扑向她，
熊疯狂地冲向她，
狼咬住了她的嘴，
熊把她肌肉撕碎，
她的腿咬去一半，
她的胫骨被咬断。
这位牧童古勒沃，
如此进行了报复，
报复主妇的戏弄，
报复主妇的欺侮。
伊尔玛利宁妻子，
疼痛地大声哭泣，
边哭泣边大声说：
“你这牧童太恶毒，
你把熊赶进家里，
你把狼赶进院里！”
牧童古勒沃听了，
就这样地回答她：
“你说我牧童恶毒，
你比我更加恶毒！
你故意在面包中，
放上了一块石头：
当我用刀切面包，

石头损坏我的刀，
这刀是父亲遗产，
是我家族传家宝！”
伊尔玛利宁妻说：
“你是可爱的牧童！
能不能改变主张，
念一念你的咒文，
让我从狼口解放，
让我逃脱熊的掌！
我要给你好衬衫，
我要给你好衣裳，
让你吃奶油面包，
让你喝上等饮料；
让你一年不干活；
第二年干轻工作。
倘若不把我解放，
不赶快把我拯救，
我很快就会死亡，
会变成一堆黄土。”
这位牧童古勒沃，
他这样地把话说：
“你要该死就死掉，
死后再也活不了，
阴间有你的住家，
你可住在卡玛家，
那里住地非常宽
那里住所非常大。”
伊尔玛利宁妻说：

“至高无上的乌戈！
你制造一张大弓，
然后把大弓拉弯，
你再造一支铜箭，
把箭扣在那弓弦！
你把铜箭射出去，
箭离弦像飞一般，
穿透牧童胳肢窝，
穿透牧童的双肩：
要用锐利的钢尖，
要用火样的铜箭，
射死这恶毒牧童，
射死古勒沃少年！”
这位牧童古勒沃，
听后这样开了言：
“至高无上的乌戈！
你别用箭射死我！
射死铁匠的妻子，
射死凶狠的老婆，
让她离不开阴府，
让她永不能复活！”
从此铁匠的妻子，
这个可恶的主妇，
像锅上灰烟落下，
落到了阴曹地府，
躺在卡玛的家园，
躺在卡玛的住处。
年轻女人这样死，

美丽主妇这样亡，
铁匠追求了很久，
足有六年的时光，
曾是铁匠的心肝，
曾是铁匠的荣光。

第三十四篇

古勒沃逃出伊尔玛利宁的家，心情沉重地走到森林里，在那里遇到一位林中老妇，从老妇那里得知他的父母和兄弟姐妹仍活在世上(1—128)。遵照林中老妇的指点，他从拉普人居住的边境上找到了家人(129—188)。母亲告诉他，如何听到古勒沃很早就死亡的消息，并告诉他，她的女儿在采野莓的路上失踪了(189—246)。

这位牧童古勒沃，
脚穿一双蓝色袜，
一双鞋真是好看，
满头是漂亮黄发，
趁铁匠尚未得悉，
女主人死亡消息，
他急忙登上行程，
从伊尔玛利宁家，
他担心铁匠发怒，
一气之下把他杀。
吹着笛离开铁匠，
欢快离开伊尔玛，
笛声响在荒原上，
响在未开垦地方：
它传过沼泽大地，
在荒郊野外回响，
他不停吹着笛子，

“感谢善良的老人!
快告诉我老妇人,
我的父亲在何处,
哪里有我的母亲?”
“你的父亲在那里,
那里有你的母亲,
在拉普人的边境,
在那鱼塘的附近。”
“感谢善良的老人,
快告诉我老妇人;
我怎样才能到达,
走何路找到双亲?”
“到达那里并不难,
尽管这路你陌生,
你要穿过这树林,
沿着河边向前行。
走了一天又一天,
一直走到第三天,
你要转向西北方,
来到一座小山上,
顺着小山往下走。
向小山的左前方!
前面有一条小河,
就在你的右方向:
顺着小河向前走,
有三条瀑布鸣响!
你就来到了海角,
这地段又窄又长;

海角上有人居住，
那里有一幢小房：
你父亲就住那里，
母亲也住这地方，
还有你的亲姐妹，
两位漂亮的姑娘。”
古勒沃这位牧童，
急急忙忙往前行。
走了一天又一天，
一直走到第三天，
他转向西北方向，
前面有一座小山，
沿着山坡往下走，
又转向小山西边。
终于看见一条河，
他沿着河的西岸，
急急忙忙往前赶。
经过了三条瀑布，
来到海角的前面，
这海角又窄又长：
海角上有座住房。
是渔民住的地方。
他便走进了住房，
但谁都不认识他：
“客人来自何地方，
哪里是你的家乡？”
“你连儿子都不认识，
不认识自己孩子？

温达摩把我俘虏，
把我带回他们家，
那时我才一拃高，
如同母亲纺锤大。”

老母亲开始发言，
老妇人把话儿谈：
“我的可怜的儿郎，
我不幸的小金刚！
你还睁着一双眼，
流浪在异国他乡，
我早认为你死亡，
我几乎哭断肝肠！
我曾有两个儿子，
还曾有两个姑娘，
其中两个已走失，
年长的两个消亡：
大儿子死于战场，
大女儿不知去向。
现在儿子已回来，
女儿仍未归家乡。”
卡莱沃的儿子问，
古勒沃问她母亲：
“你女儿为何走失，
我妹妹走失何方？”
母亲这样回答，
她说出以下的话：
“我女儿这样走失，

她出了这样的事：
她到树林采野莓，
到山下找覆盆子；
小鸽子再没回来，
小鸟在那里消失，
从此就没有音讯，
不知是活还是死。
谁还想念这姑娘？
只有母亲把她想！
母亲决意把她找，
要找到这个女郎。
可怜的母亲出发，
开始寻找这姑娘；
像熊一样穿树林，
像水獭把沼泽蹚。
找了一天又一天，
一直找到第三天。
等到第三天过去，
又找了一周时间，
爬上了一座大山，
登上了它的峰巅。
大声呼唤着女儿，
为失去女儿哀叹：
‘女儿、你在哪里？
你要赶快回家转！’
我这样把女儿喊，
我这样把女儿盼。
大山做出了回答，

草原把回声来传：
‘别再呼唤你女儿，
不要叫喊和呼唤，
她永远不会再来，
永远不能回家园，
不能回到母亲家，
不能回到父亲院。’”

第三十五篇

古勒沃替他父母干些工作，但其工作不令父母满意，于是父亲责成他去付地租(1—68)。他交付地租后，在回家的路上遇到不相识的采野莓时失踪的妹妹并对她进行调戏(69—188)。他妹妹后来知道他是谁之后就投河自尽；古勒沃急忙跑回家，向母亲诉说了妹妹可怕的举动并打算自杀(189—344)。母亲劝阻他不要自杀并让他到其他地方躲避起来，这样使他悔恨的心情得以缓和，同时使他把复仇的矛头对准温达摩(345—372)。

这卡莱沃的儿子，
穿蓝袜子古勒沃，
他继续生活下去，
在父母的庇护下。
但是他什么不会，
什么知识都缺乏，
这孩子没受教育，
言谈举止不得法，
因他养父太乖张
因他养母不正常。
这孩子就去工作，
什么工作试着做。
有一次他去捕鱼，
撒下最大的拖网。
他握着桨仔细想，

自言自语把话讲：
“我用全力拖着网，
拼命地去划着桨，
还是用一般力量，
像平常那样划桨?”
一位舵手开始说，
就这样告诉他：
“你要用全力拉网，
你要拼命地划桨，
当心把渔网拉断，
当心木桨成碎片。”
这卡莱沃的儿子，
古勒沃尽力拖网，
拼命地划着船桨：
他把木桨已划断，
弄断杜松木船肋，
撞坏白杨木渔船。
卡莱沃前去察看，
便这样地把话谈：
“你不能成为舵手！
你划坏了木桨架，
把杜松木肋弄断，
还撞碎白杨木船！
你最好是去搅水，
把鱼往渔网中赶！”
于是卡莱沃儿子，
古勒沃前去搅水，
他手中举起竿子，

又这样把话谈：
“我是不是用力搅，
使出全身的力气，
还是用平常的劲，
适合竿子承受力？”
拖网人这样回答：
“你要不用全力搅，
不使出男子汉力，
那怎能算是搅水！”
这卡莱沃的儿子，
古勒沃开始搅水，
使出男子汉力气：
把水搅成了浑汤，
把网搅成碎麻样，
把鱼群搅成肉浆。
卡莱沃前去观望，
便把以下的话讲：
“你不懂如何搅水！
把渔网搅成碎麻，
把浮标搅成碎屑，
搅得网眼破又大！
你应该前去付税，
把地租都要交清！
你最好还是旅行，
旅途中增长本领。”

这位卡莱沃儿子，
古勒沃穿着蓝袜，

脚蹬上等的皮鞋，
一头漂亮的黄发，
为了支付租地税，
他已经开始出发。
当他支付完欠税，
当他把租税缴纳，
他就跳上了雪车，
在雪车中央坐下，
他驾驶雪车飞奔，
急急忙忙赶回家。
雪车在路上摇晃，
发出辚辚的声响，
在已往的开垦地，
在万诺的草原上。
迎面走来一姑娘，
头上金发在闪光，
在这开垦土地上，
在万诺的草原上。
这位卡莱沃儿子，
古勒沃停下雪车，
他开始引诱姑娘，
便把以下话儿讲：
“姑娘请上雪车来，
让你坐在毛垫上！”
姑娘穿着雪鞋说，
她滑着雪回答道：
“死者才上你的车，
病人才坐在垫上！”

这位卡莱沃儿子，
古勒沃穿着蓝袜，
挥动着珠饰马鞭，
催促着他的骏马。
骏马在路上奔驰，
雪车摇晃着前跨。
他驾驶着这雪车，
不停地一往直前，
在这茫茫的冻海，
在这无际的海面。
迎面走来一姑娘，
穿着雪鞋闪亮光，
在这无际的冰海，
在如镜的海面上。
这位卡莱沃儿子，
古勒沃将车停下，
他张开了大嘴巴，
说出这样诱人话：
“美女到雪车里来，
人间花一块走吧！”
穿着雪鞋的姑娘，
以这种话回敬他：
“多尼才上你的车，
伴你同行是玛纳！”
这位卡莱沃儿子，
古勒沃穿着蓝袜，
挥动鞭子抽打马，
珠饰鞭子响乒乓。

马在奔驰车晃动，
车晃动缩短路程。
他驾驶着这雪车，
继续地往前面行，
在波赫亚大草原，
在拉普人的边境。
迎面走来一姑娘，
锡饰挂在胸前方，
来自波赫亚草原，
来自拉普人边境。
这位卡莱沃儿子，
古勒沃勒住了马，
他开张了那大嘴，
便说出了以下话：
“姑娘到雪车里来，
车里毯子共同盖，
我取苹果给你吃，
花生也给你拿来！”
姑娘这样回答，
锡饰人这样说道：
“坏蛋，我讨厌雪车，
流氓你别欺骗我！
毯子下面是阴冷，
雪车里面黑黢黢。”
这位卡莱沃儿子，
穿蓝袜的古勒沃，
把姑娘强行拉来，
把姑娘拖上雪车，

让姑娘躺在车里，
把毯子给她盖上。
姑娘在雪车叫喊，
锡饰人挣扎着说：
“你要赶快放开我，
让我离开这雪车，
我不听污浊语言，
我不听下流的话，
不然我就跳地上，
砸坏你的好雪车，
把你的雪车打烂，
把雪车弄成碎屑。”
这位卡莱沃儿子，
穿蓝袜的古勒沃，
打开珍贵的宝箱，
揭开彩色的宝盖；
展现出很多银钱，
大批织锦给她看，
有金线织的袜子，
有银线织的带子。
织锦改变她思想，
金钱使她变新娘，
银两诱骗了姑娘，
金子使她上了当。
这位卡莱沃儿子，
穿蓝袜的古勒沃，
他利用花言巧语，
使姑娘头晕目眩，

一只手牵着马绳，
另一只把姑娘揽。
他就与姑娘寻欢，
锡饰人早已瘫软，
在雪车的垫子上，
在那毛毯的下面。

主神让早晨降临，
主神带来第二天。
姑娘盘问古勒沃，
她这样把话问：
“你出身什么家族，
谁是你的最亲人？
你或许是大家族，
有一位伟大父亲。”
这位卡莱沃儿子，
古勒沃这样答道：
“我不是大家族人，
家族不大也不小，
我是中等家族人：
我是卡莱沃儿子，
一个不聪明男子，
一个无作为孩子。
而你是什么出身，
你是什么家族人，
你要出身大家族，
肯定有伟大父亲！”
姑娘迅速地回答，

她说出这样的话：
“我不是大家族人，
家族不大也不小，
我是中等家族人：
卡莱沃可怜女儿，
是个愚蠢的女人，
是个很笨的女人。
当我还是个女孩，
与母亲一起生活，
到山下摘覆盆子
到树林采野莓果。
搜索莓果在地上，
摘覆盆子在山下：
白天采晚上睡眠，
采了一天又一天，
一直采到第三天，
我找不到回家路，
条条道路通森林，
没有一条通家园。
于是我坐下哭泣，
哭了一天又一天，
一直到了第三天，
我登上一座大山，
我站在高高峰巅。
在那里我大声喊，
回答我的是森林，
还有那无际荒原：
‘傻姑娘不要呼叫，

糊涂人不要呼喊！
谁也听不到你叫，
家也听不到你喊。'
度过了三天四天，
度过了五天六天，
我决定自杀身死，
我决定离开人间。
但我终没有死成，
我没有把命断送！
若是我那时死去，
若是我命归黄泉，
也许到了第二年，
或是第三年夏天，
就像绿色的青草，
就像美丽的鲜花，
就像新鲜的莓果，
就像红色的越橘，
干不出这种丑事，
听不到这种丑话。"
她刚说完这句话，
话似乎没有说完，
她立刻跳下雪车，
急忙跑进河里面，
淹没在奔腾急流，
淹没在汹涌涡漩。
她这样选择死亡，
她这样永别人间：
她的住所在多尼，

她在波浪里安眠。
这位卡莱沃儿子，
古勒沃跳下雪车，
开始大声地哭叫，
心里无限的悔过：
“天哪，我真不幸，
我的一生多灾难，
我奸污了亲妹妹，
我把母亲女儿玷！
呵，父亲和母亲，
我的亲爱的双亲！
你们为何把我生，
生了我这糊涂虫？
你们最好别生我，
你们最好别养我，
如果我不来人间，
不会落得这样惨。
疾病对我无情感，
死亡对我也无缘，
它们为何不杀我，
让我只能活两天。”
他用刀子割绳索，
又割断雪车锁链，
他跃上骏马背上，
挥鞭策马飞向前。
他骑马跑了不远，
只是短短的路段，
就来到父亲住处，

来到双亲的家园。
他在院中见母亲：
“生育我的母亲呵，
我的亲爱的母亲！
当初你生下我来，
就该把我搁浴室，
再关上浴室的门，
让我只能活两天，
蒸汽会使我断气；
用毯子把我包裹，
用帷帐把我系紧，
把我扔进火里面，
让烈火把我烧焚！
如果村人把你问：
‘屋中摇篮在哪里，
为何要关浴室门？’
你就这样地回答：
‘用火烧掉了摇篮。
炉中还冒着火焰，
在浴室正发麦芽，
麦芽发酵真香甜。’”
他母亲这样说，
老妇这样提问：
“儿子你有什么事，
听到什么坏新闻？
你似乎来自多尼，
似乎来自玛纳拉！”
这位卡莱沃儿子，

古勒沃这样说道：
“有一件不幸的事，
这种事不可告人，
我玷污了我妹妹，
母亲疼爱的女儿！
我去把税金支付，
支付后就往回走，
在路上遇见姑娘，
我就把姑娘奸污，
她就是我的妹妹，
是母亲的贴心肉！
现在她投河自尽，
选择了死亡道路，
在奔腾的瀑布下，
沉入汹涌的急流。
现在我还不知道，
我还不能够想象，
究竟如何去死亡，
在哪里自杀身亡：
是死在狼的嘴里，
还是死在熊的喉，
死在梭子鱼牙间，
死在鲸鱼的腹部？”

母亲这样对他讲：
“儿子，别去那里，
到嗥叫的狼嘴里，
到吼叫的熊咽喉，

到梭子鱼牙齿间，
到鲸鱼的大腹部！
芬兰的海角很大
萨沃的边境宽广，
在那里可以避嫌，
在那里可以躲藏，
躲藏五年到六年，
充其量不过九年，
岁月会平息痛苦，
时光使精神复原。”
这位卡莱沃儿子，
古勒沃这样开言：
“我不打算去藏躲，
我不逃脱这罪过！
我要去投卡尔玛，
在玛纳那里生活；
我要去战争地方，
英雄厮杀的战场，
温达摩仍在那里，
这恶人还未死亡，
父亲的仇仍未报，
母亲的仇仍未偿，
其他一切可不谈，
我的遭遇更要忘。”

第三十六篇

古勒沃准备去战场，他与家人们告别，只有母亲一人关怀着他去后的生死问题（1—154）。他来到温达摩拉地区，毁坏了田地，焚烧了住所（155—250）。当他返回家后，看到自己的家园只有一条黑狗，再找不到任何生物，他于是带着黑狗以打猎为生（251—296）。他在去往森林的路上，来到奸污自己妹妹的地方，触景生情，追悔莫及，于是他拔剑自刎（297—360）。

这位卡莱沃儿子，
穿蓝袜的古勒沃，
他就准备去作战，
准备行装去战场。
他时而磨着刀剑，
时而又擦着标枪。
母亲对他这样讲：
“我的可怜的儿子，
千万别去大战场，
去那里舞动刀枪！
谁要执意去作战，
故意挑起这战争，
谁就会遭到不幸，
在战争中去送命，
死在刀光剑影下，
被对方镖枪射中。
如果你同羊开战，

同公羊一起打仗，
山羊就会打败你，
把你逼进乱泥塘：
你像狗一样归来，
像青蛙返回家乡。”
这位卡莱沃儿子，
他对母亲这样讲：
“我不会陷入沼泽，
也不会倒在草原，
倒在渡鸦的窝巢，
倒在乌鸦的恋栈，
要是我走到战场，
就要在战场阵亡。
战争中死亡高尚，
刺剑中死亡荣光！
战争狂热无限美，
令无数青年向往，
青年可摆脱邪恶，
倒下去不觉饥渴。”
母亲这样质问他：
“如果你死在战场，
谁来赡养你父亲，
让他在晚年无恙？”
这位卡莱沃儿子，
古勒沃这样答道：
“就让他倒在院中，
让他死在小路旁！”
“谁来赡养你母亲，

让老人晚年安康?”
“让她倒在草堆里,
倒在牛栏里死亡!”
“谁来照料你哥哥,
照料他日常生活?”
“就让他倒在森林,
或死亡在草原上!”
“谁来照顾你姐姐,
她晚年穿暖吃饱?”
“就让她跳进井里,
或淹死在水塘里。”
这位卡莱沃儿子,
古勒沃就要起程,
向父亲告别时说:
“再见,亲爱的父亲!
当你听说我阵亡,
已经消失在人间,
已经倒在战场上,
是否哭得很悲伤?”
父亲这样回答他:
“当我听说你阵亡,
不会哭得很悲伤:
我将再要个儿子,
他要比你更英俊,
他要比你更聪明。”
这位卡莱沃儿子,
古勒沃反驳他道:
“我要听说你死亡,

也不会哭得悲伤。
我随便造个父亲：
石的头颅泥的嘴，
沼地蔓越橘眼睛，
用枯木枝做胡子，
用柳条做成双腿，
用朽树做成肉体。”
他又向哥哥问道：
“再见，可爱的哥哥！
当你听说我阵亡，
在人间已经消失，
已经死在战场上，
是否为我而悲伤？”
哥哥这样回答他：
“如果听到你阵亡，
我不会感到悲伤：
我要再找个弟弟，
一个更好的弟弟，
一个更漂亮弟弟。”
这位卡莱沃儿子，
古勒沃反驳哥哥：
“当听说你已死亡，
我也不会感悲伤。
我随便造个哥哥，
石头做头泥做嘴，
眼睛用蔓越橘做，
头发用干枯枝做，
双腿用柳条枝做，

肉体用朽树木做。”
他又向姐姐问道：
“再见，我的姐姐，
当你听说我阵亡，
在人世间已消失，
死在激烈战场上，
你是否感到悲伤？”
姐姐这样回答他：
“当听到你已阵亡，
我不会感到悲伤：
我会找一个小弟，
他比你表现要好，
他比你聪明厚道。”
这位卡莱沃儿子，
古勒沃反驳姐姐：
“我要听说你死亡，
也不会感到悲伤。
我另造一个姐姐：
石头做头泥做嘴，
眼睛用蔓越桔做，
头发用枯枝条做，
两耳用莲花去做，
肉体用枫木去做。”
他又向母亲问道：
“我最可爱的母亲，
你是生我的亲人，
你是养我的贵人！
当你听说我死亡，

已在人世间消失，
已阵亡在战场上，
你是否感到悲伤？”
他的母亲对他说，
母亲说了以下话：
“你不懂母亲感情，
你不知母亲的心。
倘若听说你死亡
已经消失在人间，
已经在战场阵亡，
我会感到很悲伤：
哭得房间流满水，
哭得地板被漂起，
哭得小路被淹没，
哭得牛栏成了河；
哭得雪开始融化，
哭得地面光又滑，
融化雪地变新绿，
泪水流在新绿下。
若是当着人的面，
不能总是流眼泪，
用尽悲伤的气力，
我就躲在浴室里，
让泪水漂起凳子，
让地板泡在水里。”

这位卡莱沃儿子，
穿蓝袜的古勒沃，

他弹唱着赴战场
他欢乐地去打仗。
他穿过沼泽大地，
弹奏着经过荒原，
他踏着荒原残梗，
荒原发出沙沙声。
后面追来传信人，
悄悄地对他传话：
“你父亲在家死去，
他老人家已死亡，
你要回家去看望，
把后事料理妥当！”
这位卡莱沃儿子，
古勒沃这样回答：
“他死了让他死吧！
我家里有匹良马，
用马拉他到坟里，
把他葬在卡尔玛！”
他弹着走过沼泽，
声音传到森林里，
一位传信人赶来，
低声地对他说道：
“你哥哥死在家里，
他已经命归黄泉，
你要回家去看看，
他的葬事如何办！”
这位卡莱沃儿子，
古勒沃这样回答：

“他死就让他死吧！
家里有一匹种马，
把他拉到地里去，
让他葬在卡尔玛！”
他继续在沼泽走，
弹唱声传到垦地，
后面追来传信人，
悄悄地传递消息：
“你的姐姐死家里，
她已经上了西天，
你要回家去看看，
她的葬事怎么办！”
这位卡莱沃儿子
古勒沃这样回答：
“她死了让她死吧！
家里有一匹母马，
让马拉她到坟场，
把她葬在卡尔玛！”
他唱着经过草原，
他在草地上呼喊。
后面赶来传信人，
低声地把消息传：
“你可爱母亲死去，
你的慈母离人间，
你应回家去看看，
她的葬事如何办！”
这位卡莱沃儿子，
古勒沃这样回答：

“我是不幸的青年，
母亲已离开人间，
她缝窗帘太辛苦。
她绣被单太疲倦，
她用手转动纺锤，
她纺出长的轴线；
当她开始离人间，
我竟不在她身边！
她也许受冻而死，
也许饥饿把气断？
用最好的肥皂，
给她的僵尸洗澡，
用绸缎把她缠绕，
再用细麻布裹包！
小心抬她到坟地，
在卡尔玛地埋掉，
然后唱悲歌一曲，
歌声在四处缭绕！
我还不能回家去，
温达摩的仇未报，
这恶人还未倒下，
这坏人还未杀掉。”
他去战斗唱着歌，
快乐进军温达摩。
他这样把话说：
“至高的主神乌戈！
请您给我一把剑，
一把最好的宝剑，

它能抵挡一支军，
它能战胜数百人！”
他得到一把宝剑，
是一把最好的剑，
用它杀掉所有人，
温达摩人全被砍，
房屋被烧成废墟，
升起了缕缕青烟：
只剩下灶上石头，
和院子的山犁树。

这位卡莱沃儿子，
古勒沃返回家园，
回到父亲的住处，
回到双亲的房间：
房间里空空如也，
院子里荒芜一片；
没有人出来会面，
没有人握手寒暄。
他用手摸摸炉灶，
炉灶里没有煤烟。
他来到家后发现：
母亲已离开人间。
他用手摸摸炉膛，
冰凉石头在里面。
他来家后方知道，
父亲已命归黄泉。
他用眼看着地板，

地板上灰尘一片，
他来家后方发觉，
姐姐也不在人间。
他走到了船坞边，
船坞旁没有帆船，
他来到后才知道：
哥哥也离开世间。
于是他开始哭泣，
哭了一天又一天。
他自言自语地说：
“我的可爱的母亲！
当你仍在世上时，
究竟给我留什么？
不论我的眼流泪，
不论我的额悲叹，
不论我的头哀怨，
母亲你都听不见！”
母亲在坟墓苏醒，
她在地下这样谈：
“黑狗仍然留在家，
它伴你在森林玩。
你带着你的黑狗，
到森林地带游玩，
那里的树木成荫，
森林姑娘住里面，
那里有仙女大院，
那里有松木庄园，
你去那里求帮助，

你去那里求恩典!”

这位卡莱沃儿子,
古勒沃带着黑狗,
踏上去林间的路,
走向茂密的森林。
他刚走了没多远,
只是不长的路段,
就来到森林旁边,
事情的发生地点,
他在这里干坏事,
把母亲的女儿奸。
草原在这里哭泣,
大地在这里悲叹,
嫩草在这里伤心,
花朵在这里哀怨,
为这可怜的姑娘,
遭到如此的诱奸。
从此小草不萌芽,
花儿也不再开放,
恶事发生的地方,
树木也不再生长,
因这姑娘遭不幸,
因这少女的死亡。
这位卡莱沃儿子,
古勒沃手握利剑,
他把利剑看端详,
陷入了左思右想,

他向利剑开了腔：
“利剑是否处他死，
吃了他罪恶的肉，
喝了他罪恶的汤。”
利剑仔细想了想，
知道他意在何方，
于是这样回答他：
“既然是罪恶的肉，
既然是罪恶的汤，
为何我不愿尝尝？
我曾吃过无辜肉，
我曾喝过无辜汤。”
这位卡莱沃儿子，
穿蓝袜的古勒沃，
把剑柄插在地下，
锋利的剑头朝上，
他向剑头扑过去，
剑头穿过他胸膛。
他这样离开人世，
他这样投入死亡。
古勒沃英雄离去
青年男子别人间，
英雄结束了一生，
他的灵魂已升天。
年老的万奈摩宁，
听说英雄古勒沃，
已经离开了人间，
他这样吐出忠言：

“人们对自己孩子，
且不可放松教育，
一贯地纵容他们，
使他们愚蠢成长！
放松教育的孩子，
愚蠢成长的孩子，
缺乏应有的聪慧，
缺乏应有的理智，
虽然他能活到老，
他的体质也很好。”

第三十七篇

伊尔玛利宁为死去的妻子久久伤心落泪，后来他用金银打造一位新娘，费了九牛二虎之力才打造完成(1—162)。夜间他睡在金银新娘旁边，第二天早晨他才发现这新娘冷冰冰的，如同一座塑像(163—196)。他把这金银新娘让给万奈摩宁，万奈摩宁表示拒绝，但建议他打造更实用的东西，或者把这金银新娘带到其他需要它的地方(197—250)。

铁匠伊尔玛利宁，
每晚哭泣他的妻，
夜间痛苦地失眠，
白天难过不吃饭；
自从死了他的妻，
美人被埋在地里，
他每天早晨哀悼，
整个清晨在叹息。
那把铜柄的铁锤，
不在他手中挥动，
有一个月的光景，
听不到冶炼响声。
伊尔玛利宁说道：
“可怜的我不知道，
怎样过不幸生活。
夜晚我坐卧不安，
时时在伤心悲叹，

令我精气神大减。
每夜我感到忧伤，
早晨我感到烦恼，
夜晚确实是凄凉，
这种日子真难熬。
不是为夜晚忧伤，
不是为清晨悲叹，
不哀怨时令在变：
而为我美丽妻子，
为我亲爱的妻子，
为黑眉毛的妻子。
在这凄凉的夜晚，
在这难熬的时刻，
我在半夜的梦中，
我的手总是乱摸，
但是什么摸不到，
摸到的只是烦恼。”
铁匠孤独地生活，
丧妻后日见衰老。
他悲伤两三个月，
一直到了第四月，
他从海中取金子，
他从浪里捞银子；
他收集很多木材，
足足有三十雪车，
他把木材烧成炭，
再运到冶炼厂来。
他选了部分金子，

又挑了部分银子，
如同秋天的母羊，
如同冬天的兔子，
放在炉里烧黄金，
放在炉里烧白银，
让奴仆拉着风箱，
让劳工推动风箱。
奴仆拉动着风箱，
劳工推动着风箱，
手上没有戴手套，
上身赤裸着肩膀。
铁匠伊尔玛利宁，
精心对炉火照望，
他要打造女人像，
打造一金银新娘。
奴仆拉不动风箱，
劳工推不动风箱，
铁匠伊尔玛利宁，
自己去拉动风箱。
拉了一次又一次，
一直拉了第三次，
他去察看这炉火，
就往炉子里边望，
炉里面升起什么，
火焰中冒出什么。
从炉子火焰里面，
出来了一只母羊，
两根金毛和铜毛，

第三根是白银毛。
其他人喜闻乐见，
但是铁匠不喜欢。
伊尔玛利宁说道：
“只有狼喜欢母羊！
我喜欢的是伴侣，
是金银制的新娘。”
铁匠伊尔玛利宁，
把山羊推到炉中，
往炉中加些金子，
又加了一些银子，
让奴仆拉动风箱，
让劳工推动风箱。
奴仆用力地拉着，
劳工使劲地推着，
他们手上没手套，
他们赤裸着肩膀。
铁匠伊尔玛利宁，
精心守望在炉旁，
他用银子和金子，
要打造出一新娘。
奴仆用尽了气力，
劳工使尽了力量，
铁匠伊尔玛利宁，
亲自拉动着风箱。
拉了一次又一次，
一直拉到第三次，
他往炉子里面瞧，

他从炉子里面望，
从炉中升起什么，
从火焰冒出什么。
从炉中火焰里面，
跳出来一头马驹，
金色鬃毛银的头，
四只蹄子是铜的，
其他人都很喜欢，
伊尔玛利宁不满。
伊尔玛利宁说道：
“只有狼欢迎马驹！
我需要个金伴侣，
我对银新娘喜欢。”
铁匠伊尔玛利宁，
把马驹推到炉中，
往炉中添些金子，
又添了一些银子，
让奴仆拉动风箱，
让劳工推动风箱。
奴仆费力地去拉，
劳工费劲地去推，
他们没有戴手套，
他们赤裸着肩膀。
铁匠伊尔玛利宁，
守望在炉子一旁，
他要打造金伴侣，
他要打造银新娘。
奴仆没有了力气，

劳工没有了力量，
铁匠伊尔玛利宁，
自己拉动着风箱。
拉了一次又一次，
一直拉到第三次，
他来到炉子跟前，
往炉子里面观望，
炉子里似有人动，
人的影子在摇晃。
从炉中火焰里面，
冒出来一位姑娘，
银的头金的披发，
长得十分的漂亮。
别人看见都害怕，
只有铁匠不恐慌。
铁匠伊尔玛利宁，
将姑娘打造形状，
夜晚他从不睡眠，
白天他继续地干，
给姑娘打造双脚，
打好脚把手造好：
双脚不能迈步走，
双手不能来拥抱。
给姑娘造好耳朵，
耳朵什么听不到。
他给姑娘造好嘴，
美丽嘴漂亮眼睛。
但这张嘴不说话，

漂亮眼睛不传情。
伊尔玛利宁说道：
“若她有说话本领，
她的眉目能传情，
这姑娘令人动情。”

然后他放下姑娘，
放在柔软毯子上，
把柔软枕头垫上，
躺在绸缎的床上。
铁匠伊尔玛利宁，
烧热了蒸汽浴室，
把肥皂准备妥当；
又准备好浴身梗，
把三桶水也放上，
让小鸽子蒸汽浴，
让小金雀洗净身，
洗掉身上的灰尘。
铁匠自己洗了澡，
浑身觉得很舒畅，
他支起了钢铁架，
在架上搭起帷帐，
他躺在帷帐下面，
就在姑娘的身旁。
铁匠伊尔玛利宁，
就在第一个夜晚，
他准备了些被褥，
还有一些大毛毯，

两三张大熊的皮，
五六条羊毛绒毯，
他侧身对着伴侣，
就在金像的对面。
他盖着一些被褥，
就感到十分温暖；
而对着这位姑娘，
在这尊金像面前，
就感到非常寒冷，
冷得似乎结了冰，
如同冰冻的湖面，
冻得像石头般硬。

伊尔玛利宁说道：
“姑娘不使我快乐！
我把她交给万诺，
属万奈摩宁所有，
要成为他的老婆，
小鸽般偎在腋下。”
他来到万诺的家，
把姑娘交给了他，
并这样地说了话：
“年老的万奈摩宁，
我给你送来姑娘，
她的嘴并不很大，
她的下巴也不宽，
看起来非常漂亮。”
年老的万奈摩宁，

他望着金头姑娘，
对这金像细端详，
把以下的话儿讲：
“为什么把金妖怪，
带到我的家里来？”
伊尔玛利宁答道：
“我好心好意送来，
让她做你的老婆，
像鸽子偎在腋下。”
万奈摩宁把话说：
“铁匠，我的兄弟，
你把姑娘送炉中，
冶炼成实用东西，
或者送到俄罗斯，
把金像给俄国人，
他们喜欢战利品，
愿和战利品成亲！
把她给我不合适，
与我身份不相称，
我不向金女求婚，
也不追求银女人。”
年老的万奈摩宁，
劝告英雄和世人，
劝告成长的一代，
劝告青壮年成人，
不要向黄金弯腰，
不要对白银动心。
他说出了以下话，

来表达自己心情：
“无论青年多不幸，
还是成长的英雄，
无论你多么富有，
还是你多么贫穷，
在你漫长的一生，
只要月亮闪银光，
不要求婚金姑娘，
不要为银子心伤！
金子使人变冷酷，
银子使人变寒霜。”

第三十八篇

伊尔玛利宁去波赫约拉向死去妻子的妹妹求婚，在那里他得到侮辱性的回答，非常生气，并抢走姑娘返回家乡(1—124)。在回家的路上姑娘辱骂伊尔玛利宁，激怒了他，他于是念咒语使姑娘变成海鸥(125—286)。伊尔玛利宁回到家后，向万奈摩宁诉说了波赫约拉居民自从得到三宝磨后过着无忧无虑的生活，并告诉他此次前去求婚的经过(287—328)。

铁匠伊尔玛利宁，
不朽的冶炼工匠，
丢下金子的雕像，
丢下银子的姑娘。
于是他驾起雪车，
又把栗色马套上，
他登上了雪车里，
坐在雪车的中央。
他离开家乡上路，
一边驾车一边想，
这次去波赫约拉，
要娶另一位姑娘。
他驱车行了一天，
第二天还向前赶，
当他行了第三天，
来到波赫约拉院。
波赫约拉女主妇，

走到院中把他见。
他俩在院中谈话，
女主妇转身问他，
女儿生活的怎样，
她的身体可安康，
她成了主人儿媳，
成了女主人儿媳。
铁匠伊尔玛利宁，
心情沉重低下头，
他的帽子歪一旁，
开始这样把话讲：
“岳母你不要再问，
问你女儿的情况，
问她生活怎么样，
问她身体可安康！
她已结束了一生，
她不幸过早死亡。
我的莓果在野外，
我的美人在地下，
银白女儿被草盖，
残株里有她黑发。
我来娶你二女儿，
年轻姑娘娶我家，
岳母，答应我吧，
让你女儿嫁给我，
她取代姐姐位置，
住在姐姐的屋下！”
波赫约拉女主妇，

娄黑这样回答：
“我不幸做错了事，
现在后悔来不及，
我竟把我的女儿，
把小鸽子嫁给你，
她年轻就已长眠，
睡在地下永不起：
如同送到狼嘴里，
送到熊的牙床里。
二女儿我不同意，
不愿将她嫁给你，
去洗你身上烟尘，
把身上煤灰刷洗。
如让女儿嫁给你，
还不如把她抛弃，
把她抛进瀑布里，
抛入汹涌漩涡里，
去喂玛纳的蛆虫，
去填多尼鱼牙缝。”
铁匠伊尔玛利宁，
撅着嘴，歪着头，
头上黑发乱蓬蓬，
怒气冲天晃着头，
转身就往屋里走，
一直走到屋椽下，
他才开始说了话：
“姑娘，你跟我走，
去你姐姐的住地，

去接替她的位置，
把甜面包来烘烤，
把甜麦酒来酿造！”
地板上有个孩子，
他这样地把歌唱：
“恶人快离开城堡，
怪客快离开大门！
从前你来过城堡，
进入过城堡大门，
给城堡带来灾难，
给城堡造成祸患。
姑娘，我的姐姐，
不要爱上这男郎，
你不要受骗上当，
被他的甜言中伤！
他有狐狸的嘴巴，
有豺狼般的尖牙，
有大熊般的利爪，
腰上挂着嗜血刀，
用刀可割下脑袋，
更可把脊背劈开。”
姑娘对铁匠回答，
说出了以下的话：
“我不会跟着你走，
我不要你这恶人，
你杀死我的姐姐，
杀死第一个女人：
你也许会杀死我，

杀死第二个女人。
像我这样的姑娘，
能配更好的新郎，
他的容貌更好看，
他的雪车更漂亮，
他的住处更优美，
他的住房更宽广，
我不住蠢人寓所，
我不进铁匠黑房。”
铁匠伊尔玛利宁，
不朽的冶炼工匠，
撅着嘴，歪着头，
一头黑发乱异常，
他用双手抓姑娘，
抓住姑娘就不放，
像风一样冲出屋，
拖姑娘到雪车旁；
把姑娘推上雪车，
把她推进车中央。
他匆忙登上路程，
赶着雪车回家乡，
他一手牵着缰绳，
一手按少女胸膛。

姑娘伤心地落泪，
她急忙地把话讲：
“我要去沼泽地带，
去长蔓越橘地方，

那里鸽子会消失，
那里小鸟会死亡。
伊尔玛利宁听着！
如果你不放走我，
我要踢碎这雪车，
把你的雪车毁掉，
用腿把它撞两半，
用脚踢它成碎片。”
铁匠伊尔玛利宁，
却这样地回答道：
“雪车是铁匠打造，
它完全用铁皮包，
什么撞击都不怕，
也不怕姑娘踢它。”
姑娘便号啕大哭，
系铜腰带人悲伤，
她挣扎着扭伤手，
同时又把手指伤。
她把以下话儿讲：
“如果你不放走我，
我要变成海中鱼，
一条鲱鱼游深处。”
铁匠伊尔玛利宁，
这样回答姑娘道：
“这样你也逃不走，
我追你变梭子鱼。”
姑娘又开始哭泣，
系铜腰带人悲伤，

她挣扎着扭伤手，
同时又把手指伤。
她把以下话儿讲：
“如果你不把我放，
我就跑进森林里，
像貂鼠一样躲藏。”
铁匠伊尔玛利宁，
用以下的话回答：
“你这样也逃不走，
我变成水獭追你。”
姑娘又开始哭泣，
系铜腰带人悲伤，
她挣扎着扭伤手，
同时又把手指伤。
她对铁匠这样讲：
“如果你不放我走，
我要变成一云雀，
飞到云后去躲藏。”
铁匠伊尔玛利宁，
他对姑娘回答道：
“这样你也逃不掉，
我变成鹰把你追。”
他们没有走多远，
只是很短一段路，
这骏马竖起耳朵，
这骏马停住脚步。
姑娘便抬起了头，
望着雪地的足迹，

她向铁匠提问题：
“这是什么的足迹？”
伊尔玛利宁答道：
“这是野兔的足迹。”
可怜的姑娘叹气，
又叹气又要哭泣，
她这样地把话提：
“我是个可怜的人！
如果我随兔子跑，
跟着兔子的足迹，
比在求婚雪车里，
盖在他毛毯下面，
会感到更加美好，
会感到更加惬意。
兔子的毛更精细，
兔子豁嘴更美丽。”
铁匠伊尔玛利宁，
咬着嘴唇歪着头；
雪车继续往前行。
但是没有走多远：
骏马又竖起耳朵，
鬃毛都往上直立。
姑娘又抬起了头，
望着雪中的足迹。
她又向铁匠问道：
“是什么经过这里？”
伊尔玛利宁回答：
“狐狸在这里经过。”

可怜的姑娘叹气，
又叹气又要哭泣，
她这样地把话提：
“我是个不幸的人！
若是我乘狐狸车，
在广阔原野里跑，
也比在求婚车里，
盖在他的被下面，
会感到更加舒服，
会感到更加美好。
狐狸的毛更精细，
狐狸尖嘴更美丽。”
铁匠伊尔玛利宁，
咬着嘴唇歪着头，
他赶着雪车向前，
大约走了没多远，
骏马又竖起耳朵，
全身鬃毛竖立着。
姑娘又抬起了头，
望着雪中的足迹，
她向铁匠提问题：
“什么从这里经过？”
伊尔玛利宁答道：
“一只狼经过这里。”
可怜的姑娘叹息，
不幸的少女哭泣，
她这样地把话提：
“我是个不幸的人！

若是我随着狼走，
踏着大嘴狼足迹，
也比在求婚车里，
盖在他的被下面，
会感到更加快乐，
会感到更加舒坦。
狼的毛更加精细，
狼的大嘴更美丽。”
铁匠伊尔玛利宁，
咬着嘴唇歪着头。
他驱车继续前进，
夜间来到一新村。
由于旅途太疲倦，
铁匠睡觉真香甜，
他不想睡这姑娘，
姑娘笑他怪模样。
铁匠伊尔玛利宁，
早晨醒来才发现，
咬着嘴唇歪着头，
头上黑发变散乱。
铁匠伊尔玛利宁，
这样地自言自语：
“我要不开始歌唱，
使得这样的新娘，
变成林中的动物，
或变成水中生物？
不能唱成林中物，
不然森林被扰乱，

不能唱成水中物，
不然鱼儿都逃窜。
还不如拿腰中剑，
让她一命归西天。”
剑听到铁匠的话，
懂得这话的内涵，
于是便这样发言：
“铸我不能这样干，
把一个少女砍死，
把一个弱者头断。”
铁匠伊尔玛利宁，
于是他念起咒语，
于是他开始歌唱。
新娘变成了海鸥，
它绕着峭壁呼叫，
它在礁石上号啕，
它围着海角悲鸣，
顶着猛烈的海风。

铁匠伊尔玛利宁，
继续赶车向前进，
心情沉重垂着头，
骏马飞疾车辚辚。
他很快来到家乡，
来到熟悉土地上。
年老的万奈摩宁，
在路上遇见了他，
便说出以下的话：

“铁匠，我的兄弟！
你从波赫约拉来，
心情为什么悲伤，
连帽子歪在一旁？
那里人生活怎样？”
伊尔玛利宁说道：
“那里人生活很好！
三宝磨不停旋转，
彩色盖不断翻动：
第一天为了口粮，
第二天为了出售，
第三天为了储藏。
我说得都是实况，
我再向你说一句：
波赫约拉有宝磨，
那里人们生活强！
他们耕地又播种，
他们增产又收粮，
一片繁荣新景象。”
万奈摩宁这样讲：
“铁匠伊尔玛利宁！
你为何两手空空，
没带新娘返家乡，
年轻女人在哪里，
那属于你的新娘？”
铁匠伊尔玛利宁，
便这样地回答道：
“我念咒语把歌唱，

把姑娘变成海鸥。
如今海鸥在悲鸣，
在海中的礁石上，
在悬崖峭壁周围，
她在叹息在悲伤。”

第三十九篇

万奈摩宁提议与伊尔玛利宁一起去波赫约拉取回三宝磨,伊尔玛利宁接受了这个建议并与万奈摩宁乘船前往(1—330)。勒明盖宁在路上与他俩突然相遇,当听说他俩去取回三宝磨时,便决定与他俩一同前往波赫约拉(331—426)。

年老的万奈摩宁,
说出了以下的话:
“铁匠伊尔玛利宁,
我们去波赫约拉,
把三宝磨夺回来,
彩色盖子也抢来!”
铁匠伊尔玛利宁,
做了这样的回答:
“从阴暗波赫约拉,
从多雾萨里奥拉,
夺不回来三宝磨,
还有那彩色盖子!
他们把那三宝磨,
连同那彩色盖子,
藏在那里石山里,
藏在那里铜山里。
给它上了九把锁,
还有三条大锁链,

锁链埋了九呏深，
一条扎在地里面，
一条伸到了水边，
第三条盘在内山。”
万奈摩宁便说道：
“我的铁匠小兄弟！
一同去波赫约拉，
去把三宝磨抢来！
我们造一艘大船，
把三宝磨放里面，
彩色盖子搬上船，
从那里的石山中，
从那里铜山里面，
把九把锁都砸烂！”
伊尔玛利宁说道：
“在陆地走较平安，
在海上行较危险，
面临着死亡考验！
大风会把我们卷，
狂风吹得大船翻，
只能靠手去划船，
手指当舵划向前。”
万奈摩宁开了言：
“在陆地走较平安，
但也有一定困难，
道路曲折不平坦。
水上划行多舒坦，
大船晃动着向前，

漂泊在明亮水上，
滑行在闪光水面：
风推动着船前进，
波浪拥着船前行，
西风吹动着大船，
南风把大船摇动。
虽然我是这样说，
如果你不愿乘船，
让我们在陆地行，
沿着海岸奔向前！
你要给我造把剑，
一把锋利闪光剑，
我准备与野兽斗，
与波赫亚人作战。
我要夺回三宝磨，
从严寒凄凉乡下，
从阴暗波赫约拉，
从多雾萨里奥拉！”
铁匠伊尔玛利宁，
不朽的冶炼工匠，
他把铁放在火上，
又在炭火放进钢，
他放进了点黄金，
又放进了点白银，
他让奴仆拉风箱，
让雇工推动风箱。
奴仆们拉着风箱，
雇工们推着风箱：

铁被烧得成糊状，
钢被烧得成了浆，
白银像水般流动，
黄金膨胀像波浪。
铁匠伊尔玛利宁，
不朽的冶炼工匠，
弯腰向炉中观看，
又向四周里张望：
一把利剑正形成，
利剑上配有金柄。
他从炉中取出来，
取出这好的制品，
把制品放在铁砧，
用铁锤把它锤锻。
他努力造一把剑，
一把无比精良剑，
剑上镶嵌着黄金，
剑上装饰着白银。
年老的万奈摩宁，
前来观看这把剑。
看到这锋利的剑，
他把剑拿在手里，
翻来覆去仔细看，
于是吐出了真言：
“这剑是否配英雄，
英雄佩它合适否？”
这剑配得上英雄，
英雄佩它很合适，

剑刃上闪着月亮，
剑锋上闪着太阳，
剑柄上闪着星星，
剑背上战马嘶鸣，
剑把手上有只猫，
剑鞘上有条狗叫。
他于是挥舞着剑，
斩断一座大铁山。
于是他这样开言：
“我用这一把利剑，
就能劈开一座山，
能把丘陵劈两半！”
铁匠伊尔玛利宁，
他说了以下的话：
“我这个不幸的人，
如何能保护自己，
防御水陆的危险，
是否要披甲系带？
是否要全副武装，
披上坚牢的铁铠，
系上钢的粗腰带？
全副武装更雄伟，
身披铠甲更精神，
腰束钢带更俊美。”
就要动身的时间，
他们去做好准备。
年老的万奈摩宁，
铁匠伊尔玛利宁，

他们分别去寻马，
寻找那黄鬃骏马，
要给骏马系鞍子，
要给马蹄铁钉打。
他们俩个寻骏马，
走到森林去寻马，
他们用目四处看，
围绕着森林巡查：
从那绿色枞树林，
他们找到黄鬃马。
年老的万奈摩宁、
铁匠伊尔玛利宁，
给马头戴上笼头，
马嚼子戴进嘴中。
他们就骑马前进，
两人沿海岸飞奔：
他们听到哭泣声，
有人在港湾呻吟。
年老的万奈摩宁，
就这样大声表明：
“或许是姑娘哭泣，
是小鸽子在呻吟！
我们是否去看看，
还是走近来辨认？”
他自己便走过去，
走到那里去观看。
那里没有姑娘哭，
那里没有鸽子叹：

只见一艘船哭泣，
只见一艘船叹息。
年老的万奈摩宁，
走到船旁便问道：
“木船为什么哭泣，
桨船为什么叹息？
是嫌自己太无能，
还是在这里做梦？”
木船这样地回答，
桨船这样地说道：
“木船需要在水上，
柏油船也这样想，
如同姑娘总盼望，
出身名门俊男郎。
木船为此而哭泣，
桨船为此而叹息：
木船渴望漂水面，
桨船漂浮波浪间。
当年把我造成船，
造成一艘大帆船，
应把我当战船用，
变成一艘大战舰，
战舰仓里满金银，
装的全是战利品：
我却一直未参战，
战利品未载一件。
其他一些坏的船，
它们经常去参战，

当作战舰来使唤；
一夏天三次参战，
运回来满仓金钱，
众多宝物堆满船。
而我是一艘好船，
造我用了百条板，
对我却弃之不用，
停泊这里待腐烂。
乡间可恶的蛀虫，
正在我肋下拥动，
令我厌烦的小鸟，
正在桅杆上筑巢，
癞蛤蟆从林中来，
在甲板上蹦又跳。
我要是山上松树，
或是草原上枞树，
在枝桠间有松鼠，
在树干下有条狗，
那该有两倍的好，
兴致要有三倍高。”
年老的万奈摩宁，
于是这样地说道：
“木船，不要痛苦，
桨船，不要忧愁！
你很快就去参战，
参加猛烈的战斗。
造船人把你造成，
就使你具有本领，

让你的头入水中，
让你的舷过波峰，
用不着用肩去推，
用不着用手去碰，
用不着用背去扛，
用不着手指引领。”
木船这样地说话，
桨船这样地回答：
“我们这一族船舶，
还没有这样本领：
如果没有手来碰，
没有肩膀来扛动，
会自动进入水中，
自动地在浪上行。”
年老万奈摩宁问：
“若我把你送水中，
你是否能够航行，
没有桨将你划动，
没有舵将你引领，
没有风将你吹送？”
木船就这样说话，
桨船就这样回答：
“我们这一族船舶，
还没有这样本领：
不靠桨帮助划动，
不靠舵帮助引领，
不靠风帮助吹送，
就能自动地航行。”

年老的万奈摩宁，
进一步地询问道：
“你能否快速前行，
若是有桨来划动，
有舵把你们引领，
有风将你们吹送？”
大船这样地说话，
桨船这样地回答：
“我们这一族船舶，
都能在水上速航，
若是让他们出动，
若是有人来摇桨，
若是有人来引领，
若是有风来送行。”
年老的万奈摩宁，
将马留在沙丘上，
把马绳系在树上，
拴在一个树枝上
又将船推入水中，
唱着推进波涛上。
他询问一艘木船，
使用了以下语言：
“你这弯曲的木船，
你这带桨架的船！
你的外形虽好看，
是否载重也可观？”
木船这样地说话，
桨船这样地回答：

“我的载重算可观，
我有宽大的甲板：
坐着载百位英雄，
站立容千位好汉。”
年老的万奈摩宁，
开始轻轻地歌唱。
他在甲板的一端，
唱出了一群青年，
头发光滑手很坚，
脚穿皮靴光闪闪。
他在甲板另一端，
唱出姑娘一大片，
锡的头饰铜腰带，
手上戒指金灿灿。
他又开始把歌唱，
唱得座位人坐满，
有一些是年老人，
他们人生近黄昏，
没座位留给他们，
因青年人早来临。
他自己坐在船尾，
坐在桦木船后边，
他划着船驶向前。
他把以下的话讲：
“驶向无草木边疆，
在这无际水面上！
像水中睡莲一样，
在波涛之间漂荡。”

他让青年们划船，
姑娘们坐在一边。
青年们把桨划弯；
木船依然不向前。
他让姑娘们划船，
青年们坐在一边。
姑娘们手指已弯，
木船还是不向前。
他让老年人划船，
年轻人一旁观看。
老年人的头发颤，
木船仍然不向前。
铁匠伊尔玛利宁，
他自己坐下划船：
木船在开始移动，
在飞奔地驶向前。
划桨声传得很远，
舵声在远方听见。
木船飞驰水在溅：
船板摇动座位响，
山梨木桨在叮当，
舵像松鸡在鸣叫，
舵环像雄鸡鸣唱，
船头像天鹅飞翔，
船尾像渡鸦破浪，
桨架像母鹅声响。
年老的万奈摩宁，
掌着舵引导方向，

他坐在红船后边，
使舵发挥出力量。
海角出现在前方，
还有荒凉的村庄。

阿赫第住在这里，
高科生活海角上，
他捉不到鱼掉泪，
没有面包他悲伤，
他嫌仓库太狭小，
他嫌命运太糟糕。
他在制作新龙骨，
他在制作新船板，
在这贫穷海角上，
在这荒凉的村庄。
他的听觉很灵敏，
他的视觉更是棒，
他向西北方眺望，
又回头眺望南方：
一条彩虹在远方，
还有云彩在天上。
那不是一条彩虹，
也不是天上云彩：
那是一艘船航行，
乘风破浪奔前方，
在那无际的水面，
在那辽阔的海上，
老者在后边掌舵，

强壮男子在划桨。
于是勒明盖宁说：
“我不知道这艘船，
这艘漂亮的木船，
这艘船来自芬兰，
从东方划着桨来，
船舵指向西北面。”
勒明盖宁大声喊，
一声一声不间断，
他在海角上呐喊，
回声盘旋在海面：
“是谁在海上划船，
乘风破浪奔向前？”
男人们从船上说，
女人们从船上答：
“你这森林的居民，
来自森林的英雄，
你不知道这艘船，
来自万诺莱的船，
难道不认识舵手，
不认识划船好汉？”
勒明盖宁这样说：
“我才看清船舵手，
才认出划船好汉：
在后面掌船舵的，
是老人万奈摩宁，
划桨伊尔玛利宁。
好汉们往哪里去，

英雄们开往何处?”
老人万奈摩宁答:
“我们去波赫约拉,
要经过千难险阻,
要渡过这万重浪:
从波赫约拉石山,
从那铜山的里面,
去夺回那三宝磨,
连同那彩色盖子。”
于是勒明盖宁说:
“年老的万奈摩宁,
让我与你一同去,
作为第三位英雄,
帮助夺回三宝磨,
还有那彩色盖子!
如果战争打起来,
我的佩剑可立功:
我的双手做保证,
我的双肩可证明。”
年老的万奈摩宁,
接受了他的请求,
一同乘船向前行。
机灵的勒明盖宁,
迅速地上了木船,
立刻走进了船中。
他还带了些船板,
登上了这艘木船。
老人万奈摩宁问:

“船上有很多木块，
还有许多的船板，
木船有沉重负担。
为何你带船板来，
加重木船的负担？”
勒明盖宁回答道：
“备而不用防隐患，
有准备能渡难关，
在波赫约拉海面，
巨风常吹坏船板，
船舷被撞得裂断。”
老人万奈摩宁说：
“凡是作战的大船，
要用铁制作船舷，
要用钢制作船头，
以防巨风把船翻，
风浪击船成碎片。”

第四十篇

抢夺三宝磨的英雄们乘船来到瀑布下，船被搁浅在一条大梭子鱼背上(1—94)。他们打死了梭子鱼，把鱼的前半部分搬进船仓并食以充饥(95—204)。万奈摩宁用鱼骨制成了五弦琴，很多人想弹奏，但均未成功(205—342)。

年老的万奈摩宁，
掌着舵飞速前进，
跨过长长的海角，
绕过荒凉的农村。
他在船上把歌唱，
歌声回响波浪上。
居住海角的姑娘，
一边听着边观望：
“从海上传来快乐，
船上唱的什么歌，
比从前更是快活，
它胜过以往的歌？”
年老的万奈摩宁，
第一天经过大湖，
第二天经过沼泽，
第三天经过瀑布。
机灵的勒明盖宁，
记起了以前咒语，

念给飞腾的瀑布，
念给神圣的漩流。
他说出以下的话，
把自己心情表达：
“瀑布，停止飞腾，
激流，停止汹涌！
瀑布飞腾的姑娘，
你坐在水纹石上，
坐在水淋的石上！
把浪涛收在胸怀，
用双手去收集来，
别让洪水去发怒，
以防打在我们胸，
落在我们的头顶！
波涛下的老妇人，
躺在水上的夫人，
你从水上抬起头，
从浪涛中站起身，
你把浪涛收拢住，
还要精心看守它，
别让它吞掉无辜，
把无罪人埋水下！
水中央的大石头，
浪涛下面的石头，
你们要低下脑袋，
深深低在水底处，
要给航行的红船，
涂柏油的船让路！

若是这样不安全，
吉摩，卡摩之子①，
在河中央石头间，
红船穿过的地点，
用钻子钻一个洞，
开辟一条隧道路，
让红船平安通过，
让木船继续向前。
若是这样不安全，
河下面的水主人，
你把石头变海草，
船像梭子鱼气泡，
在海草中间行驶，
在海草上面奔跑。
住在瀑布中姑娘，
住在流水中女郎！
你纺条柔软的线，
再绕成柔软线团！
你把线团垂水中，
在绿波里牵着线，
木船跟踪着行驶，
挺起胸膛奔向前，
即使船手没经验，
也能够找到航线！
仁慈的船舵女神！
你掌着神圣的舵，

① 吉摩，Kimmo，岩石名，卡摩之子。卡摩，Kammo，岩石名，吉摩之父。

引导着这艘木船，
安全渡过这妖河，
驶向河对岸房屋，
靠近妖魔的窗下！
若是这样还不行，
乌戈，仁慈主神，
你从剑鞘拔出剑，
用剑指引着木船，
让它飞速地前进，
让松木船奔向前！”
年老的万奈摩宁，
掌着舵驾船疾驶，
绕过水中的岩礁，
冲破水面的浪潮，
这木船没有搁浅，
也没有陷入泥滩。
当木船正在行驶，
在茫茫的海面上，
木船突然停下来，
停在前进航道上，
船身停止了漂荡，
牢固拴在原地方。

铁匠伊尔玛利宁，
机灵的勒明盖宁，
掌着舵把船推动，
用松木把船跃动，
使木船能够行驶，

使木船开始启动，
但木船寸步不行，
依然是一动不动。
年老的万奈摩宁，
开始这样说道：
“机灵的勒明盖宁！
你潜入水下看看，
在这茫茫的海上，
是什么挡住木船，
什么把木船羁绊，
使它不能驶向前，
是岩石还是树桩，
或是其他的物障！”
机灵的勒明盖宁，
潜入水中去察看，
察看木船的下面，
便这样地开了言：
“船底下没有岩石，
也不是树桩阻挡：
船在梭子鱼肩上，
停在狗鱼脊骨上！”
年老的万奈摩宁，
把以下的话儿讲：
“水中什么都会有，
无论梭子鱼或树桩，
若是船在鱼肩上，
狗鱼脊骨把船拦，
你就潜入海水中，

用剑把鱼砍两半!”
机灵的勒明盖宁,
身体健壮的少男,
从腰带拔出宝剑,
这剑能把骨砍断。
他于是潜入水中,
在船底下用力砍,
他却沉入到水底,
两手没入波浪间。
铁匠伊尔玛利宁,
抓住英雄的头发,
把英雄拉出水面。
他便这样把话谈:
“每个人自称好汉,
满脸胡须的好男,
这样的人有一百,
算起来或有一千!”
他从腰间拔出剑,
拔出这锋利的剑,
他朝船底下乱砍,
想把梭子鱼砍断,
但宝剑变成碎片,
梭子鱼却很平安。
年老的万奈摩宁,
说出了以下的话:
“你们不及半好汉,
和三分之一英男!
真正英雄的智谋,

真正好汉的条件，
你们还没有具备，
你们还没有实现。”
他便抽出了利剑，
用手紧握着这剑，
他把剑伸到水中，
挥剑向船下猛砍，
向着梭子鱼肩胛，
向着狗鱼脊背砍。
利刃刺中鱼要害，
刺中了鱼的颚部，
年老的万奈摩宁，
把梭子鱼拖上来，
拖到了水面上来。
他把鱼砍成两段，
鱼尾沉入了水底，
其余部分装进船。
他重新启动木船，
木船继续奔向前，
年老的万奈摩宁，
掌着舵奔向浅滩，
引导着木船靠岸。
他对着梭子鱼身，
仔细地进行察看。
于是他开始说道：
“让最老的仆人来，
把这梭子鱼剖开，
把鱼身切成薄片，

把鱼头切成碎段!”
男人在船上回答,
女人在船上答话:
“捕鱼人双手更巧,
猎鱼人十指更妙。”
年老的万奈摩宁,
从刀鞘里拔出刀,
拔出锐利的铁刀,
用利刃把鱼剖开,
把鱼切成片和条。
他自己这样说道:
“唤最年轻姑娘来,
去把梭子鱼烹调,
鱼薄片当作午餐,
晚餐就吃鱼碎条。”
年轻姑娘来烹调,
十个少女把鱼烤。
大梭子鱼被烹调,
烹调成美味佳肴,
鱼骨扔在岩石旁,
扔在海中礁石上。

年老的万奈摩宁,
望着扔掉的鱼骨,
陷入了沉思默想。
他把以下的话讲:
“把梭子鱼的牙齿,
和被切碎的颚骨,

若是送到冶炼场，
交给能干的铁匠，
在熟练铁匠手中，
能够制造些什么？”
伊尔玛利宁回答：
“即使送到冶炼场，
交给能干的铁匠，
在熟练铁匠手中，
用那废弃的鱼骨，
终归什么做不成。”
年老的万奈摩宁，
于是自言自语道：
“也许用鱼的骨头，
能造一把五弦琴①，
若是有位造琴师，
有位熟练的匠人。”
但是没有造琴师，
没有熟练的匠人，
能够造把五弦琴。
年老的万奈摩宁，
就自己动手造琴，
用梭子鱼的骨头，
把这五弦琴造成，
使人民欢乐无穷。
用什么制作琴身？
用梭子鱼的颚骨。

① 五弦琴(Kantele)为芬兰古代民间乐器，五根弦，用手指弹奏。

用什么制作琴柄?
用梭子鱼的牙齿。
用什么制作琴弦?
用希息骟马的鬃。
如今五弦琴造成,
这把琴已经完工,
用梭子鱼大颚骨,
鱼鳍也加在其中。
走来一群青年人,
一群妇女也来临,
还有半大小伙子,
还有一些姑娘们,
不论是成长的人,
还是年老的人,
都来观看五弦琴,
都来试拨这把琴。
年老的万奈摩宁,
邀请年轻年老人,
邀请一些中年人,
用手指来弹一弹,
弹弹这把五弦琴,
用鱼骨制作的琴。
年轻和年老的弹,
中年人也在弹琴。
青年弹琴移动手,
老年弹琴摇晃头:
他们弹不出调子,
他们弹不成曲子。

于是勒明盖宁说：
“你们小伙子真笨，
姑娘们也太愚蠢，
其他也是无能人！
你们都不会演奏，
不是弹琴的好手！
把鱼骨的琴给我，
拿过来让我弹奏，
把琴放在两膝间，
贴近我的十指尖！”
机灵的勒明盖宁，
把琴捧在他手中，
放在自己两膝间，
他便用手指去弹。
他想弹出好曲调，
不断拨弄着琴弦：
但是他弹不成调，
形不成优美音乐。
年老万奈摩宁说：
“你们不是这样人，
无论是成长的人，
还是那些年老人，
会弹奏这五弦琴，
让它发出美妙音。
若是我把琴带走，
带到波赫约拉去，
或许那里有的人，
能更好地演奏琴？”

他带到波赫约拉，
带琴到萨里奥拉。
男孩们过来弹琴，
姑娘们过来弹琴，
已婚男人们弹琴，
已婚女人们弹琴，
女主人自己弹琴，
他们用手操着琴，
用他们的十指尖，
轻轻拨弄着琴弦。
波赫约拉青年弹，
所有的人都试弹。
谁也弹不出曲调，
谁也奏不成乐篇，
琴弦胡乱地跳动，
马鬃毛哀声一片，
弹出的音调刺耳，
奏出的曲调心烦。
屋角里睡着盲人，
老人躺在火炉边，
盲人突然被惊醒，
老人在炉边大喊，
盲人在感到烦恼，
老人大声在报怨：
“赶快停止别再弹，
快把琴弦丢一边！
声音刺得耳朵疼，
声音震得头发颤，

全身感到不舒服，
使我一周要失眠！
若是芬兰人的琴，
不能给带来欢乐，
或者不能让我们，
痛痛快快地休息，
还不如把这把琴，
扔进大河大浪里，
或者把这琴送回，
送到制琴人手里，
是他用双手制成，
这把鱼骨五弦琴！”
五弦琴开口说话，
它做了以下回答：
“我不想睡在水里，
我不想浪底休息！
我要为乐师演奏，
报答他一番好意。”
人们小心地带着，
带着这把五弦琴，
来到制琴人身边，
把它交给制琴人。

第四十一篇

万奈摩宁弹奏五弦琴,在空中、陆地和海洋的一切生物都前来谛听(1—168)。他们倾听着这琴声,内心大受感动,甚至掉下了眼泪;万奈摩宁也流下大滴的眼泪,落在地上,滴在水中,泪滴在水中变成美丽的蓝色珍珠(169—266)。

年老的万奈摩宁,
永恒的歌唱能手,
他洗净他的手指,
就开始把琴弹奏。
他坐在欢乐石上,
坐在唱歌的石上,
在那银色小山上,
在那金色草原上。
他用手指抓住琴,
把琴放在膝盖上,
双手放在琴下方。
就这样地把话讲:
“从前没听琴的人,
快来听我来弹琴,
我要奏古老歌曲,
我要弹拨五弦琴!”
年老的万奈摩宁,
就开始熟练弹奏,

弹奏鱼骨的乐器，
弹奏鱼骨五弦琴。
敏捷地移动手指，
轻盈举起大拇指。
琴声一阵接一阵，
歌曲一个接一个，
他弹奏着这乐器，
他唱着动听的歌。
梭子鱼的牙在响，
梭子鱼的鳍在摇，
马鬃的弦在跳动，
发出优美的音调。
万奈摩宁在弹奏，
森林的一切动物，
四只脚的在奔跑，
两只脚的在跳跃，
都前来倾听乐曲，
都感到无比快乐。
松鼠围在他中间，
在枝桠上下乱蹿；
貂鼠在这里聚集，
停留在篱笆旁边。
鹿在草原上跳跃，
分享欢乐有山猫。
狼在沼泽地醒来，
熊在荒原里出来，
从枞树间洞穴中，
从茂密的松林中。

狼经过长的路程，
熊穿过密集草丛，
它们蹲在栅栏上，
并排坐在大门旁：
栅栏倒在岩石下，
大门向地上倒塌。
它们绕过枞树林，
在松树林旁趴下，
为了倾听这音乐，
为了享受这快乐。
森林之国的圣贤，
森林之国的主人，
所有森林国的人，
包括姑娘和男孩，
都登上高山之顶，
聆听这美妙琴声。
还有森林国主妇，
那精明的女主人，
脚穿漂亮的蓝袜，
头戴红色的丝带，
也穿过那白桦林，
停留在赤杨树下，
聆听这美妙音响，
欣赏这动听演唱。
空中的鸟儿集合，
展开它们的翅膀，
在空中四面环视，
寻找演奏的地方，

迅速飞来听乐曲，
倾听这欢快声响。
老鹰在窝中听到，
来自芬兰的音响，
把雏鹰留在窝里，
自己在高空飞翔，
来欣赏英雄弹奏、
万奈摩宁的演唱。
老鹰飞翔在高空，
苍鹰穿过厚云层，
野鸭来自深水里，
天鹅来自沼泽中，
最小红梅雀飞来，
啁啾的小鸟飞来，
飞来的鸟儿成千，
飞来的鸟儿上万，
它们在空中鸣啭，
争相落在长者肩，
欣赏这长者演奏，
聆听长者把琴弹。
连大自然女儿们，
大气妩媚姑娘们，
都在倾听五弦琴，
都感到无比欢欣；
有的坐在穹隆上，
有的坐在彩虹上，
有的在小云朵上，
有的在红云边上。

苗条的月亮姑娘，
出众的太阳女郎，
她们坐在彩云上，
坐在红云边缘上，
用手拉动着线团，
用手抛动着梭子，
正织着银线的布，
正织着金线的布。
她们听到这乐曲，
听到迷人的曲调，
便扔下手中机子，
便扔下手中梭子，
折断银色的轴子，
折断金色的带子。
所有水中的生物，
包括六翅的飞鱼，
还有成群的大鱼，
一齐往这里游来，
共同倾听五弦琴，
倾听美好的乐音。
梭子鱼游向这里，
海狗向这里漂浮，
鲑鱼游出了岩石，
鲱鱼从深水游出，
鲈鱼和小的鲤鱼，
还有其他一些鱼，
它们穿过了芦苇，
一起游向海岸边，

来倾听万诺演奏，
来倾听他的歌喉。
水中之王阿赫多，
胡须如青草老者，
他登上一朵睡莲，
坐在睡莲的里面，
倾听着欢快乐曲，
便这样把话来谈：
“在我漫长的一生，
向来就没有听过，
万奈摩宁的弹奏，
弹奏这古老之歌！”
索特科[①] 的女儿们，
河边芦苇姐妹们，
她们用银的梳子，
在河边梳理头发，
她们用金的刷子，
精心地刷着鬈发，
听到这奇妙音调，
这音调如此美好，
就把梳子扔进水，
把刷子抛入浪涛，
她们停止了梳理，
她们停止了刷洗。
连大水的女主人，
大水的年迈妇人，

① 索特科(Sotko)，鸭子的保护女神。

也从海中漂浮出来，
从波浪里露出来，
迅速来到海草旁，
登上海中礁石上，
她谛听着这音响，
万奈摩宁的弹唱，
乐声是如此奇妙，
弹奏得如此美好。
她听得沉沉入睡，
安然地躺在大地，
斑驳礁石当成床，
巨大岩石当成被。

年老的万奈摩宁，
弹了一天又一天，
不论是哪位英雄，
不论是哪位好汉，
不论是男人女人，
不论梳辫子姑娘，
听了都要流眼泪，
听了都感到心伤。
青年哭，老人哭，
未结婚的人在哭，
已结婚的人也哭，
半大的男人啼哭，
男孩和女孩啼哭，
连小小幼儿也哭，
只要听到这弹奏，

老者动人的歌喉。
连万奈摩宁本人，
眼泪也在不断流。
泪水从眼里流出，
一滴一滴地落下，
泪滴比蔓越橘大，
泪滴比豌豆更大，
它比松鸡蛋更圆，
燕子头比不过它。
泪水从眼睛流出，
不停地滴滴落下，
落在了他的脸上，
落在他美丽双颊，
从双颊继续流下，
落在了他的下巴，
从下巴继续流下，
落在跳动的胸膛，
从胸膛继续流下，
落在强壮的膝上，
从膝上继续流下，
落在秀长的脚上，
从脚上继续流下，
落在脚下地面上；
浸湿了五件大衣，
浸湿了腰带六条，
浸湿了七件衣服，
浸湿了八件外套。
从万奈摩宁眼里，

泪滴继续往下淌，
淌在了蓝海岸上，
从蓝色的海岸上，
流入清澈的水里，
流入水下黑泥里。
年老的万奈摩宁，
这样提出了问题：
“在漂亮青年中间，
在大家族人中间，
是否有父之爱子，
是否有这样青年，
从这清澈的水底，
把我的眼泪收集？”
青年们这样回答，
老年人这样开言：
“在漂亮青年中间，
在大家族人中间，
没有这样的爱子，
没有这样的青年，
能从清澈的水底，
把你的眼泪收集。”
年老的万奈摩宁，
又讲了以下的话：
“谁能从清澈水底，
去寻找我的眼泪，
把我的眼泪收集，
将会得到羽毛衣。”
飞来了一只渡鸦。

万奈摩宁告诉它：
“去向清澈的水底，
把我的眼泪收集！
我将送你羽毛衣。”
渡鸦收集未成功。
蓝鸦听到这件事，
急忙飞到了这里。
万奈摩宁对它说：
“蓝鸦经常是这样，
当你游水的时候，
把你的嘴伸水下：
你从清澈的水底，
把我的眼泪收集，
我给你优厚报酬，
送你一件羽毛衣。”
蓝鸦于是潜水底，
把万诺眼泪收集，
从清澈的水下面，
从黑色泥的上面。
它把收集的眼泪，
交在万诺的手里。
泪滴开始起变化，
变化得异常美丽，
泪滴像美丽珍珠，
像贝壳里的珍珠，
它是国君装饰品
是他终生珍爱物。

第四十二篇

英雄们抵达波赫约拉。万奈摩宁称,无论采用协商还是采用强制手段,都要把三宝磨弄到手(1—58)。波赫约拉女主人不接受以任何方式把三宝磨弄走,并动员波赫约拉人民起来反抗(59—64)。万奈摩宁于是就弹起了五弦琴,使波赫约拉人民昏昏入睡,趁此机会他们一起去查看三宝磨,并从石山里把三宝磨抬出来放进船上(65—164)。他们带着三宝磨离开波赫约拉返航回家(165—308)。三天之后,波赫约拉女主人醒来发现三宝磨已被运走,她于是兴风作浪,设置雾障,企图阻止强人把三宝磨运回家去;在暴风雨中,万奈摩宁的五弦琴落入海中(309—562)。

年老的万奈摩宁,
铁匠伊尔玛利宁,
还有勒明的儿子,
漂亮的勒明盖宁,
在这宽广的海上,
在无际的水面上,
向阴暗波赫约拉,
向阴冷乡村航行,
那里人吞食人肉,
那里人淹死英雄。
是谁在海里划船?
铁匠伊尔玛利宁。
他是划船的能手,

堪称划船第一名；
其次是勒明盖宁，
他是划船后一名。
年老的万奈摩宁，
他坐在船的后面，
掌着舵指引前行；
越过汹涌的波涛，
穿过奔腾的白浪，
木船向前方飞航，
朝着波赫亚港湾，
朝着那熟识地方。
他们结束了航行，
终于来到这地方，
把木船驶到岸边，
把木船拖到岸上，
靠近铜的码头旁，
搁在钢的滚子上。
后来他们走进屋，
一起拥进屋里面。
波赫约拉主妇问，
把来者仔细察看：
“英雄们有何贵干，
有什么大事要谈？”
年老的万奈摩宁，
就这样地回答道：
“英雄们谈三宝磨，
连同那彩色盖子：
我们分享三宝磨，

分享这彩色盖子。”
波赫约拉女主妇，
把以下的话儿讲：
“松鸡不能两人分，
松鼠不能三人分，
三宝磨正在转动，
连同那彩色盖子，
在波赫约拉山中，
在那铜的小山中。
我是三宝的女主，
享有三宝磨财富。”
年老的万奈摩宁，
就这样对她说道：
“若你不同意平分，
把三宝磨给我们，
我们把整个搬走，
装在船上往回运。”

波赫约拉女主人，
娄黑却怒气冲天，
命波赫约拉人民，
青年人配带利剑，
英雄们手持武器，
向万奈摩宁开战。

年老的万奈摩宁，
开始弹奏五弦琴，
他坐在那里弹奏，

奏出了美妙乐音。
所有听他弹奏人，
都感到无比欢欣，
男人们手舞足蹈，
女人们眉开眼笑，
英雄们流出眼泪，
孩子们弯腿下跪。
人们费尽了精力，
大家都感到劳累：
听众都昏昏欲睡，
观众都躺倒在地；
万奈摩宁的乐曲，
使所有的人安睡。
智谋的万奈摩宁，
不朽的神圣歌手，
他把手伸进口袋，
从中拿出一钱袋。
他取出了睡眠针，
用睡眠针来催眠，
使所有昏睡人民，
使昏睡不醒英雄，
眼睫毛紧密相联，
眼睑合成一条线。
让波赫约拉人民，
让所有乡村村民，
都陷入沉沉睡眠，
都睡到很长时间。
然后他去取宝磨，

连同彩色的盖子，
从波赫约拉石山，
从小的铜山里面，
那里设有九把锁，
还有十道铁铰链。
年老的万奈摩宁，
在小铜山的门口，
在石头的堡垒旁，
开始轻轻地歌唱：
城堡的大门震动，
铁的铰链在摇晃。
铁匠伊尔玛利宁，
与其他英雄一起，
用奶油涂抹大门，
用猪油涂抹铰链，
不让大门发出声，
不让铰链大声喧。
他用手指转着锁，
使铰链迅速抬起：
他把门闩都打断，
大门终于被开启。
年老的万奈摩宁，
就这样地把话讲：
“你这勒明的儿子，
我最能干的朋友！
快进去取三宝磨，
连同彩色的盖子！”
机灵的勒明盖宁，

漂亮的勒明儿子，
用不着加以指点，
用不着对他称赞，
他立刻走进洞去，
把那三宝磨来搬。
他一边往里面走，
一边自言自语道：
“我是一名男子汉，
是乌戈英雄儿男，
只要我右脚站定，
用脚后跟碰一碰，
我便将宝磨移走，
将彩色盖子搬走！”
勒明盖宁用力搬，
弯着身子用力搬，
企图把宝磨抱起，
双膝在地上用力：
但三宝磨没有动，
彩色盖子未转移；
它已牢固扎下根，
扎下九吋深根基。
波赫约拉有头牛，
长的雄壮又高大，
它的筋肉很结实，
它的两胁肥又滑，
头上犄角一吋长，
一吋半的厚嘴巴。
把牛从田野牵来，

把牛牵到了这里；
让牛拉动三宝磨，
连用彩色的盖子：
三宝磨开始启动，
彩色盖子也在动。
年老的万奈摩宁，
铁匠伊尔玛利宁，
机灵的勒明盖宁，
把巨大的三宝磨，
从石山里抬出来，
从小铜山抬出来，
把它抬到船旁边，
把它放进船里面。

把三宝磨运船上，
彩色盖子放船舱；
他们把船推进水，
百板船航在波浪。
船溅起水中浪花，
在浪中起伏漂荡。
伊尔玛利宁问道，
他这样地开了腔：
“从阴暗波赫约拉，
从这不祥的地方，
把三宝磨运哪里，
在哪里把它保藏？”
年老的万奈摩宁，
他这样地回答道：

“我们要把三宝磨，
连同那彩色盖子，
运往多雾的海角，
运往阴暗的海岛，
在那里保存安全，
在那里存放久远。
那里有小片地方，
那里有小块地盘，
向来不发生战争，
从未被武士侵占。”
年老的万奈摩宁，
掌舵离开这北国，
意气风发地航行，
向着自己的故国。
他这样地把话说：
“船离开波赫约拉，
离开这异国他乡，
航行到自己故乡！
风呵把船来吹动，
推动它海上航行，
给划桨人以帮助，
使掌舵人更轻松，
在这辽阔的海上，
在这茫茫的水中！
若是船桨太短小，
划船的人不强壮，
船尾上的舵也小，
掌舵的人没力量，

你这海神阿赫多，
给我们一艘新船，
给我们结实的舵，
给新的最好的桨，
你替我们划着桨，
让船在海上疾航！
木船在海上航行，
铁桨架的船向前，
穿过层层的波浪，
冲破层层的艰险！”
年老的万奈摩宁，
掌着舵加速前进。
铁匠伊尔玛利宁，
机灵的勒明盖宁，
他们用力划着桨，
划着桨使船前行，
在清澈的水面上，
在翻滚的海浪中。
勒明盖宁便说道：
“在从前的日子里，
我划船在水面上，
总听到歌手歌唱。
可是如今我划船，
却听不到唱歌声，
没有歌声在船上，
没有歌声在水上。”
年老的万奈摩宁，
他便这样解释道：

“不能在水上歌唱，
也不能在波浪上！
唱歌会妨碍划船，
使木船停止不前。
黄金太阳会隐没，
黑暗夜晚会出现，
在无边无际水上，
在波涛汹涌海面。”
勒明盖宁不听劝，
他进一步争辩道：
“就是永远不歌唱，
不舒展你的歌喉，
时光总是会消失，
美丽太阳会隐去，
黑暗夜晚会降临，
头上会罩着黄昏。”
年老的万奈摩宁，
掌着舵航行海面，
航行一天又一天，
一直航到第三天，
轻浮的勒明盖宁，
又在一旁发了言：
“万诺为何不唱歌？
唱吧，伟大歌手，
我们得到三宝磨，
选择了正确道路。”
年老的万奈摩宁，
坚定地做出回答：

“要唱歌为时太早，
要欢乐也不适合。
当望见自己大门，
当听见开门声音，
那时唱歌最合适，
那时欢乐也不迟。”
勒明盖宁又说道：
“让我站在船尾上，
我要大声地叫嚷，
我要大声地歌唱；
也许我唱得不好，
我的歌声不嘹亮。
若是你不答应唱，
现在我就把歌唱。”
轻浮的勒明盖宁，
漂亮的高科蔑里，
他鼓动着那大嘴，
做好唱歌的准备。
他开始唱起歌来，
但他唱得很不好，
他的声音太嘶哑，
他的音调太糟糕。
勒明盖宁大声唱，
高科蔑里大声叫：
嘴在颤动胡子飘，
下巴颏也在摆摇。
歌声传到了远方，
在水对面有歌唱，

六个乡村能听到，
七个村庄有回响。
在靠近沼泽地方，
仙鹤蹲在土丘上，
它正抬起它的脚，
把脚趾骨来计量。
听到勒明盖宁唱，
它感到非常惊慌。
仙鹤停止了计量，
惊慌地大声叫嚷，
它立刻飞离土丘，
向波赫约拉地方。
当它飞到这地方，
飞到波赫亚沼泽，
它依然嘶哑叫着，
它依然大声叫嚷：
把那里人民唤醒，
把邪恶北国惊动。

波赫约拉女主人，
从漫长梦中惊醒。
她急忙走向牧场，
又疾步走向谷场，
她查看她的牲畜，
又查看她的谷仓：
牲畜一个也不少，
谷仓不缺一粒粮。
然后她奔向石山，

奔向小铜山门口。
她达到后开言道：
“我的天，多伤悲！
陌生人来过这里，
所有的锁被扭开，
城堡大门被打开，
铁的铰链被破坏！
莫非盗走三宝磨，
还有其他的东西？”
三宝磨已被盗走，
还有彩色的盖子，
从波赫约拉石山，
从小铜山的里面，
虽有九把锁锁着，
有十条铰链链着。
波赫约拉女主人，
娄黑怒火心中烧，
她自觉权势太小，
她深感气势太弱。
她向云姑娘祷告：
“云和雾的姑娘呵！
用筛子撒下云朵，
用筛子把雾播下，
云朵从天上降低，
浓雾从高空降下，
降在茫茫的海上，
降在无际的水上，
阻止万诺船远航，

不让他返回故乡！
若是这样不成功，
你水中的巨子呵，
从海中抬起脑袋，
在波浪里把头抬！
要把卡莱瓦英雄，
拉入到深水中来，
让他们淹死深海，
消除他们的后代！
把船上的三宝磨，
夺回波赫约拉来！
若是这样还不行，
至高的大神乌戈，
大气尊贵的国王，
闪银光的统治者，
你制造恶劣气候，
掀起阵狂风暴雨！
狂风掀起了巨浪，
暴雨袭击在船上，
阻止万诺船远航，
不让他返回家乡！”
云和雾的姑娘们，
在海上撒满云朵，
让浓雾迷漫水面，
万奈摩宁的木船，
在蓝蓝的海里面，
滞留了三个夜晚，
雾气蒙蒙难识路，

东南西北难认辨。
在蓝蓝的海里面，
停留三个夜晚后，
万奈摩宁发了言，
他这样把话谈：
“最无能的男子汉，
最懒散的英雄男，
决不会让云击败，
决不会让雾阻拦。”
他用剑砍着海水，
剑锋刺在海水里，
剑的利刃流着蜜，
蜜从剑上往下滴：
于是雾气被驱散，
烟云飞到了天边，
浓雾消失在海面，
烟云消失波浪间，
辽阔大海重露面，
海的世界大无边。
可是过了短时间，
也就是转眼之间，
发出了一声吼叫，
就在红船的旁边，
只见泡沫在翻滚，
在万诺的船对面。
铁匠伊尔玛利宁，
他感到惊恐万分，
脸上失去了光泽，

双颊褪去了红色。
他拉下头上毡帽，
使毡帽捂住耳朵，
他小心盖住了脸，
也遮住他的双眼。
年老的万奈摩宁，
察看四周的水面，
他留心船的周围，
发现了奇事一端：
那位水中的巨子，
就在红船的旁边，
从水中把头高抬，
抬头高出了水面。
年老的万奈摩宁，
揪住了他的耳朵，
抓着耳朵往上拉，
望着这水中巨子，
发出了以下问话：
“你这位水中巨子！
为何从水中出来，
高高把你的头抬，
把你暴露给人们，
尤其卡莱瓦后代？”
这位水中的巨子，
对此问话不理睬，
但也不感到害怕，
因此不做出回答。
年老的万奈摩宁，

再次地向他询问，
第三次严厉问道：
“你这位水中巨子！
为何从海中出来，
为何高高把头抬？”
这位水中的巨子，
听了第三次询问，
他就这样回答道：
“为此从水中出来，
为此高高把头抬，
因为我有个计划：
消灭卡莱瓦后代，
把三宝磨夺回来。
你要把我送水中，
饶我这可怜的命，
我将永远不出来，
不把我的头高抬。”
年老的万奈摩宁，
于是把他扔进水，
便说出以下的话：
“你这位水中巨子！
不要从海中出来，
不要高高把头抬，
不要当着众人面，
再冒这样的风险！”
巨子从那天以来，
只要日月争光辉，
只要是晴空万里，

充满着新鲜空气，
再没有露出水面，
暴露在众人面前。
年老的万奈摩宁，
掌着舵驾船前行。
过了很短的时间，
只不过转眼之间，
至高的主神乌戈，
大气中的统治者，
掀起了一阵狂风，
恶劣的天气肆虐。
狂风越刮越猛烈，
暴风越来越猖獗，
猛烈的西风狂怒，
西南风更加狂暴；
南风大声地怒吼，
东风大声地呼啸，
东南风大声吼叫，
北风大声地咆哮。
风吹掉树上叶子，
吹掉松树上针刺，
吹掉石南的花朵，
吹掉禾苗的穗子，
使水底黑泥上翻，
浮现在清澈水面。
狂风继续猛烈刮，
海浪把木船拍打，
刮走鱼骨制的琴，

刮走鱼鳍五弦琴，
韦拉摩的人高兴，
阿赫多的人欢欣，
阿赫多发现了琴，
孩子们看见了琴，
把琴从海中捞起，
把琴带回到家里。
年老的万奈摩宁，
悲伤地流出眼泪。
他这样地把话提：
“我用鱼骨造的琴，
从此一去不复还，
消失一直到永远！
在我的有生之年，
永远不能与它伴，
不能分享琴之乐
不能把五弦琴弹。”
铁匠伊尔玛利宁，
他感到非常忧虑，
说出以下的话语：
“天哪，我多么倒霉，
我航行在这海上，
这渺无边际水面，
脚下木头在翻滚，
身下木板在震颤！
狂风吹掉了毡帽，
吹得头发乱一团，
在这起伏的水面，

胡须也遇到灾难；
我从前没有遇到，
这么猛烈的风暴，
这么巨大的海浪，
这么汹涌的波涛。
如今只靠风保佑，
只靠海浪来庇护！”
年老的万奈摩宁，
却这样地劝解道：
“在船上不能悲伤，
没有悲伤的余地！
哭不能摆脱灾难，
哀不能解决问题。”
年老的万奈摩宁，
又继续接着说道：
“大水要管教孩子，
大浪把孩子看管，
阿赫多制服波涛，
韦拉摩平静水面，
别让波涛冲激船，
别让大水把船翻！
大风升到天空去，
穿过天空的云彩，
返回到你诞生地，
返回到你的家里！
别摧毁这条木船，
让松木船沉海底！
别把树木都拔掉，

用火把松林烧焦!”
机灵的勒明盖宁,
漂亮的高科蔑里,
这样地把话来提:
“拉普的鹰,飞来!
把三根羽毛携带,
此外渡鸦带两根,
用来维护这木船,
维护破船的木板!”
他加固了船壁板,
船身也钉上木板,
使船身增一呎高,
大大地高出水面,
免遭浪涛的激溅,
胡须也得到安全。
他的工作已干完,
木船增高了船舷,
不管猛烈的巨风,
不管狂怒的巨浪,
不管汹涌的波涛,
木船会安全无恙。

第四十三篇

波赫约拉女主人准备好战船去追赶抢走三宝磨的强者(1—22)。追赶到之后,波赫约拉和卡莱瓦拉在海上发生战斗,其结果后者取得了胜利(23—258)。但是波赫约拉女主人终于得以从船上把三宝磨扔到海中,三宝磨被摔成碎片(259—266)。较大的碎片沉入海底变成水中财宝;较小的碎片被波浪冲到岸上,万奈摩宁对此感到高兴(267—304)。波赫约拉女主人威胁说要给卡莱瓦拉制造各种灾祸,但万奈摩宁对此毫不惧怕(305—368)。波赫约拉女主人只带着一小块彩色盖子伤心地返回家中(369—384)。万奈摩宁从岸边收集起三宝磨的碎片并把它们种在地里,希望永远得到好运(385—434)。

波赫约拉女主人,
动员那里的人民,
佩带上所有弓箭,
佩带上所有战剑;
造好波赫亚木船,
准备好大的战舰。
她让男子汉登船,
她让英雄们登舰,
像母鸭带着小鸭,
像野鸭率领雏鸭:
佩剑英雄有一百,
持弓男子有一千。

她高高竖起桅杆，
又整理好那船帆，
在桅杆上升起帆
帆在船上迎风展，
像浮云飘在云间，
像天空浮云一片。
她开始海上航行，
帆船似箭飞向前，
她要夺回三宝磨，
把万诺的船追赶。

年老的万奈摩宁，
航行在蓝色海面。
他坐在船的后边，
就这样地开了言：
“机灵的勒明盖宁，
我至诚的朋友呀！
快爬到桅杆顶上，
隐蔽在帆布中间！
望一望前面天空，
再望后边的空中，
天空中是否明朗，
还是黑压压一片？”
机灵的勒明盖宁，
能干的年轻精灵，
不用吩咐就勤快，
不用夸奖就好动，
他爬到桅杆顶上，

隐藏在帆布之中。
他向东望向西望,
望了西北又望南,
望到波赫亚海岸,
就这样地开了言:
“前面的天空明朗,
后面的天边发暗:
北部飘动着浮云,
西北有孤云一片。”
老人万奈摩宁说:
“你说的纯属胡言!
那不是浮云飘动,
也不是孤云一片,
可能是一艘帆船,
你再仔细看一看。”
他又仔细地察看,
便这样地把话谈:
“远方似乎是个岛,
在那里朦胧显现;
白杨栖息着鹰隼,
松鸡栖息白桦间。”
老人万奈摩宁说:
“你说的一派胡言!
那不是什么鹰隼,
也不是什么松鸡,
可能是波赫亚人,
你再仔细地观看!”
机灵的勒明盖宁,

他观察了第三次，
便说出以下的话，
来表达真实情景：
“从波赫亚航来船，
是一百个桨的船！
一百人在划着桨，
一千人站在旁边！”
年老的万奈摩宁，
感到这是真情况，
于是便这样说道：
“快划伊尔玛利宁，
用力划勒明盖宁，
所有的人加油划，
让木船飞速前进，
让帆船向前飞奔！”
伊尔玛利宁划船，
勒明盖宁在划船，
所有的人都划船。
松木桨前后摆动，
木桨架发出声响，
松木船左右摇晃；
船头像豹子一样，
猛烈地直向前闯，
激起了层层海浪，
溅起的泡沫飞扬。
男子划船像赌注，
英雄划船似比武，
但木船较小进展，

没有飞快地向前，
离那波赫亚战船，
不能够越来越远。
年老的万奈摩宁，
感到面临着灾难，
一场恶战难避免。
他陷入沉思默想，
细心琢磨怎么办。
于是他自言自语：
“我还有一条妙计，
我要创造小奇迹。”
他从那火绒盒中，
取出了一块火绒。
他又取出了松脂，
涂上这小块火绒；
他从他的左肩上，
把火绒扔在海中。
他说出了以下话，
来表达自己心情：
“让火绒变成暗礁，
让它变成为悬崖，
等波赫亚船航来，
船上有一百桨架，
让船触到这暗礁，
船在风浪中毁掉！”
暗礁在海中成长，
悬崖在海中形成，
它的横面指向北，

它的纵面指向东。
波赫亚的船航来，
飞快地冲击波浪，
突然间撞上暗礁，
撞到海中悬崖上。
波赫亚船被撞断，
木船被撞成碎片，
桅杆倒在了海上，
船帆垂挂在海面，
风把杆和帆吹走，
随着风四处飘散。
波赫约拉女主人，
把双脚伸入水中，
她打算把船拉起，
推动船继续前行。
但她不能拉起船，
帆船一动也不动：
所有的船肋折断，
所有桨架成碎片。
她长久沉思默想，
自言自语把话讲：
“谁来帮我想办法，
谁来帮我出主意？”
她立即改变面貌，
变成另一种形体。
她拿起五把镰刀，
六把破旧的草锄：
把它们变成鹰爪，

把它们变成利爪；
她用一半破船片，
安在她的身底下，
她把船舷变羽翼，
把船舵当鹰尾巴；
百名壮汉羽翼下，
千名壮汉在尾巴，
一百名是刀剑手，
一千名是弓箭手。
然后她像鹰一样，
展翅在高空飞翔。
她侧身急忙飞行，
去追赶万奈摩宁：
一只翅膀击着水，
一只翅膀穿云中。
漂亮的大水母亲，
于是说出以下话：
“年老的万奈摩宁！
你在太阳下回头，
向西北方向看看，
向你的身后瞅瞅！”
年老的万奈摩宁，
在太阳下回过头，
放眼向西北望去，
向他身后瞅了瞅：
波赫亚老媪追来，
一只怪鸟飞过来，
它的肩膀像荒鹫，

却长着鹰的体态！
它向万奈摩宁来，
径直飞向桅杆顶，
它顺着帆桁上爬，
在桅杆顶上坐定：
木船几乎要沉下，
船舷也向一面倾。
铁匠伊尔玛利宁，
于是向上帝祷告，
祈求创物主保佑，
便说出以下言词：
“创物主保佑我们，
仁慈上帝救我们，
别让孩子们失去，
永远地沉入海底，
从造物主的身边，
从仁慈上帝那里！
乌戈至高的主神，
我的天国的父亲！
赐我一件火战袍，
赐我一件火衬衫，
保护我前去斗争，
保护我前去作战，
在刀光闪闪沙场，
在剑影熠熠场面，
我的头发不散乱，
我的头免遭凶险！”
年老的万奈摩宁，

这样地把话来谈：
“波赫约拉女主人！
同意否瓜分宝磨，
在阴暗海角尽头，
在多雾的海岛上？”
这位女主人答道：
“我不愿平分宝磨，
与你这可恶家伙，
与万奈摩宁贱货！”
她于是冲向船去，
去夺船上三宝磨。
机灵的勒明盖宁，
从腰上抽出宝剑，
紧握着铁的利器，
从他身体的左边；
他要斩断这利爪，
把她的魔爪砍下。
机灵的勒明盖宁
一边砍一边说话：
“剑手们，你们下来，
瞎眼的好汉下来，
从羽翼滚下一百，
从羽尖滚下十个！”
波赫亚的老太婆，
从桅杆顶上说道：
“你这勒明的儿子，
高科该死的家伙！
你欺骗自己母亲，

你欺骗你的双亲：
你答应不去参战，
要在六十个夏天，
不论是为了黄金，
还是为了那白银！”
年老的万奈摩宁，
不朽的歌唱诗人，
他认为危险来到，
噩运即将要来临，
他从海中抽出舵，
从浪中抽出橡木，
用舵来打击妖魔，
用橡木打击巨爪：
打碎了所有爪子，
只剩下最小一只。
壮汉从羽翼掉下，
英雄落入海里面，
从羽翼落下一百，
从尾巴掉下一千。
老鹰一同掉下来，
它掉在了船肋材，
像雷鸟落在树下，
像松鼠掉在地下。

老鹰去争夺宝磨，
用它那无名指夺，
从船上拖出宝磨，
连同彩色的盖子，

它从红船的船舱，
把宝磨扔进海洋：
宝磨被摔成碎片，
彩色盖子被摔烂。

宝磨碎片四处散，
有一些较大碎片，
沉入到深水里面，
沉到海底黑泥间；
碎片变成了富源，
阿赫多人的财产。
在他的一生之中，
只要月亮闪金光，
水中富源取不尽，
宝藏永不会消亡。
还剩下一些碎屑，
那是些小的碎片，
漂浮在蓝色海面，
动荡在波浪之间，
海风吹它们摇动，
海涛拥它们前行。
风依然吹动碎片，
浪涛推碎片向前，
在这蓝色的海面，
在广阔的浪涛间。
风吹碎片到陆地，
波涛推碎片靠岸。
年老的万奈摩宁，

看到漂流的碎片，
风将它们吹陆地，
浪将它们推岸边，
那是宝磨的碎屑，
彩色盖子的碎渣。
他内心感到高兴，
就这样地把话谈：
“这是种子的胚胎，
永恒幸福就要来，
从此耕犁和播种，
会生长出财富来！
从这里升起月亮，
从这里升起太阳，
照耀着芬兰大地，
照在芬兰平原上！”

波赫约拉女主人，
便说出以下的话：
“我还能想出办法，
想出策略和计划，
破坏耕犁和播种，
破坏牲畜和收成，
不让月亮闪亮光，
不让太阳照辉煌：
我把月亮藏岩洞，
我把太阳藏山中。
我命冰冻快降临，
我命严寒的气候，

冻结你的耕种地，
毁坏你的大丰收；
我要发动铁雹子，
发动一阵钢雹子，
砸烂最好的耕田，
砸烂最好的田园。
我要唤醒荒原熊，
和松林獠牙怪兽，
将你的骟马咬死，
将你的母马杀戮，
将你的牲畜吃掉，
将你的奶牛驱走。
用疾病杀你人民，
用瘟疫灭你家族，
只要月光总降临，
世间再不提你们。”
年老的万奈摩宁，
用以下的话回答：
“我不怕拉普咒语，
也不怕拉普恫吓，
上苍掌握着天时，
掌握命运的钥匙，
决不会托给恶人，
让恶人的手染指。
我要祈求创物主，
祈求上天来保佑，
他会把害虫赶走，
不许破坏农作物，

不准伤害那种子，
和生长中的谷物，
也不准抢走种子，
抢走茂盛的谷物。
波赫约拉女主妇，
你把祸害藏山洞，
把恶徒藏岩石中，
并不是你所选的，
把天上的月亮藏，
或是天上的太阳！
你命冰冻快降临，
你命严寒的气候，
冻结你的耕种地，
毁坏你的大丰收！
你发动的铁雹子，
发动一阵钢雹子，
砸烂自己的耕田，
砸烂波赫亚田园！
你唤醒荒原的熊，
也把那凶猫唤醒，
让锐爪兽走出林，
獠牙兽走出松林，
只在波赫亚小路，
伺机将牲畜杀戮！”

波赫约拉女主人，
就这样地把话说：
“我的力气已用尽，

我的精力已枯竭，
海水把财宝吞掉，
浪涛已打烂三宝！”
她哭丧着回家转，
返回到波赫约拉。
她不是将三宝磨，
整个地都带回家，
只是带走一小片，
用无名指就能拿，
把彩色盖子碎片，
带到了萨里奥拉。
波赫约拉变贫苦，
拉普过饥荒生活。

年老的万奈摩宁，
也回到自己家园，
带着三宝磨碎屑，
彩色盖子的碎片，
它们在海岸拾起，
在可爱沙滩发现。
他播种宝磨碎屑，
他播种盖子碎片，
在阴暗海角尽头，
在多雾海岛一端，
让它们发芽生长，
让它们丰收增产，
如同大麦酿麦酒，
如同稞麦制面包。

年老的万奈摩宁，
他自言自语说道：
“主神伟大造物主，
让我们生活幸福，
让我们一生安逸，
让我们光荣安息，
在美丽卡尔亚拉，
在可爱芬兰大地！
造物主保护我们，
主神守护着我们，
防备敌人的恶意，
防备老妇人凶狠！
战胜陆地的灾祸，
战胜水上的蛊惑！
要保护你的孩子，
要帮助你的孩子，
夜间要照看他们，
白天要保护他们，
不然太阳停止照，
月亮也停止发光，
风也会停止吹拂，
雨也会停止下降，
冰霜会冻坏我们，
严寒把我们冻僵！
要建一条铁篱笆，
要造一座石城堡，
在我居住的周围，
将两边人民围绕，

从地面造到天边，
从天边造到地面，
是我们一生住处，
将我们牢牢保护，
不让那恶人吞掉，
连把那粮仓毁掉，
在我们整个一生，
只要月亮放光明！”

第四十四篇

万奈摩宁去海上寻找失去的五弦琴，但终未找到(1—76)。他用白桦木制造了一把新的五弦琴，他弹奏着，使大自然的一切生物都感到欢欣(77—334)。

年老的万奈摩宁，
他脑中这样想着：
“目前是弹奏时刻，
现在应该要享乐，
在这美丽的住宅，
在这舒适的场所！
但已失去五弦琴，
不能享弹奏快乐，
它沉没在鱼住地，
沉没在鲑鱼住所，
能使梭子鱼高兴，
能使韦拉摩快活。
五弦琴不会再现，
阿赫多不会退还。
铁匠伊尔玛利宁！
你昨天还在冶炼，
今天一定还冶炼！
你给我造一铁耙，
铁耙的齿要密的，

铁耙的柄要长的，
我要在水里去耙，
在波涛里耙个遍，
我要耙水中芦苇，
要耙长长的海岸，
从鱼的迂回小路，
从鲑鱼出没场所，
我要找回五弦琴，
我要弹奏康泰乐[①]！”
铁匠伊尔玛利宁，
不朽的冶炼工人，
给他造了一铁耙，
是个铜柄的铁耙，
耙齿有一百唔长，
耙柄有五百唔长。
年老的万奈摩宁，
他拿着这长铁耙。
他走了不长的路，
只是短短的路程，
就来到钢制码头，
就来到铜制船坞。
这里停着两艘船，
两艘船准备起航，
在这钢制的码头，
在这铜制的船坞，
一艘船是崭新的，

① 康泰乐（Kantelo）即五弦琴。

另一艘船是旧的。
年老的万奈摩宁，
对新船这样说道：
“新船到水里漂流，
帆船冲到浪里头，
不用肩膀推着你，
不用双手把你扶！”
新船在水里漂流，
帆船在浪里行走。
年老的万奈摩宁，
就坐在船的后头；
他在海水中打捞，
他在波浪中寻找。
耙遍岸边的堆积，
把莲花花瓣耙散，
耙起了所有废物，
耙起了各种碎片，
耙起了一切碎屑
仔细把沙滩耙遍：
他找不到未发现，
梭子鱼骨做的琴，
永远失去康泰乐，
永远失去弹奏乐。
年老的万奈摩宁，
失望地返回家园，
心情沉重垂下头，
头上帽子歪一边。
他就这样开了言：

“失去梭子鱼齿琴，
失去梭子鱼骨琴，
我再不感到欢欣！”

他徜徉在田野上，
漫步在树林一旁，
忽听到白桦在哭，
听到它叹息悲伤。
他匆忙地走过去，
走到白桦树身旁。
他就这样问道：
“美丽白桦为何哭，
白色腰带围着你，
绿色叶子披头上？
不会让你去参战，
不会带你上战场。”
白桦巧妙地回答，
绿树这样地说话：
“有许多事值得说，
不少事值得思索，
如何能使我欢乐，
如何能使我快活：
我目前感到忧伤，
我享受的是烦恼，
要度过惨淡一生，
一生中痛苦难熬。
我痛苦我的虚弱，
我叹息我的渺小，

我可怜无人同情，
我贫穷无人救应，
在这不祥的地方，
只有绿柳好生长。
美丽的夏季来到，
温暖的日子来到，
别人都在期望着，
享受幸福和逍遥。
而我的处境糟糕，
等待我的是苦恼：
我的树皮常被剥，
还砍掉绿色枝条！
我感到孤苦伶仃，
无法保护弱生命，
就在这短促春季，
孩子跑到我这里，
用尖锐小刀扎我，
从身上流出液体。
夏季恶劣的牧人，
剥下腰围的白皮，
他们用来做杯碟，
或盛水果的用器。
我感到孤苦伶仃，
无法保护弱生命，
姑娘们常在树下，
又蹦又跳地玩耍，
她们把树枝折下，
编成蒸汽浴帚把。

我感到孤苦伶仃，
无法保护弱生命，
他们为开垦荒地，
经常到这里折腾，
今年夏天有三次，
在夏季温暖日子。
伐木者来到这里，
抡起斧头把我砍，
将我的枝条砍下，
我的头也被砍断。
这是我夏季快活，
这是我夏季享乐。
冬天也不会更好，
下雪天更是糟糕。
在已过来的岁月，
苦恼使我脸变色，
痛苦使我脸苍白，
忧愁使我头垂下，
倒霉日子没有完，
想起它黯然泪下。
风给我带来痛苦，
霜给我带来忧愁：
风扯下我绿大衣，
霜剥下我好裙裾。
我变得一无所有，
变成可怜的桦树，
浑身上下赤条条，
所有衣服都剥去。

我在严寒中哀愁，
我在冰霜中发抖。”
老人万奈摩宁说：
“绿色的树不要哭，
不要哭多叶的树，
你的腰用白带束！
你一定得到欢乐，
你一定得到幸福；
不久你流欢乐泪，
不久你歌唱幸福。”
年老的万奈摩宁，
用桦木制五弦琴。
他在夏日里制作，
他制作新康泰乐，
在阴暗海角一端，
在多云海岛上面。
他用树干制琴座，
树干带来新快乐，
用坚固桦木制作，
制成新的康泰乐。
年老的万奈摩宁，
自言自语地说道：
“用树干制作琴座，
树干带来新快乐。
用什么制造螺旋，
用什么制造琴栓？”
院中长一棵橡树，
是一棵高大橡树，

它长着匀称树枝，
每枝长一颗果实，
每个果实有金核，
杜鹃在金核生活。
当杜鹃齐声鸣叫，
鸣叫中有五种调，
它们嘴里流黄金，
嘴里也喷着白银，
黄金流到了地面，
白银流到了山涧，
他以此造出螺旋，
以此也造出琴栓！
年老的万奈摩宁，
又自言自语说道：
“我已造成了螺旋，
也已造成了琴栓。
可是还缺少什么，
还缺少五根琴弦。
为使琴奏出音调，
从哪里得到琴弦？”
他动身寻找琴弦，
便走到了大草原：
草原上坐着姑娘，
是个年轻的女郎。
姑娘并没有哭泣，
也并不多么欣喜；
她绵绵地在歌唱，
歌唱夜晚的降临，

渴望爱人的来到，
渴望会见意中人。
年老的万奈摩宁，
脱掉鞋向前奔去，
脱掉袜靠近了她。
当走到姑娘面前，
便索取她的头发。
老人这样把言发：
“姑娘给几根头发，
美人把头发给我，
我用它制成琴弦，
弹奏永久快乐歌。”
姑娘将头发给他，
那是漂亮的头发；
给了他五根六根，
给了他七根头发：
让他把琴弦制造，
弹奏欢乐的曲调。
五弦琴终于制成。
年老的万奈摩宁，
就选了一个座位，
坐在了石级上面。
他把琴拿在手里，
感到喜悦在心间。
他将琴架面朝天，
将琴座支在膝间：
他把琴弦来调整，
轻轻拨动着琴弦。

当他调好了琴弦，
这五弦琴可以弹，
他把琴拿在手上，
把琴横在了膝间。
他用十个指尖弹，
让五个活动手指，
灵活地拨弄琴弦，
弹奏出动人乐段。
年老的万奈摩宁，
这样弹奏五弦琴，
灵活手指往返跳，
发出美妙的声音，
甚至老树也在响，
绿叶也在低声吟，
姑娘头发在高兴，
金黄杜鹃在欢欣。
老人用手弹着琴，
琴发出响亮声音：
山在摇平原在震，
悬崖都有了回音，
石头在浪里摇晃，
砂砾在水里漂荡，
松树都一齐欢叫，
树桩在荒原跳跃。
卡莱瓦的村妇们，
结伙成群的美人，
如同流动的河水，
她们都往一起奔，

年轻的妇人欢笑，
主妇们一起欢欣，
她们听着这琴声，
感到无比的高兴。
很多男人也来到，
手中都拿着便帽；
附近老妇也参加，
双手都垂在身下。
姑娘流下了热泪，
小伙子都在下跪；
都在倾听着音响，
心中溢满了欢畅。
人们同一声音说，
人们说着同样话：
“在我们漫长生涯，
当月亮银光闪烁，
我们从未听到过，
如此美好的音乐！”
美妙音乐传四方，
六个村庄有回响。
没有一个活生物，
不来倾听这音乐，
倾听这美妙声音，
倾听动人康泰乐。
森林中的动物们，
用爪子支起身体，
倾听着琴的声音，
都感到欢乐无比。

天空飞翔的小鸟，
停留在枝桠之间，
水中游着的小鱼，
迅速靠近了海岸。
潜伏在地下小虫，
急匆地爬上地面。
它们都侧耳倾听，
发出的柔和琴声，
享受康泰乐音响，
和万奈摩宁歌唱。
年老的万奈摩宁，
熟练地弹奏着琴，
发出和谐的声音。
他弹了一天两天，
从不间断地在弹，
早餐用后继续弹，
总系着同一腰带，
穿的衬衫永不换。
当他在家中弹奏，
在他的枞木房中，
屋顶就发出回响，
所有板壁都抖动；
天花板也在歌唱，
所有门窗在欢畅，
灶上炉石在跳动，
桦木柱子在应唱。
当他漫步在松林，
在枞树林里徜徉，

松树都向他鞠躬，
枞树匍匐在地上，
松果围着他打滚，
松针散布树根旁。
当他穿过灌木林，
或者跨过芳草地，
树叶都向他欢呼，
绿草都向他致意，
野花向他发香气，
嫩苗向他把头低。

第四十五篇

波赫约拉女主人对卡莱瓦拉施放了可怕的瘟疫(1—190)。万奈摩宁用有效的咒语和药膏给人民治病(191—362)。

波赫约拉女主人,
娄黑听到了消息,
万诺莱生活很好,
卡莱瓦拉很顺利,
由于三宝磨碎片,
和彩色盖子残片,
这使她非常妒忌。
她经常沉思默想:
如何使他们毁灭,
如何使他们死亡,
使万诺莱的居民,
使卡莱瓦拉人民。
她向乌戈做祈祷,
她向雷神做祷告:
“至高的上帝乌戈!
处死卡莱瓦拉人,
用铁的雹子砸死,
用钢的钉子扎死!
或用瘟疫来杀光,

让他们种族灭亡
男人葬身于庄院，
女人葬身于牛栏！”
阴府有个盲姑娘，
是阴府之神女郎，
她是最坏的姑娘，
她是最阴险女郎，
她是邪恶的根源，
她是灾祸的源泉。
她的皮肤长着毛，
长着一张漆黑脸。
这个黑色盲姑娘，
这个阴间的女郎，
她把床架在路旁，
把床铺在麦秸上。
她背对着风躺下，
侧身迎寒冷天气，
凛冽寒风在背后，
刺骨晨风吹来急。
猛烈暴风吹过来，
大风从东方吹来，
袭击这怀孕怪女，
她起身急忙躲开，
在这光秃荒地上，
连根小草不生长。
她怀着沉重负担，
这使她痛苦不堪；
她度过两三个月，

她度过四五个月，
度过六七八个月，
一直拖到九个月，
据老妇人的计算，
还拖半个月时间。
一直拖到九月末，
第十个月的开端，
这时她疼痛难忍，
经受着大的苦难；
但没有瓜熟蒂落，
始终没有能分娩。
她移到别的地方，
在别的地方架床。
她躺在床上分娩，
找个暖和的地方，
在两座岩石之间，
五座大山的中间：
但还是没有如愿，
没有把孩子生产。
她找地方去生产，
寻个生育的地点，
她遇到抖动沼泽，
她遇到起伏浪涛，
但没有合适地盘，
可以解脱这负担。
她只想生下孩子，
摆脱沉重的担子，
在飞腾的瀑布下，

在汹涌的漩涡下，
那里有三道瀑布，
那里有九座悬崖；
但恶婆没有生产，
没有摆脱这重担。
这丑妇大声哭叫，
这丑妇大声号啕。
她不知该到哪里，
该在什么样地方，
把这孩子生下来，
自身负担得解放。
上帝从云端说话，
创物主从天上讲：
“沼泽里有三角屋，
靠近大海的旁边，
在阴暗波赫约拉，
在萨里奥拉海湾。
你在那里可分娩，
可以解除这负担！
那里人民需要你，
他们期待你生产。”
地府之神黑姑娘，
阴间的丑恶女郎，
到波赫约拉小屋，
到萨里奥拉浴房，
她在那里去分娩，
她在那里去生产。
波赫约拉女主人，

娄黑这缺牙老妇，
把她领到浴室里，
让她在浴室安住，
村里的人不知道，
这事谁也不清楚。
她悄悄烧暖浴室，
把一切准备妥当；
她用麦酒涂房门，
啤酒擦在铰链上，
防止浴室门出声，
以免铰链叮当响。
她说了以下的话，
来表达自己心愿：
“你大自然的女儿，
高贵的漂亮女人，
妇女中你最年长，
你是第一位母亲！
你跑到海水里去，
海水要齐腰般深，
你从鲈鱼的身上
把那粘液体来寻，
用粘液涂抹出口，
把两边都抹上油，
好让她顺利生产，
好让她减少困难，
消除她大的痛苦，
解除她重的负担！
如果这样还不行，

至高的上帝乌戈，
我们求你到这里，
这里非常需要你！
有个妇女要生产，
她遇到很大困难，
就在村庄浴室里，
周围迷漫着蒸汽。
你手握金的手杖，
用你的右手握住！
用此排除障碍物，
移开所有的门柱，
打断城堡的门锁，
打碎所有的门闩，
打碎大的和小的，
连最小的也打烂！”
这个丑恶的孕妇，
地府之神的盲女，
收缩了她的肚子，
生下恶毒的孩子，
在金色毯子下面，
在柔软被子下面。
在一个夏天夜晚，
把九个孩子生产，
只用一锅洗澡水，
把九个孩子洗完，
她的圆鼓的肚皮，
只用了一次力气。
她开始养育孩子，

给男孩起了名字，
就像任何人那样，
生下来总有名字：
一个取名肋膜炎，
另一个取名疝气，
一个取名为痛风，
另一个取名瘰疬，
一个取名为痈疽，
另一个取名疥疠，
一个取名为毒瘤，
另一个取名瘟疫。
留下一个没起名，
他就躺在麦秸中，
让他成为魔法师，
施行魔法在水中。
同时他在沼泽里，
也留下恶毒足迹。
波赫约拉女主人，
命令他们快动身，
开往多云的海角，
开往多雾的海岛，
把毒菌带到那里，
把怪病带到那里，
传染上万诺莱人，
让卡莱瓦族断根。
这些奇怪的疾病，
袭击万诺莱居民，
传染卡莱瓦后生，

谁也叫不出名称：
连脚下地板霉烂，
床上被褥都腐烂。

年老的万奈摩宁，
不朽的法术能手，
他要把疾病驱走，
他要把人民挽救，
他去与妖魔打仗，
他去与疾病战斗。
他去烧好洗澡间，
准备石块要烧暖，
供应较好的木料，
用木料把火来烧，
水盛在带盖桶里，
浴身梗保存严密，
浴身梗泡得温暖，
枝条都变得柔软。
水浇在热石块上，
水浇在红石块上，
浴室升起了热气，
浴室升起了蒸汽。
于是他开始说话，
表达自己的心愿：
“主神现在来沐浴，
圣父快来蒸汽浴，
要保持体魄健康，
要创建和平景象！

消除那些恶疾病，
把身上脏物洗掉，
让温暖取代高烧，
把高热立即赶跑，
别让孩子们高烧
别让你子孙毁掉。
我把桶里的凉水，
浇在炽热石块里，
让它变成了蜂蜜，
像蜜一样往下滴！
让它流成蜜的河，
让它流成蜜小溪，
穿过炽热的炉石，
穿过生苔的浴室！
别使我们白送命，
别使我们死于病，
当主神不叫死亡，
造物主不发旨令。
谁无故地杀我们，
让他自食其恶果，
让恶疾侵入他身，
让他头上降灾祸！
如我不算英雄汉，
不是乌戈好儿男，
无力赶走这灾害，
从头上把它驱散，
乌戈却是英雄汉，
各路彩云由他管，

是他统治着浮云，
他是浮云的主人。
至高的上帝乌戈，
你居住云层之上，
我们需要你降临，
来了解我们情况，
我们经受着痛苦，
我们的处境遭殃，
帮我们驱走邪恶，
让我们得到解放！
要给我一把火剑，
剑上闪耀着火焰，
我要铲除这邪恶，
要把恶魔消灭完，
驱散我们的痛苦，
把灾害赶到荒原！
把痛苦驱散那里，
把灾害赶到那里，
驱散到石的洞穴，
赶到铁硬的岩洞，
把痛苦带给洞穴，
把灾害带给岩洞。
洞穴不会因此哭，
岩洞不会因此泣，
不论痛苦有多大，
不论灾害多危急。
地府之神的姑娘，
坐在病疼石头上，

在三条河激流中，
三道水分流地方，
转动病疼的小丘，
转动病疼的磨房！
把病疼统统赶走，
赶到青石的峡谷，
或赶它们到水里，
让它们沉入海底，
那里大风吹不着，
那里没有太阳照！
如果这样还不行，
你善良的女主人，
你出众的贵夫人，
迅速赶到这里来，
在这里制造健康，
在这里创建安宁！
使生病者不再生
使病疼者不再疼，
使病人安然休息，
使弱者保持安静，
其健康可望恢复，
其身体恢复健壮！
把病疼装进木桶，
用铜扣封住木桶，
再把木桶运出去，
扔掉装病疼的桶，
把它丢掉山中间，
丢掉病疼山顶峰！

在那里把病疼煮，
用一个很小的锅，
小锅只有手指粗，
相当拇指大的锅！
山的中心有石头，
石头中心有洞口，
这洞口钻子钻成，
这洞口钻子钻通：
把病疼塞进洞里，
把痛苦埋在洞中，
让它永不见天日，
让它永不会逞能，
夜里再不能害人，
白天再不能发疯。”
年老的万奈摩宁，
不朽的法术能手，
给伤口贴了膏药，
给疮口把油料涂，
用九种不同膏药，
用八种不同涂料。
他说了以下的话，
来表达自己愿望：
“至高的上帝乌戈，
你这天堂的老者！
让东方升起云彩，
另一片从西北来，
还有片云西方来！
快快降下水和蜜，

使水和蜜变药剂，
治疗伤口显威力！
我没有任何能力，
只靠造物主赐力。
造物主帮助我们，
主神来保佑我们，
我的双眼望着你，
我的双手伸向你，
我张嘴向你呼救，
我喘气向你呼吁！
我双手够不到的，
主神的手在那里；
我的手指够不到，
主神手指在那里！
主神的手更灵巧，
主神手指更巧妙。
造物主施行神术，
主神对我们开口，
万能主请你张目！
让人们夜里安康，
让人们白天健壮，
别让他们遭痛苦，
别让病疼落身上，
别让他们感受到，
轻微痛苦和灾难，
心中再充满悲伤，
在他们有生之年，
只要月亮闪银光！”

年老的万奈摩宁，
不朽的法术能手，
终于消除掉灾难，
解除人民的负担，
驱走了魔鬼瘟疫，
战胜了古怪病源，
拯救了他的人民，
拯救卡莱瓦子孙。

第四十六篇

波赫约拉女主人派大熊去伤害卡莱瓦拉的家畜(1—20)。万奈摩宁杀掉大熊并在卡莱瓦拉举行了盛大的熊宴(21—606)。万奈摩宁唱歌,弹琴,并祝愿卡莱瓦拉在未来的岁月过上更幸福的生活(607—644)。

波赫约拉得消息,
消息传到农村里,
万诺莱充满安宁,
卡莱瓦拉人欢喜,
摆脱了怪病瘟疫,
已经消除了恶疾。
波赫约拉女主人
牙齿不全的娄黑,
听到后非常生气。
她这样地把话提:
“我还可想别的法,
我还可使别的计:
我从荒郊唤醒熊,
把曲爪野兽唤起,
残害万诺莱家畜,
卡莱瓦拉的牲畜。”
她把荒原熊召集,
让它们离开这里,

到万诺莱的牧场，
到卡莱瓦拉草地。

年老的万奈摩宁，
便说了以下的话：
“伊尔玛利宁兄弟，
给我造支新长矛，
长矛上有三个锋，
再配上铜的矛柄！
我要与熊去斗争，
消灭这长毛的熊，
不让它伤我骟马，
不让它伤我母马，
不让它伤我家畜，
不让它伤我母牛。”
铁匠造好了长矛，
这长矛不长不短，
是一支中等长矛：
矛头上站着只狼，
矛刃上蹲着只熊，
矛棱上麋鹿疾走，
矛柄上骏马奔腾，
柄端上有只驯鹿。
一场初雪往下飘，
它轻轻地飘下来，
像是深秋的初雪，
像冬天兔子般白。
年老的万奈摩宁，

把内心的话表白：
“我打算出去旅行，
打算去森林国里，
去森林姑娘家园，
去碧绿少女宅第。
离别勇士到森林，
离别英雄到远方，
森林接收这勇士，
森林接收这儿郎！
但愿我的命运好，
能打倒森林之王。
森林中的女主人，
森林之神的夫人！
把你的狗要看牢，
让它不吵也不叫，
在金银花的小路，
在橡木搭的小屋！
大熊森林的苹果，
长着宝掌的懒货！
当你听见我来到，
听见英雄来到了，
把利齿藏进嘴里，
把利爪藏进毛里，
不许把它们运用，
只许它们不要动！
大熊，我亲爱的，
你的宝掌真美丽！
你在壮观岩洞里，

在那里安然休息，
枞树在头上摇曳，
松树在头上窣窸！
你要出来蹓一蹓，
你要出来走走步，
如同窝里的松鸡，
产卵的鹅在窝里！”
年老的万奈摩宁，
听到狗在汪汪叫，
听到狗在大声嚎，
在小眼睛住所旁，
宽鼻子逗留路上。
他于是这样说道：
“我以为杜鹃在叫，
可爱的小鸟歌唱；
原来不是杜鹃叫，
不是小鸟在歌唱：
是我的狗在大叫，
它等着我快来到，
等候在大熊洞前，
等候在大熊屋边！”
年老的万奈摩宁，
刺死了这只大熊；
推倒它的黄金床，
捣烂它的黄金洞。
他说了以下的话
表达了他的心情：
“我要感谢你主神，

我要赞美创物主，
你把大熊赐给我，
森林黄金赐给我！”
他望着这战利品，
又说了下面的话：
“我可爱的森林熊，
你的宝掌真美丽！
你不要无故生气，
不是我打倒了你：
你自己走出森林，
离开了松林隐蔽，
脱掉你林中衣服，
把灰色外套抛弃。
秋天里气候多变，
常是阴云的白天。
林中金黄的杜鹃，
漂亮的羽毛披肩！
离开这寒冷的家，
离开这荒凉的家，
离开白桦的枝头，
离开栖息的小屋！
听着，你快出走，
到旷野里去漫游，
穿着轻便的鞋子，
穿着蓝色的袜子，
从你居住的小屋，
从你那狭窄住处，
漫游到英雄中间，

漫游到勇士中间！
谁也不会亏待你，
谁也不会伤害你：
那里让你喝蜜水，
那里让你吃蜂蜜，
如果你要走远路，
有人会指引你走。
你马上离开这里，
离开狭小的窝棚，
告别美丽的窝椽，
告别漂亮的窝顶！
你在雪地里滑行，
像莲花水中漂动，
你在枞林中滑行，
像松鼠在树枝中！”
年老的万奈摩宁，
不朽的神圣歌手，
弹唱着穿过荒原，
歌唱着走过草原，
他带着贵重宝货，
带着黑毛的家伙。
屋中人听见弹唱，
屋中人听见歌唱。
于是屋里人叫喊，
英俊的人大声嚷：
“传来悦耳的音响，
林中有人在弹唱，
像少女吹的笛声，

像交喙鸟在歌唱。”
年老的万奈摩宁，
已来到屋子附近，
屋中人向他召唤，
漂亮人向他询问：
“你是否带来金子，
你是否带来银子，
或者带来了钱币，
在路上把它收集？
你唱着歌来这里，
你滑着雪来这里，
给森林带来蜜鸟，
或给主人送山猫？”
年老的万奈摩宁，
他这样地来回答：
“我会带水獭唱歌，
给上帝唱赞美歌；
我一路歌声不断，
滑着雪欣然向前。
我带的不是水獭，
不是水獭和山猫：
我带来著名贵客，
带来森林的骄傲，
一个老人到这里，
身披着一件外衣。
如果你要欢迎来，
把屋的大门打开，
如不欢迎贵客来，

让大门紧闭不开！”
屋中人开始说话，
漂亮人这样回答：
“欢迎把贵客带来，
具有宝掌的贵客，
带到清洁的房间，
带到美丽的住所！
这是我一生所望，
这是我一生所想，
听听林中的呼啸，
听听木笛的声响，
在金黄森林漫步，
在银白树林徜徉，
沿着狭窄的小路，
靠近居住的小房。
像期待新的一年，
像盼望未来夏天，
像雪橇等待落雪，
等待滑雪的路线，
像姑娘等候情郎，
情郎等候红面庞。
晚上我坐在窗口，
早上坐在台阶上，
一星期守在门口，
一个月守在路旁，
胡同里等了一冬，
站在坚硬雪地上。
硬地被站成软地，

软地变成了砂砾，
砂砾变成了沙土，
沙土长出了新绿。
我每天早晨沉思，
我天天都在默想，
大熊究竟在哪里，
森林宝物哪里藏，
莫非离开了芬兰，
到爱沙尼亚躲藏。”
年老的万奈摩宁，
他把以下的话讲：
“我把贵客领何地，
我把宝物带哪里？
或者领它到谷仓，
把它放在草床上？”
屋中人开始说话，
漂亮人开始回答：
“最好把我们贵客，
把我们可爱宝物，
领到出色屋椽下，
带到美丽屋顶下。
那里食品准备好，
也准备好了饮料，
擦洗了所有门窗，
地板也已揩光亮：
所有女人在打扮，
都穿上漂亮衣衫，
都戴上华丽头饰，

披的外套也好看。”
年老的万奈摩宁，
他就这样地说道：
“大熊，我的小鸟，
长着宝掌的小宝！
你可以到处走动，
还可以漫步荒郊。
现在你可以出动，
到乡间里去旅行，
穿着黑色的袜子，
穿着绒布的裤子，
踏着山雀的道路，
沿着麻雀的路途，
在五根椽下行走，
在六根梁下漫游！
当大熊来到屋中，
露出毛茸茸鼻孔，
你千万加以小心，
别把牲畜们惊动，
别让小牲畜害怕，
别让小牛犊受惊！
当英雄来到房间，
当贵客来到眼前，
男孩们离开门廊，
女孩们离开门旁！
大熊，森林的苹果，
森林中漂亮住客！
别害怕披发少女，

对姑娘不用惊骇，
对穿长袜的妇女，
你也用不着惊骇！
这里所有的女人，
当看到贵客进门，
森林居民来跟前，
会迅速聚集炉边！”
老人万奈摩宁说：
“欢迎上帝来这里，
来到美丽椽子下，
来到漂亮顶子下！
我把宝贝带哪里，
我把毛兽放哪里？”
屋中人这样回答：
“我欢迎你来这里！
把你携带的小鸟，
把你携带的小宝，
放在松木柱旁边，
放在铁凳子一端，
让我察看这毛皮，
蓬松外衣看仔细。
大熊不要太伤悲，
你也不用太生气，
为了观赏你的皮，
要剥掉你的外衣！
不会破坏你的皮，
不会弄脏这外衣，
像恶人披的破布，

像乞丐穿的破衣。”
年老的万奈摩宁，
从熊身上剥下皮，
放在库房地面上；
把熊肉放进锅里，
放在镀金的锅里，
放在铜底的锅里。
他把锅放在炉上，
锅四周升起火焰，
锅里肉装得很满，
熊肉都浮到锅沿；
他在锅里撒下盐，
这盐从远方运来，
是萨克森生产的盐，
它穿过“盐的海峡”①，
经过大海的海面，
用大船运来的盐。
当把熊肉都煮烂，
从炉上把锅来端，
人们端来战利品，
把交喙鸟肉分散，
放在枞木长桌面，
盛满金黄的大盘，
人们坐下吃熊肉，
人们又把啤酒灌。
枞木造成的桌子，

① 盐的海峡（Suolasalmi），大概指丹麦海峡。

黄铜制成的盘子，
纯银铸造的叉子，
黄金铸成的刀子。
盘子盛得满又满，
碟子装得满边沿，
盘子满是战利品，
碟中都是熊肉餐。
年老的万奈摩宁，
他这样地把话谈：
“辉煌胸襟的老人，
森林国的房主人，
森林之神的夫人，
森林仁慈女主人，
森林之神的儿子，
戴红帽的纯男人，
森林之神的女儿，
森林国的其他人！
都来参加熊肉宴，
都来吃这盘中餐！
这里有足够食物，
这里有丰富酒肉，
有许多可以贮藏，
有许多分给农庄。”
那里人这样地说，
漂亮的人这样讲：
“大熊在哪里出生，
大熊在哪里成长？
是在麦秸床上生，

或在浴室里成长?"
年老的万奈摩宁,
他这样地回答道:
"不是在麦秸床上生,
不是在浴室成长!
大熊在那里出生,
大熊在那里生长,
在阳光下月亮旁,
在大熊星肩膀上,
靠近大气的姑娘,
在大自然女儿旁。
姑娘走在大气边,
女郎穿行在中天,
沿着上天的边境,
通过裂开的云缝,
穿着蓝色的袜子,
穿着鲜艳的鞋子,
手中提着羊毛包,
肩挎装毛发篮子,
她把羊毛撒水面,
把毛发撒波浪间。
大风将羊毛吹动,
大气将毛发摇动,
微风将羊毛吹散,
浪涛推毛发岸边,
吹到森林的边缘,
吹到海角的一端。
森林国的女主人,

森林之神的夫人，
她从水里捞羊毛，
她捞毛发从浪涛。
她把它们卷起来，
用带子捆在一起，
放在枫木箱子里，
放进漂亮摇篮里；
然后她带着捆卷，
带着黄金的条链，
到枝叶稠密之地，
到树木茂盛之地。
她摇着有趣捆卷，
她摇着迷人一团，
在招展的松树下，
在开花的松树下。
大熊就这样产生，
多毛兽这样成长，
在甜蜜的树林里，
靠近多蜜灌木旁。
熊生长得很好看，
长着完美的身段：
它的腿短双膝弯，
宽大鼻子粗又短，
它的头大嘴却扁，
毛皮美丽又松软。
但是它还没长牙，
也没有长出利爪。
森林国的女主人，

便说出以下的话：
‘我能让它长出牙，
也能让它长利爪，
只要它不去作恶，
不出去把坏事做。’
面对至高的上帝，
就在全能者面前，
在森林女主旁边，
熊屈膝立下誓言：
它永远不去作恶，
永远不把坏事做。
森林国的女主人，
森林之神的夫人，
于是去寻找牙齿，
去把爪子来探寻，
从坚硬的杜松树，
从山梨树的树根，
从樱桃树的树桩，
从多脂的残株根：
但是找不到牙齿，
也找不到利爪子。
草地有一棵松树，
小丘上有棵枞树，
松树上长着银枝，
枞树上长着金枝：
她把树枝折下来，
用来做熊的爪子，
另一些连着颚骨，

钉在骨床当牙齿。
她让毛茸茸动物，
让这宠物去旅行；
让它在沼泽流浪，
让它在森林徜徉，
让它在野外信步，
让它在荒郊漫游。
要它行动要谨慎，
要它小心地前进，
过着快乐的生活，
在美好日子度过，
穿过沼泽和平原，
经过跳舞的地点，
不穿鞋行于夏天，
不穿袜旅于秋天；
恶劣时节它睡眠，
严冬时节它懒散，
躲在樱桃木屋里，
躲在松木城堡里，
在美丽枞树下面，
在茂密杜松之间，
盖着五件毛大衣，
八件外套盖上面。
从那里我发现它，
把战利品带回家。”
青年人这样发问，
老年人这样询问：
“为什么森林愿意，

对你施这样恩惠，
森林主人多友好，
森林之神多慈悲，
乐意把庞物放弃，
把这宝物送给你？
你是用长枪杀它，
还是用箭来射击？”
年老的万奈摩宁，
他这样地回答道：
“森林对我们很好，
对我们施以恩惠，
绿林的主人仁义，
森林之神发慈悲。
森林里的女主人，
森林之神的姑娘，
长得美丽又端庄，
是林中娇艳女郎。
她指导我们上路，
为我们竖起路标，
在路边做了记号，
充当我们的向导。
她在山丘做路标，
她在树上做记号，
领到大熊的洞口，
领到大熊的住屋。
当我来到了那里，
来到大熊的住地，
没有用长枪刺杀，

没有用弓箭射击：
它自己溜出拱门，
从松树旁滚下地；
树枝划破它胸膛，
树枝剖开它肚皮。”
于是老人对熊讲，
表达内心的愿望：
“我的可爱的大熊，
我的可爱的小鸟！
把你的头伸给我，
把你的虎牙抛掉，
其他的牙也扔掉，
宽大的牙床留着！
如果我们来这里，
打碎骨头和头颅，
打碎所有的牙齿，
这也用不着发怒！
我取下熊的鼻子，
把自己鼻子扩大，
我不但取下鼻子，
我还要取下其他。
我取下熊的耳朵，
把自己耳朵扩大，
我不但取下耳朵，
我还要取下其他。
我取下熊的眼睛，
把自己眼睛扩大，
我不但取下眼睛，

我还要取下其他。
我取下熊的额头，
把自己额头扩大，
我不但取下额头，
我还要取下其他。
我取下熊的嘴巴，
把自己嘴巴扩大，
我不但取下嘴巴，
我还要取下其他。
我取下熊的舌头，
把自己舌头扩大，
我不但取下舌头，
我还要取下其他。
谁能从钢的牙床，
从铁坚硬的牙关，
能够把熊牙数清，
把排列的牙拔完，
我便视他为英雄，
我便称他为好汉。”
没有好汉来尝试，
没有英雄来应战，
他便跪在熊嘴边，
跪在牙关的下面，
数清了熊的牙齿，
把两排牙都拔完。
他拿着熊的牙齿，
便这样地开了言：
“森林的宝物大熊，

美丽庞大的动物!
你现在走上旅程,
急急忙忙向前行,
离开这狭小住所,
离开这低矮茅舍,
走向高大的住所,
走向宽敞的院落。
亲爱的你向前走,
宝贵物你向前行,
穿过野猪的大路,
穿过野鸭的小径,
越过丛林的小丘,
越过高高的山峰,
到达茂密枞树林,
到达针叶松树丛!
你住在那里快活,
你住在那里高兴,
能听到家畜铃响,
听到铃铛的响声。”
年老的万奈摩宁,
立刻回到了屋中,
青年人这样提问,
漂亮人这样问道:
“你把它在哪里放,
你把它往哪里藏?
你是把它留雪地,
在雪地把它埋葬,
还是把它留沼地,

把它淹没水草里？”
年老的万奈摩宁，
就这样地回答道：
“我没把它留冰上，
也没有用雪埋葬，
狗会从那里拖出，
鸟会把它吞食光；
我没把它留沼地，
没有淹没水草里，
爬虫会把它啃咬，
黑蚁会把它吃掉。
我把它在那里放，
我把它往那里藏，
放在金山的山顶，
藏在铜山的山峰。
放在美丽大树上，
成百针叶松树上，
放在最粗树枝间，
绿叶茂盛树杈上，
使人们感到欢乐，
供旅途人们欣赏。
让它的嘴朝东方，
眼睛向着西北方，
不要把它放太高：
若是把它放太高，
一阵大风吹过来，
就会让它受损耗；
不要把它放太低：

若是把它放太低，
猪就会前来打扰，
拱鼻子把它拱倒。”

年老的万奈摩宁，
又一次准备歌唱，
欢送结束的白天，
迎接到来的夜晚。
年老的万奈摩宁，
就这样地把话谈：
“请主人大放光明，
我歌唱时看得清！
我到了唱歌时光，
我的嘴渴望歌唱。”
老人便开始弹唱，
漫长夜晚喜洋洋，
当弹唱告一段落，
最后他又把话讲：
“主神再恩赐一次，
善良的主再恩赐，
让我们一起欢聚，
让我们一起会晤，
举行盛大的熊宴，
享受美味的兽肉！
主神再恩赐一次，
善良的主再恩赐，
竖起森林的路标，
在树上标上记号，

引导英雄们前进，
给好汉们当向导！
主神再恩赐一次，
善良的主再恩赐，
吹起森林的号角，
让森林笛声缭绕，
在这小小的院落，
在这狭窄的住所！
白天要尽情演奏，
夜晚要尽情欢呼，
在这辽阔的大地，
在芬兰广大国土，
为了年轻的一代，
为了成长的一代。”

第四十七篇

月亮和太阳都下来听万奈摩宁的弹奏;波赫约拉女主人将它们掳去藏在深山里,并从卡莱瓦拉的住处偷去了火(1—40)。至高无上的上帝乌戈对天的黑暗感到惊奇,于是就燃起火来造成新的月亮和太阳(41—82)。火种落在地上,万奈摩宁和伊尔玛利宁共同去寻找它(83—126)。大气的女儿告诉他们火种落在阿鲁埃湖中而且被鱼吞下(127—312)。万奈摩宁和伊尔玛利宁用树皮网去捕鱼,却没有捕到(313—364)。

年老的万奈摩宁,
他弹奏着五弦琴,
他长久又弹又唱,
心中无比的欢欣。
琴声传到月亮屋,
歌声传到太阳宫,
月亮从屋走出来,
落在白桦的树顶,
太阳走出了宫殿,
坐在枞树的顶峰,
都在倾听五弦琴,
琴声令它们高兴。
波赫约拉女主人,
娄黑这缺牙老巫,
她去掠夺这太阳,
她去掠夺这月亮,

从枞树峰掳太阳，
从白桦顶掳月亮，
她把它们带回家，
阴暗的波赫约拉。
她把发光的月亮，
藏在斑驳岩石中，
她把太阳的光芒，
埋在钢硬大山中。
她这样地把话讲：
“以后决不能这样，
让月亮自由照耀，
让太阳自由发光，
如果没有我许可，
我不把它们解放，
我不带着九匹马，
九匹马一母生养！”
当把月亮已带走，
当把太阳已禁锢，
带进波赫亚深山，
禁进铁硬的悬崖，
她又去偷盗光明，
偷万诺莱的火种，
让那里一片黑暗，
房间里没有火焰。

那里永远是夜晚，
那里是漆黑一团，
卡莱瓦拉永黑暗，

万诺莱没有白天，
连天上也是黑夜，
就在乌戈神座边。
没有火令人为难，
没有光令人厌烦，
人们会感到苦闷，
主神也感到遗憾。
至高无上的主神，
天堂的伟大主宰，
也开始感到奇怪。
他开始沉思默想，
什么怪物遮月亮，
什么事故挡太阳，
月亮居然不发亮，
太阳居然不发光。
他走到云国一端，
他走到天空边缘，
他穿着蓝色袜子，
他穿着彩色鞋子；
他是去寻找月亮，
他是去寻找太阳，
但没有找到月亮，
也没有寻到太阳。
主神用锐利火剑，
那火剑星光闪闪，
击出了一片火光，
击出了火焰一片，
他的指甲闪火星，

他的四肢冒火焰，
在高高的天空上，
在星星的原野间。
他收集起那火光，
他收集起那火焰，
就装进金色袋里，
装进银色袋里面。
他于是吩咐姑娘，
将这金银袋摇晃，
要造出新的月亮，
要造出新的太阳。

姑娘在长长云端，
姑娘在大气边缘，
她坐在那里摇火，
坐在那里摇火焰，
在金色摇篮摇晃，
系着银绳索摇晃。
银色柱子在震动，
金色摇篮在摇荡，
云在移动天在响，
天空支柱也摇晃，
火也一起在摇动，
火焰一起在动荡。
姑娘这样摇晃火，
摇得火焰闪亮光，
她用手指拨火焰，
用手拨火亮堂堂：

这姑娘疏于大意，
那火突然地下落，
从她的手中落下，
从她的指间下落。
天空就出现裂缝，
大气充满了窗洞，
天火满天地飞溅，
天火迅速地移动，
它便从裂缝掉下，
它就穿过了云层，
它穿过了九重天，
穿过了六重苍穹。
老人万奈摩宁说：
“伊尔玛利宁兄弟！
让我们去看一看，
让我们察看一番，
掉下来的什么火，
掉下来什么火焰，
从那高高的天边，
降落到低低地面，
究竟是月亮碎片，
还是太阳的残片！”
两位英雄就起程，
一边想一边前行，
他们如何能找到，
他们如何能发现，
天火降下的地址，
天火降下的地点。

一条大河在前面，
几乎像大海一般。
年老的万奈摩宁，
开始造一艘大船，
就在树林的下边。
铁匠伊尔玛利宁，
他用枞树造船舵，
用松树制造船舷。
一艘船终于造完，
船架船舵都配全，
他俩把船推河面。
他俩就开始划船，
围绕着涅瓦河划，
沿涅瓦海角向前。
大气可爱的姑娘，
大自然年长女郎，
来到英雄们面前，
就这样地把话讲：
“你们是什么样人，
如何地称呼你们？”
老人万奈摩宁说：
“我俩是普通海员，
我就是万奈摩宁，
他是伊尔玛利宁，
而你应说说自己，
我们如何称呼你！”
这位妇人回答说：

“我是最老的女人，
最老的大气妇人，
又是第一位母亲，
我已结过五次婚，
六次新娘到如今。
好汉们到哪里去，
英雄们哪里安身?”
年老的万奈摩宁，
就这样地回答道：
“我们的火已消失，
长久失去了光明，
一周都见不到火，
始终处在黑暗中。
现在我们主意定，
决定前去寻找火，
这火来自于天国，
穿过云层已降落。”
老年妇人开始说，
她讲了以下的话，
“这火不容易寻找，
光明火焰难找到，
它已犯下了罪过，
它已闯下了大祸!
从创物主的天境，
当乌戈燃起了火，
火星就向下飞落，
火球就往下降落，
经过天空的平原，

经过大气的空间，
穿过熏黑的烟囱，
穿过干燥的屋顶，
进入杜利的新屋，
进入巴尔沃宁屋。①
“当火进入到屋里，
进入到杜利新屋，
它就犯下了罪过，
它就酿成了大祸：
烧坏姑娘的胸膛，
烧毁姑娘的乳房，
把青年膝盖烧伤，
把老年胡子烧光。
在破旧的摇篮里，
母亲给婴儿喂奶，
那火就直冲下来，
给两人造成伤害：
烧焦母亲的胸脯，
把摇篮婴儿烧坏。
这婴儿去了玛纳，
孩子去了多乃拉，
婴儿就这样死亡，
孩子这样把命丧，
受着红火的熬煎，
受着火光的磨难。
母亲的知识博大，

① 杜利(Tuuri)，建筑师的名字。巴尔沃宁(Palvoinen)，杜利的别称。

她没有走向玛纳，
她懂得火的咒语，
念咒语把火驱逐，
穿过微小的针眼，
越过锋利的斧头，
通过灼热的剑鞘，
驱逐到平原尽头。”
年老的万奈摩宁，
他就这样地问道：
“火究竟退到哪里，
祸害往哪里隐蔽，
是躲在杜利田边，
还是森林或海里？”
这位妇人回答他，
便说出以下的话：
“当火从那里离开，
一往直前无目的，
它先烧掉许多地，
许多沼泽和田地，
后来它冲到水中，
冲到阿鲁埃湖里；
它燃起熊熊大火，
火焰噼啪地升起。
夏天夜晚有三次，
秋天夜晚有九次。
湖水升起枞树高，
它在奔腾又咆哮，
火显示它的威力，

火暴发它的热力。
鱼被卷到湖岸，
鲈鱼冲到岩石边，
鱼儿在岸边观望，
鲈鱼在岩石边想，
它们今后怎么活：
鲈鱼为家屋哭泣，
鱼儿为住处悲泣，
它们为石堡痛泣。
鲈鱼弓起了脊背，
就向这火星追击：
但没有达到目的。
蓝鲱鱼达到目的：
它把火星吞肚里，
火光从此被灭熄。
阿鲁埃湖退水位，
它从此退到原位，
就在一夏一夜晚，
恢复到原来高低。
过了不长的时间，
吞火者受到磨难，
鱼肚里非常痛苦，
吞火者受到熬煎。
这鱼儿上下游窜，
游了一天又一天，
沿着鲱鱼的岛屿，
在鲑鱼集结缝间，
经过千岛的海角，

经过百岛的海湾。
每个海角这样说，
每个岛屿这样谈：
‘在缓缓的流水里，
在阿鲁埃窄湖里，
容不下这可怜鱼，
鱼儿没容身之地，
它受着火的痛苦
它受到烈火袭击。’
一条鳟鱼听到话，
就把蓝鲱鱼吞下，
过了不长的时间，
吞食者苦不堪言，
它感到非常痛苦，
它受到伤痛熬煎。
鳟鱼又上下游窜，
游了一天又一天，
沿着鲱鱼的岛屿，
在鲑鱼集结缝间，
经过千岛的海角，
经过百岛的海湾。
每个海角这样说，
每个岛屿这样谈：
‘在缓缓的流水里，
在阿鲁埃窄湖里，
容不下这可怜鱼，
鱼儿没容身之地，
它受到火的苦刑，

它受到烈火围攻。’
一条梭子鱼游来，
就把这鳟鱼吞下。
过了不长的时间，
吞食者苦不堪言，
它感到非常痛苦，
它受到伤痛熬煎。
梭子鱼上下游窜，
游了一天又一天，
沿着鲱鱼的岛屿，
在鲑鱼集结缝间，
经过千岛的海角，
经过百岛的海湾。
每个海角这样说，
每个岛屿这样谈：
‘在缓缓的流水里，
在阿鲁埃窄湖里，
容不下这可怜鱼，
鱼儿没容身之地，
它受着火的痛苦，
它受到烈火袭击。’”

年老的万奈摩宁，
铁匠伊尔玛利宁，
收集织网的树皮，
浸在杨柳液汁里：
他们织成树皮网，
是用杜松的树皮。

年老的万奈摩宁，
派女人们去拖网，
让她们拉着大网，
姐妹们都来拉网。
他们划着帆布船，
穿过海岛和海角，
划向鲑鱼集结地，
划向鲱鱼成群岛。
那里有美丽草丛，
棕色芦苇在飘动。
于是他们撒下网，
内心都充满希望，
但撒的网不顺当，
拉错了拖网方向：
希望终成了泡影，
一条鱼也未上网。
男人们来到水上，
他们走到网近旁，
他们向前撒下网，
他们向后拖着网，
拖过布满岩石地，
拖过卡莱瓦沙砾：
一条鱼也没捕到，
尽管他们希望要。
梭子鱼没有游来，
从波平如镜水面，
从一望无际水面：
这里网稀鱼又小。

这时鱼们在报怨，
梭子鱼相互交谈，
鲑鱼们彼此询问，
鲱鱼问它们同伴：
“莫非卡莱瓦后代，
一个个都已死光？
他们是织网能手，
他们曾拖着大网，
曾用长竿子击水，
曾用长竿子搅水。”
年老的万奈摩宁，
听到后这样回答：
“英雄们没有倒下，
卡莱瓦人没死光。
一人死两人又生，
有更好的接力棒，
击水竿子会更长，
编织两倍大的网。”

第四十八篇

他们用麻绳编织了一张网,用它捕捉到吞火的鱼(1—192)。从鱼肚里找到了火,而火突然燃烧起来,严重地烧伤了伊尔玛利宁的面颊和双手(193—248)。大火蔓延到森林,它烧光了许多禾田,但最终把大火捕获并把它带到卡莱瓦拉黑暗的茅舍(249—290)。伊尔玛利宁烧伤恢复好(291—372)。

年老的万奈摩宁,
不朽的唱歌能手,
他陷入沉思默想,
他心里有个念头:
要用麻绳织张网,
有一百个孔的网。
他说出以下的话,
要把想法来表达:
“是否有人种亚麻,
种了亚麻梳理它,
用麻织成捕鱼网,
织成一百孔的网
用网捕捉吞火鱼,
把那吞火鱼开膛?”
在那广阔沼泽地,
在两个树桩间隙,
找到一片小土地,

烈火没烧掉这里。
人们掘出了树根；
在那里找到麻仁，
由多尼蛆虫保护，
培育它的是蚯蚓。
在那里有一堆灰，
是一堆干燥的灰，
一艘木船被焚烧，
木船曾烧在那里。
在那里种下麻籽，
播种在松散土里，
在阿鲁埃湖岸边，
在肥沃的田地里。
嫩芽迅速在生长，
亚麻长得密又壮，
麻秆长得长又长，
在一个夏日晚上。
人们种麻又收麻，
人们洗麻又搓麻，
他们收麻在白天，
他们搓麻月光下，
他们用钢刀刮麻，
他们用双手搓麻。
把麻泡在水里面，
使麻变得更柔软，
他们急忙去拧麻，
使麻迅速地晾干。
他们把麻带回家，

他们在家梳理麻，
把麻用力地拍打，
然后用刀切断它。
把切断的麻洗刷，
黄昏时光梳理它，
把麻梳成一卷卷，
把麻缠在纺线杆，
就在夏日一夜晚，
就在两白天之间。
姐妹们开始纺麻，
妯娌们开始织网，
兄弟们编着网孔，
老人们前来帮忙。
她们迅速结着网，
他们匆忙编网眼，
终于完成一张网，
绳索也系在上面。
在夏天一个夜晚，
在两个白日之间。
这渔网终于织完，
绳索也系在上面，
这网有一百哻长，
这网有七百哻宽。
网上还拴上石头，
浮标也配在上面。
青年人拉着网走，
老年人在家担忧：
他们能否捕到鱼，

把吞火鱼捉到手？
他们撒网又拉网，
又用长竿把水打，
他们横着把网拖，
他们竖着把网拉。
他们捉到少量鱼：
捉到体小的鲈鱼，
捉到多刺的鳟鱼，
捉到大苦胆鲤鱼，
却没有捉到那鱼，
那吞火种的大鱼。
老人万奈摩宁说：
“铁匠伊尔玛利宁！
让我们一起撒网，
一起去捉鱼地方。”
两位英雄一起去，
一起把网带水上。
网的一端系岛上，
另一端系海角上，
他俩拉着水中网，
他俩拖着水中网，
老万诺[1]推网向前，
平衡杆随网漂荡。
他们向前推着网，
他们向后拉着网，
捕捉的鱼儿大量：

① 万诺(Väinö)，万奈摩宁的简称。

包括很多的鲈鱼，
也有很多的鳟鱼，
还有鲷鱼和鲑鱼，
有各色各样的鱼；
就是没有吞火鱼，
为捕捉它才结网，
并把绳索拴网上。
年老的万奈摩宁，
他把网结得更长，
他把渔网的两边，
加宽了五百呺长，
绳索足有七百呺，
他这样地把话讲：
“我们把网撒深水，
我们把网撒更远，
在深水里去捕捉，
进行第二次试探！”
把网拉到深水里，
把网撒向更远方，
再来第二次试捕，
看看有没有希望。
年老的万奈摩宁，
又说出以下的话：
“水的主妇韦拉摩，
胸怀宽大老妇人！
脱下你身上衬衫，
换上新衣服一件！
你的衬衣灯心草，

头上戴着水沫帽，
是风女儿的制品，
是浪女儿的礼品；
我要给你麻衬衣，
完全是纯亚麻的；
是月亮姑娘织的，
是太阳姑娘纺的。
浪的主人阿赫多，
百个洞穴所有者！
你用五哼长竿子，
你用七哼长桩子，
去拍打着海中水，
去搅动着深水底，
浮起了成堆垃圾，
使成群鱼儿结集。
把结集的成群鱼，
赶到撒网的地方，
从鱼游动的海湾，
从鲑鱼出没洞里，
从海涌起的漩涡，
从大海的深渊里，
那里没有太阳照，
泥沙没有被触到！”
海里出现一矮人，
浪里涌起一英雄；
他站在大海里面，
这样地把话来谈：
“这里是否需长竿，

用它把海水搅动?”
年老的万奈摩宁，
就这样地回答道：
“这里需要一长竿，
用它把海水搅动。”
于是这矮小英雄，
从海岸拔一棵松，
他用松树做长竿，
用它把海水搅动。
于是他继续问道：
“我是用全部力气，
把这海水来搅动，
还是我用适当力?”
年老的万奈摩宁，
他便机智地回答：
“若是你用适当力，
就需要好多时间。”
这位矮小的英雄，
就使用适当力气，
将海水不停拍击；
他把成群的鱼儿，
统统地赶到网里，
赶到麻织大网里。
这时铁匠放下桨，
年老的万奈摩宁，
他自己去拉着网，
用力拽着拉网绳。
老人这样把话讲：

“在我拉起的网里，
捉到的鱼一大堆，
有百个浮标设备。”
他把渔网拉上来，
把网里的鱼抖动，
抖在他的木船中：
他在鱼群里寻找，
那个吞火种的鱼，
为它而把网结成。

年老的万奈摩宁，
把船划到了岸边，
在蓝色桥的一端，
在红色台阶下面，
他把船中鱼摊开，
冲洗鱼上的泥胎：
他发现了梭子鱼，
撒网捕的梭子鱼。
年老的万奈摩宁，
就这样地自语道：
“若是不戴铁手套，
或者不戴石手套，
或者不戴铜手套，
是否能够去抓它？”
太阳之子听说话，
就这样地回答他：
“我敢用手去抓它，
只要我有一把刀，

父亲给的那把刀，
我敢把它解剖掉。”
天上落下一把刀，
一把刀从云层掉，
金的刀柄银刀锋，
掉在他的腰带中。
勇敢的太阳之子，
用手把这刀抓牢；
他剖开这梭子鱼，
把宽嘴鱼身断掉。
在梭子鱼的肚里，
发现了鳟鱼一条，
在鳟鱼的肚子里，
又发现鲱鱼一条。
他剖开光滑鲱鱼，
发现肚里蓝线团，
它藏在肠子里面，
在第三折肠里面。
他把蓝线团解开：
从蓝色线团里面，
掉出了红色线团。
他把红线团解开，
在红线团的中间，
他找到那个火种，
这火种来自天空，
这火种穿过云层，
来自高高八重天，
来自更高九重天。

万奈摩宁正思量，
如何把这颗火种，
带到黑暗的住房，
带到无火院中央，
但火种熊熊燃烧，
摆脱太阳之子手，
把老人胡子烧焦；
也使铁匠受重伤，
烧伤了他的面颊，
他的双手被烧伤。

大火继续地蔓延，
跨越阿鲁埃湖面，
穿过杜松林向前，
路旁灌木林烧光，
冲到枞树林里面：
烧毁齐整枞树林，
火势还继续蔓延，
波赫亚一半田园，
萨沃边缘都烧完，
还有卡里亚[①] 两边。
年老的万奈摩宁，
随着火势奔向前，
匆忙地穿过树林，
紧追在火的后面。
他终于追上了火，

① 卡里亚(Karjala)亦即卡尔亚拉，位于芬俄边界。

在两个树桩根下，
火藏在赤杨根里，
在树根里找到它。
年老的万奈摩宁，
就讲出以下的话：
“主神创造的火种，
造物主创造光明！
你无故走向深渊，
你徒劳走得很远！
最好你要藏起来，
藏在石砌炉灶里，
把你的火花收集，
四周由煤炭堆积，
白天你不用燃烧，
在白桦木柴捆里，
夜晚你躲藏起来，
躲在金黄火箱里。”
然后他拿起火星，
塞进一块火绒里，
塞进白桦木菌里，
塞进黄铜的锅里。
把火星放在锅里，
放在白桦树皮里，
带到海角的尽头，
带到阴暗的海岛，
使那里生起了火，
使火在那里燃烧。

铁匠伊尔玛利宁，
匆忙赶到海岸旁，
海水冲洗着岩石，
他便坐在岩石上，
忍受着火烧痛苦，
忍受着烈火灼伤。
他在那里扑灭火，
他让火光变黑暗，
他为了表达意愿，
就把以下的话谈：
“上帝创造的火种，
太阳的儿子巴努！
是什么惹你发怒，
烧伤了我的面颊，
烧坏了我的腰胯，
还把两肋烧成痂？
现在如何扑灭火，
怎样才能遏制火，
使它变得无威力，
使它不能再作恶，
好让我减轻痛苦，
好让我稍感快活？
从波赫亚来，姑娘，
从拉普走来，女郎，
穿着霜袜和冰鞋，
裙裾上结满严霜，
手中提着一冰壶，
一把冰勺壶里放！

你用冰水来浇我，
让冰水浸我身上，
冰水浇我的伤痛，
冰水浇我的火伤！
若是这样还不行，
波赫亚青年来吧，
拉普的孩子来吧，
还有北国的高人，
他像枞树一样高，
像沼地松树般高，
白霜手套戴手上，
白霜靴子穿脚上，
白霜帽子戴头上，
白霜腰带围腰上。
霜来自波赫约拉，
冰来自寒冷村庄！
寒冷村庄冰很多，
波赫约拉多是霜：
霜冻河和冰冻湖，
大气中全是冰霜；
兔子在冰霜上跳，
大熊在冰霜上跑，
就在雪山的上面，
就在雪山的中间；
天鹅在霜上徜徉，
野鸭在冰上闲逛，
在冰冻的瀑布旁，
在那雪河的中央。

用雪车拉着白霜，
冰也放在雪车上，
走下崎岖的山坡，
从那高山的一旁。
用那雪白的白霜，
用那白冰的冰凉，
敷在火烧的伤口，
敷在火灼的创伤！
若是这样不管用，
至高的上帝乌戈，
云朵的主宰老者，
各路云朵统治者，
你从东方降下云，
从西方降下浓云，
让云紧密结一起，
封闭中间的缝隙！
你把冰霜都送来，
把优良药膏送来，
涂在火烧伤口上，
涂在火烧的灼伤！”
铁匠伊尔玛利宁，
掌握了灭火手段，
控制了火焰蔓延。
他得到彻底治疗，
迅速地恢复健康，
像从前那样健壮。

第四十九篇

伊尔玛利宁铸造了新的月亮和太阳,但不能使它们发光(1—74)。万奈摩宁占卜得知月亮和太阳的光藏在波赫约拉的深山里,于是他动身去波赫约拉,并与那里的居民战斗,最后取得了胜利(75—230)。他去深山里察看月亮和太阳,但不能够进去(231—278)。他返回家中去制造开山的武器。正当伊尔玛利宁打造武器时,波赫约拉女主人害怕自己受到伤害,于是就从深山里把月亮和太阳放出来(279—362)。万奈摩宁看到月亮和太阳再现天上,便向它们祝福,祝愿它们永远运行发光,给大地带来幸福(362—422)。

太阳仍没有照耀,
金色月亮没发光,
在卡莱瓦拉原野,
在万诺莱的家乡。
严寒袭击着禾苗,
家畜处境更遭殃,
空中飞鸟觉惊奇,
人们也感到惆怅,
太阳为何不照耀,
月亮为何不发光。
梭子鱼熟悉深潭,
老鹰知道鸟路线,
大风了解船航线;
那些孩子不知道,

什么时辰是清晨，
什么时辰是夜晚，
在这雾沉沉海角，
在这阴暗的海岛。
青年人相互商量，
老年人正在苦想。
没有月亮怎生存，
没有太阳怎生长，
在这波赫亚国土，
在这荒凉的边疆。
姑娘们苦苦思索，
少女们沉思默想。
她们走到铁工场，
把以下的话来讲：
“从墙角起来铁匠，
从你的石炉一旁，
铸造一个新月亮，
铸造一个新太阳！
没有月亮真困难，
没有太阳太黑暗。”
铁匠从墙角起立，
从石炉旁边站起，
他开始造新月亮，
开始铸造新太阳，
用黄金铸造月亮，
用白银铸造太阳。
年老的万奈摩宁，
来到铁工场门旁。

他这样地把话讲：
“我的好兄弟铁匠！
你在工场忙什么，
不停地叮当乱响？”
铁匠伊尔玛利宁，
就这样地回答道：
“我用黄金造月亮，
我用白银造太阳，
把它们安在天上，
安在六重星空上。”
年老的万奈摩宁，
就这样地对他讲：
“铁匠伊尔玛利宁！
你现在是在瞎忙！
金月亮不能照耀，
银太阳不能发光。”
铁匠伊尔玛利宁，
铸造好太阳月亮，
把它们高高举起，
举到合适的地方，
月亮举到枞树梢，
太阳举到松顶上。
汗水滴下从头上，
汗水流下从额上，
这是件繁重劳动，
举起来真费力量。
月亮已举到高处，
太阳已在高位上，

月亮挂在枞树梢，
太阳挂松树顶上：
月亮却不能发亮，
太阳也不能发光。

年老的万奈摩宁，
便说出以下的话：
“现在应当占一卦，
现在应当问端详，
太阳究竟在何处，
月亮究竟藏何方。”
年老的万奈摩宁，
不朽的万能法师，
立刻砍下赤杨枝，
把赤杨枝当签子，
他就动手来占卜，
他就开始数签子。
为了表达其心思，
便说出以下言词：
“请求造物主恩准，
别让我陷入迷津。
造物主征兆帮我，
主神灵签告诉我：
在哪里隐蔽太阳，
月亮在哪里躲藏？
天上看不见它们，
已有好长的时光。
征兆显示人智慧，

灵签要神通广大，
你们要信守缔约，
你们要讲老实话！
如果征兆是伪装，
如果签子在说谎：
我把你们扔火中，
就把你们全烧光。”
征兆于是表真情，
签子于是讲实话：
太阳已经躲藏起，
月亮已经沉落下，
藏在波赫约拉山，
沉落铜山的山下。
年老的万奈摩宁，
他便这样地说道：
“我要去波赫约拉，
沿着波赫亚大道，
让月亮重放光芒，
让太阳永远照耀。”
他于是开始前进，
向阴暗波赫约拉。
他走了一天两天，
一直走到第三天：
他看到波赫亚门，
前面是闪光大山。
他在波赫亚河边，
首先用力地大喊：
“你们快把船划来，

我要到河的彼岸!”
他的喊声没人应,
没人给他把船送,
他就架起一堆柴,
另外搭上枯木松;
他在岸边点起火,
熊熊大火气势凶,
袅袅浓烟向上升,
升腾在高高天空。
波赫约拉女主人,
娄黑走到窗旁边,
她眺望海峡出口,
就这样地把话谈:
“在那海峡的出口,
是什么火在燃烧?
说它是渔火太大,
说它是战火太小。”
波赫约拉的儿子,
匆忙赶到院中央,
一边观看一边听,
要探求事实真相:
“在那条河的岸边,
有位漫步男子汉。”
年老的万奈摩宁,
他又喊了第二遍:
“波赫亚儿子听着,
给万奈摩宁送船!”
波赫亚儿子回答,

他这样地把话谈：
“这里从来没有船，
只用手指来划过，
你的双手是船舵，
渡过波赫约拉河！”
年老的万奈摩宁，
思索之后意志坚：
“若是知难而后退，
算不上英雄好汉。”
像梭子鱼跳入海，
像鲱鱼跳入河间，
他迅速穿过海峡，
他又继续游向前。
他拖着沉重步伐，
登上波赫亚海岸。
波赫亚男儿在叫，
邪恶的人儿在喊：
“他向波赫亚走来，
来到波赫亚庭院！”
波赫亚男儿在叫，
邪恶的人儿在喊：
“向波赫亚屋走来！”
走向波赫亚房间，
脚站在台阶上面，
手紧握住大门把，
他闯进这所房间，
站在房顶的下面。
男人们正喝蜜酒，

将蜜酒喝个没完，
个个腰间挂利剑，
他们拿起了利剑，
对准老人的脑袋，
想把这老人杀害。
他们询问这来者，
对来者这样说话：
“大胆老者有何事，
泅渡英雄为何来？”
年老的万奈摩宁，
他这样地回答道：
“我们那里没月亮，
我们那里没太阳，
我问月亮在哪里，
我问太阳在哪里？”
波赫亚男人说话，
邪恶人这样回答：
“太阳已经被囚禁，
月亮已经被藏起
在彩色的岩石间，
在铁硬的峭壁里。
它们永不能逃亡，
它们永不能解放。”
年老的万奈摩宁，
他就这样地开言：
“当月亮不能升起，
当太阳不能重现，
让我们手握利器，

让我们进行斗剑!”
他抽出锋利武器,
从刀鞘拔出宝剑,
剑头上月亮辉煌,
剑柄上太阳光闪,
剑背上站着骏马,
把手上小猫呼唤。
他们开始比试剑,
他们开始测量剑:
万奈摩宁的宝剑,
只比他们长一点,
大约有一米粒长,
大约有一麦秸宽。
他们走出了庭院,
他们在草地斗剑,
年老的万奈摩宁,
抡起剑如同闪电,
他砍一下又一下:
像是砍着萝卜头,
像是砍着亚麻秆
把邪恶人头砍完。

年老的万奈摩宁,
去探求囚禁月亮,
去察看藏匿太阳,
从五彩的岩石洞,
从钢硬的大山里,
从铁硬的峭壁中。

他走了没有多远，
只是很短的路程，
他看见绿色小岛，
岛上有白桦树丛，
树下有厚的石头，
石头下就是岩洞，
岩洞有九扇大门，
百根门闩在其中。
他望见石头裂口，
岩石上刻着线缝，
从剑鞘抽出利剑，
在岩石上用力砍，
剑尖上冒出火花，
剑刃上火光闪闪：
他把岩石砍两半，
又把岩石剁三段。
年老的万奈摩宁，
透过石缝往里看：
毒蛇们正喝麦酒，
翻滚在麦芽里面，
藏在彩色石中间，
藏在赭色缝隙间。
老人万奈摩宁说，
说出以下的语言：
“难怪可怜的主妇，
得到很少的麦酒，
原来让毒蛇喝去，
让毒蛇把酒盗走。”

他砍断毒蛇脖子，
砍下毒蛇的蛇头，
他说出以下的话，
把自己心情表露：
“只要我们世间留，
从今以后不允许，
毒蛇们再来喝酒，
再把麦酒喝个够！”
年老的万奈摩宁，
不朽的万能法师，
用咒语抽出门闩，
用咒语试把门开：
但门闩抽不出来，
大门也不能打开。

年老的万奈摩宁，
他这样地把话说：
“徒手男人是懦夫，
不带利斧坏樵夫。”
他没有取回月亮，
也没有带回太阳，
心情沉重垂着头，
急急忙忙返故乡。
勒明盖宁对他说：
“年老的万奈摩宁！
我是你的好伙伴，
为何不带我同行？
也许我能打开锁，

使岩洞大门畅通：
让月亮重现辉煌，
让太阳重放光芒。”
年老的万奈摩宁，
他就这样地说道：
“我的咒语不管用，
我的法术不显灵，
岩洞门闩抽不出，
洞门大锁扭不动。”
他来到铁匠工场，
把以下的话儿讲：
“铁匠伊尔玛利宁！
打造一件大三杈，
锻造利斧整一打，
还有钥匙一大把，
让月亮升自岩洞，
让太阳升上高空！”
铁匠伊尔玛利宁，
不朽的冶炼工人，
满足老人的要求：
锻造了利斧一打，
制造了钥匙多把。
还有许多的长矛，
长矛大小正适中，
不太大也不太小。
波赫约拉女主人，
缺牙的老妇娄黑，
她给自己装翅膀，

展开翅膀就飞翔。
她飞离自己家乡，
一直飞向了远方，
穿过波赫亚大海，
飞到铁匠工场旁。
铁匠正打开窗子，
看看是否在刮风；
原来不是在刮风，
飞来一只灰老鹰。
铁匠伊尔玛利宁，
就大声地叫喊道：
“猛禽你来干什么，
为何停在窗子下？”
这猛禽开始说话，
她这样地来回答：
“铁匠伊尔玛利宁，
你是能干的锻工，
你的技术很熟练，
你的手艺很精通！”
铁匠伊尔玛利宁，
这样地对她说道：
“要说我技术熟练，
这倒并不算希罕，
我曾打造了天空，
锻造了大气苍穹。”
大鹰又开始讲话，
大鸟便开口问他：
“铁匠你在干什么，

你究竟打造什么?”
铁匠伊尔玛利宁,
便这样地回答道:
“我给波赫亚老妇,
正打造一个颈圈,
要把她牢固套住,
拴在一座大山间。”
波赫约拉女主人,
缺齿的老妇娄黑,
感到灾祸要来临,
感到大难要降身,
她立刻展翅飞翔,
飞回自己的故乡。
释放了石中月亮,
释放了岩中太阳。

她改变自己形象,
变成鸽子的模样,
她转身继续飞翔,
飞到铁匠的工场。
鸟一样停在门口,
鸽子般立门槛上。
铁匠伊尔玛利宁,
便开始这样问道:
“鸟儿飞来干什么,
为何停在门槛下?”
鸟儿这样地讲话,
鸽子这样地回答:

“我站在这门槛下，
给你传来了消息：
月亮从石中升空，
太阳从岩中升起。”
铁匠伊尔玛利宁，
打算自己探究竟。
他走出了铁工场，
仔细地望着天空：
月亮闪射着银光，
太阳放射着光芒。
他走向万奈摩宁，
便把以下的话讲：
“年老的万奈摩宁，
不朽的唱歌能手！
月亮已重放银光，
太阳已重放光芒！
它们在高高天空，
它们在原来地方。”
年老的万奈摩宁，
匆忙赶到院中央，
他仰起自己的头，
向天空仔细瞭望：
月亮太阳都解放，
都在天上放光芒。
年老的万奈摩宁，
他感到无比欢畅。
为了表达这心情，
他把以下的话讲：

“你好闪光的月亮，
展现你美丽面庞，
你好宝贵的太阳，
在天空放射光芒！
石中升起金月亮，
岩中升起美太阳，
像金杜鹃飞天空，
像银鸽子飞天上，
你们像从前那样，
永远运行在天上。
在今后的岁月里，
永远在早晨升起！
给我们带来健康，
给我们带来福利，
好运永在人们手，
幸福在世上永驻。
祝福你走上征途，
走上愉快的道路，
白天彩虹更美丽，
夜晚快乐地休息！”

第五十篇

处女玛尔雅达[1] 吞下蔓越橘后就生下一个孩子(1—350)。孩子从小就失踪,后从沼泽中找到(351—424)。把孩子带到老者那里施行洗礼,但给无父之子洗礼老者要经过周密的调查研究才施行(425—440)。万奈摩宁知道此事后,主张把这奇怪的孩子处死,但这孩子为这错误的主张而谴责他(441—474)。老者给这孩子洗礼,并称他为卡尔亚拉国王,万奈摩宁因此感到不悦,从此离开这里。但他声称,他仍要制造新的三宝磨和五弦琴,将光明带给人间。他乘上一艘铜船,在天地之间航行,他留下五弦琴和伟大的歌,将作为遗产赠给人民(475—512)。最后的歌(513—620)。

娇美的玛尔雅达,
她是在家里长大,
在伟大父亲住所
在慈爱母亲的家。
她掌管家中钥匙,
把钥匙挂在腰边,
五条钥链已经断,
损坏六条钥匙环。
她身穿长的裙衫,
磨破了一半门槛,
屋椽上挂着丝带,

① 玛尔雅达(Marjatta),传说为圣母玛丽娅的化身。

损坏了一半屋椽，
美丽衣袖擦门柱，
门柱擦坏了一半，
她穿拖鞋踏地板，
把地板几乎踏断。
娇美的玛尔雅达，
是位纯洁的姑娘，
永远保持着清白，
保持着温顺善良。
她爱吃新鲜的鱼，
爱嚼柔软枞树叶，
不爱吃母鸡的蛋，
公鸡啼叫在上面，
不爱吃母羊的肉，
公羊母羊常交媾。
母亲让她去挤奶，
她总感到不愉快。
她这样反驳母亲：
“像我这样的姑娘，
不触动母牛乳房，
公牛玩过的乳房，
牛犊乳房没有奶，
小母牛也不流奶。”
父亲让她坐雪车，
公马拉车她不坐，
若哥哥套上母马，
她对哥哥这样说：
“母马拉车也不坐，

它和公马生活过，
马驹子不能拉车，
因为它才半岁多。”
娇美的玛尔雅达，
过着处女的生活，
她经常披着长发，
大家十分尊重她，
她赶着羊群放牧，
牧场就在山坡下。
绵羊在山坡徜徉，
小羊登在山顶上，
姑娘走进灌木丛，
姑娘行在草地上，
金色杜鹃在啼叫，
银色鸟儿在歌唱。
娇美的玛尔雅达，
一边聆听一边看，
坐在莓果小山上，
休息在山坡中间。
她说出这样的话，
来抒发自己观感：
“啼吧金色的杜鹃，
唱吧银色的小鸟，
白色胸膛在欢叫！
德国草莓告诉我：
我是否头戴毛巾，
永久当个牧羊女，
在这辽阔的草地，

在这无际的荒原！
要过一两个夏天，
要过五六个夏天，
要度过十个夏天，
还是永远没有完？”
娇美的玛尔雅达，
放牧了一周时间。
牧羊工作很艰苦，
对于姑娘更困难：
毒蛇爬行在草丛，
蜥蜴在草丛蠕动。
不是毒蛇在扭动，
不是蜥蜴在翻转，
是山上莓果召唤，
是蔓越橘在叫喊：
“姑娘你快来采我，
美人你快来摘我，
戴胸饰的快来采，
束铜腰带的快摘，
不然蛞蝓吞吃我，
不然黑蛆腐蚀我！
一百人曾看到我，
一千人在身旁坐，
有姑娘也有妇人，
还有无数孩子们，
谁也没有触摸我，
谁也没有采集我。”
娇美的玛尔雅达，

她走了很短的路，
前去观看红莓果，
前去采集蔓越橘，
她用灵巧手去摘，
她用美丽手去采。
她到小丘上去采，
她到荒原上去摘：
莓果生长在树上，
蔓越橘在树上长，
树太高她吃不到，
树太细她爬不上！
她从荒原找木杆，
把蔓越橘打地上，
莓果从地上升起，
升到她美丽鞋上，
从鞋上再度升起，
升到洁白膝盖上，
从洁白膝盖上升
升到窸窣裙裾上。
再度升到腰带上，
从腰带升到胸膛。
从胸膛升到下巴，
从下巴升嘴唇上；
莓果从此入口中，
顺着舌头前滑行，
一直滑行到喉咙，
从喉咙进到胃中。
娇美的玛尔雅达，

从此就有了孕身，
肚子一天天鼓大，
身子越来越变沉。
她解开她的腰带，
穿上宽松的衣裳，
她经常住在浴室，
在黑暗房间隐藏。
她母亲经常在思，
她母亲经常在想：
“玛尔雅达怎么了，
我的鸽子怎么样，
经常不束着腰带，
穿着宽松的衣裳，
总是住在浴室里，
在阴暗房间躲藏？”
有个小孩在说话，
有个小孩把话讲：
“玛尔雅达有难处，
可怜的她遇事故，
她整天地在放牧，
不知走了多少路。”
她肩负沉重负担，
肚子大带来困难，
她度过七八个月，
又度过第九个月，
据老妇人的计算，
还有十个月一半。
但是到第十个月，

姑娘就越感困难：
忍受着阵阵巨痛，
她感到痛苦不堪。
她求母亲让洗身：
“求你亲爱的母亲！
给我准备温暖床，
准备温暖的浴室，
让女儿洗净身体，
在受难妇女屋里。”
她母亲这样回答，
她说出以下的话：
“你这该死的妇娼！
你同谁一起同床？
是同未婚的男人，
还是已婚的英郎？”
娇美的玛尔雅达，
她这样回答母亲：
“我没有未婚男人，
也没有已婚英郎，
我去采集蔓越橘，
走到莓果小山上，
有一颗蔓越橘子，
就立刻掉进口里，
从口里滑到喉咙，
从喉咙滑到胃里。
从此我就怀了孕，
从此我有孕在身。”
她求父亲让洗身：

“求你我亲爱父亲！
给我准备温暖床，
准备温暖的浴室，
让女儿有安身处，
让女儿经受痛苦！”
父亲这样回答她，
他说出以下的话：
“卑贱娼妇快滚开，
荡妇走得远远的，
走到熊的岩洞里，
躲在熊的巢穴里，
在那里把孩子生，
在那里生下野种！”
娇美的玛尔雅达，
便这样做了回答：
“我不是卑贱娼妇，
更不是淫荡之妇，
我要生光荣后生，
我要生伟大英雄，
他既有胆又有识，
就如同万奈摩宁。”
姑娘感到很焦虑，
究竟去哪里安宿，
在哪里能够洗浴。
她便问身边侍女：
“我的侍女皮尔第①，

① 皮尔第(Piltti)，玛尔雅达的侍女。

你是我最好侍女！
到村庄去找浴房，
在靠近芦苇河旁，
在那里我要分娩，
在那里我要安眠！
你快到村庄去找，
我已经等不及了！”
这位侍女皮尔第，
她就这样把话讲：
“我究竟去询问谁，
谁能给我以帮忙？”
我们的玛尔雅达，
就这样地回答她：
“你去询问洛杜斯①，
他知道浴室方向！”
年少侍女皮尔第，
顺从地听从吩咐，
她立刻动身前往，
有准备心中有数，
像烟一样飞到院，
像雾一样地出走。
她用手撩起裙衫，
把衣服揉成一团，
向着洛杜斯家园，
她匆匆忙忙前赶。
丘陵在脚下颤动，

① 洛杜斯(Ruotus)，村庄的首领。

小山在脚下发声，
松果在荒原摇晃，
乱石飞在沼泽中。
她来到洛杜斯家，
急忙走进房屋中。
那丑恶的洛杜斯，
正坐在桌子一端，
像大人物吃喝着，
身穿麻纱的衬衫。
他靠在桌子一边，
一边吃喝一边喊：
“乞丐有什么要谈，
是谁派你来这里？”
年少侍女皮尔第，
她这样地回答道：
“我来这里找浴室，
要靠芦苇小河边，
让受难人得救济，
让受苦人渡难关。”
丑恶洛杜斯妻子，
两手叉腰突出现，
大摇大摆走出来，
一直走到房中间。
她便询问这侍女，
说出以下的语言：
“是谁需要找浴室，
是谁需要得支援？”
年少侍女回答道：

“是姑娘玛尔雅达。”
丑恶洛杜斯妻子，
便把以下的话谈：
“村里浴室很稀少，
芦苇河边找不到，
山丘上有一浴场，
松林里有一马房，
娼妇在那里分娩，
那里可当作产房；
马儿在那里喘息，
欢迎娼妇去那里！”
年少侍女皮尔第，
匆忙地往回赶路，
当她来到了家中，
立即向姑娘陈述：
“村中没有闲浴室，
芦苇河旁找不到。
丑恶洛杜斯妻子，
她便这样地说道：
‘村里浴室很稀少，
芦苇河边找不到。
山丘上有一浴场，
松林里有一马房，
你可到那里分娩，
那里可当作产房。
那里的马在喘息，
欢迎你去到那里！’
这就是她说的话，

也是她最终回答。”
矮小的玛尔雅达，
她为此痛苦流涕，
便说出以下的话：
“我必须到那里去，
就像被放逐农女，
就像被雇佣女仆，
我要去那小山丘，
我要去那松林里！”
她用手撩起裙衫，
把衣服揉成一团；
她随身带去浴帚，
浴帚枝叶很柔软；
忍受着肚子剧疼，
便快步地走向前，
走向那小丘之上，
走向松林中马房。
她说出以下的话，
来表示自己愿望：
“造物主来保佑我，
慈善的神保佑我，
在这分娩的时间，
在这艰难的时刻！
卸下肚中的负担，
解除遭受的艰难，
避免折磨中死去，
避免疼痛中升天！”
当她进入到马房，

对马把以下话讲：
“善良马对我呼气，
好驮马对我喘息，
让温暖充满房间，
让我全身来洗濯，
让受难人得救济！
我现在非常着急。”
善良马开始呼气，
好驮马开始喘息，
对着沉重的身体：
当马停止了呼吸，
马房中弥漫热气，
像沸水冒出蒸汽。
矮小的玛尔雅达，
这圣洁的美姑娘，
她洗了个痛快澡，
她的苦难得解放。
她生下一个男婴，
一个无辜小儿郎，
在山丘上马厩里，
在马厩的干草上。
她就洗她的婴儿，
用襁褓将他包裹，
她把婴儿放膝上，
用长裙将他包裹。
她养育这好婴儿，
她养育这好儿郎，
她抚养这金苹果，

她培养这银手杖。
她抱在怀里喂奶,
她用手把他抚爱。
她把婴儿放膝上,
把他放在围裙上,
她开始梳理头发,
把婴儿打扮漂亮。

婴儿从膝上消失,
他从围裙上不见,
矮小的玛尔雅达,
又遭受新的灾难。
她匆忙地去寻找,
她寻找她的儿郎,
寻找她的金苹果,
寻找她的银手杖。
在石磨下去寻找,
在雪车下去寻找,
在筛子下去寻找,
在筐子下去寻找,
窜树丛,拨野草,
处处都已找遍了。
她寻找她的婴郎,
费了一周的时光,
在小丘和松树林,
在荒野的石南丛,
在一行行树中央,
在一片片树林里,

在杜松的树根下，
在树林的枝叶上。
然后她奔向远方，
继续寻找小儿郎；
中途她遇见星星，
她向星星问端详：
“主神创造的星星！
你可知道我儿郎，
我那可爱金苹果，
现在究竟在何方？”
星星这样回答道：
“我便知道也不说，
是他创造出了我，
在那艰苦的岁月，
使我在寒夜发光，
使我在黑暗闪烁。”
她又奔向了远方，
去寻找那小儿郎：
中途她遇到月亮，
她向月亮问端详：
“主神创造的月亮！
你可知道我儿郎，
我那可爱金苹果，
现在究竟在何方？”
月亮这样回答她：
“我便知道也不说，
是他创造出了我，
在那艰苦的岁月，

我独自守着夜空，
白天我却一旁躲。”
她又奔向了远方，
去寻找那小儿郎。
中途她遇见太阳，
她向太阳问端详：
“主神创造的太阳！
你可知道我儿郎，
我那可爱金苹果，
现在究竟在何方？”
太阳这样回答道：
“我是知道这儿郎！
是他创造出了我，
在那美好的时光，
周围放射着金光，
周围闪耀着银光。
我知道你的儿郎！
你那不幸的儿郎！
你的孩子在那里，
金苹果藏在那里，
在那没腰的沼地，
在没胸的沼泽里。”
矮小的玛尔雅达，
她去沼泽寻儿郎，
她在沼泽找到他，
她把儿子带家乡。

玛尔雅达的儿子，

长成漂亮小伙子。
人们没法称号他，
不知道他的名字。
母亲叫他小花朵，
外人叫他懒小子。
请人给他施洗礼，
请人给他画十字
老人维洛坎纳斯[①]
来施洗礼画十字。
老者说了以下话，
来表达自己心情：
“我不能给他洗礼，
不能给他画十字，
除非他已受检查，
除非他已受鉴定。”

谁能给他以检查，
谁能给他以鉴定，
只有万能的法师，
只有老万奈摩宁，
他把男孩来检查，
他把男孩来鉴定！
年老的万奈摩宁，
这样检查和鉴定：
“这男孩从沼地来，
从蔓越橘中出生，

① 维洛坎纳斯(Virokannas)，一爱沙尼亚老人。

应把他送回原地，
送回蔓越橘丘陵；
或者带回沼泽地，
用木棍把头打碎！”
半月婴儿把话讲，
两周孩子大声嚷：
“你这可恨老东西，
你真是个老混账，
你的检查不准确，
你的鉴定真荒唐！
你犯过滔天大罪，
你有过不良行为，
有谁送你去沼泽，
用木棍把头打碎。
当你年轻的时候，
害了同母的女郎，
自己却苟且偷生，
自己却免一死亡。
当时没有处置你，
把你送回沼泽地，
那时你年轻放荡，
使女郎跳水身亡，
沉到波涛下深渊，
沉到海底黑泥上。”

老人给孩子洗礼，
给他把十字画上，
尊为最高统治者，

为卡尔亚拉国王。
万奈摩宁大发怒，
他觉得羞愧难当，
于是他离开这里，
走到远方海岸上。
他在那里展歌喉，
把最后一支歌唱：
他唱出一艘铜船，
船上铺着铜甲板。
他坐在铜船后边，
行驶在清澈海面。
他唱着别离之歌，
歌声在海上回旋：
“时间像飞箭一般，
过了一天又一天，
人们还会需要我，
还会把我来思念，
还要打造三宝磨，
还要制造琴五弦。
当没有月亮太阳，
没有快乐的时光，
我要制造新月亮，
我要制造新太阳。”
年老的万奈摩宁，
他唱着歌奔向前，
乘着他的小铜船，
船上铺着铜甲板。
他航行向着远方，

向天涯海角地方。
他中途把船停下，
他在船舱里睡下。
他把五弦琴留下，
留给可爱芬兰人，
让人民永远快乐，
让后代永远唱歌。

[尾声]

我必需要闭上嘴，
我一定闭口结舌，
停止朗诵诗歌词，
停止弹奏我的歌。
马需要停下安歇，
它经过长途跋涉；
镰刀会感到疲劳，
它长期割着青草；
河水不断地奔流，
它会觉得很辛苦；
漫漫长夜放光辉，
火光会感到劳累。
当太阳落下时刻，
唱欢乐歌到深夜，
歌儿怎能不疲乏，
歌儿怎能不停歇？
我听有人这样谈，
谈了不止是一遍：

“就是奔腾的瀑布，
也不会流个没完，
多才多艺的歌手，
也不会永唱不断。
与其突然地中止，
不如理智地善断。”
我的歌已经唱完，
应该把歌声中断。
我把诗歌卷成团，
它如同一个圆球，
滚到了仓库里面，
用骨锁把它锁上，
它不能得到解放，
更不能逃到他方。
除非再把锁打开，
才能把它放出来；
除非我重新开口，
再运用我的舌头。
为什么还要歌唱，
如果这歌不好听，
只能在山谷歌唱，
只能在枫林歌唱！
我母亲不在世上，
她不会死而复生，
听不到我的歌声，
不了解歌中内容。
听我歌的有枞树，
了解我的有松树，

还有绿色白桦树，
和可爱的山梨树。
母亲死时我很小，
母亲去世我很弱，
我像山上的画眉，
我像石上的云雀；
像画眉一样歌唱，
像云雀一样歌唱；
我受陌生人保护，
服从继母的摆布。
她把我赶出门外，
我得不到人抚爱，
把我赶到风的家，
让我呆在北风下，
我无法与风对抗，
北风便将我扫荡。
我像只不幸小鸟，
像云雀到处流浪，
在乡野无处安身，
我继续疲劳飞翔。
我熟悉各种的风，
了解它们的性能，
冰冻时浑身打战，
严寒中冻得呐喊。
至今仍有许多人，
对我不怀着好心，
他们说出粗鲁话，
发出不友好之音。

他们诅咒我的舌，
他们责骂我的音，
嫌我歌曲太冗长，
怨我歌词不动人，
怪我唱得太差劲，
说我歌声无谐音。
我的善良的人们，
你们或许不奇怪，
若儿时唱得太多，
若儿时唱得太坏！
我没有足够见识，
不具有丰富学识，
没有学过外国语，
不会唱外国歌曲。
别人受过好教育，
而我未曾离家门，
我感到非常孤独，
只靠母亲的帮助。
我在家里受教育，
就在自家屋椽下，
伴随着母亲纺车，
伴随着哥哥刨花。
那时我还是幼年，
穿着破旧的衣衫。
但尽管就是这样，
我给歌手指方向，
我勤奋地去学习，
我日夜披荆斩棘，

要给未来的歌手，
开辟一条新道路，
向更多歌者敞开，
向丰富诗歌敞开，
为了崛起的一代，
为未来新的一代。

译　后　记

几年前，在我编写的《芬兰文学简史》出版后，便萌生了从芬兰文直接翻译芬兰民族史诗《卡莱瓦拉》的想法。我苦于当时找不到最新芬兰文版的原著，因此译介此史诗的工作始终不能开始。承蒙芬兰驻华大使馆文化专员拉依娅·莱赫托(Raija Lehto)女士的大力协助，我才有幸得到由芬兰文学协会于1995年出版的《卡莱瓦拉》一书，于是才能开始翻译这部史诗的工作。

可以毫不夸张地说，不读《卡莱瓦拉》，便不能了解芬兰人民的过去，更不能真正了解芬兰人的现在。这部史诗是芬兰民族文化的宝贵财富，它唤醒了芬兰人的民族意识，对其整个民族的觉醒产生了深远的影响。史诗的编纂者埃利亚斯·伦洛特从1828年至1845年曾先后11次去民间采风，终于在1849年出版了这部长达22795诗行的巨著，至今已过了150年。

芬兰民族史诗《卡莱瓦拉》是存世最著名的史诗巨著之一。到现在为止，它已被译成51种文字在世界各地发行，在我国就曾于1962年和1981年出版过两种《卡莱瓦拉》的中译本，译者侍珩和孙用两位先生早已作古。他们的译本都是从英文转译的，而且目前在国内书店里很难再购到了。我此次从芬兰文直接翻译这部史诗，工作量相当大，但有上述两位先生在前面开辟了道路，使我在翻译过程中有所借鉴，也节省了一些时间和精力。我此次力求还原著中的真实面目，这对读者也是有益的。原著中采用了脚韵，诗句简短、精练和朴实，富有民歌特色，所有这些特点我也力求保存下来，但由于译者才疏学浅，在译作中难免出现不尽如人意的地方，期望得到专家和读者批评指正。

最后我要感谢芬兰驻华大使馆,特别是芬兰驻华大使巴锡·鲁达宁先生,他在百忙之中给这部译本写了措辞美好的前言。还要感谢译林出版社,特别是责编施梓云先生,没有他们的全力支持,这部译本便不能出版。

张华文

2000年1月14日草于北京西郊寓所

图书在版编目（CIP）数据

卡莱瓦拉／（芬）伦洛特著；张华文译. —南京：译林出版社，2018.12

（世界英雄史诗译丛）

ISBN 978-7-5447-7639-4

I. ①卡… II. ①伦… ②张… III. ①英雄史诗－芬兰－近代 IV. ①I531.24

中国版本图书馆 CIP 数据核字（2018）第 297842 号

卡莱瓦拉 ［芬兰］伦洛特／著 张华文／译

责任编辑 张媛媛
特约编辑 施梓云
装帧设计 韦 枫
校 对 王 萍
责任印制 颜 亮

出版发行 译林出版社
地 址 南京市湖南路1号A楼
邮 箱 yilin@yilin.com
网 址 www.yilin.com
市场热线 025-86633278
排 版 南京展望文化发展有限公司
印 刷 江苏凤凰新华印务有限公司
开 本 850毫米×1168毫米 1/32
印 张 28
插 页 4
版 次 2018年12月第1版 2018年12月第1次印刷
书 号 ISBN 978-7-5447-7639-4
定 价 158.00元